KB116810

세계로 가는
여행 뒷담화

탁PD의
여행
수다

Only he, who travels and takes chances, can break the habit's paralyzing stances.
여행을 떠날 각오가 되어 있는 사람만이 자기를 묶고 있는 속박에서 벗어날 수 있다.

_헤르만 헤세Hermann Hesse

탁재형·전명진 지음

세계로 가는 여행 뒷담화

탁PD의 여행 수다

김영사

prologue

'탁PD의 여행수다'는 사실, 2012년 11월 홍대의 한 카페에서 공개 강
연 형식으로 김한민 작가와 나희경 씨를 모셔서 진행했던 것이 그 첫 시
도다. 이때는 팟캐스트 형식이라기보다, 당시 유행하고 있던 '토크 콘서
트'의 미니멀 버전쯤으로 생각하고 일을 벌여봤다. 그때 홍보를 그다지
효율적으로 하지 못했는데도 찾아와주신 많은 분들의 즐거워하는 표정
을 보며 '지금 이 시기, 여행에 대한 즐거운 수다판이 필요하겠구나' 그리
고 '이것을 만들어가는 과정이 스스로도 무척 행복하겠구나'라는 것을 깨
달았던 것 같다. 객원 멤버로 참여했던 팟캐스트 '나는 딴따라다'의 녹음
때문에 자주 방문하던 〈딴지일보〉의 '벙커1'에서 여행 콘텐츠에 대한 제
안이 들어왔을 때, 이미 머릿속에는 '탁PD의 여행수다'가 지금의 모양새
를 어느 정도 갖추고 있었다. 그렇게 시작된 지 벌써 1년 반이 넘었다.

그동안 여러 게스트들과 30여 개의 여행지로 청취자들의 마음을 실어
날랐다. 때로는 여행했던 장소에 대한 추억을 떠올리며 흐뭇해했고, 때
로는 국민적 슬픔 속에서 여행 이야기를 한다는 것이 과연 적절한가에
대한 고민으로 뒤척였다. 하지만 여행에 대한 이야기는 우리를 언제나
들뜨게 만들고 행복하게 한다. 우리의 이야기에 귀 기울여주는 많은 여

행자들이 있었기에, 우리는 힘을 내 수다를 이어갈 수 있었다.

우리는 아픔을 각오하고 사랑을 한다. 사랑의 끝은 이별이다. 아무리 영원해 보이는 사랑도 죽음을 당해내지는 못한다. 그렇지만 우리는 사랑을 한다. 그렇게 세상에 다시 없을 아름다운 순간을 만든다. 집 떠나면 고생이다. 그럼에도 불구하고 우리는 떠난다. 내 안의 결여된 것을 찾기 위해, 세상에 다시 없을 아름다운 순간을 만나기 위해. '탁PD의 여행수다'엔 '그럼에도 불구하고' 우리가 떠나야 하는 이유들이 가득하다. 만성 피로처럼 우리를 짓누르는 일상의 무게 속에서, 책으로 엮인 여행수다가 잠깐 숨을 돌리는 청량음료의 역할을 할 수 있다면 더 바랄 것이 없겠다.

명진아, 태용아 사랑한다.

2014년 8월
합정동에서 탁PD

contents

Talk 1. **브라질** Brazil

오늘이 마지막인 것처럼 놀지어다 **12**

Talk 2. **인도** India

충격과 공포에 대응하는 방법 **60**

Talk 3. **제주** Jeju

세계 어디에도 없는 곳 **112**

Talk 4. **페루** Peru

나만의 풍경으로 기억되는 여행 **158**

Talk 5. **호주** Australia

사랑하는 사람과 시간을 공유한다는 것 **204**

Talk 6. **영국** England

여행할 것인가 VS 머물 것인가 **256**

Talk 7. **파키스탄** Pakistan

부디 지속 가능한 평화가 그들에게 찾아오기를 **306**

Talk 8. **이탈리아** Italia

폼생폼사, 그 당당한 멋에 빠지다 **356**

Talk 9. **베트남 라오스 캄보디아** Vietnam Laos Cambodia

제대로 고생 = 제대로 여행 **400**

Talk 10. **뉴질랜드** New Zealand

즐기려는 자, D.I.Y.를 익혀라 **446**

만드는 사람들

메인 진행

—

탁재형

2002년 〈KBS 월드넷〉을 시작으로 〈도전! 지구탐험대〉〈세계테마기행〉
〈EBS 다큐프라임 – 안데스〉 등 해외 관련 다큐멘터리를 주로 제작.
2013년 팟캐스트의 백가쟁명기에 〈딴지일보〉 팟캐스트 '나는 딴따라다'의 게스트로 참여해
술자리에서 하던 대로 수다를 좀 떨었더니 반응이 괜찮아서,
입심으로 먹고사는 길을 고민하기 시작. 이후 무슨 토크든 꾸준히 던져주는
일명 '명드립'의 소유자 전명진을 사이드킥으로 영입하고,
자기파괴적인 드립을 주무기 삼아 팟캐스트 '탁PD의 여행수다'를 진행해오고 있음.
의외로 꿈이 '여행'이라는 설이 있는데, 이는 그의 정체가 시청률이라는 굶주린 양 떼를 몰고
아이템의 초원을 찾아 떠도는 생계형 유목민이기 때문이리라.

공동 진행

—

전명진

영혼의 움직임을 좇아 세계 곳곳을 떠도는 한 마리의 사막여우, 혹은 낙타, 또는 야마.
그리고 이 모든 동물이 한꺼번에 존재하는 신기한 얼굴의 소유자.
1년 동안의 세계여행과 '한복사진프로젝트'를 통해 삶의 철학을 세웠다고 하나,
사실은 로맨스 능력치를 높이기 위해 떠난 무사수행이었다는 소문이 있음.
볼리비아 황무지에서 탁PD가 주워온 최대 수확이자 여행수다의 빼놓을 수 없는 감초.
사진가 김중만으로부터 사진을 배우고, 〈KBS-1박 2일〉팀과 전국을 다니며 우리땅 곳곳의
아름다움을 기록. 현재 건축과 인물에 대한 무한 애정을 가지고 다양한 작업을 진행 중.
여행하며 가졌던 고민과 낭만을 담아 〈꿈의 스펙트럼〉을 출간하였고, KBS 라디오, 강연 등
여러 분야에서 종횡무진 활동하려는 문화계의 샛별(이라고 써달라고 함).

제작

—

김태용

딴지라디오에서 '탁PD의 여행수다'를 비롯하여 '나는 꼼수다' '나는 꼽사리다'
'나는 딴따라다' '주진우의 현대사' '그것은 알기 싫다' 등 거의 모든 프로그램에
엔지니어 또는 PD로 참여하고 있는 '딴지스튜디오의 지박령'.
얼굴이나 풍기는 아우라로 볼 땐 30대 중반으로 예상되지만,
실제로는 파릇파릇한 20대 후반의 아름다운 청년(이라고 써달라고 함).
딴지라디오에 들어오기 전까진 보컬 전공자로서 노래를 부르는 게 직업이었으나,
2012년 김용민 PD의 꼬임에 빠져 딴지라디오의 브레인 역할을 톡톡히 하고 있음.
지하의 탁한 공기를 오래 흡입한 관계로 목소리를 잃은 지 오래라고 하는데,
40도 이상의 술을 먹이면 가끔 꾀꼬리 같은 목소리가 돌아오기도 한다는 풍문.

〈탁PD의 여행수다〉에 동참하기 전에

—

1. 이 책은 팟캐스트에서 방송되고 있는 '탁PD의 여행수다'를 엮은 것입니다.
2. 방송본을 책으로 엮다 보니, 분량과 어투에 일부 편집이 있었음을 밝힙니다.
3. '한글 맞춤법'을 기준으로 하되, 보다 생생한 전달을 위해
   일부 표현들은 그대로 두었음을 알립니다.
4. 웃음소리는 (ㅋㅋ)로 통일하였습니다.
5. 이 책을 읽으면서, 여행지에서 사 온 음악 CD를 틀거나
   여행지에서 마셨던 술과 함께하는 것도 강력 추천합니다.
6. 지상 최대의 여행 뽐뿌! 진행자와 게스트가 서로 주고받는
   '여행수다'의 참재미를 느껴보시기 바랍니다!

Bra.

탁PD의
여행수다

—

오늘이 마지막인 것처럼
놀지어다

zil

브라질 취재 때는 당장 한 치 앞을 알 수 없었다. 남미 대륙 면적의 절반을 차지하는 드넓은 나라에서, 20일 안에 〈EBS 세계테마기행〉 4부작과 축구에 대한 10분짜리 취재물 하나를 만들어야 했던 데다가, 〈세계테마기행〉 사상 전무후무하게 연출, 출연, 촬영까지 전부 맡는 만용을 부렸기 때문이다.

그렇게 힘들었던 취재는 나에게 3가지를 남겼다. 어떤 상황이든 들고파다 보면 해결할 수 있다는 PD로서의 자신감, 그리고 브라질의 국민칵테일 카이피리냐 주조법, 마지막으로 브라질 여행에 대한 갈망이다.

여행자라면 평생에 한 번은 꼭 가보고 싶어한다는 세계 최대의 이구아수 폭포 앞에

서, 나를 촬영하는 조연출의 손목이 비틀어졌는지 아닌지를 체크하며(만일 비틀어졌을 시엔 쌍욕을 내뱉으며) 카메라 앞에서 경련이 일어나는 입꼬리를 추슬러야 했던 그때, 그곳의 아름다움을 온전히 느꼈다면 그보다 큰 거짓말은 없을 것이다.

자연이 주는 감동에 대한 여행자의 경탄은 "아!" 한마디면 족하다. 아니, 때론 아무 말도 필요치 않다. 하지만 그것이 왜 아름다운지 구구절절 설명해야 하는 PD에게는, 자연과 진정한 교감을 나눌 틈이 허락되지 않는다. '여행'을 나온 것이 아니라 '출장'을 나온 사람의 비애다. 그나마 하루를 마무리하며 카이피리냐 한 잔을 마시는 순간이, 나에게 허락된 잠시 동안의 진짜 여행이었던 셈이다.

그래서인지, 진정으로 브라질을, 히우를 온몸으로 즐겼던 나희경 씨와의 수다는 즐거우면서도 분했다. 지구에서 가장 핫한 파티 플레이스에서, 나에겐 허락되지 않은 파티를 즐겼던 그녀와 전 작가의 이야기는 달콤함이 섞인 신맛이었다. 마치 라임에 설탕을 짓이겨 넣은 카이피리냐의 맛처럼.
그리고 그 신맛은, 언젠가 다음 잔을 부르기 마련이다.

by 탁

나희경

—

본격 보사노바 음반 〈보싸다방〉으로 데뷔한 뒤, 멈추지 않는 보사노바에 대한 열정으로
혈혈단신 브라질로 떠난 당찬 아가씨. 현지 최고의 뮤지션들과 함께 두 장의 음반을 녹음하고,
보사노바 전문 공연장 '비니시우스 바' 무대에서 단독 공연을 가진 뒤 귀국.
지금은 브라질 음악을 알리는 싱어송라이터이자 공연기획자 그리고 팟캐스트 진행자로
바쁜 나날을 보내는 중. '사랑을 많이 해봐야 제대로 부를 수 있다'는 보사노바 음악을
그렇게 섬세하고 아름답게 표현하는 것을 보면, 아무래도 사랑을 '많이 해본' 모양.

탁 귀만 있으면 떠날 수 있는 세계여행, 여행교의 간증집회 '탁PD의 여행수다'에 오신 것을 환영합니다. 오늘은 브라질로 떠나볼 텐데요, 재미있는 이야기 들려주실 보사노바 가수 나희경 씨 모셨습니다.

나 반갑습니다. 보사노바가 좋아서 브라질과 한국을 오가며 활동하고 있는 싱어송라이터 나희경이라고 합니다.

탁 반갑습니다. 전명진 작가, 브라질에 관해서 조사를 좀 해오셨다면서요?

전 네. 간략하게 소개를 드리자면, 라틴아메리카 면적의 50퍼센트에 육박하는 넓이를 자랑하면서 인구는 대략 1억 9,000만 명. 남미에서 유일하게 스페인어를 쓰지 않고 포르투갈어를 사용하는 나라이고요. 수도는 브라질리아Brasilia인데 사람들이 별로 가지 않죠. 대표적인 관광지는 아마존의 출입문인 마나우스Manaus, 그리고 그 유명한 이파네마 해변과 코파카바나가 있는 리우 데 자네이루Rio de Janeiro. 거기는 엄청나요. 낮과 밤이 어마어마해요.

탁 전명진 작가도 그렇고 나희경 씨도 그렇고 브라질과 개인적인 인연이 있는 걸로 알고 있는데, 일단 희경 씨는 언제 브라질에 갔었죠?

나 저는 〈보싸다방〉이라는 이름으로 음반을 처음 냈었는데요. 햇수로 3년 전인가 그럴 거예요. 그때 처음으로 가서 좀 오래 있다 왔어요. 반년 정도 있다가 한국에 오고, 또 다시 가서 그 정도 있다가 오고요. 브라질이 워낙 큰 땅이잖아요. 갈 곳이 너무너무 많은데, 저는 브라질 음악, 특히 보사노바와 삼바에 빠져 있었기 때문에 보사노바의 탄생지라고 알려져 있는 히우 지 자네이루에 거의 있었죠.

탁 아, 리우 데 자네이루가 아니라 히우 지 자네이루군요.

나 네. 이게 보통의 포르투갈어와 발음이 달라요. 호나우두나 호나우지뉴도 'R'자로 시작하는데 'ㅎ'로 발음하잖아요?

탁 브라질식 포르투갈어는 'R'자를 'ㅎ'로 발음하는군요.

나 그렇죠. 리우 데 자네이루라고 알고 계신데, 사실 나라 도시명은 그 나라 발음에 맞게 해줘야 하는 거잖아요. 그래서 제가 라디오 출연에서든 어디에 가서든 질문을 받으면 항상 말씀드려요. "히우 지 자네이루다"라고요. 저는 여행을 다니긴 했지만 거의 히우에 박혀 있었어요.

탁 근데 브라질 한 번 왔다 갔다 하는 게 사실 보통 일이 아니잖아요.

전 그러게요. 제주도 갔다 온 느낌으로 말씀하시네요. 혹시 집안에 돈이 많으세요?

나 (ㅋㅋ) 아뇨. 제 나이가 보기보다 많지 않아요. 자금이 많이 있는 것도 아니고요. 학생 때부터 차근차근 벌었어요. 세계여행을 하겠다는 마음으로 벌었는데, 브라질 음악에 빠진 이후에는 작정하고 브라질에 쏟아붓고 있어요.

탁 한국에서 돈 벌어서 브라질 가고, 돈 떨어지면 오고, 또 돈 벌어서 또 가고… 뭐 그런 패턴이군요?

나 그런 패턴을 반복하고 있어요.

탁 훌륭한 거예요. 자신의 꿈을 위해 올인하고 있는 건데. 근데 브라질에 어떻게 가는지 궁금해하는 분들이 많을 것 같아요. 얼마나 걸리고 어떤 식으로 가요?

아, 그렇군요. 공항 가서 비행기 타면 되는 것이고.

나 일단은 비행기 표는 구매하면 되는 것이고. **전**

나 직항이 있는데, 직항도 중간에 연료 채우려고 쉬었다 가요. 그리고 가격은 직항이 더 세기 때문에, 저는 스탑오버 할 수 있는 걸 선호하는 편이에요. 다른 나라를 한 번 찍고 가는 거죠. 어딜 찍고 가느냐는 항공사를 무얼 고르느냐에 따라 달라요. 일본항공 같은 경우는 도쿄나 뉴욕 찍고 가고, 에어프랑스 같은 경우는 파리를 찍고 가고, 터키항공은 이스탄불 찍고 가고 그래요.

탁 어차피 반대편에 있는 나라이기 때문에 어느 방향으로 가도 브라질이 나오겠군요.

나 네. 가는 데 30시간쯤 걸려요.

탁 저도 처음에 브라질에 갔던 건, 사실 거길 가려고 했던 게 아니라 파라과이를 들어가야 하는데 그때 파라과이가 경제 사정이 어렵고 정부 기능이 제대로 작동하지 않을 때였어요. 한국에 있는 파라과이 대사관에서 비자를 받을 수가 없는 거예요. 그래서 브라질을 통해 밀입국을 했습니다.

전 (ㅋㅋ) 아, 국경에서 비자를 받으신 게 아니고요?

Brazil

탁 네, 브라질의 이구아수 폭포까지 가서 트럭을 타고 파라과이에 잠입한 적이 있었거든요.

나 아, 이거 사적인 장소에서만 말씀하시는 건 줄 알았는데. (ㅋㅋ)

탁 뭐 이랬다고 지금 파라과이 출입국관리소에서 절 잡으러 올 거예요, 어떡할 거예요. 어쨌든 저희 방송프로덕션에서는 5개국 정도 순방하는 걸 선호합니다. 표가 싸거든요. 그래서 우리는 절대 직항이란 걸 타지 않아요. 직항이 있어도 직항을 타지 않아요. 그때 제가 갔던 방법은, 브라질항공 바리그를 타기 위해서 일본으로 갔어요. 2시간 걸리죠? 일본에서 또 2시간을 기다려요. 그럼 그 바리그항공을 타고 LA까지 가요. 12시간 걸려요. LA에서 2시간 정도 기다려야 돼요. 그때 범죄인 취급을 받으면서 기다리죠. 미국이니까요. 거기서는 꼭 미국에 입국하려는 사람이 아닌데도 다 끄집어내요. 미국이니까요. 괌에서 온 여자분이 있었는데, 괌에서 오버스테이Overstay했던 전력 때문에 브라질에 가지 못하고 중간에 미국에서 쫓겨났어요. 거긴 미국이니까요. 미국은 그런 나라입니다. 하여간 거기서 굉장히 범죄인 취급을 받으면서 한두 시간을 기다려서 다시 비행기를 타면, 또 12시간이 걸려요. 상파울루São Paulo로 갑니다. 상파울루에서 다시 2시간을 기다려서 국내선을 타고 포스 두 이구아수 국제공항으로 가는 거죠. 이때쯤 되면 벌써 정신이 혼미해져요.

전 파김치가 됩니다.

탁 그렇죠. 지금 나희경 씨가 굉장히 쉽게 얘기했는데, 브라실은 정말 한 번 가기 쉬운 나라가 아닙니다.

코 르 코 바 두 예 수 상 과 구 름

탁 희경 씨는 히우에 오래 있었잖아요. 히우의 첫인상은 어땠어요?

나 히우공항이 가까워지면 비행기 안에서 사람들이 박수 치고 환호성을 질러요. 브라질 사람들이 꼭 그렇거든요. "이제 이 비행기는 곧 히우 지 자네이루 공항에 도착하겠습니다" 하고 방송이 나올 때 그 기내에 있는 모든 사람들이 소리를 지르고 발을 굴러요. 그때 저도 벌떡 잠에서 깨 밖을 봤더니 굉장히 낮게 깔린 구름과 해변이 보이는 거예요. 보사노바의 창시자라 불리는 안토니오 카를로스 조빙, 지금은 돌아가신 거장 작곡가분께서, 히우공항에 도착하면서 '창밖으로 아름다운 히우 도시가 보인다. 내가 지금 히우에 도착하고 있다. 그리움이 사라지고 있구나'라는 내용을 가사로 적어서 '삼바 두 아비아웅'이라는 노래를 냈죠. '비행기의 삼바.'

탁 브라질 사람만이 가질 수 있는 양면적인 감성인 것 같기도 해요. 유머러스한 동시에 비관적인 부분도 있고, 굉장히 비관적이지만 오늘이 끝인 것처럼 놀기도 하고. 그런 것이 브라질 사람들의 특징이 아닌가 싶어요.

나 저는 사실 브라질이나 히우에 대해 환상을 갖고 가진 않았어요. 보사노바 음악이 좋아서 갔기 때문에 '저기에 저걸 들으러 가야지'에만 꽂혀서 가서도 여행 안 한 것 봐요. 제가 왔다 갔다 엄청 오래했는데 계속 히우에만 있었고. 그렇다고 집에만 있는 건 아니고, 계속 뮤지션들 만나 작업하고 또 거기서 활동하면서 음반을 한 장씩 만들어 왔어요. (ㅋㅋ)

탁 히우에 가실 때 뭘 정해놓고 가신 것도 아니라면서요?

나 네. 원래는 제가 계획을 철두철미하게 세우는 편이라 엄청 준비했었는데, 가기 전에 몸이 많이 아팠어요. 의사 선생님께서 비행기를 타면 무리가 되기 때문에 안 된다고 하셔서 요양 기간을 특별히 가졌었고, 가서도 3주 정도는 면역이 떨어져서 병원에 다녔었거든요. 제가 여러 해 동안 모았던 비용을 한꺼번에 쏟아붓는 것이기 때문에 굉장히 조사를 많이 하다가, 그때 내려놓은 거죠. 계획을 메모해두었던 노트를 버렸어요.

탁 아, 그 노트를 버리고 도착한 곳이 히우 지 자네이루였군요.

나 네. 그것이 저에게 오히려 더 아름다운 경험들을 많이 선사해준 것 같아요.

탁 얘기 듣기로는, 정말 하숙집 연락처와 CD 몇 장만 들고 갔다고 하던데요.

나 제가 앨범 녹음하고 나서 금방 갔기 때문에, 그 음반이 절 보여줄 수 있는 것이다 보니 그거랑 하숙집 주소만 들고 갔죠.

탁 그래도 눈앞에 히우가 쫙 펼쳐졌을 때, 처음 눈에 들어오는 게 있지 않았나요?

나 구름요.

탁 히우의 구름이 인상적이었군요. 전 작가도 히우에 갔었잖아요. 전 작가한테는 세계일주의 시작이 브라질이었죠?

전 꿈 같은 나라였죠. '아, 이제 진짜 시작이구나.' 저는 상파울루로 들어갔는데, 탁PD님 가신 것에 비하면 아주 심플하게 갔네요. 저는 캐나다항공을 탔기 때문에 캐나다를 거쳐서 갔는데, 비행기가 연착이 되는 바람에 공항에서 7~8시간을 기다렸어요. 아무튼 그렇게 해서 들어갔는데, 아, 히우 대단해요. 일단 햇살이 정말 눈부시고요. 구름이 인상적이라고 하시는 게 저도 이해가 가는 게, 코르코바두Corcovado 언덕에 예수상이 서 있잖아요. 구름이 진짜 낮게 깔려요. 예수상 있는 언덕이 그렇게 높지 않은데도 불구하고 구름이 거기 쫙 깔리죠.

나 제가 살았던 아파트 작은방의 창문을 열면 왼편으로는 이파네마 해변이 보이고요, 오른편에는 언덕들이 보였어요. 거기에 구름이 항상 껴 있고, 아침이 되면 새 떼가 구름을 넘나드는 것처럼 보일 정도로 날아들었거든요. 저는 히우에서 하늘이 너무나 기억에 남고, 다른 나라를 여행하고 비행기가 다시 히우공항에 도착했을 땐 '정말 이보다 아름다운 하늘은 없다'는 느낌이 들 정도였어요.

탁 코르코바두 언덕의 예수상, 구원의 예수상이라고 하죠. 히우의 가장 대표적인 랜드마크라고 할 수도 있고, 히우를 기억할 때 가장 첫 번째로 떠올리는 광경 중 하나가 높은 언덕에서 팔을 벌리고 온 히우 시내를 내려다보고 있는 예수상인데, 그 예수상 보셨을 때 어땠어요?

나 너무 아름다웠죠. 아래에서 봤을 때는 그렇게 클 줄 몰랐거든요. 근데 가서 보니까 무척 아름다웠고, 특히 그 동네에서 살 때 다큐멘터리 촬영 때문에 촬영팀과 같이 코르코바두에 올라간 적이 두 번인가 있고, 또 개인적으로도 여러 번 갔거든요? 맑은 날 가면 정말 말이 안 나와요. 거기서 내려다보이는 광경이 너무 예쁜 거죠.

전 그렇죠. 아래 펼쳐진 해변이….

나 코르코바두 같은 경우, 도시 대부분의 장소에서 보이기 때문에 도시의 상징이자 수호자 같은 느낌이 들죠. 또 이런 설이 있어요. '예수상이 앞을 보고 있는 동네는 부유하고 등을 보인 동네는 좀 궁핍하다.'

Brazil

탁 아, 예수님마저 등을 돌린 동네다?

나 그런 설이 있어요.

보사노바, 그 리듬 속으로

탁 보사노바에 대해서도, 어디서 듣긴 했는데 뭔지는 정확히 모르는 분들이 많을 것 같아요. 잠깐 설명을 해주시면 좋을 것 같아요.

나 보사노바는, 카페나 레스토랑에 가서 듣기 편한 재즈가 나오면 어김없이 보사노바인 경우가 많을 정도로 우리에게 친숙한 음악이에요. 그렇지만 단어 자체가 굉장히 생소한데요. '보사노바는 브라질 삼바의 리듬과 당시 유행하던 미국의 모던 재즈가 섞여 만들어진 음악입니다'라고 사전적으로 정의되어 있고요. 저는 보사노바를 이런 장르적인 접근을 통해서가 아니라, 어디선가 들어봤거든요. 한국 가수분들, 조덕배 선배님 곡이라든가 윤상 선배님 곡이라든가….

탁 예를 들면 조덕배 씨의 〈꿈에〉라든가.

나 그렇죠. 〈그대 내 맘에 들어오면은〉도 보사노바 리듬을 차용해서 그런 리듬들이 나왔던 거죠. 저는 그런 게 너무 좋은 거예요. 마음이 편 안하고, 그럼에도 불구하고 설레고. 너무 좋아서 찾다 보니까 '아, 이런 것이구나' 느끼게 됐고, 보사노바를 찾아서 연구하다가 연구에 그치지 않고 브라질에 가서 활동도 해보고. 또 제가 1세대 선배님들과 함께 녹 음해서 음반도 내고 그랬거든요. 그러다 보니 창시자 할아버지들과 얘기 를 나눌 기회가 있었던 거죠.

히우의 하늘에는 언제나 옅은 구름이 끼어 있다. 그래서 만져질 듯 닿을 듯, 보는 사람을 설레게 한다.

Brazil

양팔을 벌린 코르코바두의 예수상. 히우의 모든 곳에서 보이지만, 히우의 모든 곳을 보고 있는
것은 아니다. 예수의 등 뒤엔 폭력과 범죄로 얼룩진 세상이 존재한다. 이런 곳에서 탄생한 음악
이기에 보사노바는 더 유혹적이고, 슬프도록 아름답다.

애기를 나눠 보면, 사실은 그렇게 복잡한 게 아니에요. "우리는 밝고 아름답고 사랑이 담긴 음악을 하고 싶었다"고 해요. 가사를 보면, 사랑스럽고 아름답고 바다가 있고 향기가 있고 자연스럽거든요. 그들이 작은 아지트에 모여서 노래를 해본 거죠. 이렇게도 해보고, 저렇게도 해보고. "그러다 보니 집에서 편안하게 같이 할 수 있는 좋은 음악이 나오게 됐다"고 말씀하시는 분도 계셨어요. 제 개인적으로는 외유내강의 음악이다, 겉으론 굉장히 유하지만 속으론 단단하고 짜임새 있고, 그러나 여전히 유한, 편안하고 설레임이 있는 음악이다, 라고 애기하고 싶어요.

탁 브라질이란 곳이 정말 대단한 게, 우리가 알고 있는 리듬들이 사실 브라질에서 나온 것들이 많잖아요. 삼바도 그렇고, 보사노바도 그렇고. 흑인 문화와 백인 문화가 절묘하게 섞이면서 문화적으로 너무나 훌륭한 것들이 나오는 장소인 것 같아요.

나 브라질은 사실 음악뿐만 아니라 모든 문화적인 면에서 오픈 마인드이기 때문에, 다른 사람들의 것을 잘 포용한다고 해야 할까요? 수용하는 데 마음이 넓기 때문에 여러 다른 문화들, 다른 사람들, 다른 특성들을 믹스해서 자신들의 것으로 만드는 데 능한 것 같아요.

탁 보사노바의 창시자 중 또 다른 한 명, 비니시우스 지 모라이스라는 분이 있잖아요. 히우에 그분의 이름을 딴 거리가 있고, 그분의 이름을 딴 보사노바 클럽이 있어요. 저도 거길 취재하러 갔었어요. 마침 타이스 모타라는 보사노바 가수 한분이 노래를 부르고 있었던 거예요. 그래서 노래 부르는 모습을 촬영한 다음에, 그분한테 물어봤어요. 보사노바라는 음악에 대해서. 그분 말씀이 그래요. "보사노바는 일단 사랑을 알아야 한다. 사랑을 많이 해봐야 한다."

Brazil

전 크, 맞습니다. 노래가 정말 로맨틱해요.

탁 그분 아버지도 보사노바 뮤지션이었는데, 바로 옆에 앉아 계셨어요. 타이스 모타 그분이 "연애도 많이 해봐야 하고 사랑에 대해 많이 알아야만 부를 수 있는 노래다"라고 얘기하니까, 아버지가 "어, 그렇지. 그래서 우리 딸자식이 연애한 사람들 내가 다 알고 있어. 마침 저기도 한 명 앉아 있네" 하시더라고요. (ㅋㅋ)

전 굉장히 자유분방하네요.

탁 전 작가는 히우에서 즐거웠던 경험 또 뭐 있어요?

전 음, 해변을 빼놓을 수가 없어요. 이파네마 해변과 코파카바나 해변이 양쪽으로 둘러서 있어요. 거기를 뻥 지 아수까르 케이블카를 타고 올라가는데….   **나**

뻥 지 아수까르.
히우에서는
'르' 발음을 안 써요.

탁 그러니까 이게 뭐냐면, 설탕빵이라는 뜻이에요. 히우에 가면 지형적인 특성 때문에 평지에서 뜬금없이 솟아오른 언덕들이 많아요. 그중 하나가 코르코바두이고, 그중에 또 굉장히 유명한 게 '뻥 지 아수까르'예요. 뻥이 뭐냐면 빵이에요. 우리가 빵이라고 부르는 게 포르투갈어에서 왔대요.

전 거기서 바라보는 해변이 엄청 아름다워요. 양쪽 해변이 다 보이거든요. 도로가 있고, 그 뒤에 해변이 펼쳐져 있고, 야경이 기가 막히고요.

탁 특히나 뻥 지 아수까르에서 바라보는 야경 중에 가장 예뻤던 걸로 기억되는 게 파벨라거든요. 파벨라가 뭔지 설명 좀 해주세요, 희경 씨.

나 '파벨라'는 '빈민가'를 뜻하는 포르투갈어인데요. 브라질 전역에 빈민가들이 아주 많아요. 빈부격차가 심한 나라 중 하나이기 때문에.

히우도 마찬가지로, 굉장히 부유한 이파네마나 코파카바나 쪽에 솟아있는 언덕들과 산기슭에 수많은 집들이 다닥다닥 붙어서 밤에 불을 밝히고 있죠.

탁 쉽게 말해 달동네죠.

나 밤에 해변가에서 좌우를 둘러보면, 아무래도 산쪽에 다닥다닥 붙어 있는 집들이 화려하게 빛나다 보니 아름다워 보이잖아요. 그런 동시에 굉장히 쓸쓸해지죠.

탁 정말 낮에 볼 때와 밤에 볼 때의 느낌이 전혀 다른데, 낮에는 다닥다닥 붙어 있는 집들이 너무나 컬러풀해요. 그래서 무수한 색깔의 모자이크들 같아 보이는데, 반면 밤에는 불빛만 보이잖아요. 산에 별들이 뿌려져 있는 느낌이랄까. 하지만 막상 그 안에 들어가보면 굉장히 범죄도 많이 일어나는 곳이고, 경찰들도 그 안에 들어가기 위해서는 계획을 짜고 중무장을 한다고 들었어요. 그래서 거기를 도는 투어도 있어요. 혹시 전 작가도 파벨라 투어를 했었나요?

전 전 전에 그쪽에서 방송 출연을 했었거든요. 그래서 현지 관광상품을 섭외했었어요. 그 지역에 사는 갱 쪽에다 돈을 지불하고요. 통행세를 내는 거죠. 그리고 나서 오토바이 뒤에 실려가지고 '부르릉' 하고 올라갑니다. 기분이 굉장히 묘해요. 시커먼 아이들이 다 쳐다보거든요. 차림이 남루한 애들부터 큰 어른들까지. 그리고 결정적으로, 거기 갈 때 제가 〈시티 오브 갓〉이라는 영화를 보고 갔었어요.

탁 아, 그 파벨라가 무대였던 갱 영화.

전 네, 몰랐다면 좋았을 것을…. 그게 1970년대 실제 브라질을 배경으로 만든 이야기인데, 그거 보면 총질은 기본이고 어마어마해요. 애들

Brazil

이 막 총들고 다니고….

나 그런데 파벨라, 의외로 무섭지 않아요. 저는 투어를 해본 적은 없고요, 그 파벨라 투어를 관할하는 무리 중에 친구가 한 명 있었어요. 그 친구한테 얘기도 많이 듣고, 소개받아서 파벨라 빈민가 안으로 아이들 자원봉사 하러 왔다 갔다 했었거든요. 그러다 보니 거기 사는 분들과 직접적으로 인연이 생겼는데, 의외로 굉장히 순박하시고 아이들 교육에도 목말라 있고 그래요.

탁 파벨라가 배출한 인물도 굉장히 많아요. 호나우지뉴도 어릴 때 파벨라에서 컸다고 하더라고요. 펠레도 사실은 파벨라 출신이고. 어떻게 보면 굉장히 열악하지만, 또 열악하기에 그만큼 꿈을 키우는 사람들이 많은 곳이라고도 할 수 있을 것 같아요.

나 그곳에서 많은 뮤지션이 발굴되었죠.

파벨라에서의 한 밤 의 소 동 들

탁 파벨라 얘기가 나왔으니 말인데, 히우가 굉장히 아름다운 곳이긴 하지만, 한편으로는 범죄에 대해 많이들 경고하잖아요. 희경 씨는 거기 처음 가셨을 때 무서운 경험 없었나요?

나 저 몇 번 경험했어요. 처음 갔을 땐 운이 좋았고요, 새벽 3시에 혼자 다니고 그랬는데도 아무 일 없었고, 두 번째 갔을 때는 무서운 일들이 좀 있었어요. 처음 갔을 때 너무 아무 일도 없었다 보니 경각심이 흐트러진 거죠.

히우의 야경. 누군가에겐 아름답고, 누군가에겐 공포스럽고, 누군가에겐 달콤하고, 누군가에겐 한없이 슬픈. 그래서 빨려 들어갈 수밖에 없는 풍경.

탁 뭔가 일이 터지는 건, 처음에 가서 자신감을 얻고 안심을 한 '다음'이죠.

나 맞아요. 그럴 때 일이 터지더라고요. 보통 모임에 갈 때 액세서리를 하고 가잖아요. 그럼 모임 장소 문 앞에서 액세서리를 하고 들어갔다가, 나올 땐 빼고 왔었어요. 가방도 안 들고 다녔거든요. 두 번째는 일 때문에 갔는데, 좀 대범해져서 액세서리를 그대로 한 채 집에 온 거죠. 그러다가 몇 번 좀….

전 강도를…?

나 강도를 당한 적은 없고요. 근데 항상 염려가 되는 게, 이런 얘기들을 대개 궁금해하시잖아요. 브라질 갔다 왔다고 하면 항상 치안 얘기를 빼지 않고 물으시는데, 정말 괜찮은 분들은 10년을 왔다 갔다 해도 괜찮거든요. 반면 아르헨티나로 유학 가셨던 제가 아는 분은, 내내 괜찮았다가 한국 오기 며칠 전에 강도를 만나서 "다신 안 가!" 이렇게 말씀하셨던 기억이 나요. 저의 경우는 경각심이 흐트러졌기 때문에 그런 일이 발생했다고 생각하고 있고….

탁 어떤 일인데요?

나 (ㅋㅋ) 몇 가지 일이 있었어요. 제가 항상 굉장히 운이 좋거든요. 무서운 일이 세 번 있었는데, 세 번 다 아주 재치 있게 빠져나갔죠. **탁**

그러니까 어떤 일이냐고요. 하나만 얘기해보세요.

나 한 번은 제 생일날이었는데, 브라질 단짝 친구들과 생일파티를 한 뒤에 "우리 밤에 라파에서 놀자!" 하고 우리나라 홍대 같은 히우의 보헤미안 거리에 갔어요. 거기서 삼바가 흘러나오는 클럽에 갔죠. 집을 개조한 굉장히 유명한 클럽인데, 너무나 자유분방했던 제 일행들이 거기서 놀다가 각자 아름다운 여인과 남성들을 찾아 떠나간 거예요. 근데 제 생일파티를 하러 왔기 때문에 저를 혼자 두고 갈 거라곤 차마 생각하지 못했어요. 평소라면 '아, 쟤넨 원래 그렇지' 하고 생각했을 텐데 그날마저 그럴 줄은 몰랐거든요. (ㅋㅋ)

　원래 단짝 친구가 한 명 있었어요. 여자 친구인데, 실연의 아픔으로 힘들어하고 있었어요. 위험하니까 절대 저를 버리지 않고 집에 같이 가겠다고 약속까지 하고 왔는데, 정말 신기하게도 그 클럽 2층 창문에서 건너편 다른 클럽으로 들어가는 전 애인을 발견한 거예요. (ㅋㅋ) 그때부터 안절부절못하면서 "나 저 클럽에 가서 그 친구를 만나야겠어. 오늘이 기회인 것 같아. 나에게 뭔가 필이 왔어" 하는 거예요. 너무 기적 같은 일이잖아요. "가라" 했어요. 보내줘야죠, 사랑인데. 그리고 나서 혼자 삼바를 추다가 집에 가려고 나올 때가 새벽이었어요. 당시 제가 새벽에 공연 보고 혼자 집에 가는 일이 많았거든요. 그럴 땐 항상 택시를 셰어했었어요. 새벽 3시에 여자 혼자 택시 타고 가는 게 위험할 수 있기 때문에. 특히나 클럽 갈 때는 후줄근한 복장은 아니잖아요. 근데 제가 보사노바 가수로 와서 클럽 얘기만 하고 있네요. (ㅋㅋ)

　탁　아니, 보사노바 가수도 클럽 가야죠.

　나　네. 사실 제가 브라질에 있을 때 매주 2회 정도는 삼바 클럽에 갔었어요. 그때 많은 삼바 리듬을 습득했어요. 정말로 많이.

　전　공부하러 가신 거네요. 클럽에? 그럴 수 있죠.

　나　그렇죠. 삼바도 습득하고, 음악도 습득하고, 사랑도. (ㅋㅋ)

　탁

사랑을 많이 알아야 보사노바를 할 수 있으니까요.

나 너무 아름다운 밤이 될 뻔했는데…. 클럽에서 나가면 사람들이 택시 타려고 줄을 서 있어요. 그럴 때 보통 어느 쪽으로 가는지 물어보고 같이 택시를 셰어해서 가면 다 좋았거든요. 친구가 되는 경우도 있었고요. 근데 그날은, 누가 납치를 시도했어요. 누군가 저를 차에 밀어넣는 순간, 제가 발로 차고 도시를 미친 듯이 질주했죠. 그런데 문제는, 질주를 하는데 그 길에 아무도 없는 거예요. 그리고 저 멀리에서 약간 정신이 이상하신 것 같은 여자분이 막 소리를 지르면서 쫓아와요. 무섭죠. 근데 제가 둥글둥글하게 생겼는데, 생각보다 달리기를 잘해요. 그래서 정말 전력 질주했어요. 경찰차 있는 데까지 정말 열심히 뛰었어요.

탁 경찰차를 발견한 거예요?

나 그 동네는 경찰차가 항상 어딘가에 있거든요.

탁 천만다행이네.

나 근데 정말 멀리 있었어요. 미사일처럼 뛰었거든요. 그런 적도 있고…, 또 한 번은 제가 일하러 갔기 때문에 프라이빗 파티에 많이 초대받았어요. 음반 관계자들이 모이는 파티에 초대받아서 굉장히 치장을 많이 하고 갔어요. 우리나라에서는 아기자기한 소품들을 좋아하지만 거기는 블링블링한 것 엄청 달아야 "좀 괜찮다" 하거든요. 그래서 킬힐을 신고, 굉장히 예쁜 파우치를 들고, 아주 화려한 팔찌를 양쪽에 대여섯 개씩 차고 갔다가, 마찬가지로 택시를 타고 같은 동네로 돌아오던 길이었어요. 제가 살던 동네가 가장 치안이 좋은 동네였어요. 레브롱Rio Leblon Beach 이라는, 이파네마 바로 옆쪽에 있는 동네인데….

전 부자 동네죠.

나 사는 곳만은 거기여야 했어요. 왜냐하면, 여자 혼자 간 거고 새벽에 오는 날이 많기 때문에. 그 동네는 사복경찰이 항상 거리에 있어요. 그게 너무 좋아서 거기 살았는데, 여하튼 택시를 타고 그 동네에 사는 다른 뮤지션 부부와 함께 돌아오는 길이었어요. 근데 파티에서 와인에 치즈 한두 개 먹고 얌전히 있었기 때문에 배가 너무 고픈 거예요. 그때 맥도날드가 눈앞에 보이더라고요. 그래서 그 동네에서 내렸어요. 뮤지션 부부네 맞은편에 맥도날드가 있었어요. 거기서 저희 집까지는 두세 블럭밖에 안 됐고요. 그러니 들어갔죠. 맥도날드 안에 주문하려는 사람들도 있었고요. 그리고 나서 주문을 하려고 지갑을 여는 순간, 깜짝 놀랐어요. 제 바로 왼편에 어린아이가 와서 제가 얼마를 가지고 있는지 들여다보고 있었거든요. 보통은 돈을 달라고 해요. 그런데 문제는, 그 아이가 기척도 없이 다가와서 지갑 안에 얼마 있는지를 보고 있는 거죠. 전 너무 놀란 거예요. 말도 안 나오고, 돈을 주지도 못하고, 어떻게 하지도 못하고 있었어요. 그랬더니 슬쩍 보더니 뒤로 가요. 그리고는 뒤에 있는 일행과 이야기를 하는 거예요. 어쩌고저쩌고 하는데 전 들리잖아요. 그런데 그 내용이, 저 하이힐, 지갑에 얼마, 팔찌, 여자, 뭐 기타 등등 그런 단어가 다 들리는 거죠. 제가 포르투갈어를 하지 못하는 부자 관광객이라고 생각하고 뒤에서 자기들끼리 얘기하는데, 처음에는 두세 명 정도였는데 뒤를 돌아보니 순간 일고여덟 명이 와 있는 거죠. 그런데 문제는, 그 동네가 가장 잘사는 동네인 동시에 파벨라에서 5분 거리에 있는 동네예요. 파벨라는 아이들이 마약 밀매 조직 같은, 어른들 소식과 연결되어 있기 때문에 잘못 걸리면 굉장히 위험하거든요. 육감이라는 게 있어요. 여자들은 또 그런 게 있잖아요. 반응을 하는 거죠. 등골이 오싹해지는 거예요. 근데 알바생도 뭔가를 느꼈는지 햄버거를 안 주는 거예요. 굉장히 저렴하고 무난한 치즈버거를 시켰거든요. 안 줘요. 눈치를 보는 거죠. 이걸 주고 나면 이후에 뭔가 있을 거라고 생각하는 거예요.

전 아, 도와주려는 마음으로….

나 그렇죠. 알바생이 못 주는 거예요. 바로 앞에 있는데 안 줘요. 그래서 저도 눈치만 보고 있었어요. 누군가 올 때까지. 그런데 누군가 왔어요.

탁 누가요?

나 그 동네에 사는 어떤 남성분이 그냥 햄버거 먹으러 나왔어요. 그래서 제가 얼른 팔짱 끼고 "어, 안녕하세요?" 했어요.

탁 오, 그때 정말 순간적으로 기지를 발휘했네요.

나 그분한테 얘기를 시작했죠. "저 햄버거 먹고 집에 가야 하는데 무섭다. 같이 집 앞까지 좀 데려다 달라" 했더니 뒤를 살짝살짝 보시더니 사태 파악을 하신 거죠. 큰 소리로 대답을 하는 거예요. "집 앞까지 같이 가죠!"

전 오!

나 그런데 전 브라질 사람들을 사랑하지만 약속에 대해선 사실 잘 믿지 않아요. 브라질에서 함께 일하고 그들을 긍정하기 위해선 몇 가지가 필요한데, 그들의 그 근거 없는 긍정에 동의할 줄 알아야 해요. 그렇지만 최악의 사태에 대비할 줄도 알아야 해요.

탁 양극단을 다 가지고 있어야 하네요.

나 그렇죠. 첨엔 안심을 했지만, 그분이 햄버거를 받아 위로 올라가서 먹으려고 하는 거예요. 위에 올라간 순간 저는 생각했죠. '이 사람이 햄버거를 다 먹고도 날 도와줄지는 알 수 없다.' 왜냐하면, 애들이 없으면 "이제 괜찮네요. 안녕히 가세요" 할 수도 있잖아요. 그리고 그 사람 역시 오늘 처음 본 사람이다 보니 곤혹스러웠어요. 게다가 그땐 아이들이 안 보였거든요. 그렇지만 뭔가가 계속 느껴지고 있었어요. 어디 구석구석에 있을지 모르기 때문에…. 근데 제가 너무나 운이 좋은 게, 그때 마침 조금 전 헤어졌던 뮤지션 부부가 강아지와 산책을 하러 새벽 2시에 나온 거예요!

전 구세주처럼!

탁 새벽 2시에 산보를!

나 큰 강아지랑 함께 나온 거예요. 길 건너편을 지나가는데 제가 소리를 질러 불러서, 그분들이 함께 데려다준 일이 있었어요. 제가 그 두 사건으로 인해 깨달은 것은 첫째, 시내에서는 새벽에 혼자 집에 가지 말자. 둘째, 아무리 안전한 곳이라고 해도 기본적으로 치안에 대해서 경각심은 가지고 있자. '액세서리는 빼고 신발은 편한 것으로 갈아신는다'라든가 기타 등등. 그 이후에는 위험한 일이 거의 없었죠.

탁 사실 어디를 가든지 착한 사람도 있고 나쁜 사람도 있거든요. 한두 번의 사건으로 '이 나라 애들은 다 쓰레기야! 사기꾼이구만!' 할 필요는 전혀 없지만, 또 그렇다고 해서 모든 사람이 경고하는 지역이나 상황에서 나한테만 그런 일이 안 일어날 거라고 근거 없는 자신감을 가질 이유도 없는 거죠.

전 가지 말라는 데는 다 이유가 있어요.

나 현지인늘하고 다니는 게 되게 중요해요. 신발도 특히 중요하고요. 편안한 것 신고, 액세서리 주의하고, 새벽에 혼자 다니지 않고, 늦지 않게 들어가고. 이런 걸 지켜주면 사실 별로 문제가 없어요. 어차피 다 사람 사는 곳이잖아요.

탁 지금까지 이런 얘기 다 해놓고 나서 문제 없다니까 전혀 설득력이 없는데요?

나 (ㅋㅋ) 이야기한 거 너무 후회돼요!

세계 3대 축제, 히우 지 자네이루 카 니 발

탁 히우의 여러 측면에 대해 이야기하고 있는데, 히우 하면 우리가 또 얘기하지 않을 수 없는 부분이 하나 있잖아요.

나 그렇죠. 카니발. 사실 카니발은 히우뿐만 아니라 브라질 전체의 축제인 거죠. 세계 3대 축제 중 하나로 거대한 축제인데, 1억 6,000만여 명이 시청하는 굉장한 축제예요. 브라질 사람들은 이 카니발 시즌을 위해 1년 내내 열심히 일한다고 해도 과언이 아닐 정도로, 카니발에 굉장히 심취해 있어요. 그리고 그렇게 아름답고 유명하고 브라질 전 국민이 사랑하는 카니발에, 가수 싸이 씨가 참여했었죠. 살바도르Salvador에서. 의외로 국내에는 보도가 덜 됐더라고요. 그리고 상파울루랑 히우의 카니발에는 한국을 좋아하는 삼바스쿨이 한국을 테마로 해서 행진에 참여했어요.

탁 카니발 마지막에 시상식 같은 것도 하죠? 그걸 위해서 그들은 정말 1년 내내 준비를 하더라고요.

나 1년 내내 준비를 하긴 하는데, 사실 몰아서 하는 경향이 있어요.

전 벼락치기로? (ㄱㄱ)

탁 아, 그분들이 어떤 분들인데 1년 내내 하시겠어요.

나 막판에 되게 바빠져요. 가을 겨울철 되면 급해지죠. 근데 엄청 잘 만들어요.

전 무대가 엄청 나요.

탁 근데 히우 카니발의 이미지라고 한다면, 거의 헐벗은 삼바걸들과 무희들의 모습이 많이 떠오르는데요. 왜 그렇게 헐벗…어요? (ㅋㅋ)

전 추다 보면 더우니까. 그 정도로 하겠습니다.

탁 근데 카니발이 지금은 세계인이 즐기는 축제로 정착이 되었지만, 남미식으로 하면 '카르나발', 브라질식으로 하면 '카나바우'의 시작은 사실 가톨릭 축제였죠. 2월이 되면 온 유럽이 카니발 축제를 하는데요. 사실 이것은, 예수의 고난을 기리는 사순절 단식에 앞서서 마지막으로 놀고 먹고 즐기는 가톨릭의 축제였던 거죠. 근데 이게 남미에 분명한 목적을 가지고 이식이 된 것이거든요. 뭐냐면, 남미 전역이 유럽의 식민지가 됐잖아요. 그러다 보니 그 안에는 이질적인 문화집단 간의 언제 터질지 모르는 갈등이 내재되어 있는 거죠. 마구 흔든 콜라나 사이다처럼, 뭔가 충격만 가해지면 뻥 터질 것 같은 그런 에너지가. 그래서 1년에 한 번씩 그런 것들을 마음껏 발산하는 장을 만들어주지 않으면 사회의 존속 자체가 불가능할 정도였어요.

전 *김을 좀 빼주는 목적이 있는 거죠.*

탁 그렇죠. 그러니까 유럽의 카니발 축제는 어떻게 보면 형식이었던 거고, 남미 카니발의 그 큰 틀 안에 채워지는 건 백인 문화, 아프리카에서 온 흑인들의 문화, 원래부터 남미에 거주하던 원주민들의 문화인 거죠. 희경 씨도 히우의 카니발 현장에서 흑백의 문화, 남미 자체의 문화가 마구 섞이는 걸 좀 경험하셨을 것 같아요.

나　저는 '이게 이렇게 섞이고 저렇게 섞여서 굉장히 아름답구나'라고 파악하기보다는, 그냥 너무 신 났어요. 2년 연달아 카니발을 브라질에서 보냈거든요. 살바도르 카니발도 가보고 히우 카니발도 가보고 했는데, 같은 삼바여도 삼바스쿨마다 리듬이 달라요. 연주하는 게 다르고, 저마다 미는 색깔이라든가 여러 가지가 달라요. 각종 주제와 테마를 다 믹스해서 노는 거예요. 그리고 거리에서 볼 수 있는 가장 화려한 퍼레이드는, '삼보드롬'이라는 큰 공간에서 퍼레이드를 하는 거예요.

탁　스타디움같이 생긴 데죠?

나　스타디움인데 입장료가 굉장히 비싸요. 서민들은 한 번 가면 두 번 갈 이유가 없는 거죠. 그래서 보통은 관광객들이 들어가요.

탁　얼마 정도 하나요? 일반적인 티켓 가격이.

나　천차만별이에요. 암표도 너무 횡행하고 있고요. 그래도 제일 싼 좌석을 구해서 간다면 20~30만 원 정도.

탁　그러면 VIP석 같은 경우는 몇백만 원 하겠네요?

나　그렇죠. 굉장히 비싸기 때문에 서민들은 카니발을 어떻게 즐기냐면, '블로코Blocco'라고 해서 행진하는 단체들이 있어요. 블로코도 삼바스쿨들처럼 역사가 오래된 것들이 되게 많거든요. '우리는 락을 섞어서 하는 블로코다. 이번 카니발에 우리는 A동네, B동네, C동네에서 12시마다 행진을 할 거야' 이런 식으로 공지를 해요. 그러면 브라질 전역의 각 동네 시민들이 다 거기에 가는 거예요. 거기서는 브라질 사람들이 좋아하는 트렌디한 음악도 들을 수 있고, 랩도 있고, 삼바도 있어요. 그리고 거기 모이는 시민들은 굉장히 핫하게 코스프레를 하고 오죠. 그게 정말 카니발의 현장이었던 것 같아요, 저는. 도시 전체가 아주 마비가 되거든요.

탁 오히려 삼보드롬 안에서 보는 것보다 동네 골목에서 보는 것이 진짜 카니발이겠군요.

나 네. 그게 진짜 카니발이었고, 제가 느끼기엔 모든 스트레스가 해소되는 기분이었어요. 사실 바깥에서 보면 '이렇게 섞여 있고 저렇게 섞여 있네'라고 분석은 가능한데, 막상 들어가보면 이 '섞인다'는 말 자체가 필요 없을 정도죠. 모든 게 자연스럽고 '자유롭다' '오픈 마인드다'라는 것을 온몸으로 느낄 수 있거든요.

탁 제가 아까 헐벗음에 대해서 얘기했잖아요. 카니발의 헐벗음은 사실 섹슈얼리티의 발현이에요. 자기가 가지고 있는 섹슈얼리티. 거기에도 역사적인 배경이 있어요. 흑인들은 처음에 노예로 들어왔잖아요. 노예들의 성행위는 굉장히 통제 대상이었던 거예요. 주인들 입장에선 노예들이 거기에 너무 힘을 빼면 힘드니까. 생산력에도 지장이 있을 거고. 그렇다고 섹스를 너무 안 하면 노예의 숫자가 불어나지 않잖아요. 그러니까 재산 증식을 위해서는 일정 기간 '완전 무제한'으로 허용하는 게 필요했던 거예요. 그게 바로 카니발이었고, 그렇기 때문에 카니발에서 자연스럽게 자신의 섹슈얼리티를 극한까지 표현했던 거죠. 그러니까 헐벗음에는 다 그럴 만한 시대적, 역사적 배경이 있는 거예요.

나 굉장히 자유분방한 나라인데, 모든 면에서 그러하죠. 핫한 장면들을 곳곳에서 많이 볼 수 있어요. 통제가 없습니다.

Brazil

히우의 카니발은 삼보드롬 안에서만 펼쳐지는 것이 아니다. 더 생생하고 농밀한 축제들이 도심 외곽의 이면도로를 채운다.

브라질의 캬나바우에서는 일상에서 억눌렸던 섹슈얼리티가 제한 없이 분출되곤 한다.

날이니까. 그러니 브라질 사람들이야말로 진짜 오늘이 얼마나 소중한지 가장 잘 깨닫고 있는 사람들이란 생각도 들어요.

전 정말 오늘을 사는 분들이죠. 내일 해가 뜨지 않을 것처럼.

나 그런데 전 우리나라 사람들 보면, 아시아의 라티노들 같단 생각도 들어요. 우리나라 사람들도 '내일은 없다'는 마인드로 마시잖아요. 그리고 일도 마찬가지로 내일이 없는 것처럼 하고….

삼바걸의 땀 냄새를 닮은 카 이 피 리 냐 !

탁 축제와 떼려야 뗄 수 없는 것이 술이잖아요. 한국인의 '먹고 죽자' 습성에 대해 얘기했지만 브라질 사람들도 만만치 않은 것 같아요.   **전**

*카이피리냐!
굉장한 술이에요.*

탁 굉장한 술이죠. (ㅋㅋ)

전 정말 전 하루에 세 잔씩은 마신 것 같아요.

탁 카이피리냐가 어떤 술인지 설명 좀 해주세요.

전 카이피리냐는 라임을 잘게 잘라가지고, 럼주에…. 아무튼 카샤사라고 그들의 술이 있어요. 그거에다가 얼음을 통째로 넣고 갈아서 ….

탁 내가 설명할게. (ㅋㅋ) 카이피리냐는 브라질의 국민칵테일입니다. 이제 남미에서 너무 유명해져서 한국에서도 홍대나 몇몇 곳에서 마실 수 있어요.

전 국내 도입이 좀 늦었어요.

탁 사실 남미에서는 3대 칵테일 중 하나죠. 모히토, 쿠바 리브레, 카이피리냐. 혹은 쿠바 리브레 대신에 피스코 사워를 넣기도 하고요. 그런데 카이피리냐에는 카샤사라는 술이 필요해요. 카샤사가 뭐냐면, 우선 사탕수수의 즙을 가지고 설탕을 만들죠. 근데 그 사탕수수에는 여전히 당분이 남아 있어요. 이것을 더 압착해서 남은 즙을 받아 가만히 놓아두면 설탕 농도가 너무 높아서 안 변하는데, 거기다가 물을 좀 타서 설탕 농도를 낮춰주면 당이 발효가 되면서 술이 됩니다. 근데 이렇게 해서 끝나는 게 아니라, 한 번 더 끓여요. 그런 뒤 알코올의 증기만 모으면 카샤사라는 술이 되죠. 사실 이건 노예들의 술이었어요. 왜냐하면 백인들은 어떡하면 여기서 와인을 만들어 먹을까 골몰하고 있었거든요. 그래서 유럽과 조금이라도 기후가 비슷하다 싶으면 거기에 포도를 심어서 와인을 생산할 궁리만 하고 있었어요. 근데 사실 사탕수수가 돈이 되는 작물이었기 때문에 브라질 전역에다가 이 사탕수수를 심고 노예들을 이용해 노동을 시켰는데, 노예들이 이 짜고 남은 사탕수수를 가지고 술을 만드는 법을 알아낸 거예요.

전 훌륭한 일을 했네요.

탁 아주 훌륭한 일을 한 거죠. 그렇게 해서 어쨌든, 사탕수수의 즙을 발효시킨 것을 끓이면 아주 무색투명한, 그러면서 맛이 상당히 거친 술이 만들어집니다. 이 카샤사를 그냥 마시면 독특한 냄새가 나는데요, 저는 그걸 '삼바걸의 땀 냄새'라고 표현하고 싶어요.

나 그런 표현 듣고 난 이후론 마실 때마다 신경 쓰일 것 같아요.

탁 그 카샤사를 넣고, 거기다가 라임을 넣고, 설탕을 넣고, 그 다음이 중요한데 절굿공이로 으깨요. 그 소리만 들어도 입에 침이 고여. 그걸 삭삭 으깬 다음에 셰이킹을 하면 카이피리냐가 되죠.

Brazil

나 이게 되게 독해요. 저는 처음 갔을 땐 몰랐어요. 칵테일이니까 이렇게 독한지 모르고 마구 마셨다가….

탁 그러니까 이게 '작업주'인 겁니다. 남자분들은 이 카이피리냐를 잘 이용하시면…. (ㅋㅋ)

나 제가 이것 3잔 먹고 포르투갈어를 하기 시작했어요.

탁 은혜받으셨군요!

전 말이 터졌군요, 야아!

나 '나는 누구입니다' 같은 처음에 외워 갔던 문장들, 머릿속에 있던 모든 문법과 문장들이 터져가지고, 정말 큰 도움이 되었어요. (ㅋㅋ)

탁 좋은 방법이에요. 저도 어디 가서 취재할 때 영어를 많이 쓰는데, 제 영어가 상당히 괜찮아요. 저보고 사람들이 "어디에서 어학연수 했어요?" 하고 물어봐요. 그러면 저는 이렇게 대답합니다. "강원도 원주에서 했어요." 저는 거기서 군생활을 했는데, 장교였기 때문에 비상만 안 걸리면 밤마다 나올 수가 있었어요. 술친구들이 다 미군이었어요. 그래서 술을 먹으면 영어 실력이 두 배가 됩니다. 문장력과 어휘력이 갑자기 두 배가 돼요. 언어에 대해 고민을 가진 분들은, 술집에서 외국인 술친구를 사귀는 것부터 시작하는 것도 굉장히 좋은 방법이에요. 희경 씨도 그렇게 해서 포르투갈어를 하신 거잖아요.

근데 저도 카이피리냐에 얽힌 잊지 못할 추억이 있는데, 제가 이구아수에 취재를 갔었어요. 세계에서 가장 큰 폭포. 취재를 끝내고 그날 밤에 조연출이랑 제 자신에게 뭔가 보상을 해주고 싶은 거예요. 그래서 가장 핫한 데가 어디냐고 물어보니, 클럽이 있다는 거예요. "오늘밤, 지근거리에서 삼바걸들의 땀 냄새를 제대로 한번 맡아 보겠다." 그러면서 클럽에 가서 표를 샀어요. 그런데 표 살 때까지는 일언반구 없다가 들어가려니까 제지를 하는 거예요. 그때 시간이 8시인가 그랬는데 10시는 넘어야 입장을 한다는 거예요.

전 아, 그렇죠. 8시는 너무 이르죠.

탁 제가 그걸 몰랐던 거예요. 그래서 표도 제가 사놓고선 괜히 애꿎은 조연출한테 "아, 그러니까 물어보고 샀어야지!" (ㅋㅋ) 그리고 나서 기다릴 데를 찾은 거예요. 클럽 맞은편에 포장마차 같은 게 하나 있었어요. 거기 앉아서 카이피리냐를 마신 거죠. 너무 맛있는 거지, 이게! 물보다 흡수가 빨라요. 촬영이 사실 3D 업종이거든요. 육체노동이에요. 갈증과 피로가 있으면 술이 쫙쫙 들어가요.

라임이 진짜로 갈증 해소에 도움이 돼요. 기가 막힙니다. **전**

탁 별다방 가면 주는 그런데 사이즈 잔 있잖아요? 그 잔으로 3잔은 마신 것 같아요. 인심이 얼마나 좋던지. 30분도 안 돼서 10분에 한 잔 꼴로 쭉쭉 흡입을 하고 정신을 차려 보니, 10시 40분입니다. 거기 엎드려서 두 시간 동안 잔 거예요. 그래도 그 포스 두 이구아수 쪽은 희한하게 치안이 좋았어요. 소지품들이 그대로 있더라고요.

일어나서 클럽에 가보니까 줄이 300미터는 선 거예요. 알고 보니 그날 밤에 무슨 유명한 가수가 온대. 그런데 여러분, 이것 아셔야 돼요. 브라질에서 줄 서는 곳은 가지 마세요. 반나절이나 한나절 안에 거기 들어갈 가능성 없습니다. 일 처리 정말 느리거든요. 은행, 관공서 비롯해서 뭔가 줄이 서 있는 곳은 가지 마세요. 포기하세요. 10시 반에 줄 섰으면 입장은 1시인 거야. 그 정도로 느려요. 내일도 취재가 있는데, 거기서 줄

Brazil

서고 기다려서 1시에 들어가면 본전 생각해서 일찍 나오겠어요? 밤 새고
나오지. '아, 들어가는 건 도저히 안 되겠다.' 그래서 아주 합리적인 판단
을 내렸어요. 제가 암표를 팔았죠.

전 그래도 돼요?

탁 그 전에 누가 저한테 와서 물어봤어요. 표 살 거냐고. 아, 요것 봐
라? 그래서 걔 뒤를 따라다니면서 뭐라고 하는지 제가 배웠죠. "세벤데
잉그데소스. 뜨렌따 헤아이스." 그게 '표 팝니다. 30헤알이에요'라는 뜻
이에요. 그걸 제가 배워서 결국은 표를 웃돈 받고 팔았죠.

전 오, 괜찮은데요? 카이피리냐 값은 나왔겠네요.

탁 40헤알에 팔았습니다.

전 성공하셨네요. 그런 술입니다, 카이피리냐가.

살을 찌우는 브 라 질 의   요 리 들

탁 브라질의 술 얘기를 하다 보면, 술과 언제나 결부되어서 다니는
음식 얘기를 하지 않을 수 없잖아요. 희경 씨는 브라질 음식 중에서 어떤
걸 제일 좋아하세요?

나 저는 '페이조아다Feijoada'라고, 브라질 주식 정말 좋아해요. '페이
장Feijão'이라는 검은콩이랑 각종 고기랑 잔뜩 넣고 만든 음식이고요. 또
'파로파Farofa'라고, 말린 만디오까 열매를 튀겨 가루로 만든 게 있는데,
이 두 개를 섞어 먹으면 진짜 맛있어요. 너무 좋아해서 갈 때마다 엄청
사와요. 이민 가방에다가 구석구석 넣어서.

탁 아, 만디오까. 고구마도 아니고 무도 아닌 정글에서 나는 식물인데요. 삶으면 아무 맛도 없어서 오히려 맛있는 것 있죠? 밥 같은 느낌.

나 페이조아다는 우리나라에서 백반 먹듯이 늘 먹는 주식이에요.

탁 남미 다른 나라에 가면, 그걸 '프레홀레스'라고 해요. 프레홀레스랑 페이조아다랑 거의 비슷한 음식이에요. 때로는 돼지 내장 같은 걸 넣기도 하죠?

나 네, 돼지 귀도 넣고요. 그게 처음에 어떻게 만들어졌냐면, 부유하지 않은 분들은 고기가 없잖아요. 먹을 게 없다 보니, 주인들이 살코기를 다 발라먹고 던져준 귀, 내장, 손, 족발을 콩이랑 같이 푹 고아서 고기 맛을 낸 거예요. 우리나라 부대찌개랑 역사가 좀 비슷한 느낌인데, 이제는 그게 명물이 된 거죠.

전 솥단지에 담아서 내오는데 약간 뚝배기 느낌이에요.

나 네. 뚝배기에 푹 고아서 만드는데, 어떤 데 가면 오리지널처럼 정말 귀도 넣고 해요. 근데 요즘에는 그냥 좋은 고기들, 말린 소고기 넣고 햄 넣고 만들더라고요.

탁 실제로 더 맛있는 건 어느 쪽인가요?

나 뭘 넣었느냐가 중요한 게 아니라 누가 만들었느냐가 제일 중요한 것 같아요. 저는 하숙집 아주머니가 만들어주신 게 제일 맛있었어요. 제가 브라질에 처음 갔을 때 그것 때문에 7킬로그램이 쪘거든요. 정말 그것 때문에. 너무 맛있어서 계속 먹었는데 그게 그렇게 살이 많이 찌는 음식인지 몰랐어요.

전 브라질 사람들이 남미 다른 국가 사람들과 체형이 달라요. 유럽인과 많이 섞인 것도 있지만, 콩이 또 열량이 높잖아요. 발육에도 좋고.

Brazil

애들도 어릴 때부터 콩, 고기, 엄청 먹잖아요. 그래서 다른 국가에 비해 훨씬 건장하고 여자분들은 또 그렇게⋯ (ㅋㅋ) 굉장하시죠.

나 어떤 음식 좋으셨어요? 브라질 가셨을 때.

전 그 왜 갈비처럼 얇게 슬라이스해서 구워먹는 게 뭐죠?

나 슈하스코요? 아, 또 브라질 하면 빠질 수 없는 요리죠.

전 네. 그거랑 맥주랑 먹으면⋯ 아아, 잊을 수가 없어요.

탁 저는 기억에 남는 게, 브라질 레스토랑에 가서 앉아 있으면 서빙하는 분들이 큰 꼬챙이에다가 고기를 부위별로 끼워 들고 다니면서 "어느 부위 드시겠습니까?" 하고 물어봐요. 먹겠다고 하면 그 자리에서 썰어주고요. 어우, 생각만 해도 침이 꿀떡꿀떡 넘어가요. 그 서빙하는 분들이 전부 꼬챙이 하나씩 들고 있는데, 고기가 가득 꽂혀 있어. 엄청난 레스토랑이었어요. 그 풍경 자체가 너무 풍요롭잖아요.

나 그런 데는 순서 놓치면 없어요.

전 맞아요. 지나가면 다신 안 와요. 다 나눠주고 끝나기 때문에.

브라질 여행의 단상

탁 브라질 얘기 이렇게 하다가는 3시간도 좋고 4시간도 좋고 계속할 수 있을 것 같은데요. 우리 마지막으로 자기가 생각하는 브라질의 가장 큰 매력이 뭔지 하나씩만 얘기할까요? 먼저 전 작가.

전 브라질은 슬픈 역사를 많이 지녔지만, 자연이라든가 거기서 파생되는 문화들이 남미 다른 나라들과는 확연히 달라요. 언어뿐만 아니라요. 같은 라틴아메리카 안에서도 독보적인 매력을 갖고 있는, 강렬한 색채와 공기가 있는, 그래서 언제든지 다시 가고 싶은 곳입니다.

나 저는 브라질 하면 낭만이 가장 먼저 떠오르고, 누구와 얘기를 하더라도 꼭 낭만에 대한 이야기가 흐르는 것 같아요. 자유로움도 낭만이 있기에 가능하고요. 또 그 낭만을 말하는 것과 즐기는 것과 이루는 것이 그들에겐 항상 열려 있고 가까이 있어서, 히우는 그리고 브라질은 낭만의 도시다. 낭만의 나라다. 매력적인 나라다. 라고 생각하고 있어요.

탁 저는 브라질 사람들이야말로 오늘을 살 줄 아는 사람들이다, 그리고 브라질이라는 나라는 오늘 하루가 얼마나 소중한지를 느끼게 해주는 나라다, 이렇게 말씀을 드리고 싶네요. 내일이 없는 것처럼 놀 수 있는 사람들은 축복받은 사람들입니다. 놀 때는 그렇게 놀아야죠.

전 맞습니다. 전 국민이 그렇게.

탁 전 국민이 대가리가 터지도록 놀 줄 아는 나라. (ㅋㅋ)

전 굉~장한 나라예요.

탁

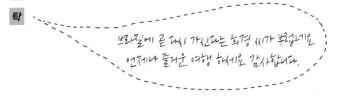

브라질에 곧 다시 가신다는 희경 씨가 부럽네요.
언제나 즐거운 여행 하세요. 감사합니다.

brazil

Indi

비틀즈의 멤버였던 조지 해리슨George Harrison은 팀의 인기가 절정에 달했던 1966년, 부인과 함께 인도의 뭄바이Mumbai를 방문한다. 인도 음악의 달인 라비 샹카로부터 전통악기 시타르Sitar를 배우기 위해서였다. 전 세계를 강타한 꽃미남 밴드의 일원에서 한 인도 음악가의 문하생 신분이 된 그는, 인생에서 처음으로 자기 자신과 자신의 음악에 대해 심도 깊게 돌아보는 시간을 갖는다. "처음으로 비틀즈나 숫자로부터 자유로워졌다"라고 그는 회고한 바 있다. 그전까지 그를 단단히 둘러싸고 있는 외피였던 비틀즈를, 조지 해리슨은 인도에서 버렸다. 인도 악기를 접목한 새로운 선율

India

과 서구인으로서는 넘어서기 어려웠던 정신세계에 대한 자각으로 무장한 그는, 비틀
즈 해체 이후 솔로로서 최초로 빌보드 차트 1위를 차지한다. 그리고 인도를 너무나
사랑했기에, 죽어서도 인도식으로 화장되어 갠지스 강 위에 뿌려졌다.

많은 사람들이 인생의 교차로에서, 또는 막다른 곳에서 인도를 떠올리고 그곳으로
떠난다. 지금까지 알던 질서와 지식이 철저하게 해체되고 다른 방식으로 조합되는
새로운 우주를 만나기 위해, 그리고 이 땅에 공존한다는 3억 명의 신 중에서 나의 간
절한 고민에 응답해줄 수 있는 신이 하나쯤은 있지 않을까 소망하며.

나 또한 그런 사람 중 하나이다. 몇 년 전 델리에서 잠깐 전통결혼식을 취재해봤을
뿐, 인도의 진정한 카오스에는 아직 발을 들여놓지 못했다.
근혜 씨의 인도 이야기에 귀를 기울이며, 나 또한 인도 여행을 욕망했다. 내가 쌓아
올린 알량한 비틀즈를 넘어설 수 있는, 파괴의 신 시바가 강림하기를 기도했다. 새로
운 코스모스가 열리기를 소망했다.

by 탁

India

GueSt

박근혜

—

'쎈 언니'라는 표현이 어울리는 카리스마 있는 외모 때문에 마음고생을 많이 하지만,
알고 보면 부드럽고 섬세한 반전 매력의 소유자(그렇다고 성격이 '쎄지 않은' 것은 아님.
여행 도중 피해볼 것 같은 일이 있을 땐 이런 사람 곁에 붙으면 최고).
자신이 보컬로 참여하고 있는 포크밴드 '그네와 꽃' 1집에 수록된 〈코르도바〉라는 노래는
스페인 여행 때 코르도바에서의 행복했던 오후를 그려낸 곡이고,
2집에 수록된 〈사막의 별〉은 인도 자이살메르를 여행하며 받았던 인상을 표현한 곡이라는 데서
알 수 있듯, 여행하듯 음악하고 음악하듯 여행하는 삶을 살고 있는 중.
이들의 음악을 듣다 보면 종종 심히 떠나고 싶어지는데, 이는 어쩌면 당연한 결과.

탁　귀만 있으면 떠날 수 있는 세계여행, 여행교의 간증집회 '탁PD의 여행수다'에 오신 것을 환영합니다.

전　반갑습니다.

탁　오늘 우리가 함께 여행해볼 나라는 어디죠?

전　인도입니다. 마음의 고향 같은 곳이죠.

탁　아, 인도. 다뤘어도 정말 진작에 다뤘어야 할 곳인데…. 일단 진행하고 있는 저 자체가 인도 여행을 인도 여행답게 해본 적이 없어서 주저하고 있었는데, 정말 인도 하면 떠오르는 가수가 있죠. 밴드 '그네와 꽃'의 박근혜 씨와 함께 인도로 떠나볼까 합니다.

박　안녕하세요.

탁　인도는 정말 모든 여행자들이 한 번쯤 가보기를 꿈꾸는 곳이고, 배낭여행의 메카와도 같은 곳이에요.

전　배낭여행의 시작과 끝을 담당하는 곳이죠.

탁　벌써 우리 전 작가의 눈가가 아련해지는데, 어떤 인연이 있나요?

India

전 아, 벌써 죽겠습니다. 개인적으로 첫 번째 배낭여행을 했던 나라가 인도인데요. 그 덕에 이후에 갔던 어느 나라도 다 만만하게 보였던, 그러니까 인도를 한번 다녀오시면 남미 어디를 가든 아프리카 어디를 가든 인도보다는 나으니까…. 그런 곳입니다.

탁 전 작가의 여행을 한 단계 업그레이드 시켜준 곳이군요.

전 시작부터 아주 다이내믹하게 첫 나라를 인도로 끊는 바람에….

탁 어떤 여행자에게는 최저 레벨을 정의해주는 하나의 척도로서, 또 다른 여행자에게는 정말 다시 볼 수 없는 아름다운 풍경으로 다가오는 인도에 대해서 본격적으로 얘기를 해볼까 해요.

전 인도 소개를 좀 할게요. 벵골만에 위치해 있고요, 아시아 남부의 굉장히 큰 비중을 차지하고 있는 나라입니다. 주변으로는 버마, 네팔, 티베트, 중국 그리고 방글라데시가 있죠. 면적은 세계 7위를 자랑하고 한반도 면적의 15배쯤 됩니다. 인구는 대략 12억 5,500만 정도로 세계 2위예요.

탁 인구 1위는 당연히 중국이고요.

전 인도 사람 하면 까만 얼굴 많이들 상상하시잖아요. 그런데 사실은 굉장히 다양한 인종의 집합소 같은 나라예요. 워낙 역사가 오래됐고, 기원전 2500년경부터 인더스 문명이 발달한 뒤로 그 주인이 여러 번 바뀐 나라입니다. 힌두교의 성지이고, 그러면서도 불교의 산지이기도 하고, 이슬람교를 믿는 분들이 전체 인구의 15퍼센트로 이슬람 사원도 되게 많아요. 총 28개의 주가 있고 7개의 자치주가 있는 나라입니다.

인도의 첫 인 상

탁 근혜 씨가 인도 여행과 인연을 맺은 건 몇 년 전으로 거슬러 올라가나요?

박 4년 전요.

탁 4년 전에 여행을 떠났던 심적인 배경 같은 것들도 중요할 것 같아요. 인도를 택할 때는 나름 자기만의 이유들이 있는 것 같아요.

박 초등학생 때부터 베프였던 친구가 있는데, 고등학생 때 항상 둘이 붙어다녔어요. 그때 당시의 저는 지금 같지 않고 굉장히 얌전했어요. 근데 제 친구는 되게 왈가닥이었거든요. 맨날 씩씩거리며 돌아다니고 저를 커버해주는 되게 든든한 친구였는데, 그 친구가 자기 딴에는 결혼을 못 할 거라고 생각했나 봐요. 남자 같던 친구라. 그래서 고등학생 때 "근혜야, 우리가 대학을 졸업하고 직장생활을 해서 돈도 좀 모으고 서른이 넘으면 인도로 떠나자" 그런 이야기를 했었어요. 그러더니 "만약에 20대에 결혼하면 우리는 인도 여행 못 간다. 그러면 먼저 결혼하는 사람에게 원하는 3가지를 사주자" 이런 제안을 뜬금없이 저한테 하더라고요. 근데 그 친구, 29살에 결혼했거든요. (ㅋㅋ)

탁 저런….

박 그런 뒤 시간이 되게 많이 흘러서 **딱 서른 즈음 되니까, '나 인도 가야 되는데…' 이런 생각이 들더라고요.** 이상하게 그 약속이 생각나면서요.

탁 그때 한 약속을 혼자라도 지켜야겠다?

박 그렇죠. 그리고 그 친구는 결혼을 한 게 미안해서인지 저한테 원

India

하는 3가지를 이야기하지 않았어요. 지금 아들 둘 낳고 되게 잘 살거든요. 그래서 아마 인도가 저를 부른 것 같아요. 제가 볼 때는.

탁 아아, 멋진 이유다. '그 나라가 나를 불렀기 때문에 간다.'

박 때마침 남자친구가 있었는데, 제 남자친구가 6개월만 일을 하고 6개월은 여행을 다니는 친구였어요.

전 멋진 분인데요?

박 물론 한국 사람은 아니었어요. 스페인 친구였는데, 그 친구랑 태국에서 만나서 한 8개월 동안 떨어져 연애를 했었거든요.

탁 그게 가능한가요?

박 뭐 사랑이니까요. 그러다가 저를 만나러 8개월 만에 한국에 왔어요. 근데 그 친구는 6개월간의 여행 일정을 잡고 들어온 거예요. 두 달은 한국, 나머지는 인도랑 태국에 가자고 저한테 이야기했죠. 저는 딱 가고 싶다는 생각을 하고 있었는데, 인도가 처음 가기에는 사실 두렵기도 하잖아요. 그 친구가 때마침 동료로 나타나주니까 잘됐다 싶었죠. 이후 남자친구가 한국에 두 달 있다가 먼저 나갔어요. 인도에서 기다리고 있었고, 저는 "일을 석 달간 쉬겠다" 하고 다 때려치고 나갔죠.

전 영화 찍으셨네요.

박 제 인생이 되게 많이 영화 같아요. (ㅋㅋ)

탁 그래서 인도의 어느 공항으로 갔나요?

박 델리Delhi요.

전 그때 어땠어요? 저는 갔을 때 지옥의 문을 연 줄 알았는데….

탁 아니, 도대체 당신 머릿속의 인도는 어땠길래 그런 생각을 한 거야?

전 저의 첫인상은, 저녁에 델리국제공항에 내렸는데 문을 딱 여는 순간 스모그와 매연과 경적 소리와 호객꾼과 앞에는 산더미 같은 쓰레기 섬과… 개랑 소랑 사람이랑 막 뒹굴고 있고… 여긴 와…, 다시 돌아가서 비행기 세우려고 했어요. '이건 아닌 것 같다.'

탁 그때가 첫 여행이었던 거죠?

전 네. 그때가 첫 번째 배낭여행이고 2005년에서 2006년으로 넘어가는 때였죠. 졸업여행 개념으로 친구들이랑 넷이 갔어요. 근데 3일 만에 그런 생각이 확 걷히더라고요. 인도의 매력을 진짜 온몸으로 느끼게 되는 거죠. 처음 3일은 지옥이었어요.

탁 어떤 매력이 있는지는 앞으로 야금야금 펼쳐볼게요. 근혜 씨는 공항에 내렸을 때 어떠셨어요?

박 저는 사실 되게 겁먹고 들어갔어요. 여자들은 조심해야 된다는 이야기가 되게 많아서요.

탁 음, 강간의 왕국으로 알려져 있잖아요. 이미지가 진짜 좀 그래. 인터넷에 매일같이 뜨는 기사는 어디서 누가 강간당했다, 어디서 어떻게 됐다, 이런 기사들밖에 없잖아. 가기 전에 굉장히 두려우셨을 것 같아요.

박 겁을 좀 먹고 갔는데, 저는 사실 이미지가 강한 편이라 어딜 가도 사람들이 걱정을 안 해요.

전 막 때가 보이고.

박 네. 사실 델리 들어가기 전에 방콕공항에서 하룻밤 자고 아침 비행기로 델리 들어간 거거든요. 그때 이미 방콕에서 한국 여자애 두 명이 저한테 붙었어요.

탁 언니가 세 보이니까.

India

박 언니는 인도말도 할 것 같다면서. 완전 애기 같은 아이 둘이서 "언니, 저희는 언니만 따라갈 거예요" 이러더라고요.

탁 근데 남자친구랑 같이 다녀야 하는데 그 둘은 언제까지 따라다녔어요?

박 바로 델리에서 버렸죠.

탁 커플여행이란 게 이렇게 냉정한 겁니다.

박 그런데 되게 조심하셔야 할 게요. 이미 방콕공항에서 인도 남자도 하나 따라붙었어요. 저한테 자꾸 말을 시키더라고요. 한국말을 굉장히 잘해요. 그러면서 자기가 한국에 오래 있었다는 둥 한국 사람을 좋아한다는 둥…. 비행기 안에서도 계속 자리를 제 옆으로 바꿔달라고까지 했어요. 인도 여행이 처음이면 자기가 도와주겠다면서 접근을 하더라고요. 근데 저는 '남자는 무조건 조심해야 한다'라고 각인이 되어 있잖아요. 그래서 "나 한국말 하고 싶지 않다. 외국이니까 영어 공부할 거다"라고 이야기했죠. 근데 공항 밖까지 따라오더니 자기가 게스트하우스까지 안전히 차로 모셔다 주겠다고 하더라고요.

박 여자애 둘은 아직 어리니까 "언니, 저 사람 믿고 같이 가면 어떨까요?" 이러는 거죠. 근데 제가 딱 봤더니, 차를 가지러 간다는 곳에 인도 남자 두 명이 더 나와 있는 거예요. 그래서 "잠깐만! 애들하고 얘기하고 올게" 하고서 도망쳤어요.

전 거기서 버리진 않으셨군요.

박 네. 애들한테 뛰라고 한 다음에 오토릭샤를 탔어요. 지도를 펴들고 여기 가달라고 얘기해서, 일단 아이들을 그 게스트하우스에 내려줬어요. 너무 애기들이라 걱정돼서. 저는 그래도 사람들이 쉽게 시비 걸 수 있는 스타일이 아니니 아이들을 먼저 내려주고, 그리고 나서 남자친구와 연락을 했죠. 밤기차를 타라길래 기차역으로 갔어요.

전 허! 밤기차를 타라!

탁 근데 얘기가 나왔으니 정리를 하고 가면 좋을 것 같은데, 여행을 다 마치신 상태에서 생각하시는 인도, 여자 여행자가 여행하기에 인도라는 나라가 그 정도로 위험합니까? 어떻습니까?

박 저는 그 위험하다는 게 너무 부각되거나 강조돼서 더 위험한 것 같아요. 그 긴장감이 오히려 사고를 부르는 것 같다는 생각도 들고요. 근데 막상 너무 긴장했는데 '어? 생각보다 괜찮네?' 하고 풀어지는 순간 실수를 하는 분이 많아요. 절대 밤에는 다니면 안 되거든요. 근데 '생각보다 괜찮은데?' 이러면서 늦게 다니다가 일을 좀 당했다고 듣기는 했어요. 그래서 그 위험의 척도라는 건 어느 나라를 가도 비슷한 것 같아요. 위험하다고 겁을 너무 먹고 가기보다는, 위험하니까 내가 조심하면 된다는 마인드로 가면 어디든 위험하지 않을 것 같아요.

탁 쓸데없이 긴장할 필요는 없지만, 그렇다고 해서 좀 익숙해졌다고, 조금 자신감이 생겼다고 너무 방심해서는 안된다, 라는 당연한 말씀을 해주셨어요.

전 그렇죠. 근데 이게 정답이기도 해요.

India

호된 신고식, 눈물의 야간 기차

탁 본인이 겪었던 가장 위험한 순간은 언제였나요?

박 저는 그렇게 위험했던 순간은 없었어요.

전 역시 인상이…. 그리고 남자친구가 같이 있었으니 더 괜찮았겠죠.

박 근데 첫날 울었어요. 기차 타고서.

전 기차가 너무 후져서요?

박 그것도 그렇지만, 기차역에 들어섰는데 너무 지저분하고 걸인들도 많고 구걸하시는 분도 많고 장애인들도 되게 많아요. 지나가기 힘들 정도로 많거든요, 사람이.

탁 인도 기차는 굉장히 유명하죠.

박 근데 그걸 인도에 들어간 첫날 탔으니까. 사전에 어떤 얘기를 누구한테 듣고 탄 게 아니잖아요.

탁 문화충격으로 다가왔겠네요.

박 눈이 막 휘둥그레지는 거죠. '큰일 났다.' 그리고 '슬리퍼 칸'이라고 하는 3층짜리 침대칸 표를 끊었어요. 일단 기차에 오르자마자 배낭을 사슬 같은 걸로 다 묶어야 해요. 침대 고리 같은 데다가 가방을 묶는 거죠. 잃어버릴 수 있으니까. 근데 제가 밤 9시 기차를 탔거든요? 잠이 안 오는 거예요.

전 잘 수가 없죠.

박 '큰일 났다. 어떡하지? 이 밤을 견딜 수 있을까?' 하는 두려움이 있었어요.

탁 뭐가 그렇게 무서웠어요?

박 다 쳐다봐요.

탁 아, 그 뜨거운 시선!

박 그 남자들의 눈빛이라는 것은 어떻게 할 수가 없어요. 그리고 대개 남자들이 더 많기 때문에….

전 한두 명도 아니고.

탁 왜 그렇게 쳐다볼까?

박 동양 여자들을 좋아한다는 얘기를 들은 적은 있어요.

전 그것도 그렇고, 딱히 할 일이 없어요. (ㅋㅋ)

탁 아, DMB나 LTE 같은 게 많이 보급되어 있는 것도 아니고 할 일이 없으니까.

전 뭘 먹지 않는 이상 그냥 쳐다보는 거예요.

탁 문화의 차이도 분명히 있는 것 같아요. 어떻게 보면 우리는 아메리칸 스탠다드인 것 같기도 하고. 우리는 남이 쳐다보면 굉장히 불쾌하게 느끼는 문화권에서 살잖아요. 심지어 이십대 남자들이 술집에서 싸우는 이유의 70퍼센트가 "에이, X발놈이 뭘 쳐다봐?" 이거잖아요. 그렇지 않아요? **전**

"뭘 꼴아보노?"

탁 근데 어떤 문화권에 따라서는 그렇게 대놓고 쳐다보는 게 문화, 사회적 금기가 아닌 것 같아요. 저는 아프리카에 갔을 때 그걸 처음 느꼈어요. 세네갈에 갔을 때, 정말 모두가 저한테 지대한 관심을 보이는 거예요. 쳐다보는 건 물론이고, 심지어 남자인데도 "어느 나라에서 왔냐, 너네 나라에서는 인사말을 뭐라고 하냐" 계속 묻더라고요. 처음에는 너무 귀찮았는데, 비행기 갈아타려고 로마공항으로 빠지고 나서부터는 아무

India

도 저한테 관심을 갖지 않잖아요. 그러니까 또 섭섭하더라고요.

전 조금 전까지만 해도 스타였는데.

탁 그러니까요. 완전 그 동네의 스타였는데. 근데 어쨌든 그 문화권에 가시면 그런 뜨거운 눈길을 어느 정도 감수해야 된다는 거.

전 그걸 즐기시는 분들도 있어요.

박 그런 말이 있어요. '인도병'이라고…. 인도로 여행 간 한국 여자분들이, 남자들이 자기를 너무 좋아하니까 한국에 와서도 그럴 줄 알았다고…. 그러면서 굉장히 상처받는.

전 거기선 이틀에 한 번씩 남자들이 결혼하자고 찾아와요.

박 진짜 그래요. 남자친구가 옆에 있어도 그래요. 제가 게스트하우스 테이블에서 아침에 다이어리를 쓰면서 혼자 짜이를 마시고 있었어요. 근데 주인이 쓱 올라와서 옆에 앉더니, 굉장히 아름답다면서 저 남자는 너의 짝이 아니라고….

탁 스페인 남자친구는 너의 짝이 아니다?

박 "쟤를 보내고 여기 머무르면, 근사한 여행을 시켜주겠다" 그랬었죠.

전 "윌 유 메리 미?" 막 이런 멘트들을 던져요.

박 그런 식인데, 전 그런 거 무시했어요. 그냥 짜이나 한 잔 더 달라고. (ㅋㅋ) 그리고 한번은 남자친구랑 걸어가는데, 동양인이 지나가면 대부분 일본어로 말을 걸어요. "곤니치와" "곰방와" 그러면서. 그 다음에 중국어 했다가 거의 마지막에 한국어로 말을 거는데, 갑자기 저한테 "자기야~" 그러는 거예요. 근데 너무 웃긴 게 그걸 제 남자친구가 들은 거죠. 갑자기 뛰어가더라고요. "와이 쉬 이즈 유어 자기? 쉬 이즈 마이 자기."

탁 이야, 굉장히 코스모폴리탄적 상황인데?

전 '자기'라는 단어가 가져온 전 세계적인 반향이네요.

탁 인도 사람이 한국 사람더러 "자기야" 그랬는데, 스페인 사람이 영어로 "와이 쉬 이즈 유어 자기? 쉬 이즈 마이 자기". (ㅋㅋ)

박 근데 남자친구더러 "네가 이 여자를 사랑한다면 올라와서 싸워라" 그러는 거예요. 그러니까 제 남자친구는 그냥 뒤돌아서 가더라고요. 제가 그런 상황들을 되게 싫어하거든요. 아무튼 그런 일들이 비일비재해요.

탁 어쨌든 첫날밤 그렇게 호되게 인도 신고식을 치루셨는데, 뭘로 견디셨어요?

박 처음에는 계속 눈물이 나더라고요. 그러더니 갑자기 남자친구한테 짜증이 나는 거예요.

탁 '왜 나를 여기에 혼자 두었는가.'

박 너무 어린 생각이죠. '델리공항으로 데리러 오지⋯.' 그렇게 원망하며 막 울고 있으니까, 종교에 종사하는 사람이라면서 한 분이 말을 거시더라고요. 제 바로 앞 칸이었는데, 아래층에 계신 분이 목사님이래요.

탁 인도분인데 목사님이라고요?

박 인도에도 기독교도가 있어요.

전 기독교도가 2.8퍼센트 정도 돼요.

박 아래 계신 분이 목사님이시고 자기는 전도사님이라고 했던 것 같아요. "걱정하지 말아라. 저들이 쳐다보는 건 관심 때문이지, 너한테 해코지하지 않는다. 여행 와서 피곤할 텐네 사라. 네가 어디서 내리는지 알려주면 깨워주겠다." 그러면서 되게 친절하게 대해주시는데, 사실 그것도 처음에는 믿지 못하겠는 거예요. 근데 저, 그냥 믿었어요. 안 믿으면 제가 너무 불편할 것 같아서.

탁 못 견디죠.

박 네. 감사하다 그리고, 저 잘 테니까 좀 깨워달라고. 그래서 진짜로 깨워주셨어요. 근데 또 기차가 6시간이나 연착이 된 거예요.

전 두세 시간은 기본이니까요.

박 그러니 바라나시에서 기다리고 있던 제 남자친구는 미치는 거죠. 납치당한 줄 알았대요. 역에서 방송하고 난리가 났더라고요. 근데 저도 되게 깜짝 놀랐었어요. 어떻게 6시간이나 연착이 될 수 있을까.

전 인도의 철도시스템은 정말 가공할 만합니다. 스위스와는 지극히 대비되죠. 인도는 말씀하신 대로 두세 시간은 기본이에요. 9시에 출발하는 기차면, 9시에 숙소에서 나가시면 적당해요. 거리가 얼마나 되든. 예를 들어, 역으로 가는 길에 택시 기사한테 "나 9시 기차 타야 하는데 좀 태워달라" 그러면 알았다고 해요. 처음엔 그런 상황을 잘 모르니까 마음이 초조하잖아요. 늦을까 봐. 근데 택시 기사가 온 동네 사람들한테 "야, 너 어디 가냐?" 인사하고 계속 쉬었다 가요. 아저씨한테 빨리 가달라고, 기차 놓치게 생겼다고 하면, 괜찮대요. 근데 정작 역에 가면 또 2시간 기다렸다가 타는.

또 한번은, 기차가 13시간을 달리는데 중간에 한참 평원을 달려요. 그러다가 진짜 아무 것도 없는 벌판 한가운데서 '취취취취취취' 하더니 서는 거예요. '어? 기차 고장났나 보다. 왜 서지? 아무것도 없는데' 하는데, 갑자기 '취취취취' 하면서 후진을 해요. 왔던 길을 다시 달려가는 거예요. '큰일 났다. 무슨 일 있나 보다. 앞에 선로가 막혔나?' 하는데, 기차가 잠시 섰다가 다시 왔던 방향으로 가는 거예요.

탁 뭐 하자는 거야?!

전 알고 보니, 왜 기찻길이 중간에 갈라지잖아요?

탁 아, 길을 잘못 들었구나?

전 세 시간 정도를 왔다 갔다 했죠.

탁 그렇군요. 차장이 깜빡 졸았나 보네.

전 그리고 다시 가다가 어느 역에 섰는데, 이번엔 1시간 동안 안 가는 거예요. '아, 뭐야 진짜!' 이제 좀 익숙하지만 그래도 짜증나잖아요. 그런데 주변 사람들은 아무렇지도 않아요. 굉장히 자연스러워요. 물어봤어요. 왜 안 가냐고. 그랬더니 사람들이 좀 술렁술렁하더니, "아!" 하면서 자기네들끼리 막 고개를 끄덕이면서 수긍을 하는 거예요. "여기 차장 친구가 있어. 짜이 한 잔 하고 오느라고."

탁 *으하하하하. 어, 대박이다.*

전 그런 시스템의 나라입니다.

탁 정말 얘기만 들어서는 '우리랑 확연히 다른 우주다'라는 생각이 드네요.

전 저는 인도 여행 후에 '아, 세상은 정말 넓구나. 세상에 뭐 이런 나라가 다 있나' 하는 생각을 했죠.

탁 그게 또 여행지의 대단한 매력이 될 수 있습니다. 우리가 여행을 가는 이유는 다름을 느끼기 위해서잖아요. 다름을 느끼다 보면 또 그 안에 있는 '결국엔 우리는 다 통한다'라는 것도 느낄 수 있죠. 그런 면에 있어서는 완벽한 여행지라고 생각되는데요?

전 최고죠.

India

인도 여행자들의 꿈, 바 라 나 시

탁 근혜 씨가 인도에서 제일 처음 도착한 곳이 어디죠?

박 바라나시Varanasi요.

탁 바라나시에 가고 싶어서 인도 여행 가는 사람도 많아요. 바라나시의 특징적인 풍경이라면 어떤 게 있을까요?

박 많이들 아시는 '가트Ghat'요. 가트라 그러면 나루터?

전 강가.

박 그 강가에 돌계단이 있거든요. 거기 앉아서 특별히 하는 건 없어요. 멍때리고, 짜이 마시고, 사람 태우는 것 보고···. 근데 그 '화장 의식'은 참 신기한 에너지가 있는 것 같아요. 저는 되게 가벼워지는 느낌이었어요. 발을 안 닿고 걷는 느낌이랄까. 바라나시에서의 저의 느낌은.

탁 그걸 쳐다보기만 해도요? 남자친구가 업어준 건 아니고?

박 네. 그래서 원래 일정보다 더 있었어요. 거기서 뭔가 편안한 느낌을 더 갖고 여행을 시작하고 싶었거든요. 그때부터 남자친구와는 사이가 틀어지기 시작했죠.

탁 근데 바라나시라고 하면 아무래도 갠지스를 빼놓고 얘기할 수 없을 것 같아요. 갠지스는 모든 힌두교도들의 이상향이죠. 거기서 목욕하는 풍경 많이 보지 않으셨어요?

박 많이 봤죠. 다 발 담그고 있고, 씻고 있고. 그리고 저녁 6시 반 정도 되면 푸자라는 걸 해요.

탁 푸자는 힌두교 의식이죠.

전 브라만들이 제를 올리는 의식.

탁 옛날 사회시간에 배웠잖아요. 브라만, 크샤트리아, 바이샤, 수드라. 거기에서 가장 상위를 차지하는 성직자 계급이 브라만인 거죠.

박 그분들이 되게 잘생기셨어요. 저는 그분들 얼굴 보느라고 넋을 잃었던 기억이 있어요.

전 그분들이 아리안 계통이라, 저쪽 서방에서 온 분들 라인이어서 좀 우월하죠.

탁 근데 갠지스에서 목욕 안 해보셨어요?

박 안 했어요. 저 물 좋아하는데 별로 들어가고 싶다는 생각이 안 들더라고요.

탁 인도의 모든 힌두교도들이 일생에 한 번은 갠지스 강에 가서 몸을 담그고, 그 물로 입을 헹구고, 심지어 먹기도 하고 그러는데, 거기 보면 각종 동물의 배설물이며 쓰레기며 심지어는 타다 남은 시체까지도 떠내려온다는 말이 있어요.

전 뼈가 막 실제로 떠다녀요. 거길 배로 관람할 수 있는 투어 비슷한 게 있는데, 밖에서 볼 때는 뭔가 굉장히 영적인 느낌인데 막상 배를 띄워서 들어가면 너무 더러워요. 정체를 알 수 없는 부위, 타다 남은 장작 같은 게 떠내려오고….

박 근데 거기에 3억 3,000명의 신이 있대요. 바라나시에 최고 많은 신들이 모여 있대요.

전 신들의 밀도가 굉장히 높은 곳이에요.

박 그래서 그런지, 한국 여사분들 탈 나고 아픈 거 되게 많이 봤어요.

탁 신이 하도 많다 보니?

박 그 영향일지는 잘 모르겠는데, 기운이 좀 세지 않나 하는 생각을 했죠. 그래서 그곳 땅의 기운이 안 맞는 분들은 바로 이동하시더라고요.

탁 사실 '힌두'가 '인도'예요. '힌두'라는 말 자체가 '인도'라는 말과 어원이 같습니다. 그래서 '인도는 곧 힌두'라고 말할 수 있는 거고요. 힌두교가 정말 재미있어요. 박진감 넘치고. 근데 신들이 다 쪼잔해.

전 난리도 아니죠. 사람 같아.

탁 맞아요, 사람 같아. 뭐 하나 가지고 열 받아서 싸우면 아주 우주를 깨버릴 듯이 싸우니까. 힌두의 3대 신이 브라마, 비슈누, 시바이거든요. 브라마는 세상을 만든 신이에요. 근데 브라마를 섬기는 사람은 별로 없어. 인기가 없어요. 브라마는 만들어만 놓고 관리를 안 해. 창조만 해놓고 손 뗐어. 그리고 비슈누가 이 세계를 유지해나가는 신이고요. 크게 보면 불교도 힌두교에서 나왔다고 볼 수 있는데, 힌두 쪽에선 석가모니도 비슈누의 화신이라고 얘기해요.

전 10명의 화신이 있죠. 그중 한 명이 석가모니예요.

탁 그리고 나머지 신 하나가 시바인데요. 시바는 힌두 세계의 슈퍼스타 같은 거예요. 파괴와 재생의 신인데, 인도 어딜 가든 시바의 샤방한 모습을 볼 수 있어요. 버스 옆면이든 식당이든 어디든지요. 힌두교도들이 생각하는 시바는 마치 〈어벤져스〉의 주인공들을 모두 합쳐놓은 것 같은 이미지야. 근데 그 시바가 하늘에서 떨어지는 물벼락을 자기 머리로 받아서 멈춘 곳이 바로 바라나시입니다. 그래서 시바의 초상화를 보면 머리 위에서 물줄기가 나오고 있어요. 그 물줄기가 갠지스 강이고요. 바라나시 자체가 시바 신을 상징해요. 갠지스 강이 바라나시를 휘감아 도는 모습이 바로 이런 의미예요. 그래서 힌두의 성지 바라나시에는 더럽고 불결한 모습이 있긴 하지만, 사람들이 그렇게 그곳을 가려고 꿈꾸고

타인에 대한 무한한 관심이 금기가 아닌 곳.
그래서 나 또한 그들을 무한히 응시할 수 있는 곳.

갠지스 강변 '가트'의 오후. 누군가는 멍하니 시간을 보내고,
누군가는 짜이를 마시며, 누군가는 화장 의식을 바라보며 인생을 돌아본다.

하는 것은 큰 의미가 있다고 할 수 있어요.

탁 근혜 씨는 바라나시에서 얼마나 더 계셨던 거예요?

박 원래는 일주일 정도만 있으려고 했는데 총 9일 정도 있었던 것 같 아요. 근데 정말 한 건 없어요. 계속 밖에 나와서 가트에 앉아 있다 들어 가고 그랬어요.

탁 기운이 잘 맞았나 보다.

박 저는 좀 그랬던 것 같아요. 그리고 그 앞에서 엽서 파는 꼬맹이들 하고 친해졌어요. 인도는 기후가 되게 건조해서 여자분들이 머리카락을 묶거나 기름을 바르거든요. 근데 저는 인도에서도 머리카락을 풀어헤치 고 있었어요. 그랬더니 그 아이들한테는 제 헤어스타일이 너무 신기한 거예요. "그 머리카락을 어떻게 유지하고 있었니? 너 한국 영화배우야?" 그러면서.

전 애가 장사할 줄 아네.

박 제가 조리 사줬어요.

전 거봐요. 결국엔 조리를 사셨군요.

박 네. 조리 사주고, 엽서 이만큼 사주 고. 영화배우냐는 한마디에…. **탁**

여기서 우리가 상술의 정석을 배울 수 있습니다.

전 거기는 애들부터 할아버지까지 어마어마해요.

탁 근데 남자친구와의 불화의 씨앗이 거기서 잉태됐다고 하셨는데, 어떤 불화가 생긴 거예요?

박 인도에서 보니깐 시로 달랐던 것 같아요. 처음에 태국에서 만났 는데, 거기서 봤을 때와 둘 다 완벽하게 달라져 있었어요. 인도 여행을 처음 시작할 때부터 저흰 연인의 이미지가 아니었던 거예요. 그래서 "우

India

리는 더 이상 연인이 아니다" 그렇게 된 거죠.

탁 아, 이제는 그냥 동행인이다….

박 네. 그냥 여행 나온 친구다. 동행자다. 실제로 남자친구가 제 가방을 한 번도 들어준 적이 없었어요. 그래서 제가 몰래 발로 차고 그랬는데, 중간중간 너무 힘들 땐 화가 많이 났는데 지금 생각해보면 그 친구한테 너무 많은 걸 배웠어요. 그래서 헤어졌지만 되게 소중한 인연이었다고 생각해요.

탁 네. 이렇게 해서 우리가 인도 여행의 밥상을 차리고 첫 여행지까지 왔습니다.

한 장의 그림으로 가슴에 남는 장면

탁 바라나시에서 다음에는 어디로 가셨던 거예요?

박 사실은 카주라호Khajuraho라는 곳을 갔었는데요. 사실 저는 별로더라고요. 동네 자체는 한적하고 좋은데, 거기 성체 조각상들이 되게 야하거든요. 다 성행위 하는 장면들이에요.

탁 '카마수트라 아트'라고 하죠. 우리는 좋았을 것 같은데…. (ㅋㅋ)

박 그래서인지 거기 현지인들은 더 끈적거려요. "여기까지 왔으니 너는 이 정도쯤?" 그러면서.

탁 "안 봐도 알아. 너 이거 보러 왔지? 너 이런 거 좋아하는구나?"

박 네. 뭐 하나 사려고 해도 되게 부담스러운 거예요. 그래서 거기선 바로 이동하기로 했죠.

탁 거기 가면 카마수트라 트럼프, 카마수트라 그림책 등등 카마수트라가 산업의 대단한 원천입니다.

전 책부터 시작해서 온갖 아이템들이 즐비하죠.

박 책 같은 건 굳이 필요치 않아요. (ㅋㅋ) 그리고 그 다음에 이동한 곳이 굉장히 유명한 타지마할이 있는 아그라Agra예요.

탁 전 작가가 타지마할에 대해 첨언을 좀 해주세요.

전 무굴제국의 잘나가던 황제 샤 자한Shah Jahan이 건축을 굉장히 좋아했어요. 타지마할에 샤 자한의 건축물들이 많이 남아 있는데, 잘 알려졌다시피 떠난 아내의 무덤을 만드는 데 시간이 22년 정도 걸렸어요. 2만 여 명의 인부들이 동원돼서 오랫동안 정말 정성을 들여 건물을 지었죠. 건물 자체는 대리석으로 되어 있고, 각종 좋은 석재를 많이 썼고, 그 안에 오팔이니 에메랄드니 다 가공해서 넣었어요. 결정적으로, 그 건설이 끝난 후 샤 자한이 8,000명 이상의 석공과 세공사들의 손을 잘랐어요. "이 이후에 이렇게 위대한 게 또 나와선 안 된다" 하면서. 그 이후로 아그라가 전 세계 여행자들이 꼭 가고 싶어하는 성지와도 같은 곳이 되었기 때문에 엄청난 바가지의 산지가 되었죠.

탁 그곳에서 좋으셨어요? 어땠어요?

박 그곳이 좋다기보다는 어떤 특정한 한 장면이 가슴에 남았어요. 아그라에서도 그리 오래 있진 않아서요. 근데 타지마할의 입장료가 외국인과 국내인의 차가 굉장히 크거든요. 외국인은 750루피, 즉 2만 원이 조금 안 되는 돈이고, 현지인은 20루피. 근데 남자친구가 굉장한 스페인 짠돌이였어요. 죽어도 거길 안 들어가겠다는 거예요.

탁 기분파네요. 확 쓸 것 같은데 또 안 그렇군요.

India

박 안 그래요. 우리는 철저하게 친구로서 여행하는 거니까요.

탁 연인 관계는 이미 바라나시에서 청산을 했고….

박 연인이면 지가 돈 내고 저를 데리고 들어갔겠죠. "자기야, 사랑해" 하면서. 아무튼 저는 "저기 들어가보고 싶다" 고집해서 결국 들어갔어요. 근데 '와, 아름답다. 장난아니다' 하는 느낌은 들었지만 너무 기대하고 들어가서인지 그 이상의 뭔가는 없는 거예요. '이거 뭐야, 왜 아쉽지?' 이런 생각이 들었어요.

전 그렇죠. 본전 생각이 나죠.

박 거기서 나온 뒤에 남자친구가 제안을 하더라고요. 여기 근처에 여무나 강이 있는데, 석양이 질 때 배를 타면 강에 비치는 타지마할의 모습이 그렇게 아름답다는 거예요. 그래서 그 여무나 강에 가서 배를 타고 딱 해가 저무는데, 정말 그 모습을 보고 또 눈물이 났어요.

전 눈물 나요, 진짜.

박 그때 눈물이 핑~ 돌더니 흐르더라고요.

탁 해가 타지마할 뒤쪽으로 넘어가나요?

전 강에서 볼 때 타지마할 오른쪽으로요.

박 내부에 대단한 뭔가가 있는 게 아니라, 그냥 전체적인 그림이잖아요. 그게 너무 아름답더라고요. 정말 그 장면을 잊을 수가 없어요. 되게 감동적이었어요.

탁 정말 한 장의 풍경으로 요약되어 버리는 여행도 있는 것 같아요.

전 맞아요. 그 한 장으로 가슴에 탁 와서 박히는….

탁 전 작가는 어떤 풍경이 기억에 남나요?

전 저는 타지마할이 첫 문을 열 때 들어가려고, 해뜨기 전 4시 반에 가서 기다렸어요. 그때는 돈이 많진 않았지만, '이건 돈의 문제가 아니다. 사람 없을 때 가서 봐야 한다' 싶었어요. 근데 딱 들어갔는데, 해가 뜨면서 안개가 싹 걷히는 동안 그 앞에 그냥 서 있었어요. 와, 이거는 2차원 그림을 걸어놓은 것 같은 느낌이었어요. 보통 대자연을 보면 '와, 진짜 굉장하다' 싶으면서 눈물 나고 그러는데, 건물 앞에서 무릎 꿇고 싶었던 적은 처음이었어요.

탁 그런 경외감을 자아내는 풍경들이 분명 있어요. 그래서 자기에게 강한 인상을 준 풍경을 한번 떠올려보시는 것도 여행을 기억하는 아주 좋은 방법이 될 것 같습니다.

인도의 이색 축제들

탁 타지마할에서 이번에는 어디로 가나요?

박 리쉬케쉬Rishikesh로 갔죠. 개인적으로 리쉬케쉬에 되게 가고 싶었거든요. 뻔하지만, 비틀즈가 1968년에 명상 수업을 들었다는 곳이 과연 어떤 느낌인지, 어떤 기운인지 느껴보고 싶었어요.

탁 리쉬케쉬에 가면 요가 수행자들이 굉장히 많겠네요?

박 굉장히 많아요. 리쉬케쉬 강을 끼고 바위 같은 게 있는데, 아침에 보면 거기에 많은 외국인들이 나와서 명상을 하거나 요가를 하고 있고, 굉장히 고요해요.

전 그 비슷한 장면이 바라나시에도 있죠. 아침에 보면 집 지붕들마다 원숭이들이 그렇게 많아요. 바라나시 원숭이들이 유난히 사람들한테 해코지를 해요. 물건도 훔쳐가고, 빨래도 훔쳐가고, 사람들이 음식을 먹고 있으면 빼앗아가고, 때리고.

박 맞아요. 그래서 노천 음식점들은 사람들이 철창 안에 들어가서 음식을 먹죠.

탁 원숭이를 피하기 위해 사람이 철창 안으로 들어가는 곳. 인도는 엄청난 곳이네요. 근데 이야기를 기껏 리쉬케쉬로 끌고 왔는데 다시 바라나시 이야기로 왔네요? 다시 말씀을 좀 이어가시죠.

박 네. 거기서 홀리 축제를 맞았어요.

탁 인도에서 가장 유명한 축제 중 하나죠.

박 힌두교도는 자신들만의 달력을 사용하는데, 그 달력상의 새해를 맞았을 때 서로에게 염료를 뿌리는 축제예요. 뛰어다니면서 물감 같은 걸 뿌리고 아주 난리가 나거든요. 머리고 옷이고 다 버린다고 생각하면 돼요.

탁 그날은 입고 바로 버릴 옷을 아예 따로 준비해야겠네요. 붉은색 염료를 주로 쓰는 것 같던데 다른 색도 사용하나요?

박 되게 많아요. 초록색도 있고 파란색도 있고. 싸움 나는 것도 봤어요. 굉장히 무서운 여자 외국인 한 분이 "이런 걸 감히 내 옷에 뿌리다니!" 하면서 화 내는 광경도 봤고요. 그날이 조금 자유분방해요. 힌두교의 금기시되는 것들을 조금 풀어주는 날이라서, 남자들이 물감을 뿌린다는 이유로 가슴도 만지고…. 근데 그런 것들을 처음에는 쉽게 받아들일 수가 없잖아요.

탁 그게 쉬운 사람이 누가 있겠어요.

박 근데 받아들여져요. 그 색깔 안에 있다면. 어차피 여기는 무지개 안에 있는 것 같은 거예요. 가슴을 만지든 엉덩이를 만지든 나중에는 괜

어떤 여행은 '하나의 강렬한 풍경'으로 요약된다. 새벽의 타지마할처럼.

찮더라고요. 그리고 나서 같이 어깨동무하며 왔다 갔다 하고…. 그렇게 홀리를 재미있게 보냈죠.

탁 어쨌거나 정말 순수해지는 거잖아요. 어린이들 같이 장난치고. 일반적인 사회 루틴 안에서 그러면 바로 싸움 나죠. 그렇지만 그날은 그런 금기가 무너지는 날이라는 것만으로도 충분한 매력이 있을 것 같아요. 그렇더라도 거기 가실 분들은 미리 마음의 준비를 하고 가시는 게 나을 것 같아요.

박 싸움 진짜 많이 나요. 이왕 축제 이야기가 나왔으니 또 축제 이야기를 해볼까요? 리쉬케쉬에서 30분 정도 차로 이동을 하면 하리드와르 Haridwar에 도착해요. 여기선 12년에 한 번씩 쿰브멜라Kumbh Mela 축제가 열리거든요. 제가 그 시기에 딱 간 거예요. 태어나서 남자의 성기를 가장 많이 본 날이에요.

전 아니, 왜요?

박 그때는 히말라야 산속에 있는 사두Sadhu들까지 다 내려와요. 수행자들이 전부 나와서 42일 동안 행렬을 하는데, 나체로 해요. 그리고 천막을 치고 자리를 잡고 앉아서 사람들에게 세례를 하고 축복을 주는 의식들을 하거든요. 근데 거기를, 바라나시에서 만났던 사두가 오라고 해서 간 거거든요.

전 갔더니 그 양만도 그런….

박 그럼요, 그 양만 것도 다 봤죠.

전 그렇게 아름다운 광경은 아닌 것 같아요.

탁 아니, 왜 아름답지 않아? 원초적인 모습인데!

박 몸매들이 별로 안 좋아요.

India

탁 아, 그렇구나. 다비드상은 아닐 테니까.

박 나이가 천차만별이기도 하고요. 근데 아주 다양하게는 볼 수 있는 것 같아요. 아무튼 거기 가서 그 사두를 만났는데, 재미있는 일화가 하나 있어요. 그때 제가 반지를 끼고 있었거든요. 은반지였어요. 근데 사두가 사심이 생겼나 봐요. 물욕이 생긴 것 같아요.

탁 그런 걸 끊어내려고 그렇게 수행하시는 분들인데….

박 그게 커플링이었거든요. 이거 아마 19금일 거예요. 그 사두가 제 반지를 빼달래요. 그러더니 그걸 자기 성기에 끼우는 거예요.

전 네에?!

탁 사두가? 아니, 잠깐만. 팔찌도 아니고 반지인데…?

박 사두가 그렇게 말했어요. "나는 이게 쓸모도 없고 쓰지 않기 때문에 고무줄처럼 늘어난다." 그러면서 억지로….

탁 그거는 늘어나는 게 아니라 줄어드는 건데…?

박 하여튼 억지로 끼시더라고요. 그러더니 그 모습을 사진으로 찍어달라 그러고. 그래서 반지를 사두의 거시기에 놓고 왔어요.

탁 다 썼네, 다 썼어. 그 반지는 다 쓴 거야, 그게.

전 여러분, 오늘 성인방송 여행수다와 함께하고 계십니다. 정말 진기명기네요.

탁 사두들이 대개 시바신을 섬기잖아요. 시바 자체가 가장 훌륭한 요기예요. 시바 별명이 여러 개 있는데 '마하 요기'라고도 불리거든요. 요가를 수행하는 사람. 사두들은 마하 요기 시바가 했던 수행을 배우는 입장이니까, 시바의 영광을 기리기 위해 굉장한 기행들을 많이 해요. 어떤 사두는 평생 동안 오른팔을 안 내리는 거예요. "나는 시바에게 오른팔을 바쳤기 때문에, 시바의 영광을 위해 이 오른팔을 안 내리는 거야" 하면서. 근데 사람 몸이라는 게 안 쓰면 굳어버리거든요. 그 사람은 내리고 싶어도 못 내려. 그리고 어떤 사두는 희한하게 그쪽으로 꽂히는 사두가 있어요. 성기 쪽으로.

박 은반지를 끼는 걸로요?

탁 아니. 성기로 막 벽돌 들고 그래. 진짜로. 심지어 엽서에 그 사진이 나와 있다니까? 나 봤다니까?

전 그럼 아까 그 사두는 나중에 반지 한 20개 정도 모으면 새로운 경지를…

박 부자되시겠는데요.

탁 어쨌든 이 이야기는 썩을 것 같으니까 그만하고. (ㅋㅋ) 그래서 진정한 사두들이 별로 없어요. 저는 네팔에 여러 번 갔었는데 '파슈파티나트'라는 굉장한 힌두 사원이 하나 있어요. '파슈파티'도 시바의 여러 별명 중 하나예요. 시바가 동물들의 수호자였던 파슈파티라는 이름으로 나타나거든요. 그래서 거기에 사두들이 많이 모여드는데, 제가 거기 취재를 갔었어요. 근데, 그냥 거지들이야. 진짜 사두는 다 산속에 있거나 다른 데서 명상하고 있고, 나와서 돌아다니면서 자기가 사두라고 하는 사람들은 그냥 사진 좀 찍고 나서 돈 달라고 하는 경우가 많더라고요.

박 '좋은 사두' '나쁜 사두' 하는 것은 적절치 않은 것 같고요. 그렇지만 진정으로 수행하는 사두들은 산속에 있어요.

탁 쿰브멜라 축제에 가셔서 푸자 의식 하시고 티카Tika 씌으시고 그랬겠네요?

박 네. 근데 사실 축제를 즐기려는 것보다는 다른 곳으로 가는 길에 그 사두를 만나러 갔던 거예요. 저희는 자이살메르에 가야 했기 때문에.

탁 힌두권에 가시는 분들은 그런 푸자 의식에 참여해보고 티카를 받아보는 것도 굉장히 좋은 경험이 될 것 같아요. 티카가 뭐냐면, 사람에게는 2개의 눈이 있잖아요? 하지만 힌두교에서는 제3의 눈, 즉 영혼의 눈이 이마에 있다고 생각해요. 그래서 제3의 눈을 상징하는 곳에 붉은 칠을 해주는 것이 바로 티카예요. 사람들의 안전과 행운을 빌면서 해주는 경우도 있고요, 특별한 일을 기원하면서 해주는 경우도 있어요. 근데 힌두교권이 굉장히 매력적인 이유 중 하나는, 사람과 사람 사이의 만남과 헤어짐을 기릴 줄 안다는 거예요. 네팔에서 떠나올 때 특징적으로 보였던 풍경 중 하나는, 국제공항에서 네팔분들이 다 꽃목걸이를 하고 이마에 티카를 찍고 있었어요. 헤어짐을 아쉬워하면서 목걸이를 걸어주고 이마에 붉은 칠을 해준 거죠. 그래서 그런 의식에 함께 참여해보면 느껴지는 바가 굉장히 많아요.

전 왠지 소속되는 느낌도 들고, 떠날 때 그 의식을 하면 헤어짐이 더욱 아쉬워지죠.

탁 맞아요. 사람을 만나고 헤어진다는 것에 우리가 그렇게 뜻을 두는 경우가 지금은 많이 없잖아요. 그런 걸 생각해볼 수 있는 대목이 아닌가 싶어요.

사막과 낙타 몰이꾼

박 다음은 자이살메르Jaisalmer로 갔습니다. 자이살메르가 되게 독특한 게, 성 안에 게스트하우스들이 있어요.

전 자이살메르는 라자스탄 주 안에 있는 제일 큰 도시인데, 오래된 성이 있어요. 뭐랄까, 유럽의 성 같은 모습이 아니라 수원화성 같이 한 구역이 전부 성인 거죠. 그래서 그 안에 마을도 있고, 과거에 '마하라자'라 불린 지방 소영주들이 지냈던 성도 있고요. 좀 무너져가는 모습도 있는데, 일단 풍경 자체가 상당히 생경하죠. 그리고 밤에 루프를 타고 올라가서 내려다보면, 성탑에 불이 들어와서 굉장히 아름다워요. 까마귀도 엄청 날아다니고요.

박 그리고 그곳의 가장 유명한 게 낙타 사파리인데, 가격이 천차만별이에요. 꼭 알고 가셔야 해요. 사실 저 엄청 바가지 썼거든요. 알고 봤더니 게스트하우스 주인이 그 동네 양아치였던 거예요. 아무튼 그때 전 낙타 사파리를 2박 3일 코스로 갔었어요.

탁 2박 3일 동안 낙타를 타고 여러 마을들을 트레킹하는 것처럼 거치는 건가요?

박 네. 그런데 마을을 그렇게 여러 곳 거치지는 않아요.

전 그냥 벌판이에요.

박 계속 벌판을 걷는 거고요. 중간에 어느 한군데에 들르면 얼음물이랑 맥주가 있어요.

전 오아시스 비슷하게 마을들이 군데군데 조그맣게 있어요.

박 자기 전에 거기를 들러요. 거기서 '킹피셔'라는 인도 맥주를 사가

지고 사막에 가서 먹는 거죠.

탁 사막에서 마시는 맥주 한 잔!

전 이게 기가 막혀요. 가운데 모닥불 피워놓고 마시면….

박 말도 마요. 지금 저 침 넘어가요. 근데 낙타를 타면 엉덩이가 굉장히 아프거든요.

탁 맞아요. 낙타의 세입 자체가 그렇게 탈 만하게 생기진 않았잖아요. 그리고 낙타가 굉장히 냄새 나요.

박 냄새 나는데요, 저는 자이살메르에 갔을 땐 이미 인도의 냄새도 '냄새'로 느껴지지 않았어요. 거의 석 달 다 돼가는 타이밍이었기 때문에. 근데 같이 간 커플 중에 한 여자분이 남자분한테 계속 짜증을 내는 거예요. 낙타몰이꾼들이 각자 한 명씩 태우고 모는데, 저는 그런 상황들이 굉장히 민망한 거예요.

탁 뭐가 민망했는데요?

박 그분이 짜증을 막 내니까 낙타몰이꾼이 더 잘하시려고 하는 모습요. 날도 더운데 좀 안쓰럽잖아요.

탁 뙤약볕이 내리쬐는데 낙타는 벌판을 가고 있고, 낙타 안장 위에서는 커플이 막 싸우고 있고, 낙타몰이꾼은 어쩔 줄 몰라하며 몰고 있고….

박 아무튼 그날 저녁 사막에 모여서 자는데, 저는 기분이 좀 별로였어요.

탁 거기선 텐트를 치고 자나요?

박 아뇨. 아무 것도 없이 자요.

전 새벽에 엄청 추워요. 기온이 5도 정도인데, 낮엔 40도 정도로 워낙 뜨거우니깐 일교차가 엄청난 거죠.

탁 *이야, 그럼 한여름 옷이랑 한겨울 옷이랑 다 가져가야겠네!*

전 처음엔 둥그렇게 퍼져서 자거든요? 근데 아침에 깨보면 전부 모닥불 근처에 와 있어요.

박 그 낙타몰이꾼들이 필요한 것을 전부 준비해줘요. 아무튼 첫날은 좀 별로였어요, 저는. 그리고 그때 또 바가지 쓴 걸 알아가지고, 함께 사막에 온 게스트하우스 주인장과 남자친구가 싸우다가 "내일은 내 여자친구랑 나 둘이서만 갈 거야. 그렇게 해주지 않으면 너희 게스트하우스를 인터넷에 올릴 거야" 했는데 그게 먹혔어요.

탁 아, 요즘 그게 아주 효과적인 위협 수단이죠. "인터넷에 올리겠다."

박 그래서 그 다음날 일어나서부터는 '미스터 싱'이라는 낙타몰이꾼하고 따로 갔어요. 근데 지금 그분이 너무 보고 싶어요. 되게 감동이었거든요. 길지 않은 영어지만 이것저것 물어봐 주시고, 가는 내내 되게 재미있었어요. 그리고 그날도 맥주랑 얼음물 사 와서 저녁을 만들어주셨는데, 먹고 나서 갑자기 모이래요. 마침 어두워지기 시작했거든요. 어디서 큰 생수통을 갖고 오시더니, 노래를 하시는 거예요. "내 이름이 왜 미스터 싱이냐면, 나는 노래를 해." 그러시면서 생수통을 두들기며 노래를 하는데, 정말 아름다운 거예요. 사막에 딱 저희 셋만 있고요. 그래서 제가 또 난리가 났죠. 트로트부터 록까지, 자리에서 일어나서 노래 부르고 난리가 났어요.

탁 그분의 타악 반주에 맞춰서 답가를!

박 남자친구가 "근혜야, 너 미친 거 같다"고…. 근데 저는 너무 좋았거든요. 그렇게 막 신나게 놀다가 그분이 마지막으로 하시는 말씀이, 자

India

기는 결혼을 했는데 아들이 셋이래요. 근데 결혼하기 전까지 와이프 얼굴을 보지 못했대요. 인도에는 그런 경우가 많잖아요. 아직도 정략결혼을 하잖아요. 그리고 나서 와이프를 처음에 보니, 너무 뚱뚱하고 못생겼더래요. 하지만 자기가 결정할 수 없으니 이 사람이랑 평생을 살아야 되잖아요. 그렇게 예쁜 아들 셋을 낳고 살다 보니, 그냥 이 사람이 내 인연이고 내 사랑이라는 걸 알겠다는 거예요. 그러면서 저희에게 "너희는 심지어 얼굴 다 보고 마음까지 통해서 만난 사이 아니냐. 더 많이 사랑해라" 하고 말씀해주시더라고요.

탁 아, 멋있다.

전 별빛이 쏟아지는 사막에서….

박 저는 '이분은 대체 누구지?' 싶었어요. 언뜻 지니 같은 느낌인 거예요. 램프에서 나오신 분이 터번 두르고 말하는 것 같은….

탁 말씀이 다 웬만한 삶의 내공 없이는 나올 수 없는 것들이네.

박 헤어질 때 눈물이 나더라고요. 너무 잘해주셔서. 자이살메르 여행이 그분 때문에 굉장히 더 행복했던 것 같아요.

탁 그러게요. 결국 여행의 인상을 결정짓는 건 사람인 것 같아요.

전 낙타몰이꾼들이 확실히 낭만이 좀 있어요. 반면 저의 경우 자이살메르는 염소로 점철된 곳이었죠.

당신은 염소야? 한쪽은 미스터 싱과의 로맨틱한 기억인데 너무 비교된다. (ㅁㅁ) **탁**

전 하여간 낙타몰이꾼들이 영어를 좀 해요. 낙타 사파리 패키지 안내문을 보면, 중간에 바비큐를 하겠냐고 물어봐요. 저희는 하겠다고 했죠. 사막 한가운데서의 바비큐, 완전 느낌 있잖아요. 그리고선 가다가 중

101

간에 역시나 어느 마을에 들러 낙타한테 물 먹이고 우리가 먹을 물도 사고 했는데, 낙타몰이 아저씨가 어디선가 염소를 한 마리 끌고 오더니 번쩍 안아서 저를 주시는 거예요. 막 쓰담쓰담해줬는데, 그걸 실으라는 거죠. 그래서 살아 있는 염소가 제 무릎에…. 가다가 턱에 걸려서 낙타가 진동하면, 얘는 그 반동에 맞춰서 '음메~ 음메~' 하고요.

탁 (ㅋㅋ) 근데 엄청 더웠겠다.

전 엄청 뜨뜻한 거예요. 계속 몇 시간을 얘랑 둘이서 '음메~ 음메~' 하면서 갔죠. 그랬는데… 그날 저녁에 얘를 데려가더니….

탁 아, 하루 길동무를 해줬던 염소는 결국 그날 밤 요리가 되어 나타나고….

전 그러니까요. 다 익었는지 아닌지도 알 수 없는 고기가 되어… 그렇게 한몸이 됐죠.

탁 삶의 자양분이 되어주셨군요, 염소가.

전 그렇죠. 그 다음날 이동할 수 있는 큰 힘이 됐죠.

사막의 별과 여 행 의 의 미

탁 자이살메르 이야기로 다시 돌아와서, 사막이라는 공간이 참 특별하잖아요. 별 보기에는 사막만큼 좋은 공간이 없는 것 같아요.

박 네. 그렇게 많은 별을 인제 또 볼 수 있을지 모르겠어요.

탁 은하수가 또렷하게 보이지 않던가요?

박 은하수가 그냥 바로 이 앞에 있는 것 같아요.

INDIA

전 생각보다 더 가깝게 느껴져요.

탁 은하수라는 건 분명히 존재하는 건데, 우리는 '그런 게 있어? 에이, 거짓말' 이런 느낌으로 살아가요. 근데 사막이라는 공간에 가면 '아, 이게 정말 은하수구나' 하고 느낄 수 있죠. 은하수를 처음 보셨을 때 어떠셨어요?

박 또 눈물이 났죠. 근데 제어가 안 되는 눈물이고 감동의 눈물이라, 주구장창 흐르진 않았어요. '핑' 하고 흘러내리면서 마음이 막 몽글몽글해졌죠.

탁 별똥별처럼 눈물이 흘러가는구나.

박 자이살메르 사막에서 별들과 함께, 미스터 싱과 함께, 그리고 여행 내내 많이 싸웠지만 사랑하는 사람과 함께 있으면서, 그때 그런 생각을 했던 것 같아요. '한국에 돌아가면 사람들한테 잘해줘야지.' 왜 그런 생각이 들었는진 모르겠는데, 전 좋아하는 사람한테는 한이 없어요. 그렇지만 싫어하는 사람은 쳐다도 안 보는 성격이에요. 지금은 좀 덜한데, 그게 얼마나 못됐어요. 그때 이상하게 그런 생각이 들더라고요. '아, 나 한국 가면 그동안 못해줬던 사람들한테 다 사과하고 잘해줘야지.' 그리고 돌아와서 실제로 다 사과했어요.

탁 이야, 얼마나 멋진 여행의 결말인가요! 근데 여행의 깨달음은, 그렇게 대단한 게 아니더라도 정말 한밤의 도둑처럼 찾아오고, 그리고 그 깨달음들이 나의 행동을 바꾸게 만드는 것 같아요.

전 그 이후의 삶에 또 영향을 미치고요.

탁 하늘의 별을 보면서 '모두 별 같은 존재들인데 나는 왜 그렇게 귀중함을 모르고 살았나'라는 깨달음. 정말 근혜 씨의 여행은, 여행의 굉장

사막에서 가장 간단하게 준비할 수 있는
음식은 이스트를 넣지 않고 반죽해 프라
이팬에 구워먹는 빵, '차파티'다.

낙타는 사막의 진정한 일부다. 낙타가 없
는 사막은 꽃 없는 화원이나 마찬가지다.

히 좋은 요소들을 포함하고 있는 것 같아요. 마음에 드는 곳을 만나면 정해진 일정과 상관없이 내 마음을 거기다 좀 더 잡아매어 보는 시도, 그리고 사람으로 인해 그 여행이 변화되는 모습들. 물론 그건 좋은 쪽이기도 하고 나쁜 쪽이기도 해요. 그렇지만 어쨌든 여행의 최종적인 인상을 결정짓는 것은, 나라라는 요인도 있겠고 자연도 있겠고 여러 가지가 있겠지만 결국 사람이라는 것. 그런 걸 얻을 수 있는 여행이라면 석 달이라는 시간이 정말 값지다고 생각할 수 있겠네요.

전 토털 패키지로 다녀오셨네요.

박 또 갈 때가 됐어요. 자꾸 싫은 사람이 생기니까.

탁 그래서 여행은 정말 주기적으로 필요해요. 내가 내 삶에 허락할 수 있는 축제니까요.

전 선물 같은 거죠.

고아와 보 헤 미 안

탁 근혜 씨의 인도 여행은 이제 어디서 끝을 맺나요?

박 경로만 말씀드릴게요. 자이살메르에서 뭄바이로 간 다음, 바로 고아Goa로 내려갔어요. '거기선 마음껏 마시리!' 그런 결심을 하고요.

전 고아! 여행자들의 파라다이스와 같은 아름다운 곳이죠. 거기는 인도인데도 소고기를 팔아요.

박 그리고 음식이 되게 맛있고요. 술을 원 없이 먹을 수 있다는 거.

탁 이슬람만 술을 금기시하는 줄 아는데, 힌두는 술이 금지되어 있는 건 아니지만 사람들이 잘 안 마셔요.

박 네, 안 마셔요.

탁 멋없는 사람들 같으니라고! 근데 여행지마다 그런 파라다이스 같은 곳이 꼭 한 곳씩 있어. 여행 일정의 막판에 꽂아넣으면 정말 좋은 곳이 있어요. 이집트의 다합, 네팔의 타멜 같은 곳이지.

전 고아는 서남부에 있는 해변인데요. 영국이 인도 식민 지배를 오래 했는데 고아만 포르투갈에서 오래 지배했어요. 그래서 분위기가 좀 달라요. 그렇기 때문에 고기도 먹을 수 있고요. 물가가 전체적으로 비싼데 술값은 싸더라고요. 스미노프, 로마노프 보드카를 파는데, 싸요. 1병에 우리 돈으로 3,000원? 5,000원? 매일 밤 보드카를 각 1병씩 마셨어요. **탁**

보드카를 매일 밤 각 1병씩!! 좋은데요?

전 네. 이전 여행의 여독을 다 해결해주는. 그리고 고아 옆에 안주나 비치라고 있어요. 거기엔 보헤미안들도 많이 와요.

탁 보헤미안이라면 어떤 분들을 말씀하시는 거죠?

박 히피. 거기 유럽분들이 되게 많이 사세요. 그리고 벼룩시장이 매주 수요일마다 열리는데, 거기서 그분들이 만들어 파는 액세서리 가격이 되게 비싸요. 벼룩시장인데도 비싸요.

탁 저는 여행하면서 좀 놀랐던 게, 히피들이 1960~1970년대 이후로 사라졌다고 생각했는데 아직도 있더라고요.

전 네. 곳곳에 숨어 있어요.

탁 히피들의 여행하는 방법이, 굉장히 지속 가능한 방법으로 여행을 해요. 뭔가를 재생산할 수 있는 방법을 찾아, 최저의 가격으로 여행하면

라자스탄의 타르 사막 곳곳에는 지방 영주들의 옛 성채가 흩어져 있다. 불가촉천민들을 내려다
보던 귀족들은 성을 떠났지만, 신분의 굴레는 사람들 틈에 그대로 남아 있다.

India

서 계속 돈을 벌어요. 예를 들면, 저글링 같은 걸 끊임없이 연습해요. 그래서 교통체증 있는 곳에서 히피들이 갑자기 튀어나와서 저글링을 해. 심지어 도로 한복판에서 불 뿜는 사람도 봤어.

전 제가 본 재미있는 히피는, 자기가 그 동네 가이드북을 손으로 써서 여행자들한테 복사해서 팔았어요. 작게 노트로 만들어서. 그거 괜찮더라고요.

탁 여행의 새로운 방법 중 하나라고 할 수도 있을 것 같아요.

인도 여행의 끝에서

탁 우리가 인도라는 나라에 대해서, 충격과 공포의 이미지로 이야기를 시작했잖아요. 그래서 비행기 문을 열자마자, 또는 기차를 타자마자 '공포였다!'라는 인상을 전했지만, 지금 우리에게 남은 인도의 이미지는 그것과는 다르게 '다시 가고 싶어지는' 나라잖아요. 어떤 매력이 여행을 마치고 난 다음에도 다시 한 번 여행자의 발걸음을 그곳으로 이끄는 걸까요?

박 지워지지 않는 향이 있어요. 그렇게 표현하는 게 제일 맞을 것 같아요. 저도 꼭 다시 한 번 갈 거거든요. 리쉬케쉬에 가서 요가할 거예요.

탁 지워지지 않는 향…. 전 작가는 어떤 매력이 있는 것 같아요?

전 자미 마스지드Jami Masjid라고 델리에 거대한 사원이 있는데, 저는 거기서 길을 잘못 들어서 정문이 아닌 후문으로 들어갔던 거예요. 그래서 아까 잠시 이야기했던 수드라 중 불가촉천민들이 사는 초원을 지나게된 거죠. 아, 근데 여기는 정말… '아수라장'이라는 말 있죠? 그것도 사실 인도말이에요.

탁 그렇죠. 산스크리트어에서 온 거죠.

전 악마를 상징하는 '아수라'. 거기가 바로 그곳인 거예요. 팔다리 없는 건 기본이고, 얼굴 한쪽이 없는 분들도 있고, 깜짝 놀란 거죠. 이분들 역시 저희만 처다보는 거예요. 조그만 움막에서 살고 있는데, 우리끼리 "야야, 눈 깔어. 처다보지 마" 그러면서 저 앞에 보이는 사원을 향해 걸어가는데, 생각해보니까 그런 모습들이 굉장히 슬퍼야 하는데 그냥 거긴 마을일뿐인 거예요. 그들은 아무렇지도 않게 살아요. 그때 제가 느끼고 또 이후에도 계속 생각했던 게 '아, 이 사람들은 받아들이고 사는구나'였어요. 해탈까지는 아니어도, 그때의 기억은 이후에 여행을 하건 무슨 일을 하건 '받아들임'의 폭을 더 넓혀준 계기였던 것 같아요.

탁 힌두교에서는 윤회를 믿는데, 그게 문제이기도 하고 한편 장점이기도 해요. 그들은 카스트 제도에 대해 '지난 생에 지은 업보 때문에 지금 내가 이 위치에 있는 것이다. 현생에서 좋은 업을 많이 쌓으면 다음 생에 더 좋은 게 온다'라고 생각해요. 어떻게 보면 체념일 수도 있고, 어떤 면에서는 수용하는 자세일 수도 있는 거죠. 우리가 이번 여행에서 어떤 잘못된 점이 있었고 모자란 점이 있었다면, 그걸로 인해 교훈을 얻고 또 다음 여행에서 더 좋은 여행을 하면 돼요. 그게 바로 인도 사람들의 생각을 여행에 접목시킬 수 있는 부분이 아닐까 하는 생각이 드네요.

사실 저는 델리에만 한 번 갔다 왔기 때문에 그렇게 인도 여행을 많이 한 건 아닙니다만, 그래도 델리에서의 인상과 힌두교권을 여행하면서 제가 느낀 감정을 종합해보면, 낯선 곳이기 때문에 또 다른 매력이 있는 것 같아요.

India

전 전 세계에서 가장 낯선 곳이죠.

탁 우리가 알고 있는 모든 시스템, 우리가 알고 있는 모든 상식이 부정당하는 곳이죠. '공항이라는 곳은 이래야 한다' '사람에 대한 에티켓은 이래야 한다'라는 것이 무너질 수 있기 때문에 그곳이 매력 있는 것이고, 또 그렇기 때문에 가치 있는 것 같아요. 여행을 떠날 때, 여기도 이렇고 거기도 그러면 거기 왜 갑니까? 그 다름을 느끼기 위해서 가는 거죠. 그리고 그 다름 속에서 어떤 보편성을 발견할 때 그게 또 깨달음이 되는 거거든요. 그렇기 때문에 그런 마음의 준비를 하고 가시면 여행이 좀 더 재미있고 많은 걸 얻을 수 있을 것 같아요.

전 아무리 마음의 준비를 하고 가서도 인도는 어차피 충격과 신선함 그 자체예요.

탁 충격과 공포. 맞습니다. 홀리 축제 같은 경우도, 온전히 그것을 인정하고 대비할 때 근혜 씨가 그랬던 것처럼 그 안의 일원이 되어서 정말 제대로 즐길 수 있는 게 아닌가 생각합니다. 그게 바로 인도 여행을 가장 잘 할 수 있는 마음가짐이 아닐까 생각해보면서 마무리를 할까 합니다.

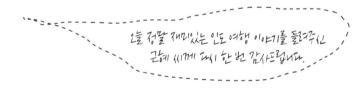

오늘 정말 재미있는 인도 여행 이야기를 들려주신
근혜 씨께 다시 한 번 감사드립니다.

탁PD의
여행수다

—

세계 어디에도
없는 곳

바람이 불지 않는 날
제주에 도착하면
아름다운 침묵이 찾아와요.
정말 귀가 너무 편해요. 그 침묵을 즐기면서
아직 도로가 걸려 있지 않은 시골길을
아무 생각 없이 산책하는 겁니다.

김

포장이 되어 있지만
오솔길다운 포장로들도 많이 있어요.
그래서 스쿠터를 타고 돌아다니면
풍경과 내가 가까이 있는 듯한
느낌을 받을 수 있어요.

탁

우리가 여행을 떠나는 목적 중 하나는 '낯섦'과 마주하기 위해서이다. 하지만 이 '낯섦'의 농도가 짙어질수록 여행의 불편함은 가중된다. 그리고 그와 비례해, 들어가는 돈과 시간도 늘어난다. 너무나 명쾌한 이 방정식에서 자신의 의도와 부합하는 균형점을 찾아내는 것이야말로, 많은 여행자들의 숙제이기도 하다.

제주는 여권에 도장을 받지 않고 선택 가능한 최대한의 '낯섦'이 있는 곳이다. 제주 편의 게스트 김작가는 이렇게 얘기한다. '말이 통하는 외국'이라고. 얼마나 멋진가! 바다 건너에서, 말이 통하는 곳을 찾기 위해 반드시 스페인어나 불어를 할 줄 알아야

jeju

할 필요는 없는 것이다.

제주가 주는 '낯섦'을 제대로 느끼기 위해선, 제주의 속도에 맞출 필요가 있다. 자동차보다는 스쿠터가, 스쿠터보다는 느긋하게 달리는 시외버스가, 시외버스보다는 야트막한 돌담길을 천천히 돌아보는 도보여행이 제주의 속도에 더 가깝다. 숙소 면에서도 마찬가지다. 특급 호텔보다는 해안가 민박이, 그리고 몇 년 전부터 자리 잡기 시작한 다양한 게스트하우스들이 낯선 여행지로서의 제주를 더 잘 느낄 수 있도록 해준다.

메가쑈킹만화가가 제주에 터를 닦은 게스트하우스 '쫄깃쎈타'는 여행에 대한 낯설지
만 유쾌한 실험들이 성공을 거둔, 기분 좋은 사례이다. 그리고 (언제나 취한 눈으로) 그
현장에 함께했던 김작가가 들려주는 이야기는, 한국의 젊은 여행자들이 지금 어디를
어떻게 여행하고 있는지를 알려주는 종합정보지이기도 하다. 다만 그와 이야기할 때
불편한 점은, 오래지 않아 극한의 시장기를 느끼게 된다는 점이니, 간단한 주전부리
를 미리 준비해 읽어내려 가는 것도 나쁘지 않으리라.

by 탁

jeju

gueSt

김작가
—

대중음악평론가라는 직함으로 11년째 살고 있지만,
아직 평론가보다는 음악애호가라는 정체성이 익숙하다고 말하는 사람.
음악을 좋아하고 글 쓰는 걸 좋아하다 보니 자연스럽게 지금의 일을 하게 된 케이스.
그의 삶과 놀이의 근거지였던 홍대 중심의 삶을 드라마틱하게 확장시킨 계기는,
다름 아닌 제주 여행. '말이 통하는 외국'에서의 문화적 충격과 아름다운 자연이
그의 두뇌를 전동 마사지기처럼 자극하여, 재미있는 생각들이
무럭무럭 피어나는 임상체험을 함.
지금은 제주 협재의 게스트하우스인 '쫄깃쎈타'의
홍대 분점(?)을 함께 운영하며, 새로운 사람들과 밤마다 유흥의 불꽃을 태우고 있음.

탁 귀만 있으면 떠날 수 있는 세계여행, 여행교의 간증집회 '탁PD의 여행수다'에 오신 것을 환영합니다. 이야기를 함께 풀어주실 여행 손님, 음악평론가 김작가님 모셨습니다.

김 안녕하세요.

탁 그리고 저의 든든한 여행지기, 전명진 작가도 나와주셨습니다.

전 안녕하세요, 반갑습니다.

탁 본격적으로 우리나라의 여행지를 소개하는 것은 여행수다를 시작하고 첫 기회가 아닌가 싶은데, 우리나라에서 가장 큰 섬인 제주에 대한 깨알 같은 조사를 전명진 작가가 해오셨다고 들었어요.

전 제주, 우리나라 남서부에 위치한 아름다운 섬이죠. 원래는 전라남도 소속이었어요. 그러다가 1946년도에 제주로 분리가 되어 계속 지내다가, 2006년 '국제도시특별법'에 의거하여 제주특별자치도가 되었습니다. 아시다시피 제주 안에는 제주시와 서귀포시가 있고요. 나머지 얘기는 차차 하지요.

jeju

탁 알겠습니다. 근데 '제주 편인데 하필이면 왜 김작가냐' 이런 의문을 가지시는 분들이 있을 것 같아서, 그간 김작가가 제주와 맺었던 인연에 대해 잠깐 얘기를 하고 넘어가는 게 좋을 것 같아요.

김 제주에 제가 처음 간 게 2010년 말이었어요. 얼마 되지 않았는데, 제주 하면 수학여행이나 신혼여행으로 많이 가는 섬이고, 조랑말 좀 타거나 좋은 관광호텔에서 바다 보면서 첫날밤을 즐기는 곳, 이 정도의 생각을 저도 하고 있었어요. 그리고 한국 관광지라는 데가 대충 그렇잖습니까? 물가는 비싸고 볼 것은 없고. '제주 가서 놀 돈이면 차라리 동남아시아에 간다' 이런 느낌을 갖고 있었는데, 제 친구 중에 탁재형 PD랑도 상당히 친한 분이 계세요. 메가쑈킹만화가라고, 강풀과 더불어 한국 웹툰의 개척자죠. 그 양반을 제가 2010년 여름에 처음 만나게 됐어요. 트위터를 통해서 처음 만났는데, 100일 넘게 하루도 빠짐없이 같이 술을 마신…. 뭐 하여튼 그런 인연이 돼서 매일같이 술을 먹다가, 메가쑈킹만화가가 제주에 게스트하우스를 만든다고 10월 말에 내려갔습니다. 또 벗이 있으니 한번 가야하지 않겠어요? 그래서 그해 말에 처음으로 제주에 가서 3박 4일 정도 있었는데, 제주의 매력에 흠뻑 빠진 거죠. 그 뒤로 지금까지 별일 없으면 한 달에 일주일 남짓씩 꼬박꼬박 가서 있다가 옵니다.

탁 한때는 이주도 진지하게 고민하셨다면서요?

김 네. 처음에는 '아, 나도 내려가서 살아야겠다' 생각했는데, 집을 못 구해서 못 내려가다가 미적지근해지고, 그 뒤로는 다른 일도 바빠지고 그래서 '향후 10년 안엔 내려가서 산다' 그런 꿈을 갖고 있죠.

탁 정말 제주라는 여행지가, 방금 김작가도 이야기해줬지만, 내려가기 전까진 '다 똑같지 않겠느냐'는 생각을 가지기 마련인데, 내려가서 막상 부딪친 제주는 정말 이국적이라고 할 만큼 훌륭한 부분들이 굉장히 많았어요.

김 저는 제주를 이렇게 정의합니다. '말이 통하는 외국이다.'

탁 심지어는 말도 잘 안 통해.

김 할머니들이랑은 대화도 할 수 없어요. 제가 처음 제주에 가서 버스를 타고 메가쑈킹이 운영하는 '쫄깃쎈타'라는 곳을 찾아갔어요. 제주시에서 서쪽으로 1시간 정도 버스를 타고 가는데, 말이 안 통하는 거예요. 그 버스 안에 중국인 관광객이 몇 명 있었고, 일본인 관광객도 몇 명 있었고, 제주 할머니들도 몇 명 있었는데, 내가 알아들을 수 있는 말이 단한 마디도 없는 거야. 중국어, 일본어, 제주어…. 뉴욕의 타임스 스퀘어에 가면 정말 전 세계의 언어가 주변에서 들리잖아요. 그런 기분이었어요. 이곳이야말로 일종의 메트로폴리스가 아닌가.

탁 저는 그런 얘길 들었어요. 제주 사람이 서울 올라온 지 얼마 안 되어 무단횡단을 하는데, 경찰이 잡았대요. "저, 선생님!" 하고 부르길래 제주 사람이 "무사 경햄수꽈? 무사마씸?" 하니까, 경찰이 "아, 일본 사람이구나. 스미마셍~" 하면서 보내드렸단 말을 들었어요. '무사 경햄수꽈?'가 '왜 그러십니까?'라는 뜻이래요. '무사'가 '왜'이고요. 저는 대학교 때 제주 출신 선배들이랑 하숙을 했었는데, 우린 맞장구 칠 때 "아, 그래?" 하잖아요. 그분들은 "무사?" 하면서 맞장구를 치는데, 그때 저도 굉장히 뻘쭘했던 기억이 있어요.

Jeju

여행의 패러다임을 바꾼 게스트하우스 문화

탁 메가쑈킹만화가가 만든 쫄깃쎈타. 처음 듣는 분들은 쫄깃한 회를 파는 센터 아니냐고 오해하시는 경우가 많은데, 요즘 여행 트렌드를 이끌고 있는 아주 핫한 장소 중 하나라고 생각해요.

김 그렇죠. 쫄깃쎈타가 2011년 여름에 오픈을 했는데, 그때 이후로 제주 여행의 담론이 바뀌었죠. 패러다임이 바뀌었습니다. 사실 제주라는 데가 처음에 말씀드렸다시피 신혼여행지였다가, 2007년에 제주 올레길이 생기면서 '관광지'에서 '여행지'로 바뀌었죠.

탁 그 둘의 차이는 상당히 커요. 관광은 영어로 했을 때 'Siteseeing'이잖아요. '눈앞에 보이는 경관Site을 본다'는 굉장히 수동적인 뉘앙스인데, 여행은 'Travel'이잖아요. Travel은 Trouble과 어원이 같아요. '트리팔라움Tripalium'이라는 라틴어에서 왔습니다. 트리팔라움은 고문 도구예요. 나무가 3개 엮인 형틀인데, 거기다가 사람을 묶어놓고서 설마 간지럼을 태우진 않았겠죠. 굉장히 괴롭게 만들었을 텐데, 하여간 그 트리팔라움이라는 어원에서 각 유럽 언어로 내려오면서 '고생' '고난' '원치 않는 귀찮은 일'이란 뜻들이 더해지면서 마침내 'Travel'이라는 단어까지 왔다고 해요. 여행은 그 자체가 조금은 고생스러운 것이라는, 본질 안에 고생이 포함되어 있다는 것을 알아두시면 좋을 것 같아요.

김 하여튼 그렇게 해서, '관광'에서 '올레길을 따라 걷는 여행'으로 패러다임이 변화했어요. '올레길을 따라 걷는 여행'이라고 하는 것은, 걷다가 날이 저물어 '오늘은 여기서 하루 잔다'는 개념의 '움직이는 여행'이었거든요? 그런데 쫄깃쎈타라는 게스트하우스가 그야말로 언론에도 많이 소개되고, 그러면서 그곳에서 모르는 사람들끼리 어울려 자연스럽게 술도 마시고, 정보도 교류하고, SNS 시대인 만큼 서로 트위터를 주고받으면서 육지에서 만나기도 하고, 이런 문화들이 생기면서 '움직이는 여행'에서 어느 한 곳을 잡아놓고 머무는 '멈추는 여행'으로 여행의 패러다임이 바뀐 거죠. 협재가 2011년만 해도 근처에 해수욕장 외엔 아무것도 없었습니다. 근데 쫄깃쎈타가 나타나고 2년 만에 마치 1990년대 중반의 홍대처럼 카페도 많이 생기고, 술집도 생기고, 게스트하우스도 굉장히 여러 군데 생기고, 동네 풍경이 바뀌고 있어요.

탁 게스트하우스 하나가 문을 열었다고 해서 그 정도의 변화가 있다는 얘기는 뭐냐면, 그게 엄청나게 재미있다는 거예요. 그 쫄깃쎈타에 가면 다른 곳에서는 찾을 수 없는 재미를 느낄 수 있기 때문에, 여러 가지 현상들이 생기고 있다고 생각해요. 가장 큰 차이가 뭐냐면, 그전의 여행이 숙소의 더블베드룸에서 우리 커플끼리만 놀다가 낮에 관광지 돌아다니고 했다면, 지금은 아예 오픈된 가능성을 염두에 두고 여행지에 가는 거죠. 새로운 사람들을 만날 수 있는 기회라는 것을 아예 상정하고 그 여행지에 가요. 그래서 게스트하우스의 구조를 보면 군대 내무반 같기도 하고, 옛날식 기숙사 같기도 하고, 2층 침대들이 쭉 놓여 있는 트윈 공간이에요. 당연히 성별대로 방은 나뉘어 있지만, 새로운 사람과 계속 만나게 됩니다.

전 응접실, 거실이 있어요. 자는 방은 따로 있지만, 거실 한곳에서 교류가 일어나는 거죠. 사실 올레길이 생긴 2007~2008년 무렵에 게스트하우스가 제주에 꽤 많이 생겼어요. 근데 정말로 잠만 자고 게스트가 되어서 떠나는 그런 개념이었죠. 사실 한국에서만 그렇고, 외국에서는 게스트하우스라고 하면 쫄깃쎈타 같은 곳이 흔한 포맷이잖아요. 그런데 쫄깃쎈타가 생김으로써 우리나라에서도 그 패러다임이 새로 생겨난 거죠.

김 유럽의 게스트하우스는 믹스룸이잖아요. 남녀가 섞여 있고, 라운지가 있어서 밤새 술판 벌이고. 그런데 쫄깃쎈타를 비롯한 한국의 게스트하우스들은 밤 11시 정도 되면 소등을 하고, 잠잘 사람은 자고 놀 사람은 밖에 나가서 놀아요. 게스트하우스임에도 불구하고 어느 정도 사생활이 보장되는 문화가 있죠.

탁 지금 본의 아니게 쫄깃쎈타 예찬론으로 흘러가고 있는데, 그렇다기보다는 지금 여행의 중요한 트렌드가 되고 있다는 생각이 들어서 얘기드린 거고요. 쫄깃쎈타가 아니더라도 제주는 이제 혼자 여행을 가도 부담 없고 재미있게, 그리고 새로운 인연들을 만날 기대에 부풀어서 갈 수 있는 여행지가 되어가고 있고, 쫄깃쎈타와 비슷한 시스템의 게스트하우스들도 점점 생겨나고 있다는 말씀입니다.

김 지금 제주 전역에 있는 게스트하우스가 300개가 넘습니다. 그러다 보니 이제는 콘셉트가 없으면 살아남을 수 없는 구조가 되었죠. 쫄깃쎈타처럼 만남의 장인 경우도 있고, 힐링을 원하는 분들을 위해 조용히 혼자 커피 마시면서 책 읽을 수 있는 곳도 있어요. 모두가 술 먹고 노는 걸 좋아하는 건 아니니까. 그리고 성산 쪽 숲속에는 아예 24시간 술판을 벌이는 게스트하우스도 있어요. 요새 되게 뜨는 곳 중에 짝 게스트하우스라고 있는데, 그날 손님들의 남녀비율이 맞으면 아예 번호표를 주는…, (ㅋㅋ) 그런 데가 있다고 합니다.

탁

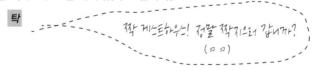
짝 게스트하우스! 정말 짝지으러 갑니까?
(ㅁㅁ)

김 거기가 체인점으로 운영되는 걸로 알고 있는데, 저도 뭐 가본 적은 없습니다.

한라산에서 만나는 겨울 제주

김 제가 제주의 사시사철을 다 봤잖아요. 흔히 제주 하면 여름 피서지로 많이 생각하지만, 제일 좋을 때가 겨울에서 봄으로 넘어갈 때, 여름에서 가을로 넘어갈 때입니다. 2년 전에 제가 가수 장필순 씨 초대를 받아서 제주에 갔어요. 바닷가에서 차로 10분 정도 올라가는 한라산 쪽 산속이었는데, 돌아오는 길에 버스를 타러 언덕길을 따라 쭉 내려왔죠. 그때가 딱 해 질 무렵이었어요. 아마 8월 말, 9월 초라고 기억합니다. 굉장히 더웠어요. 그래서 '여름이네. 역시 여긴 아직 따뜻하구나' 하고 석양을 바라보면서 내려오는데, 바람이 스윽 스치고 지나가면서 본능적으로 오스트랄로피테쿠스 시절부터 갖고 있던 그 유전자에서 뭔가 스위치가 켜지는 거죠. '가을이다. 딩!'

탁 '열매를 찾아야 해! 겨울이 오기 전에!'

김 서울에서는 보통 가을이 됐다는 걸 '아침엔 쌀쌀하다'라고, 이렇게 낭만 따위 없는 단순한 기후로 느끼게 되는데, 제주에선 바다로부터 한 줄기 바람이 불어와 가을이라고 말해주는데, 나도 모르게 눈가가 시큰한 기예요. 내 안에 숨어 있던 김싱이 폭발한 거지. 순간 소년으로 돌아간 듯한 기분이 느껴지고…. 그리고 2월 말, 3월 초에 서울은 아직 춥잖아요. 그런데 제주에서는 그 넘치는 생명에너지, 아지랑이가 피어오르

jeju

는 듯한 생명에너지가 사람을 정말 미치게 만들어요. 그땐 꼭 올레길이 아니어도 됩니다. 아무 시골길이나 걸으면 그게 다 올레길이에요.

전 그런 것에 반응 크게 오시네요. 눈물이 나고, 미치고 그러시는군요?

김 네. 아직 짝이 없으니까.

전 짝 게스트하우스에 빨리 가셔야겠어요. (ㅋㅋ)

탁 순식간에, 우리가 제주를 어떤 숙박시스템으로 여행할 것이냐, 어떤 계절에 갈 것이냐, 이런 얘기까지 훅 나왔는데, 여행을 여행답게 즐기려면 비수기 여행을 정말 추천해드려요. 비수기 중에서도 극비수기.

김 제주의 극비수기가 겨울인데, 제주의 겨울은 정말 좋습니다. 제주 하면 제일 먼저 떠오르는 게 아무래도 한라산이잖아요? 한라산, 재미없어요. 여름에 가면 덥기만 하고 비 오고. 그리고 한라산이 기본적으로 돌산이라서 한번 갔다 오면 무릎이 작살납니다. 무릎이나 발목, 관절 안 좋으신 분들은 일주일 만에 노인이 빨리 된 듯한 기분을 느낄 수 있습니다. 관절염도 오고, 허리도 아프고. 괜히 여자분들 등산화도 안 신고 올라갔다가 발목 삐고, 그래서 민폐를 상당히 많이 끼치는 걸 목격할 수 있어요. 근데 겨울 한라산이 좋은 건 특히 눈 온 다음날. 눈 한 번 내리면 장난이 아니거든요. 발목까지 쌓입니다. 그러면 일단 나무들에 전부 눈꽃이 쫙 피어서, 정말 한국에서 보기 힘든 설경을 만끽할 수 있어요. 이 눈밭을 밟고 내려오는 것이기 때문에 무릎에도 별로 영향을 끼치지 않고.

탁 무릎에 영향을 안 끼친다고? 이거 좀 알쏭달쏭한데…? (ㅋㅋ) 아이젠이 꼭 있어야 하죠. 아이젠 없으면 무릎 정도로 끝나는 게 아니라 전신이 굉장히 힘들어질 수 있습니다.

김 제주가 겨울에도 영하로는 떨어지지 않습니다. 그런데 바람이 어마어마하기 때문에, 손발은 안 차가운데 체감온도는 영하 10℃ 이하예요.

탁 한라산이 그래도 우리나라 최고봉 아닙니까. 2,000미터에 가까운 산이고, 겨울산이 아름답긴 해도 그야말로 뒷산 가는 게 아니니까. 겨울에 한라산을 찾으시는 분들은 꼭 아이젠을 준비하시고, 제대로 된 방한장구와 제대로 된 등산장비를 갖추고 가시는 게 좋을 것 같습니다.

전 정말 아름다워요. 특히 눈꽃이 온 나무에 피는 데다, 얼굴에도 눈꽃이 피는. (ㅋㅋ)

탁 굳이 한라산을 걸어서 올라가기 싫은 분들은 차를 타고 가실 수 있는 곳이 있어요. '1100고지 휴게소'라는 곳이 있습니다. 말 그대로 해발 1,100미터에 위치하고 있는 휴게소예요. 거기 가는 길 이름이 1100로인데, 정확한 명칭은 1139번 지방도예요. 1100번은 사실 딴 데 있는데 1100미터 고지까지 가기 때문에 1100로라고 부르고요. 1100로를 타고 가시면 1100고지 휴게소가 있고, 거기서 운수만 좋으면 백록담까지 쫙 보이는 풍경을 감상할 수 있습니다.

김 한라산에서 백록담까지 올라가서도 분화구를 볼 수 있는 날이 1년에 오십 며칠이 채 안 된다고….

탁 제가 읽은 자료에선 이십 며칠이라고 하던데….

김 아무튼 얼마 안 되는 거죠. 근데 백록담보다도 더 보기 힘든 게 있습니다. 엉또 폭포라고, 거기가 한라산 중산간에 있는 폭포인데 평소에는 물이 전혀 없어요. 절벽인데, 폭우가 내려 산속에 물이 어느 정도 쌓인 다음날에야 폭포가 내려옵니다. 제주에 가면 천지연 폭포니 이런저런 폭포가 많이 있지만, 그런 것들이랑은 비교가 안 될 만큼 정말 기가

jeju

막힌 장관을 볼 수 있어요. 다른 폭포들은 상시적인 폭포라서 주변 지형이 딱 폭포 형태로 되어 있지만, 엉또 폭포는 풍화나 침식이 거의 안 된 지역이라 물이 내려올 때 물속에 나무가 있고 그래요.

전 평소엔 그냥 산인 거죠. 제주의 하천이 건천이에요. 현무암으로 되어 있어서 물이 고여 있을 수가 없기 때문에, 비가 오면 몇 주나 며칠 안에 하천물이 다 흘러가고 빠져버리는 거죠. 근데 이런 엉또 폭포 같은 경우는 하천이 산 중간에 있기 때문에 비가 많이 오지 않으면 물이 흐르지 않는 거예요. 그러다가 강수량이 많아져 물이 넘치면 폭포가 되는 거죠.

제주에서만 만날 수 있는 진 짜 재 미

탁 제주 정방 폭포 옆에, 정말 제주 로컬만 아는 매력적인 장소가 있어요. 여름에만 한시적으로 운영돼요. 혹시 속골이라고 들어보셨어요?

김 저도 그 얘긴 처음 들어봐요.

탁 속골. 그러니까, 속에 있는 골짜기. 계곡이 바다로 흘러나가는 곳인데, 돌에 의해 살짝 갇히는 곳이 있어요. 어떻게 보면 소 같은 곳이죠. 여름이 되면 그 지역 청년회에서 나와 거기다 포장을 쳐요. 그리고 그 위에다 테이블과 평상을 놓아요. 물 위에다가. 밑은 물이야.

김 아, 마치 베네치아의 가면 축제 때 같은 느낌인가요? 물 위에다가 테이블 놓고 거기서 와인을 마시잖아요.

탁 그 분위기죠. 그 분위기에서 백숙을 먹지, 여긴. 와인이 아니라.

협재 앞바다의 아름다운 풍경을 완성해주는 비양도는 고려시대에 바닷속에서 고개를 내민 화산
의 분화구다.

한여름에 강추위를 맛보고 싶은 사람은 정방 폭포로 가면 된다. 얼음장 같은 폭포를 정수리에
10초만 맞으면 저체온증이 찾아온다.

김 백숙에 막걸리! 좋네요.

전 이게 기가 막혀요.

탁 그리고 맥주도 여러 병 시켜놓으면 찬 기운이 식을 것 같잖아. 그런 걱정은 할 필요도 없어. 일단 먹을 만큼 시켜서 발밑에 두면 돼.

전 알아서 차가워져요. 그리고 발을 계속 담그고 있으면 엄청 시려워서 올려야 돼요.

김

수면양말 신고
담궈야 하는
뭐 그런. (ㅁㅁ)

탁 그건 좀 무리수이고. 한 가지 조심해야 할 건, 핸드폰을 바닥에 떨어뜨리면 끝이야. 정말 신경 쓰이더라고요. 근데 그 운치가! 사실 옛날에 서울 청계천 근처에도 그런 식의 식당들이 꽤 있었거든요? 계곡에다가 발 담그고 먹을 수 있는. 근데 그런 것들이 지금은 다 철거가 되었죠. 속골은 계곡지형이라기보다는 인공하천이 넓게 바다로 흘러나가는 느낌이에요. 그래서 상당히 넓어요. 거기에다가 점점이 평상과 테이블을 놓고 먹을 수 있어요.

김 제가 다다음주에 가거든요. 쫄깃쎈타에서 매혹녀들을 만나서 함께 가야겠네요.

김 제가 1달에 한 번씩 가는 이유가, 처음엔 그냥 놀러만 다니다가 지금은 1달에 한 번씩 거기서 공연을 하고 있습니다. 제가 직접 연주를 하는 건 아니고, 쫄깃쎈타 거실에서 일명 '부침개 콘서트'라고 노플러그드 콘셉트로 아예 마이크도 앰프도 없이 생목소리 생연주로 하는 콘서트예요.

탁 그러니까 언플러그드가 마이킹만 해서 어쿠스틱한 소리를 낸다고 한다면, 노플러그드는 그마저도 없는 거예요.

김 그렇습니다. 거실에서 생목으로 노래하는 콘셉트인데, 제가 아무래도 음악 쪽에 있다 보니까 주변에 음악 하는 친구들이 많잖아요. 그 친구들한테 "제주 여행 같이 하자" 하고선, 항공권이나 숙박은 다 해결해주고 간 김에 쫄깃쎈타 거실에서 공연을 하게 하는 거죠. 라인업이 상당히 괜찮습니다. 이 콘서트는 2주 전에 날짜를 알려줘요. 하지만 백미는, 라인업을 공연 1시간 전에 알려준다는 거. 마치 아이폰 정책과 같은 거죠. 뭐 유출은 됩니다. 하지만 우리는 안 알려줄 뿐이고. 사실 이건 누군지 모르고 찾아오는 공연이에요. 일단 믿고 보는. 그리고 또 라인업이 서울에서 보기 힘들고요.

탁 네. 그런 분들을 지근거리에서 보고, 게다가 아무런 전자장비가 개입되지 않은 그분들의 순수한 목소리를 들을 수 있다는 것. 놀라운 기획이네요. 근데 정말 요즘 제주의 문화 신Scene에서 가장 핫한 아이템이라고 하면 이 쫄깃쎈타의 부침개 콘서트가 아닐까 싶어요. 그걸 기획하게 된 동기가 있었다면서요?

김 제가 워낙 제주를 사랑하다 보니 예전부터 여기서 공연을 한번 만들어봤음 좋겠다 싶었는데, 저 말고도 음악 하는 친구들이 몇 번 다니면서 공연을 했던 거예요. 그 친구들은 앰프랑 기기들을 갖다놓고 했었고요. '아, 그렇다면 아예 거실에서 공연을 하되 어설픈 음향기기를 갖다놓느니 차라리 아무 것도 없이 한번 해보는 게 어떨까' 싶었던 거죠.

탁 근데 그건 가수분들한테도 새로운 도전일 것 같아요.

김 그렇죠. 앰프랑 마이크가 없다는 것에 대해 되게 신선하게 생각하세요. 이건 비즈니스가 아니거든요. 음향기기가 어설프게 있으면 오히려 사운드에 신경을 쓰게 됩니다. 소리가 어떻게 나가는지 체크를 해봐

쫄깃쎈타의 명물로 자리 잡은 '부침개 콘서트'는 일체의 전자장비를 쓰지 않는 '노플러그드'를 지향한다. 이 현장에선 주변의 호흡을 모두 빨아들이는 조그마한 블랙홀이 생성된다.

야 하고. 그리고 이게 일종의 일 같다는 생각이 들기 때문에 부담스러울 수 있어요. 그렇지만 아예 노플러그드로 한다는 것은, 정말 어떻게 보면 대학교 때 학생회실이나 동아리방에서 통기타 치고 놀던 것과 같은 거예요. 공연했던 분들이 "이렇게 집중력 높은 공연은 처음이었다"고 끝나고 나서 다들 말씀하실 정도로, 처음 기획할 때 예상했던 것보다 훨씬 분위기도 좋고 공연의 퀄리티도 좋고요. 저는 직업의 특성상 일주일에 몇 번씩 공연을 다니지만, 제가 만드는 공연이라서가 아니라 이렇게 딴 짓을 하지 않게 만드는 공연은 처음이에요. 그 가수의 음악을 전혀 모르는 사람이 봐도 빠져들 수밖에 없는 특성이 있더라고요. 서울에서는 그런 공연을 하고 싶어도 할 수가 없습니다. 예를 들어 '벙커1'에서 한다고 하면, 1시간 전에 아티스트가 공개되어도 얼마나 많은 사람들이 몰려들겠어요. 제주라고 하는 특성, 고립된 환경, 그리고 딱 해 질 무렵에 시작하거든요. 시간과 자연이 주는 일종의 천연 미장센. 그런 것들이 맞물리기 때문에 삼위일체가 되어서 할 수 있는 공연이죠.

탁 아, 지금 당장 달려가고 싶습니다. 하여튼 정말 좋은 정보예요. 꼭 거기서 투숙을 하지 않아도 즐길 수 있는 거잖아요. 공간에 앉을 수 있는 인원만 되면 들어갈 수 있다고 합니다. 더 이상 수용이 불가능하게 되면 어쩔 수 없지만.

김 100명까진 들어갈 수 있더라고요.

탁 말하다 보니 제주의 숨은 매력들이 하나둘씩 쏙쏙 나오고 있네요. 그렇지만 아직도 이야기하고 싶은 부분들이 많이 남아 있습니다.

jeju

보말과 성게와 돼 지 의 선 물

탁 이쯤에서 우리가 제주 먹거리 얘기를 안 할 수가 없지요.

김 어우, 제주는 사실 먹는 재미로 가는 거죠. 제일 중요한 팁은 '관광객들이 가는 식당만 안 가면 된다'는 거.

탁 특히 중국 관광객들이 많이 가는 식당.

김 절대 안 되죠.

탁 저는 이번에 갔을 때, 하도 '중국 사람들 많이 몰려온다' '중국 자본 많이 들어온다' 해서 우리가 지금 말하는 그런 제주의 모습이 영향을 많이 받을까 봐 걱정했었어요. 근데 그분들은 의외로 그분들만의 생태계가 따로 있어요.

전 네. 가는 코스가 따로 있는 거죠.

탁 그래서 우리랑 마주칠 일이 별로 없어요.

김 중국인들은 신혼여행지나 중문 이런 데만 다니고, 2000년도 중반 이후에 바뀐 제주의 패러다임 루트에는 거의 없어요. 면세점 투어라든지, 숙박도 거의 호텔에서 하고, 홍대에 있는 중국 관광객들하고 별 차이가 없어요. 그분들 어차피 대부분 중국에서 시골에 사는 사람들이기 때문에 굳이 시골 풍경을 볼 필요가 없는 거죠.

탁 심지어는 핸들링하는 여행사도 다 중국분들이 하신다고 하더라고요. 중국 자본과 사람들이 많이 들어오고 있는데, 그게 제주에 정작 어느 정도 이윤을 남겨주고 있는지는 의문이에요. 그래서 그건 좀 문제라고 하더라고요.

자, 그럼 이제 먹거리 투어를 빨리 떠나보지요. 우리 김작가가 생각하는 제주 먹거리 '빅 3'에는 뭐가 있을까요?

김 '빅 3' 하면 역시 첫 번째는 보말 칼국수를 꼽죠.

탁 일단 보말이 뭔지 설명을 좀….

김 보말은 원뿔형으로 생긴, 소라는 아니고 고동 같은 거예요. 근데 고동은 뾰족하지만 보말은 이걸 짜부러뜨린, 굉장히 얇은 우렁 같은 건데, 제주 앞바다에서 나오는 겁니다. 이걸 물미역이랑 같이 국물을 내 국수를 넣어 먹는 거예요. 저는 제주에 내려갈 때마다 먹습니다. 한 끼는 꼭 먹고, 뮤지션들이랑 같이 가면 그들한테도 꼭 먹여요. 다들 미치게 감동을 하죠. 진짜 소울푸드 같은 느낌이 들 정도예요. 대충 맛을 설명해드리자면, 되게 질 좋은 미역으로 끓인 미역국에 전복 내장이 잔뜩 들어간 듯한 맛인데, 육지에는 절대 없어요. 보말 자체가 제주에서만 나는 거고, 그 정도의 질 좋은 미역으로 끓이면 단가가 너무 높다고 합니다. 건미역으로 끓이면 안 된대요. 물미역도 채취한 지 이틀 이내의 것으로만 끓여야 그 맛이 난다고 하더라고요.

탁 아주 실키Silky하겠군요.

김 실키하고, 청키Chunky하고.

탁 이야, 죽겠다. 일단 보말 칼국수가 나왔고. 다음은 2위!

김 2위는 성게 국수.

탁 성게 국수! 아, 여기서 우리가 동복리의 '동복해녀촌' 얘기를 안 할 수가 없는데, 저는 이렇게 표현을 해요. '그 집에 두 종류의 국수가 있는데, 두 국수 중 하나만 가져도 천하를 제패할 수 있는 와룡봉추와도 같은 국수다.' 와룡과 봉추 중 하나만 있어도 천하를 제패할 수 있다고 했는데 유비는 둘 다 취하지 않았습니까? 동복해녀촌의 두 국수는 천하삼분

jeju

지계를 실행할 수 있는 와룡봉추 같은 것이다!

김 제주에 국수 문화가 상당히 발달되어 있는데, 소면을 안 먹습니다. 물론 거기도 멸치국수 같은 게 있습니다만, 중면을 써요. 소면보다 지름이 4~5배 정도 굵은, 소면과 스파게티면 사이의 느낌. 후루룩할 때 식감이 혀에 살짝 닿아주는, 아래 혀를 스치고 지나가는.

탁 그러면서 콧등을 한 번 치고 넘어가지.

김 풍부한 글루텐에서 느껴지는, 우동도 소면도 채워줄 수 없는 그 무엇! 그 사이의 정확한 틈새! 국물을 적당히 흡수하면서 또 면 자체 밀가루의 식감은 살아 있는. 게다가 성게가….

탁 *야잇 미치겠다, 미치겠어.*

김 성게알이, 성게알이 그냥! 서울의 이자카야에서 먹으면 성게알이 요만큼 해서 만 원, 2만 원 해요. 인간이 먹을 수 있는 성게가 말똥성게가 있고 보라성게가 있는데, 제주에서 흔히 나오는 게 보라성게입니다. 이 보라성게의 철이 7월 초예요. 7월 초부터 8월 중순 정도에 한창 성게알이 꽉 차 있어서, 이걸 쪼개서 티스푼으로 먹으면…!

전 아우! 로얄젤리 부럽지 않은 거죠!

김 마치 내가 바다가 된 것 같은, 마린보이 이런 게 된 것 같은 심정을 느낄 수 있는 바로 그런 맛이죠. 제주 바닷가 시골길을 걷다 보면 해녀 할망들이 문 열어놓고 마당에서 성게를 까고 있습니다. 다음날 항구에 내다 팔 성게를 저녁나절에 까는 거죠. 거기 가서 할망들한테 성게 좀 사갈 수 있냐 그러면, 그리고 3만원 정도 드리면, 대접을 갖고 와서 한가득 담아줘요.

탁 흐어어, 이건 꿈이야!

김 이건 말하자면, 내가 용왕이 된 것 같은! 바다를 통치하는! 그걸 뜨거운 밥, 흰 쌀밥에 넣어갖고 먹으면 그냥…! 왜 우니덮밥 있잖아요, 우니동うにどん. 성게 몇 점 주고 성게알 한 알에 한 숟가락씩 먹어야 하는.

탁 그렇지. 숟갈이 아니라 거의 귀이개 같은 걸로 먹어야 하는.

김 근데 여긴 성게덮밥이 아니라, 말하자면 성게 그릇에 밥이 살짝 깔려 있는 느낌. 퍽퍽 퍼먹을 수 있는 거죠.

탁 참 듣기만 해도 행복하다.

김 가게에서 팔지도 않습니다. 정말 여행자만이 알 수 있는, 먹을 줄 아는 사람만이 알 수 있는 거죠.

탁 성게 국수와 언제나 함께 나오는 회 국수도 우리가 빼놓고 넘어갈 수 없죠.

김 회 국수 좋죠. 하지만 제주는 생선보다 뭐니뭐니 해도 돼지고기죠.

탁 3위는 돼지고기!

김 제가 원래 삼겹살에 소주 마시는 걸 굉장히 좋아하는데, 제주를 다니고 나서부터 서울에서 돼지고기를 안 먹어요. 그 뭐, 냄새 나고 천해! 천한 돼지 안 먹지.

전 '스파게티는 이탈리아에서만 먹는다!' 거의 그런 느낌이네요. 굉장한 분이에요. (ㅋㅋ)

김 제주 하면 흑돼지잖아요. 근데 흑돼지 드실 필요 없어요. 비싸기만 하고. 그냥 아무 돼지든 엄청나게 맛있습니다. 제주 돼지고기 하면 유명한 식당들이 몇 곳 있죠. 제주시에 있는 '돈사돈'이라는 데는 합정에도 분점이 있는데, 거기는 너무 유명해져서 줄 서야 하고 그렇습니다. 꼭 그런 델 안 가시더라도, 근처에서 '근고기'라고 팔아요. 한 근 단위로 고기를 팝니다. 부위별이 아니라.

탁 근데 육지에서 먹는 거랑 다른 게 뭐냐면, 멜젓이라고 있어요. 멜이 뭐냐면, 멸치보다 조금 큰놈이에요.

김 멸치예요. 조금 큰 멸치 종류.

탁 어쨌든 그 멸치로 담근 액젓을 소주랑 마늘, 고추로 양념을 해가지고 그걸 끓입니다.

전 불판 위에다 그걸 올립니다.

탁 그리고 나서 돼지고기를 그 젓국에 찍어 먹죠.

전 캬아~

탁 그럼 감칠맛이! 아, 지금 김작가 눈가가 촉촉해지고 있어. (ㅋㅋ) 무슨 생각을 하는 거야, 도대체! 눈꼬리가 촉촉해지고 있어.

김 느끼고 있어요.

탁 그리고 돼지를 구이로도 먹지만 또 돔베고기. 돔베가 뭐냐면, 제주어로 '돔베'가 '도마'예요. 수육을 해서 도마 위에 얹어 석석석 썰어 먹는 돔베고기가 또 유명하죠. 그리고 돼지 얘기가 나와서 말인데, 먹기엔 너무 귀여운 아강발.

전 그건 뭔가요?

김 아강발은 아기돼지의 족발인데, 아기돼지는 많이 도축하지 않잖아요. 서울에서 족발 먹으면 보통 우리 팔꿈치 정도 길이로 잘라서 먹잖습니까? 아강발은 발목 아래까지만 딱 써갖고, 들고서 굉장히 귀엽게 먹을 수 있는….

전 닭발보다 조금 큰 크기군요.

김 거기에다가 제주 막걸리! 제주 가서 감귤 막걸리 이런 것 있잖아요? 절대 드시면 안 됩니다. 그런 것 다 맛없고요. 제주 막걸리가 있어요. '제주 유산균 막걸리'라고 쌀로 만든 막걸리인데, 거기엔 방부제가 거의 안 들어가요. 그래서 유통기한이 일주일밖에 안 돼요.

탁 육지로는 못 들고 올라오네.

김 들고 올라올 순 있는데 맛이 금방 쉬어요. 보통 제주에서 소비되는 막걸리는 당일 생산 아니면 고작해야 그 전날 생산된 겁니다. 그러면 유산균이 엄청나게 들어 있어서 달지도 않아요.

탁 이건 거의 불가리스 수준이겠네요.

김 단 막걸리 좋아하시는 분들은 별로 안 좋아하실 수 있고, 먹으면 유산균이 잔뜩 들어 있어서 변비에는 그만한 게 없어요. 가끔 게스트하우스에서 막걸리 많이 드시고 다음날 화장실에다가 진흙, 찰흙 같은 것들을 투하하시고, 변기가 막혀서 부끄러워하며 바로 짐 싸서 나가시는 분들이 계시다고 합니다. (ㅋㅋ)

탁 이건 실제 사례인 걸로 알고 있습니다. 너무 당황하셔서 바로 짐 싸서 가셨대.

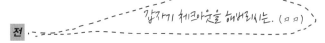

전 갑자기 체크아웃을 해버리시는. (ㅁㅁ)

김 스텝들이 고무장갑을 끼고 그 찰흙들을 다….

탁 이것이 바로 제주 막걸리의 위력입니다.

김 근데 그 막걸리보다 훨씬 더 변비에 좋은 제주 고유음식이 있는데, 쉰다리라는 게 있습니다. 쌀밥이나 보리밥, 또는 쉬기 시작한 밥에 누룩을 넣고 발효시켜 만든 일종의 막걸리 원액 같은 건데, 그걸로 식초도 만들고 조청도 만들고 뭐 그런 거래요. 막걸리 만들 때도 첨가해서 발효를 촉진시키고 하는데, 제주 5일장 가면 그걸 1병씩 팝니다. 고거 1잔 먹으면 직빵이에요. 식도에서부터 갑자기 초고속 엘리베이터를 타고 63빌딩의 63층에서 1층까지 한 번에 내려오는 기분! 거의 자연낙하 같은!

탁 항문을 향해 총을 쏘는 기분!

김 그런 걸 느낄 수 있다고 하니까 혹시 평소 아침에 괴로우신 분들은 이용하셔도….

쫄깃쎈타의 화장실엔 변비의 위험이 도사리고 있다.
풍경에 취해 변좌에서 엉덩이를 떼기가 몹시 어렵기에.

제주에선 등푸른생선 회를 맛보세요

탁 뭍에서는 절대 먹을 수 없는 음식 중에 몸국이라고 있잖아요. 식당 이름이 되게 중요한 게, 몸국집이 어머니의 손맛을 낸다고 해서 '어머니몸국'.

김 '내동생고기'와 같은.

전 내동에 있다는 '내동생고기집'.

탁 '할머니뼈해장국' 이런 것과 같은 건데, (ㅋㅋ) 간판의 네이밍 센스가 굉장히 중요한 거예요. 저는 그 몸국도 정말 맛있었어요.

김 근데 몸국처럼 호불호도 갈리고 오리지널Original과 노멀라이즈 Normalized된 것의 차이가 큰 음식도 없는 것 같아요.

탁 몸이 뭐냐면, 모자반이라고 하는 해초의 일종이에요.

김 기본적으로 돼지의 뼈랑 고기를 거의 곰탕 수준으로 푹 끓인 데다가, 모자반이라는 해초 말린 것을 흐물흐물해질 때까지 끓여서 만든 국인데, 제주 로컬분들이 가는 데는 돈코츠라멘 저리 가라 할 정도의 진한 피그 스멜이 나옵니다. 어우, 그거… 순대국 못 드시는 분들은 근처에도 못 갈 정도로 세고, 거기서 약간 대중화된 정도는 초심자도 충분히 먹을 수 있는 맛인데, 그것도 정말 제주의 맛이죠.

탁 아, 제주 정말!

김 그리고 찬바람이 불면 꼭 드셔야 하는 게 몇 가지 있어요. 바로 등푸른생선 회죠. 고등어회 그리고 겨울 되면 방어회. 제주 남쪽에 있는 모슬포가 우리나라의 대표적인 방어 산지예요.

전 거기서 축제도 하고 그러잖아요.

Jeju

김 그렇죠. 11월에는 모슬포 방어 축제도 합니다. 보통 10~12킬로 그램 하는 대방어들을 서울에선 상상도 할 수 없는 굉장한 가격으로 먹을 수 있어요. 서울에선 보통 제철 대방어가 킬로그램당 4~5만 원 정도 해요. 근데 거기서는 2~3만 원에 먹을 수 있죠. 정말 뭐랄까, 눅진한 기름과 DHA가 다량 분포된, 오메가3를 폭격으로 맞을 수 있는! 그 불포화지방산이 농후한 방어를 먹을 수 있습니다. 서울에서도 고등어회 많이 먹습니다만, 겨울철 제주에서 고등어회를 먹으면 서울의 고등어회가 얼마나 비린 것인가 정말 잘 느낄 수 있습니다. 서울에서 고등어회를 먹는 방식과 제주에서 먹는 방식이 다른데, 서울에서는 전어회와 비슷한 방식으로 먹잖아요? 된장에 찍어서 상추 싸서 먹거나 그러는데, 아~ (ㅋㅋ) 제주에는 고밥이라고 해서 흑미로 지은 초밥이 있습니다. 그게 한 접시 나오고, 고등어회가 있고, 거기에 김이 있고, 부추랑 양파를 간장에 살짝 무친 그것 있잖아요? 그걸 같이 먹어요. 김에다가 초밥 한 숟갈 얹고 고등어회 얹고 거기다가 부추 무침을 얹고 딱 싸서 먹으면, 소주를 링거로 꽂고 있고 싶어!

탁 아, 나 오늘은 진짜 힘들다. 너무 힘들어 지금.

김 그리고 이건 아는 분들 정말 별로 없는데, 고등어회는 사실 1년 내내 먹을 수 있어요. 방어회는 겨울철에만 먹을 수 있고. 근데 정말로 제주에서 딱 겨울철에만 먹을 수 있고 취급하는 데도 별로 없는 게 있습니다. 바로 삼치회.

탁 삼치는 보통 구이로만 먹는 줄 알았는데?

김 서울에도 삼치회를 하는 데가 몇 군데 있어요. 그건 냉동해서 먹습니다. 그럼 냉동참치처럼 약간 기름진 맛을 느낄 수가 있어요. 그런데 겨울철 제주에서는 추자도 쪽에서 잡히는 삼치를 선어로 그냥 먹습니다. 여름, 가을에도 못 먹고 겨울에만 먹을 수 있어요. 기름이 딱 올라올 때라서. 그러면 방어나 참치의 느끼함과 고등어의 담백함 사이의 그 틈새를 장악하는! 마치 그것은 2차대전에 독일이 전격전으로 마지노선을 우회해서 프랑스를 점령하는 듯한! 그 쾌속의 지방!

전 와, 살아 있다! 살아 있어! 유후~

김 1접시에 5만 원 정도 해요. 취급하는 식당도 별로 없는데, 거기는 예약해서 갑니다. 제주에서도 젊은이들은 안 오고, 관공서 관계자나 점잖은 분들, 아는 분들만 와서 거기에 초장도 아니고 간장하고 된장 같은 것을 착 찍어서 먹어요. 특유의 양념이 있습니다. 아, 그 선어의 농후함. 식감이, 쫄깃함과 부드러움과…. **탁**

*이쯤에서 살려줘.
좀 살자.
진짜 미치겠다.
너무 힘들어.*

전 말을 못 잇겠어요.

김 여태까지 먹었던 등푸른생선들은 그저 생선의 형태를 쓴 단백질과 지방질의 결정체에 불과하구나. 이것이 생선이구나!

탁 멍이 들어서 푸른 거였구나.

김 그렇습니다. 정말 멍이 들 때까지, 온몸에 푸른 멍이 들 때까지 뜯어주고 싶은 욕망에 사로잡히죠.

전 거기에 '한라산 소주'까지…!

김 아, 그렇죠. 희한하게 한라산 소주를 서울에서도 팔잖아요. 제주에는 한라산 소주가 하얀색 병과 파란색 병 두 종류가 있어요. 부르는 게 있어요. "한라산 하얀 것, 차가운 걸로 주세요." "한라산 파란 것, 따뜻한 걸로 주세요." 제주 현지분들은 소주를 냉장고에 넣지 않고 실온에다가 보관을 해 그냥 드십니다. 그래서 따뜻한 것, 차가운 것의 옵션이 있어요.

탁 따뜻한 건 진짜 데워 마시는 겁니까?

김 상온. 상온에다가 보관하는 거예요. 파란색 병은 '참이슬'이나 '처음처럼' 같이 순한 건데 그건 별로 맛이 없고, 21도짜리 오리지널 하얀색 병이 죽이죠. 거기에다가 돼지고기나 그런 걸 먹으면…. 서울에서 똑같이 한라산 소주를 마셔도 그 맛이 안 나요. 공기가 달라서 그런지.

전 수십 병을 마셔도 숙취가 없다는.

김 숙취…는 없는데, 숙취도 없고 기억도 없어요. (ㅋㅋ)

전 기억과 숙취를 한 번에 가져가는! 굉장하네요.

김 아, 힘드네요. 환상이 보이고 있어. 환상과 환미.

탁 환취까지.

전 군대 훈련소에서 나눴던 대화 이후로 가장 침이 많이 고이네요.

김 아까 우리 폭포 얘기 했는데, 입안에 폭포가… 엉또 폭포가 그냥!

탁 아, 진짜 이쯤에서 정신 건강을 위해 먹는 얘기 좀 그만합시다.

제주를 색다르게 즐 길 수 있 는 방 법

탁 일반 여행자들이 잘 모르시는 여행지에 대해 얘기해보는 것도 좋을 것 같아요. 많이 알려진 여행지 외에 '여기는 꼭 가볼 만하다'고 추천해드릴 만한 여행지는 또 어디가 있을까요?

김 저는 그렇게 생각합니다. 사실 제가 제주에 가서 처음 반한 데는 유명한 데가 아니에요. 그리고 어느 정도 알려진 데는 사람들이 장난 아니게 많이 가고 있습니다. 불과 1, 2년 전까지만 해도 제주의 참맛을 느낄 수 있다고 했던 월정리라든가 대평리 이런 데는, 지금 땅값이 평당 200만 원씩 하고 카페가 엄청 들어서고 미사리처럼 되어가고 있어요. 오히려 제주의 참맛은, 그냥 숙소를 하나 잡아놓고 바다 쪽 말고 산 쪽으로 쭉 산책하면서 눈에 보이는 시골길들을 걷는 것? 전 제주 갈 때마다 가장 좋은 게 뭐냐면, 물론 맛있는 음식이 혀를 즐겁게 해주고 아름다운 풍경이 눈을 즐겁게 해주지만, 귀가 편해요.

전 소음이 없죠.

김 왜냐하면, 서울에서는 우리가 아무리 음악을 듣지 않고 시끄러운 데에 가지 않아도 '엠비언스Ambience'라고 하는 생활소음들이 있잖아요. 집 안에만 있어도 냉장고의 미세한 소리부터 시작해서 굉장히 많은 음성 신호들이 끊임없이 우리 귀를 자극합니다. 근데 바람이 불지 않는 날 제주에 도착하면, 아름다운 침묵이 탁 옵니다. 정말 귀가 너무 편해요. 그럼 그 침묵을 즐기면서 아직 도로가 깔려 있지 않은 시골길을 아무 생각 없이 산책하는 겁니다.

탁 김작가의 이런 여행 방법에 굉장히 잘 맞는 여행 수단이 하나 있어요. 바로 스쿠터라고 전 생각하거든요? 김작가는 포장이 되지 않은 길을 산책하는 게 좋다고 말씀하신 거고, 포장이 되어 있지만 여전히 오솔길다운 길들도 많이 있어요. 운전면허증만 있으면, 아직은 125cc 스쿠터까지는 빌릴 수가 있어요. 가격도 자동차에 비해 상당히 저렴합니다. 그리고 성수기 때 자동차는 구하기 힘들지만 스쿠터는 그래도 여유가 있어요. 그래서 스쿠터를 타고 돌아다니시면, 저는 그걸 저렴한 오픈카라고 부르는데, 오픈카와 자전거가 가진 장점, 풍경과 내가 가까이 있는 듯한

jeju

느낌을 받을 수 있어요.

김 제가 자전거를 타고 제주공항에서 협재까지 간 적이 있는데, 다시는 하지 않아요. 저도 자전거 타는 것 좋아합니다. 서울에서도 하루에 40~60킬로미터를 라이딩하고 그러는데, 제일 끔찍한 경험이 뭐였냐면 제주는 '업-다운-업-다운'이 계속됩니다. 뭐, 좋아요. 강력한 하체가 있기 때문에. 문제는 맞바람이 너무 세서 내리막길인데도 페달을 밟지 않으면 자전거가 나가지 않는, 그러면 입은 웃고 있는데 눈에선 눈물이 나는 아주 기묘한 체험을 할 수 있습니다. 자전거는 평소에 오프로드로 열심히 달리시고요. 로드를 즐기시는 분들은 만만히 보고 가셨다간 호된 경험을 하실 수도 있습니다.

탁 그에 비해 스쿠터는 어쨌든 엔진이 달린 탈것이니까. 그리고 자동차에 비해 주차도 쉽기 때문에, 맘에 드는 풍경이 있으면 별 생각 없이 세우고 본다든지 사진을 찍는다든지 할 수 있어요.

김 개인적으로 렌트카는 비추입니다. 자동차를 타고 다니면 잠깐은 좋은데 금세 질려요. 사실 뭘 제대로 할 수가 없어요. 저녁에 산해진미를 앞에 두고 그냥 맨정신으로 먹는 건, 죄죠. 범죄. 법으로 금지해야 해요.

탁 제가 이번에 오토바이를 타고 갔는데, 굉장히 즐거웠던 경험 중 하나가 해안도로를 달리는 라이딩이었어요. 애월 해안도로, 협재 해안도로 이런 쪽이 정말 예쁘거든요. 이런 표현이 어떻게 들리실지 모르겠지만, 한국이 아니야, 진짜. 너무 아름다워서. 코발트 빛의 바다, 그리고 마치 현대설치미술 같은 현무암. 그런 풍경들이 정말 아름다웠습니다.

김 게다가 또 세상의 색깔이 달라지는 일몰과 일출 때 그런 해안가 풍경을 바라보면, 마그리트René Magritte 같은 형들이 이 시대에 여기 있

모터사이클은 자전거의 친밀함과 자동차의 기동성을 모두
갖춘, 제주 여행에 가장 어울리는 탈것 중 하나이다.

다고 하면 분명 자기들이 그렸던 그림보다 훨씬 멋있는 그림을 그릴 수
있을 거라는 생각이 들어요.

김영갑 갤 러 리 와 오 름

김 제주 지형이 남북을 중심으로 제주시와 서귀포시로 나뉘고, 가운
데 한라산이 솟아 있고요, 전반적으로 서쪽이 동쪽보다 고지대입니다.
바다를 좋아하시는 분들은 서쪽에 많이 가시고, 산을 좋아하시는 분들은
동쪽에 있는 오름에 많이 올라가시죠.

탁 제가 이번에 용눈이 오름에 갔었거든요.

김 용눈이 오름은 오름계의 비틀즈죠.

전 저는 정말, 완전히 매혹되었어요.

탁 맞아요. 근데 그 용눈이 오름 하면 떠오르는 분 중에 김영갑이라
는 사진작가님이 계셨어요. 그분이 제주 출신은 아닌데, 제주에 매혹돼
서 원래 고향인 충청도에 20년간 돌아가지 않고 제주에서만 작품 활동을
하셨던 거예요. 근데 그분이 작품 활동을 하셨을 땐 디지털 카메라 시대
가 아니었고, 그분은 파노라마 카메라라는 걸 쓰셨어요. 16:9 이상의 비
율이 나오는 대형 카메라입니다.

전 필름 한 장의 크기가 전화기만 해요.

탁 그런 카메라를 메고 오름들을 다 올라다니셨던 거예요. 어떤 장
소는 정말 매일 가서 매일같이 변하는 구름을 바라보다가, 정말 이 순간
이다 싶을 때 한 장의 사진을 찍고 내려오시는 거죠. '한 번의 셔터질도

하지 못했던 날도 많았다'라고 회고를 하셨더라고요. 근데 그분이 2005년에 루게릭 병에 걸려서 돌아가셨어요. 본인에게는 그게 얼마나 잔인했겠어요. 아직도 정신은 너무 맑고, 아직도 못 한 작업들이 많은데…. 본인은 아직도 용눈이 오름에 더 올라가야 한다고 생각하는데, 몸은 이제 말을 듣지 않는 거예요. 그분의 사진들이 '김영갑갤러리 두모악'이라는 곳에 전시되어 있습니다. 제주 동쪽에 이 갤러리가 있고요, 거기서 좀 더 가면 그분이 생전에 그렇게 많이 올라다니셨던 용눈이 오름이 있어요. 제주의 오름은 뭐랄까요, 투자하는 노력에 비해 얻어지는 성과가 정말 최고인 것 같아요.

김 제주에 희한한 박물관들이 굉장히 많아요. 외지인들이 세운 박물관들인데, 초콜릿 박물관, 테디베어 박물관, 성문화 박물관 등등 온갖 골때리는 박물관들이 많은데, 유일하게 추천해드리고 싶은 곳이 '김영갑갤러리'입니다.

전 저도요. 가장 백미라고 생각합니다.

탁 정말 사진들이, 계속해서 바라보게 만드는 힘이 있어요. 사진에서 소리가 들려요. 바람 소리. 바람을 찍은 사진들이 있거든요. 가서 보시면 '아, 이런 게 바람을 찍었다는 거구나' 하고 느낄 수 있는 사진들이 있어요.

전 그리고 만약 가시게 되면, 갤러리에 먼저 가시든 오름에 먼저 가시든 두 곳을 꼭 같이 가세요. 그분이 생전에 왜 그렇게 그곳에 매혹되었는지 저의 경우엔 사진을 하고 있으니까 이미 알고 있었지만, 이번에는 갤러리에 갔던 날 오름에도 갔는데 그 심정이 굉장히 잘 전달이 되더라고요. 올라가던 중간에 한 장소에 너무 매혹돼서, 해가 중천에 있을 때부터 질 때까지 계속 한자리에 서 있느라 촬영팀이랑 같이 내려가질 못했

김영갑갤러리에서의 깊은 울림은 제주 오름에 대해 다시 생각하게 만든다. 해 질 무렵 오름에서
바라다보는 하늘과 제주의 땅은 그 어디에서도 만날 수 없는 강렬한 영감을 준다.

jeju

어요. 그런데도 내려가는 시간이 너무 아깝더라고요. 정말 자연의 깊은 감흥을 느끼실 수 있어요.

탁 오름이라는 게 쉽게 말해서 기생화산이거든요. 제주 전체가 하나의 화산이잖아요. 한라산을 정점으로 하는. 그런데 마그마가 올라오다가 지표면의 균열이 난 곳으로 삐져나온 거지. 명확히 분화구가 있는 게 아니니까. 밑에서 올라오는 압력에 의해 땅이 압력밥솥처럼 부풀어오른, 봉분처럼 부풀어오른 게 오름이거든요. 이 오름들은 산이라고 말하기엔 소담스럽고. 하지만 막상 올라가기 시작하면 꽤 육체적인 노력을 필요로 해요. 그래도 산에 올라가는 것보다는 훨씬 편하게 올라갈 수 있고, 올라가서 보는 풍경이 정말 아름다워요.

전 오름 위에서 내려다보이는 다른 오름들이, 아, 눈물짓게 만듭니다.

김 그렇습니다. 용암이 튀어나온 게 오름이라면, 오름의 반대 개념은 '굼부리'라고 팬 지형들이 있어요. 늦가을쯤 되면 거기에 억새가 핍니다. 말하자면, 평지를 빙 둘러서 커다란 구멍이 있고, 거기에 억새가 쫙 있는 거죠. 그 굼부리 중에서 유명한 데가 '산굼부리'라고 있습니다. 아까 말씀드렸던 동복리 쪽 성게국숫집 근처인데, 11월쯤 산굼부리에서 억새를 만끽하신 다음에 성게 국수를 드시면 좋아요.

전 점심에 성게 국수, 저녁에 회 국수.

김 아니죠. 거기는 둘이 가서 성게 국수를 한 그릇씩 먹고, 회 국수 추가해서 반씩 나눠 드셔야 해요. 저녁은 고기 먹으러 가야죠.

탁 (ㅋㅋ) 하여간 '김영갑갤러리'에 갔다가 용눈이 오름이나 그 인근의 다랑쉬 오름을 올라가는 코스는 정말 의미도 있고, 운동도 되고, 그러면서 제주의 아름다움도 만끽할 수 있는 아주 만점짜리 코스가 아닌가 하는 생각을 하게 되네요.

김 항상 여행의 마지막 날은 티켓을 연장했었어요. 연장할 수밖에 없어. 이후 스케줄이 없으면 무조건 연장해야 하는 거야. 그래서 한때는 아예 편도로 끊어서 다녔어요. 편도로 끊어서 갔다가, 올라오고 싶을 때 올라오고. 지금은 스케줄이 정해져 있으니 연장하고 그러진 않습니다만, 그렇게 많이 다녔는데도 서울로 올라오기 전에는 너무 아쉬움이 커요. 제주는, 처음에는 관광을 갔다가 여행을 하게 되고, 결국은 살게 만드는 힘이 있는 섬인 것 같아요.

제 주 이 민 을   생 각 하 다

탁 요즘 우리 주변에 메가쑈킹만 해도 그렇고, 제주에 이주를 해서 거기서 정착을 고민하는 분들이 굉장히 많아졌단 말예요.

전 네. 그 덕에 이주민이 60만 명을 넘었죠.

탁 근데 그게 생각만큼 쉽지는 않다고 하더라고요.

김 일단 생활비가 많이 듭니다, 의외로. 물론 먹을거리는 배고프면 해녀분들 눈치 보고 바다에 들어가서 건져오고, 또 텃밭에서 채소들 키워서 먹으면 된다고 하지만, 자연이라는 곳이 결코 살기에 녹록지 않거든요. 특히 우리처럼 도시의 일상, 도시의 편의시설에 젖어 있는 사람들은 굉장히 감수해야 할 것들이 많습니다. 일단 문화생활 부분에서 포기해야 할 것들이 많고, 결정적으로 외로움이 가장 큰 적이라고들 합니다. 주변에 친구가 있다면 상관없습니다만, 보통 시골에 가면 텃세도 어느 정도 있는 데다가 함께 어울릴 수 있는 친구들이 서울에서 내려오지 않는 이상은 만나기 어렵고요. 그리고 북쪽과 남쪽이 좀 다른데요, 북쪽은 겨울이 좀 혹독하다 보니 난방비가 많이 듭니다. 왜냐하면 제주시의 일부 지역을 제외하고는 도시가스가 안 들어오거든요. 물론 본인이 기술이 되면 장작 패서 불 때면 되지만, 대부분 LPG와 기름보일러를 써야 하는데 웃풍이 너무 심해서 풀Full로 돌려야 해요. 난방비는 서울 개념으로 풀로 돌리면 한 달에 100만 원 우습게 나가요. (ㅋㅋ) 그리고 남쪽 같은 경우 겨울에는 한라산이 바람을 막아줘서 괜찮은데, 여름엔 습기가 엄청나서 여름 내내 제습기를 돌리지 않으면 안 돼요. 창문이라도 한번 열어 놓으면 해무, 바다 안개가 쓰윽 들어와서 온 집 안을 곰팡이 천지로 만들고요. 제주에서 산다는 건, 그런 환경들을 전제로 하죠. 옛날 제주식으로 지은 집들은 자연을 거스르지 않는 범위 안에서 그런 것들을 잘 보완해서 짓습니다만, 현대식 구조는 그런 위험성에 노출이 되고 있고요. 그래서 외로움과 그런 자연의 혹독함 때문에 제주 정착을 10명 중에 6명은 실패해서 오히려 1년 만에 올라간다고 하더라고요.

탁 이런 말이 있잖아요. '중에게는 절이 속세다.' 속세를 버리고 출가를 했지만, 절에 들어가도 결국 거기가 내가 다시 치열하게 살아야 하는 공간이 된다는 것인데, 제주에 대한 환상에 젖어서 이주를 너무 쉽게 생각할 문제만은 아닌 것 같아요. 그래서 '6개월 정도 편한 마음으로 놀면서 살아보고 이주를 결정해도 늦지 않다' 이런 말씀도 많이 하시고요. 제 지인들 중에도 제주에 이주를 하신 분들이 있는데, 공사하시는 분들의 문화도 굉장히 다르다고 하더라고요.

김 아, 속 터지죠.

탁 일단 비오면 무조건 안 나오신대.

전 그리고 뭐 하나 하는 데 서울에선 일주일이면 하는 걸 거기선 한 두 달은 기본으로 잡으셔야 돼요.

탁 공사 기간을 한두 달 정도 생각했다면 실제로는 넉 달, 다섯 달 걸리고요.

김 문화의 차이가 분명히 있고. 그만큼 도시에서 살던 사람이 여행 하다가 순간적으로 꽂혀서 내려가서 사는 것은 섣불리 결정할 게 아니라 잘 알아보고 해야 해요. 그리고 무엇보다도 내가 여기서 뭘 해먹고 살 것 인가에 대한 고민이 필요하죠.

탁 근데 여기에 대해서는 우리의 친구 메가쑈킹이 한마디로 정리해 준 게 있어요. "부족을 이루면 부족하지 않다." 그리고 마음 맞는 친구들 이 있으면 정착의 실패를 줄일 수 있고, 이미 내려가 있는 주변 사람들을 통해서 충분한 정보를 얻고 가급적이면 그 사람들과 가까운 공간에서 시 작한다면, 제주 정착에 도움이 되지 않을까 생각하게 되네요.

국내여행의 트렌드를 바꾸는 제주

탁 얘기를 하다 보니 또 다시 끝내야 될 시간이 다가왔는데, 제주에 대한 수다도 정말 끝이 없는 것 같아요. 전 작가는 전반적으로 어땠어요?

전 저도 촬영이니 뭐니 해서 제주에 굉장히 많이 가는데, 최근에 갔 던 제주가 특히 기억에 남아요. 그동안은 스케줄이 정해져 있고, 가야 하 는 데가 있고, 또 일로 가다 보니 많이 즐기지 못했는데, 이번 촬영은 일

jeju

이었지만 한편으로는 기간이 일주일이나 됐거든요. 그래서 자동차로 갈 수 있었던 곳 외에 바이크로 다니면서 새로운 곳들을 많이 발견했고, 그 안에서 제 나름의 여유도 찾았고요. 제주는 갈 때마다 새로운 면을 발견할 수 있는 것 같아요. 우리나라에서 가장 아름답다는 섬이니 앞으로도 많이 사랑해주시면 감사하겠습니다. 갑자기 홍보대사가 됐네요.

탁 시키지도 않았는데. (ㅋㅋ) 김작가는 오늘 어땠습니까?

김 저도 많은 외국을 여행해봤습니다만, 웬만한 외국보다 훨씬 좋은 데가 제주예요. 사람들이 제주의 진가를 보다 많이 알았으면 좋겠고, 한편 그 아름다움이 그대로 남아 있으면 좋겠다, 라는 마음이죠. 저는 제주로 여행 갈 때마다 친구들을 많이 만들어오곤 합니다.

탁 저는 그렇게 생각해요. 지금 우리나라 여행의 트렌드, 여행의 패러다임이 어떻게 변화하고 있는가를 보기 위해선 제주를 보면 된다. 굉장히 재미있으면서 의미 있는 방향으로 패러다임이 변화하고 있다고 생각하거든요. 자신이 주도하는 여행, 자신의 판단이 좀 더 많은 부분을 좌우하는 여행이, 여행을 하는 데 있어서 본인의 행복을 좀 더 크게 만들어줄 거라고 생각하고요. 그런 부분에 있어서 지금 제주에 일반화되고 있는 게스트하우스 시스템이 우리에게 좋은 영향을 미치지 않나 하는 생각을 해봅니다.

여러분, 언제나 좋은 여행 하세요. 감사합니다.

Peru

탁PD의
여행수다
—

나만의 풍경으로
기억되는 여행

탁

쿠스코는 정말 가볼 만한 도시에요.
잉카제국의 수도이기도 했고,
세계의 배꼽이란 뜻이기도 하고.

김

일단 도시가 너무 매력적이에요.
골목골목마다 그녀들의 숨이 있고요.
재밌는 가게들 공장님 싼 기념품점,
못가게들이 많아요.

'유명 배우의 캐스팅이 무산되면서 우연히 캐스팅하게 된, 안 친했던 천만 배우.'
페루는 그렇게 기억되는 나라이다. 2008년 2월 〈EBS 세계테마기행〉의 첫 방송을 준
비하며 야심차게 꺼내들었던 카드는 사실 볼리비아였다. 하지만 이젠 식상한 단어가
되다시피 한 그놈의 '지구온난화' 덕에 계획은 무산되었다. 사상 유례없는 홍수가 볼
리비아 전 지역을 덮치면서, 아이템을 정했다고 희희낙락하던 나의 발등에 불타는
유성우가 떨어진 것이다. 그것도 출발을 3일 남겨놓고! 급속하게 '무념무상무심'의
패닉 상태로 빠져들어가던 도중 선배가 던진 한마디는, 왠지 그렇게 하지 않으면 안
될 것 같은 구속력을 가지고 다가왔다.

peru

"그럼 그 옆동네 가면 되겠네."

지구상에 존재하는 32가지의 기후 중 28가지를 가지고 있는 나라. 길이가 장장 2,400킬로미터에 달하는 해안선을 가진 나라. 남미를 여행하는 사람이라면, 아니, 여행자라면 누구나 선망해 마지않는 마추픽추가 있는 나라 페루와의 첫 인연은 이렇게 '옆동네'로 시작되었다.

하지만 지금 내게 페루는 남미의 진정한 '타완틴수요'이자 '쿠스코'이다. '안티수요, 콘티수요, 코야수요, 친차이수요.' 잉카인들은 아마존, 태평양해안, 칠레와 아르헨티나, 페루와 콜롬비아에 해당하는 제국의 동, 서, 남, 북 지역을 각각 이렇게 불렀다.

그리고 이들을 합친 '4개의 세계'를 뜻하는 '타완틴수요'는 잉카제국의 공식 이름이었다. 말 그대로, '세상의 중심'이라는 뜻이다. '세상의 배꼽'이라는 뜻을 가진 '쿠스코'보다 이 제국의 수도에 더 어울리는 이름은 없었을 것이다.

이제부터 펼쳐질 이야기에서 여러분은 마추픽추 이야기를 건너뛰어도 무방하다. 맛난 케이크일수록, 맨 위에 올려진 체리를 제외하더라도 입맛을 당기게 하는 부분이 많은 법이니 말이다.

by

peru

GueSt

김한민

스리랑카와 덴마크에서 어린 시절을 보내고, 남미 페루에서 자동차정비학교 교사로 일하고,
독일에서 떠돌이 작가로 체류하는 등 다양한 문화적 체험 속에서도
그림으로 이야기하는 작업만은 변함없이 지속해온 작가.
2013년에 출간한 〈그림 여행을 권함〉이라는 책으로,
많은 여행자들이 여행 중 백지와 펜을 꺼내들도록 만든 장본인.
〈EBS 세계테마기행 – 태양의 길, 에콰도르 편〉에 출연하며 탁PD와는
이제 더 이상 엮이지 말아야겠다는 결심을 굳혔지만,
어찌 된 일인지 정신을 차려 보니 '벙커1'에서 '여행수다'를 녹음하고 있었다고 함.

탁 귀만 있으면 떠날 수 있는 세계여행, 여행교의 간증집회 '탁PD의 여행수다'에 오신 것을 환영합니다.

전 반갑습니다.

탁 오늘 남미 여행을 정말 풍성하게 이끌어주실 여행수다 손님을 소개해드리겠습니다. '글그림 작가'라는 명칭이 좀 낯설 수도 있겠는데요, 그 명칭만큼 이분을 잘 소개하는 단어도 없을 것 같아요. 글이면 글, 그림이면 그림, 두 가지가 완벽하게 조화를 이루는 멋진 책을 쓰고 계신 김한민 작가 소개해드리겠습니다. 안녕하세요?

김 아, 진짜 할 말이 많아요.

탁 김한민 작가는 저랑 〈세계테마기행 – 에콰도르 편〉을 같이 찍으면서 인연을 맺었어요. 그 다음엔 페루 편 출연자이기도 했고요. 김한민 작가는 그 이전에도 페루와 독특한 인연을 맺었었죠?

김 제 특별한 인연은, 혹시 코이카KOICA라고 들어보셨어요?

탁 '한국국제협력단'의 약자죠.

peru

김 외교통상부 소속의 봉사단인데, 사실 제가 가길 원한 곳은 페루는 아니었어요. 우즈베키스탄이랑 네팔이랑 페루가 있었는데, 저는 우즈베키스탄에 가고 싶더라고요. 러시아어를 배우고 싶어서요. 러시아어가 되게 멋있어 보였거든요.

탁 러시아어가 좀 포스가 있죠. '스파 씨~바.' 아, 감사하다는 뜻이에요. (ㅋㅋ)

김 그 코이카에도 지원분야가 있었어요. 전 자동차정비 분야를 선택했는데, 그 분야에서 어떻게 하다 보니 1등을 해서 1지망에 갈 수 있었어요. 1지망이 우즈베키스탄, 2지망이 네팔, 3지망이 페루였는데, 갑자기 동료형이 "내가 꼭 우즈베키스탄에 가서 선교를 해야 하는데…" 이러는 거예요. 저야 선교를 좋아하진 않지만 어쨌든 형이 그렇게 원하는 거니까 '그래, 뭐' 하고 네팔에 가려고 했어요. 그런데 그날 저녁에 어머니가 "네가 어딜 선택하든 나랑은 상관없는 일이지만, 그래도 살아생전에 마추픽추를 보고 싶구나" 하시며 굉장히 상관있는 듯한 말투로 이야기하셔서 페루로 가게 된 거예요. (ㅋㅋ) 2년 몇 개월 동안 페루에 자동차정비 선생님으로, 전문대학교 교수로 가게 된 거죠.

페루 가볍게 훑 어 보 기

탁 페루에 간 게 언제죠?

김 2002년 월드컵 때 포르투갈 전에서 박지성 선수가 골 넣는 것 보고 갔던 것 같아요.

탁 처음에 갔던 도시가 어디였어요?

김 처음으로 갔던 도시는 리마Lima였죠. 페루의 수도니까.

탁 학교가 리마에 있었나요?

김 아뇨. 관광객들이 별로 안 가는 곳이었는데, 리마의 북쪽에 있었어요. 보통 남쪽으로 많이 가요. 쿠스코Cuzco도 남쪽에 있고요. 저는 차로 한 12~13시간 달려야 있는 치클라요Chiclayo라는 사막도시로 갔어요. '껌' 할 때의 '치클' 있잖아요. 근데 치클라요가 거기선 굉장히 유명한 도시예요. 우리로 치면 제3, 제4의 도시, 대구나 광주 정도 되겠네요. 인구가 많고, 도시 별명이 '우정의 도시'여서인지 사람들이 너무너무 좋았어요. 같이 간 단원들 중에 제가 페루에 대한 기억이 가장 좋았던 것 같아요. 페루는 물론 굉장히 좋은 곳이지만 개개인의 경험은 다 다르잖아요. 그에 따라서 호불호가 형성되는데, 저는 '우정의 도시'였기 때문에. 그러실 분이 많진 않겠지만, 페루에 살러 가신다면 추천해드리고 싶은 곳이에요.

전 이쯤에서 페루에 대해서 설명을 좀 할게요. 남미에 있고요, 남미에서 3번째로 커요. 아르헨티나, 브라질 다음으로 크고요. 중남미를 모두 포함해도 4번째로 큰 나라예요. 인구는 2,950만 명.

탁 의외로 인구가 그렇게 많진 않네요. 국토 크기에 비하면.

전 수도인 리마에만 굉장히 많이 모여 살죠. 그 외의 지역에서는 거의 1차 산업이 중심이에요. 그리고 기름이 나요.

탁 아, 진짜?

전 산유국이에요. 페루가 광물로 유명하잖아요. 은광이라든가 이런 길로 산입을 이어가는데, 기름을 자기네들이 나 소비한답니다.

탁 남 퍼줄 정도는 안 되고 내수용으로? 그래도 그게 어디야.

peru

전 네. 인구증가가 그리 많지 않은데도 불구하고 15세 미만이 전체 인구의 35퍼센트를 차지하는, 출산률이 매우 높은 나라이고요. 아름다운 나라입니다. 스페인의 지배를 300년 가까이 받다 1800년대 들어와서 독립을 했죠. 지금까지 굉장히 어렵게 살고 있는 나라이긴 한데, 남미에서 고대 문명을 가장 많이, 가장 잘 보존한 나라이기도 해요.

탁 잉카제국의 심장과도 같은 곳이죠.

전 마추픽추Machu Picchu에 올라가기 전에 있는 가장 큰 도시가 쿠스코인데, '쿠스코'라는 이름 자체가 '세상의 배꼽'이라는 뜻이에요. 그 당시 사람들의 생각을 엿볼 수 있는 단면이 되겠네요.

세상의 배꼽, 쿠 스 코

탁 아무래도 페루 하면 자동적으로 떠올리게 되는 게 쿠스코와 마추 픽추일 것 같아요.

김 전 작가님 설명에 좀 더 보태자면, 페루는 지형이 셋으로 나뉘어요. 그중에서 코스타Costar 지방은 사막해안, 그리고 〈엘 콘도 파사티 Condor Pasa〉라는 노래의 콘도르가 날아다니는 그곳을 시에라Sierra라고 해요. 고산지대죠. 그리고 나머지 한 지방은 셀바Selva예요. 정글지대. 크게 정글, 고산, 해안지방이에요.

탁 근데 진짜 이건 알고 가시면 좋을 것 같아요. 안데스에 걸쳐 있는 국가들은 대부분 지형을 이렇게 나눠볼 수 있어요. 코스타, 시에라, 셀바. 이건 에콰도르에 갔을 때도 거의 일치했었어요.

김 네, 거의 일치했죠. 근데 셀바를 보스케라고 부르는 데도 있고 지방마다 조금씩 차이가 있긴 한데, 셀바라고 하면 거의 다 알아요. 이 세 지방을 골고루 다니는 여행을 하면 제일 좋은데, 보통 한 지방만 보고 가요. 그건 굉장히 아쉬운 일인 게, 페루가 기후 다양성이 높은 나라예요. 엄청나요. 세계의 기후가 한 100개 있다고 하면 그중 96개를 갖고 있다고 해요. 칠레가 하나 더 갖고 있어요. 펭귄이 나오는 극지방기후. 그런데 칠레에는 또 정글이 없어요. 페루가 기후 다양성이 굉장히 높은 곳이다 보니 꼭 여러 곳을 가보시면 좋을 것 같아요.

탁 좋은 팁이네요. 셀바와 코스타와 시에라를 아우르는 여행을, 할 수 있는 한 가장 풍성하게 하는 것.

김 언뜻 생각하기엔 동선이 안 나올 것 같잖아요? 근데 조금만 신경을 쓰면 사실 그렇게 어려운 일은 아닌 게, 어차피 쿠스코는 가게 되니까요.

탁 그럼 시에라에 일단 가는 거죠.

김 그리고 쿠스코에 간다는 건 리마에 도착했다는 건데, 리마는 해안지방이라 코스타에 속하고.

탁 그리고 셀바에 가려면 쿠스코에서 들어가거나 리마에서 들어가야 하는데, 그럴 수 있는 가장 좋은 셀바가 어디죠?

김 리마에선 어렵고, 쿠스코 바로 밑에 마누Manu라는 데가 있어요. 거기는 사람들이 잘 안 가는데 굉장히 가볼 만한 곳이에요. 돈이 좀 들죠. 근데 우리 입장에서는 부산 가는 만큼도 안 들어요.

탁 자, 그럼 말이 나온 김에 시에라 지역부터 여행을 시작해보면 좋겠네요. 쿠스코는 정말 가볼 만한 도시예요. 잉카제국의 수도이기도 했

peru

고, 아까 말씀하셨듯이 세상의 배꼽이란 뜻이기도 하고. 옛날 잉카 사람들은 자기의 제국을 잉카라고 부르지 않고 '타완틴수요'라고 불렀어요. '타완틴수요'는 '4개의 세계'라는 뜻이거든요. 그리고 '4개의 세계'의 중심이 되는 곳이 바로 쿠스코입니다. 가보면 잉카의 상징과도 같은 아주 기가 막힌 석축을 볼 수 있죠. 쿠스코에서 가장 인상 깊었던 곳이라면 어떤 곳이 있어요?

김 쿠스코에 데려가면 사람들이 그렇게 좋아하더라고요. 저는 페루에 일을 하러 갔기 때문에 여행 가는 게 좀 그랬어요. 돈도 없었고. 근데 가이드 역할 하느라 쿠스코에 가기는 했죠. 그리고 오히려 좋더라고요. 제 경비도 안 쓰고. (ㅋㅋ) 쿠스코는 항상 누군가의 가이드로 갔었는데, 다른 데는 호불호가 좀 엇갈려요. 정글에 가면 누구는 '고생해서 싫고 모기 많아서 싫고 더워서 싫다' 그러고. 해안 지역은 '괜찮긴 한데 그렇게 특별할 게 없고 바다라 좀 우울하다' 그러고. 근데 쿠스코에 가면, 고산병에 걸리는 분들을 제외하면 특히 여성분들이 정말로 좋아하더라고요. 일단 도시가 너무 매력적이에요. 진짜 우리가 생각하는 고산도시예요. 풍경이 정말 다르고, 골목골목마다 그네들의 삶이 있고요. 또 관광지화된 아주 재미있는 가게들, 굉장히 싼 기념품점, 옷가게들이 많아요. 그래서 거기 가면 판초라든지 추요Chullo라는 모자를 꼭 한 번씩 써보고요.

탁 그리고 쿠스코를 하늘에서 바라보면 푸마 모양이에요. 푸마와 콘도르와 뱀, 이 세 동물이 잉카제국에서는 굉장히 영험한 동물이었어요. 콘도르는 하늘세계를 상징하고, 뱀은 지혜와 학예와 저승을 상징하고, 현세의 힘을 나타내는 것이 푸마였어요. 그렇기 때문에 잉카제국은 현세의 힘, 우리가 얼마나 강력한지를 상징하기 위해 도시 자체를 푸마 모양으로 설계했죠. 푸마의 머리에 해당하는 부분에 '삭사이우아만 Sacsayhuaman'이라고 하는 큰 제단이 있습니다. 거기 가서 보시면 사람 키보다 훨씬 큰 돌인데, 이 돌을 녹은 버터처럼 잘라냈어요. 못으로 찔러도 들어갈 틈 하나 없이 돌이 곡면을 그리면서 딱 붙어 있어요.

전 돌로 제단을 쌓거나 벽을 쌓는데, 사이즈도 굉장히 크고 무거울 것 아니에요. 그런데 이것들이 정말 퍼즐 맞춘 것처럼 탁탁 선이 맞게, 정말 정교하게, 어떻게 이렇게 깎았나 싶을 정도로 쌓여 있는 거죠.

김 그런데 사람들이 이 얘길 듣고 바늘을 갖고 가서 "여기 들어가잖아!" 그런 식으로 나오면 안 되잖아요. 그렇게 정교한 곳도 있고, 당연히 힘이 좀 빠져서 바늘은 물론 손이 들어가는 곳도 있어요.

전 새들이 살아요, 그 틈에. (ㅋㅋ)

김 그만큼 정교한 기술을 보여줬다는 게 중요하죠. 도시에서도 그런 정교한 기술의 석조 건축물을 볼 수 있어요. 재미있는 게, 원래 한 나라를 정복하면 모든 걸 파괴하고 거기에 새로운 걸 지어요. 그런데 스페인이 여길 정복하고서 잉카의 석조 기반이 너무나 탄탄하고 잘 지어서 마음에 들었는지, 그 위에다 스페인 건축물을 얹었어요. 그래서 그 풍광이 굉장히 아름답고, 스페인에서 보는 건축물과도 또 다르죠. 근데 좀 아쉬운 건 옛날에 비해 너무 상업화가 됐다는 점. 그래서 사진 한 장을 찍어도 돈을 요구해요. 그런데 이런 건 그들 잘못이 아니라 우리가 너무 망친 거죠, 관광객들이.

탁 쿠스코는 굉장히 지진이 잦잖아요. 스페인 건축물은 지진으로 인해 무너지는 것들이 굉장히 많아요. 근데 그 지진에도 불구하고 결국 남아있는 건 잉카시대의 석조 건축물이거든요. 그리고 요새 '쿠스케냐'라고, 쿠

peru

스코 맥주가 마트에 들어오더라고요. 페루 맥주가. **전**

탁 상당히 괜찮은 맥주인데, '쿠스케냐'는 '쿠스코의'라
는 뜻이에요. '쿠스코 여자'라는 뜻도 돼요. 쿠스케냐 병 장식
을 보면, 잉카의 석조 벽돌담이 묘사되어 있어요. 그중 가장
큰 돌이 그 유명한 '잉카의 12각돌'입니다. 주변 돌과 딱 맞추기
위해 이리 깎고 저리 깎고 해서 돌 하나에 각이 열두 개가 있는 거죠. 굉
장히 유명한, 잉카의 석조 기술을 나타내는 돌이에요. 그 돌이 바로 쿠스
케냐 병에 새겨져 있습니다. 아, 또 입맛 당기네요.

*상륙했습니다,
여러분!
아유, 그때
수입하고
싶더라고요.*

마추픽추와 고산증

탁 자, 쿠스코에 도착했으니 가장 많은 여행자들이 선택하는 여행지
마추픽추로 떠나야겠죠? 〈론리플래닛〉이라는 잡지에서 마추픽추를 '남
미라는 케이크 위에 올라앉은 체리다'라고 표현하는 걸 봤는데요. 마추
픽추 언제 가보셨어요?

김 저는 2003년도에 처음 간 것 같아요. 아까 말한 것처럼 가이드로
갔었는데, 지금은 예약을 해야 하더라고요. 마치 일본 미야자키 하야오
의 '지브리 스튜디오'에 가는 것처럼. 정원도 정해져 있어요. 그래서 지
금 예약을 한다 해도 갈 수 없을 때도 있고. 근데 그때만 해도 그 정도는
아니었어요. 가격도 쌌고요. 불과 몇 년 사이에 너무 많은 사람들이 가다
보니 문화재가 훼손될 위험에 처했나 봐요.

탁 김 작가는 당시에 어떤 루트로 갔던 거예요?

남미에 있다 보면, 전혀 이질적인 것들이 어우러져 만들어내는 조화로움을 당연한 것으로 생각하게 된다. 하지만 그 하나하나를 뜯어보면, 이것들이 도무지 '어울린다'는 것이 기적으로 느껴질 정도이다.

peru

쿠스코의 오래된 건물들은 잉카시대의 석축 위에 스페인 양식의 건축을 올린 것들이 많다. 잉카의 건축물은 지진에도 끄떡없었지만, 하부구조부터 유럽식으로 지은 것들은 금세 무너져내렸기 때문이다.

김 저는 기차를 타고 갔어요. 그게 제일 쉬운 거예요. 그리고 '잉카 트레일'이란 게 있어요. 제 친구들은 그렇게 많이 갔는데, 잉카 트레일은 걸어서 올라가는 거예요. 그게 여러 모로 훨씬 좋죠. 예를 들어, 산 정상을 헬리콥터를 타고 가서 내리는 거랑 밑에서부터 직접 오르는 거랑은 완전히 다르겠죠. 크게 보면 그렇게 2가지가 있는 거죠.

전 잉카 트레일은 잉카제국 시대에 '차스키Chasqui'라고 불린 전령들이 왕의 명령을 나르기 위해 뛰어다녔던 길인데, 지금은 정부에서 관리를 하더라고요.

탁 잉카시대엔 문자가 없었기 때문에, 키푸Quipu라는 매듭으로 의사소통을 했거든요. 띠에다가 여러 개의 줄을 늘어뜨리는데 줄마다 특정한 위치에 매듭이 있고, 그걸 가지고 의사소통을 했다고 해요. 중앙정부에서 만들어준 일종의 공식문서죠. 지금은 해독하는 방법이 아쉽게도 실전失傳이 됐지만요. 아무튼 이걸 들고 차스키들이 전 국토로 달려가던 그 길이 지금은 아주 좋은 트레킹 코스가 되었는데, 실제로 지금도 '올해의 차스키 선발대회' 같은 것을 해요. 쿠스코에서 마추픽추까지 뛰어가는 데 그분들은 얼마 안 걸린다고 해요.

김 그 얘기 나오니까 저도 물어보고 싶은 게 있는데, 그 길에 손 흔드는 아이가 있다면서요? 저는 못 봤는데.

탁 아, 굿바이 보이! 그러니까 뭐냐면, 마추픽추 아래 아구아스 칼리엔테스Aguas Calientes라는 온천 도시가 있어요. 마추픽추에 온 사람들이 하루 묵는 도시인데, 거기서 마추픽추까지 올라가는 길이 커브가 굉장히 심하거든요. 버스가 계속 지그재그로 커브를 그리면서 가야 하는데, 내려올 때 잉카의 전령사 옷을 입은 꼬맹이가 거길 직선으로 달려 내려가면 버스랑 계속 마주칠 것 아니에요. 내려와서 "안녕!" 하고, 또 내려와서 "안녕!" 하고. 그런 다음엔 나중에 끝까지 내려와서 "지금까지 재미있었지? 돈 내" 하는 거죠.

전 걔네들 요샌 없어요. 문제가 있었나 봐요. 한때는 애들이 용돈벌이로 많이 했다고 하더라고요.

탁 그리고 아까 김한민 작가가 얘기한 기차는 세계에서 가장 느리고 가장 비싼 기차예요. 100킬로미터를 4시간에 걸쳐서 주파하니 시속 25킬로미터 정도인데, 3등칸 가격이 50불쯤 했어요.

전 전 80불쯤 내고 갔었어요.

탁 또 올랐군요. 그리고 2등칸은 '비스타 돔'이라고 하는 칸인데 120불 정도였던 것 같고, 최고급 칸이 '하이럼 빙엄'이라고 있어요. 하이럼 빙엄은 버려졌던 마추픽추를 다시 발굴한 고고학자 이름인데, 그 사람의 이름을 딴 이 칸에서는 밥도 줘요. 지금은 편도에 300불이 넘을 거고, 왕복하면 600불 넘게 나가는 거죠.

전 600불이면 거기서 한 3주는 머물 수 있는 돈이네요.

탁 하이럼 빙엄이 아니더라도, 200불 정도의 비용이면 3박 4일 동안 트레킹 할 수 있어요. 제가 했던 건 '잉카 정글트레일'이란 건데, 쿠스코에서 버스를 타고 알파마요Alpamayo라는 데까지 가요. 거기서 버스에 싣고 온 자전거를 내립니다. 그리고 자전거를 타고 언덕을 내려가는 거죠. 비포장길을. 굉장히 아픕니다. 남성분들은 전립선 조심하시고요. 근데 그게 내리막길만 있는 줄 알았는데 그것도 아냐. 약간이긴 하지만 중간에 오르막길도 있어요. 그러면서 그날 산타 마리아Santa Maria라는 마을까지 가고, 다음날은 자전거를 두고 산타 테레사Santa Teresa까지 걸어갑니다. 이틀간 걷는 코스예요.

김 이쯤에서 고산병에 대한 얘기를 좀 해야 할 것 같아요. 두 분은 어떠셨는지 모르겠네요.

전 저 같은 경우는 괜찮았는데, 같이 간 제 여동생은 쇼크가 온 거예요. 아구아스 칼리엔테스에서. 애가 입술이 새파래지더라고요. 샤워하고 나왔는데 곧 갈 사람처럼. 구역질하고, 잠도 못 자고, 머리도 아프대고. 근데 그때 참 부러웠던 게, 동생이 스물한 살이었어요. 한두 시간 정도 자다가 나오더니 "자기 이제 괜찮다"고. (ㅋㅋ) **탁**

젊음이
좋긴 좋아요.

김 저는 고산증이 사실 그리 큰 문제는 아니라는 얘기를 하려고 하는데, 사람마다 다르겠지만 저 같은 경우는 아무 것도 준비하지 않고 갔었어요. 물론 자외선 때문에 약간 따갑긴 했어요. 근데 고산증은 괜찮았고, 더 괜찮다고 느낀 건, 가면 할머니들이 정말 많아요. 특히 백인 할머니와 할아버지들이. 하지 말라는 것 안 하고, 첫날 잘 쉬면 괜찮아요. 코카차Coca Tea 계속 마셔주고. 호텔에서도 손님들이 탈 나면 안 되니까 코카차를 공짜로 계속 줘요.

탁 라운지에 내려가면 코카잎을 담은 사발이 있어요. 뜨거운 물 받아서 그 코카잎 넣어 마시면 돼요. 구수하고 맛도 좋아요.

전 거기 사람들은 다 코카를 씹으면서 지내요.

탁 석회를 조금 섞어서 씹으면 그 효과가 더욱 강해진다고 해요. 호랑이 기운이 솟아난답니다.

김 저희 부모님도 오셨었는데, 첫날은 좀 고생하셨어요. 쿠스코에 가면 티티카카Titicaca도 꼭 가서야 되는데, 쿠스코에서 잘 적응한 다음에

peru

티티카카로 가면 전혀 무리가 없어요. 잘 쉬고, 뛰지만 않으면 돼요.

탁 고산증이 두려우신 분들은 아스피린을 가져가시면 돼요. 경미한 고산증은 아스피린을 하루에 한 알씩 드시면 많은 도움이 되고요. 천천히 움직일 것, 물 마실 것, 코카차 마실 것, 뛰지 말 것. 근데 남미의 사람 잡는 세 가지는 고도, 자외선, 시차인 것 같아요. 도착한 지 얼마 안 됐을 때 그 세 가지가 한방에 쓰나미처럼 오는 곳이 바로 볼리비아의 라파스 공항이죠. 문 따고 나가면 바로 '띵' 오죠.

전 아, 최고죠.

김 어떤 느낌이냐면, 가슴에다 뭘 올려놓은 듯한 기분이에요. 머리가 띵한 사람도 있고요. 근데 대개는 숨이 속 시원히 쉬어지지가 않아요.

탁 '흐_으하아아' 이렇게 숨을 쉬어도 안 시원해. 이게 가장 정확한 표현인데, 마치 코딱지를 파는데 계속 코딱지가 안으로 들어가는 느낌인 거지. 그래서 굉장히 안타깝고, 괴롭고, 내 뜻대로 안 되고, 이런 느낌이죠.

전 고도가 높다는 건 공기의 밀도가 낮다는 거잖아요. 양껏 마셔도 내가 쓸 만한 산소의 양이 절대적으로 부족한 거예요. 근데 좀 있으면 폐가 금세 적응을 해요. 너무 걱정 안 하셔도 될 것 같아요.

탁 아, 근데 우리 정작 마추픽추를 아직 안 갔어요.

김 마추픽추에서 제가 무엇보다 되게 놀랐던 부분은, 사진에서 보던 마추픽추가 진짜 그대로 있어요. 그 자체가 너무나 놀랍고, 내가 여기 있다는 사실도 놀랍고. 즐기는 방법은 여러 가지가 있는데, 상상력을 한번 발휘해보면 좋을 것 같아요. 불과 얼마 전까지만 해도 밀림으로 덮여 있었잖아요. 사진으로 봤는데, 원래 처음 발견했을 때는 울창한 숲이더라고요. 이구아수 폭포에 갔을 때도 그렇고, 저는 그것을 처음 발견했을 사람의 기분이 어땠을까를 생각하면 상상이 되면서 좋았던 것 같아요.

탁 마추픽추를 재미있게 볼 수 있는 또 다른 방법은, 그 옆에 보면 와이나픽추Wayna Picchu라는 봉우리가 있어요. 물론 마추픽추까지 걸어올라가는 것도 무지 힘들어서, 올라가는 와중에는 진짜 후회막심일 거예요. 그런데 거기서 조금만 더 힘을 내서 와이나픽추까지 올라가시면, 정말 마추픽추의 전경을 한눈에 발 아래로 내려다보실 수 있어요. 여기서 또 재미있는 건, 아까 쿠스코가 푸마 모양을 하고 있다고 했잖아요. 마추픽추는 콘도르 모양이에요. 날개를 활짝 펼친 콘도르인데 뒤집혀 있어요. 날개가 아래쪽으로 가 있는. 이걸 보시려면 정말 상상력을 발휘하셔야 돼요.

전 와이나픽추는 산세가 좀 험해요. 짧은 거리이긴 한데, 위험하고 훼손의 위험도 있어서 오전에 200명, 오후엔 200명씩만 번호표를 뽑고 들어가요. 그리고 마추픽추에 가면 여권에다 방문 기념 스탬프를 찍어줘요. 나라를 방문한 것처럼.

김 어? 우리 때는 없었는데?

전 시간이 많이 바뀌었잖아요. (ㅋㅋ)

탁 기수 있는 거 아냐? 마추픽추 방문 기수 이런 거. 너 몇 기야?

김 막 선후배 따져야 하고. (ㅋㅋ) 근데 마추픽추에 안개가 끼면 진짜 좋은 게 하나 있어요. 거기 올라가는 기차를 아침에 타야 해요. 근데 그 기차역에 안개가 껴 있을 때는 운치가, 그건 정말로 '운치'예요. 〈해리포터〉에 나오는 호그와트 기차역처럼 정말 어딘가 다른 세계로 갈 것 같은 느낌이에요. 해 보는 시간을 맞추려면 일찍 일어나서 가야 하잖아요. 저는 그 위까진 페이를 안 주니까, 거기까지만 모셔다드리고 사람들 배웅하고 기다리는데, 거기 운치가 정말 죽입니다.

peru

탁 안개 끼면, 마추픽추는 포기하시고 역을 감상하면서 시간을 보내는 것도 괜찮겠네요.

여행의 추억 1. 쿰 비 아

탁 마추픽추에 올라가서 촬영을 했었어요. 김한민 작가도 경험이 있어서 알겠지만, 촬영이란 건 언제나 일반 여행의 2배, 3배의 시간을 필요로 하죠. 마추픽추에 올라가서 일반 투어팀 사이에 껴서 가이드 설명 듣고, 가이드 설명 위주로 촬영을 하면서 한 바퀴 돌고, 그러다 보니 일반 여행자들은 이미 사진 한두 장 찍고 다 내려갈 분위기인 거예요. 그치만 우리는 그때부터 스케치를 시작해야 하잖아. 그렇게 찍다 보니까, 일반 여행자들은 이미 대부분 내려갔어요. 근데 그때 웃긴 게 뭐였냐면, 기차가 파업에 들어갔어. 그러니까, 올 때는 걸어서 왔고 나갈 때는 기차를 타야겠다고 생각했던 게 완전 물거품이 된 거예요. 그 기차회사가 칠레 회사예요. 독점을 하고 있어요.

김 거의 모든 회사들이 칠레 거예요.

탁 노동자들이 처우에 불만을 가지고 파업을 하던 때였던 거예요. 그래서 아구아스 칼리엔테스로 걸어서 내려가니까 이미 해가 진 거야. 정말 대책이 안 서는 거예요. 이거 뭐 어떻게 해야 할지. 근데 여행자들은 그것도 추억이잖아. 몇몇이 둘러앉았는데 누가 기타를 꺼내더라고. 캠프파이어 분위기에 띵가띵가 기타를 치면서 난리가 났어. 근데 나는 마추픽추 올라가느라 정말 온몸이 지칠 대로 지쳤고, 머릿속으로는 막

쿠스코는 잉카의 언어였던 케추아어로 '세상의 배꼽'이라는 뜻이다. 푸마의 모습을 본떠 만들어진 계획도시로, 타완틴수요의 수도이기도 했다.

peru

잉카의 왕이, 차스키가, 콩키스타도르(스페인 정복자)들이 지나다녔을 쿠스코의 거리를 걷다 보면, 문득 축제 행렬과 마주치곤 한다. 6월에 진행되는 '인티 라이미'는 잉카제국 시절에 태양신에게 제사를 지내던 것에서 유래한 유서 깊은 축제다.

계산을 하고 있었어. 나는 내일 아침에 분명히 쿠스코공항에 있어야 되거든. 왜냐하면 거기서 셀바로 들어갈 티켓을 끊어놨기 때문에. 그래서 정말 대책이 안 서는데, 영어 되게 못한다고 구박했던 가이드가 있었어요. 나는 틀림없이 그 친구가 영어 가이드라고 해서 고용을 했는데, 왈도체 아세요? '나 할 줄 안다, 영어. 내 영어 매우 좋은 영어' 약간 이런 느낌. 그 친구를 진짜 구박했었는데, 그때 빛을 발하더라고. 어디다가 막 전화를 걸더니 차가 한 대 섭외가 됐대. 산타 테레사에다가 전화를 해서 봉고차 한 대가 우리를 태우러 오게 만든 거예요. 어우, 어찌나 기쁘던지. 어쨌든 넥스트 스텝이 생기니까 사람 맘이 되게 편해지잖아. 그때부턴 나도 누워가지고 내 발 바라보다가, 별 바라보다가, 백인 여행자들 노는 틈에 끼어 있다가. 그러다가 차가 한 대 왔어. 산타 테레사까지 갔어. 그래서 거기까지의 비용을 지불하고, 그다음엔 산타 테레사에서 나를 무조건 내일 아침 7시까지 쿠스코로 데려다줄 봉고차 섭외에 다시 들어간 거야. 엄청 튕겨. 벌써 딱 아는 거야. 내가 엄청 급하다는 걸. 장사 한두 번 하나. '얘가 똥이 마렵구나.' 그걸 캐치하니까 돈이 기하급수적으로 올라가. 그렇지만 나는 일단 급하니까 그때 200불쯤 줬던 것 같아요. 일단 차를 구하고 나니까, 그 많은 돈을 주기로 한 게 약오르잖아. 그래서 섭외를 했어. "자, 어텐션, 어텐션 플리즈. 이 차 내일 아침 7시까지 쿠스코에 떨어지는 차예요. 탈 사람? 얼마 안 받아요. 두당 10달러. 아주 싸게 모실게요." 그래서 결국 그 차는 본전을 뽑았고, 왜냐하면 기사와는 이미 계약이 끝난 거니까. 그다음엔 그 버스에 누가 같이 타든 몇 명이 타든 내 권한이잖아. 그래서 결국 거기서 남는 장사를 했다는 얘기입니다. (ㅋㅋ)

peru

그 차가 이제 밤 11시엔가 떠나서 밤새 산길을 달리는 거야. 근데 아저 씨한테 CD가 딱 한 장 있었나 봐요. '핫 인기가요 20' 그런 걸 아저씨가 어디서 구워와서 돌리는데, 반쯤 졸면서 들으니까 머릿속에 더 세뇌가 돼. 근데 그때 나를 정말 제대로 세뇌시킨 노래가 〈아디오스 아모르Adios Amor〉예요. 조는데 딴 노래 막 나오다가 〈아디오스 아모르〉가 나와. 졸 면서 따라 불러. 그러다가 50분 지나면 〈아디오스 아모르〉가 또 나와. 한 50분 간격으로 〈아디오스 아모르〉가 나의 대뇌 전두엽을…. 이것은 마 치 우리가 마트에 갔을 때 들리는 '연두해요~ 연두해요~' 이것과 똑같은 거지. 부르기 싫어도 따라 부르게 되어 있어. 그래서 아침에 쿠스코에 도 착했을 땐 그 노래를 부르면서 내렸던 기억이 나네요. 그런데 그때 왜 그 렇게 서둘렀냐면 이키토스Iquitos로 가는 비행기 표를 예약해놨기 때문이 죠. 이 이키토스는 아까 말했던 셀바예요, 정글.

김 꼭 내가 무슨 말 하고 싶을 때 자연스레 딴 데로 넘어가더라고.

탁 하세요, 하세요. 코딱지 팠는데 안으로 들어가는 표정이야, 지금.

김 쿰비아Cumbia, 조금 전에 말한 노래 〈아디오스 아모르〉도 그중 하 나이고, 아까 제가 녹음실 뒤에서 자고 있었어요, 너무 피곤해서. 근데 김태용 PD가 쿰비아를 틀더라고요. 제가 재형이 형한테 그랬어요. "아, 이건 꼭 피곤할 때만 나오는 음악이야"라고. (ㅋㅋ) 쿰비아랑 누구나 다 그런 식으로 만나게 돼요. 우리나라에 여행 오면 트로트를 어떻게 만나 게 될지 궁금해요.

탁 택시나 관광버스에서 만나겠죠.

김 그렇겠죠. 근데 아까 몇 년 만에 듣는 음악인데, 너무 자연스럽게 당연히 저 음악이 나와야 될 것 같은 거죠. 항상 피로한 상태, 고속터미널 이런 곳에서 쿰비아 노래가 나오면 나중엔 자기도 모르게 되게 좋아져요.

탁 처음엔 나의 멘탈과 전혀 상관없는 기쁨을 노래하고 있잖아. 나는 몸이 막 구겨져서 미칠 것 같은데 '아디오스 아모르~'.

전 심지어 가사도 슬프잖아요. '사랑이여, 안녕'인데.

탁 사실은 이게 또 가사를 번역해보면 되게 재미있어요. '나는 너를 사랑하지만 우리 부인 때문에 더 이상 함께할 수 없어.' (ㅋㅋ) 그래서 '사랑이여, 안녕'인 거죠.

전 푸하하, 이 뭐 무슨. 남미 정서가 물씬 풍기는.

김 〈남미와 불륜〉이라고 읽어보셨어요? 요시모토 바나나의 유명한 책인데, 내용은 잘 기억이 안 나는데 제목은 확실히 기억나요. 부에노스아이레스에 관한 책이에요. 근데 남미의 불륜에 대해 굳이 얘기가 나왔으니까, 그게 얼마나 자연스러운 일인지 이야기해볼까요? (ㅋㅋ)

탁 요거 좋다. 요 주제 좋네요. 말씀 좀 해주세요.

김 한국에서도 드라마 내용이 대부분 불륜이잖아요? 근데 그게 얼마나 현실을 반영하는지는 모르겠어요. 남미의 불륜은, 드라마가 실제보다 오히려 적게 표현이 되고 있어요. 그만큼 많다고 보시면 되고. 대다수는 남자들의 불륜이고요, 아버지가 안 계신 애들이 많아요. "너희 아빠 뭐하셔?" 우리는 이렇게 쉽게 물어보는데, 거긴 미혼모들이 굉장히 많아요. 여자가 임신하면 남자가 도망가버리는. 뭐 거기서도 그게 그렇게 칭찬하고 장려할 만한 일은 당연히 아니죠. 그렇지만 굉장히 비일비재하게 일어나요. 제가 아는 가정들도 그렇게 형성이 된 경우가 많아요. 그래서 남미의 불륜에 대해서는, 그런 가사가 아마도 그렇게 무리는 아닐 거란 점

peru

을 이야기하고 싶어요.

여행의 추억 2. 춤이 즐거워지는 순간

김 제가 거기서 교사를 했다고 했잖아요. 저는 춤을 별로 못춰요. 한국에선 늘 '나는 못춘다'고 생각했고, 남미에서도 춤을 춰야 할 상황이 오면 "아, 나 못추는데…" 하면서 피해다니려고 했어요. 근데 피할 수 없는 상황이 분명 오잖아요.

탁 그들한테 춤은 늘상 있는 일이니까. 쿰비아 틀어놓고 집 마당에서 음식 만들어 나눠 먹으면서 자연스럽게 춤을 추는 거죠.

김 그러니까요. 그 순간이 생각보다 빨리 왔어요. 얼마 못 피하겠더라고요. 간 지 채 한 달도 안 돼서 그 순간이 왔는데, 개교기념일이었어요. 저도 외국인 교수라고, 스테이지에 총장, 총장 부인, 부총장, 이사장 이렇게 같이 가운데에 앉혀놨어요. 진짜 부담스러운 세팅이에요. 왜냐하면 모두가 중간을 딱 보고 있는 거예요. '여기서는 도저히 피할 수 없을 것 같다' 이런 생각이 들면서 마음의 준비를 하고 있었어요. '도대체 어떤 스텝을 밟아야 되나.' '아니, 왜 아무도 이걸 가르쳐주지 않았을까.' 정말 원망스러운 사람이 한둘이 아니었어요. 하여튼 매도 먼저 맞는 게 낫다고, 절 호명하는 순간 제가 오히려 바로 걸어나가서 총장 부인한테 갔어요. "춤추자"고. 떨면서. 아예 하려면 왕의 부인을… (ㅋㅋ)

탁
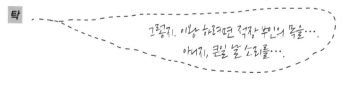
그럼지. 이왕 하려면 적장 부인의 목을…. 아니지, 큰일 날 소리를….

187

김 어쨌든 완전 열광의 도가니가 됐죠. 만약 우리나라였다면 구경거리 났다면서 자세를 고쳐잡았을 텐데, 그 사람들은 일시에 다 앞으로 나오더라고요. 그게 얼마나 좋았던지. 근데 거기서 더 좋았던 게 뭐냐면, 춤을 추는지는 보지만 어떻게 추는지는 보지 않아요. 우리나라에서는 '쟤 잘추나?' 한번 보자 혹은 유행하는 춤을 추는지 보는데, 거기서는 춤을 추기만 하면 되는 거예요. 자기들 춤에 열중하기 때문에, 내가 너희 문화에 열려 있다는 것만 보여주면 그다음부턴 잘하나 못하나 평가하지 않아요. 그렇기 때문에 그들 사이에 들어갈 수 있는 거죠. 그 사람들은 잘하는지 못하는지보다는 우리한테 얼마나 열려 있는지를 보는 거예요.

전 얼마나 우리와 함께 할 수 있는지를.

김 그래서 그날 신고식을 치른 이후론 피하지 않게 됐어요. 특히 뭐가 바뀌었냐면, '나는 춤을 못춘다'는 생각을 이젠 안 해요. 근데 만약 한국에서 다시 비슷한 상황이 온다면…. 한국은 뭘 하더라도 내가 못하나 잘하나를 생각하게 만드는 것 같아요. 페루는 전혀 그런 게 없어요.

탁 한국에선 자꾸 자기검열을 하게 되잖아요.

전 맞아요. 근데 제가 여행하면서 재빨리 깨달았던 건 2가지예요. 춤, 수영, 이 2개를 할 수 있으면 진짜 좋아요. 춤을 잘추고 못추고는 전혀 중요하지 않고요, 할 줄 알면 여러모로 도움이 많이 돼요. 수영도 우리나라에서는 자유형이 어떻고 평영이 어떻고 하지만, 물에 뜰 줄만 알면 돼요. 여행 다니다 보면 수영장도 많고 바다도 많잖아요. 심지어 아프리카 보츠와나 숲 속에 들어가면 수영복만 입고 다 같이 놀아요. 다시 말하지만, 굉장히 유용한 것 두 가지가 바로 춤하고 수영.

peru

아마존에서 펼쳐진 '노아의 방주'

탁 저는 셀바에 갈 때 이키토스로 들어갔는데, 김한민 작가는 마누 정글 쪽으로 들어갔죠?

김 이키토스도 갔었고, 마누도 갔었어요. 전부 두 번 이상씩은 들어 갔죠.

탁 이키토스로 들어가면 아마존의 시원이 거기 있어요. 우카얄리라 는 강과 마라뇽이라는 강이 있습니다. 그 두 강이 합쳐지는 합수 지점이 아마존이 시작하는 지점이에요. 물론 작은 개울부터 치면 아마존이 발원 했다는 곳이 여러 곳 있을 수 있겠으나, 공식적으로 그 큰 강이 아마존이 라는 이름을 획득하는 곳은 바로 우카얄리 강과 마라뇽 강이 만나는 나 우타Nauta라는 나루터입니다. 이키토스가 사실 별명이 있는데, '자동차로 들어갈 수 없는 세상에서 가장 큰 도시'예요. 비행기랑 배로밖에 못 들어 가요. 이키토스에서 출발해서 나우타로 가게 되면 거기서부터 이제 아마 존 여행이 시작되죠.

김 합수에 대해 말씀하셨는데, 두 물이 합쳐지는 걸 꼭 보셔야 해요. 완전히 달라요. 색깔도 서로 다르고.

탁 근데 아마존 하면 저는 제일 많이 기억나는 게 모기예요. 심지어 는 파리도 와서 뭅니다. 각종 애들이 와서 물기 때문에 나중엔 진짜 무덤 덤해져요. 워낙 덥고 습도도 높으니까 그냥 귀찮아져. 처음에는 잡으려 고 때리다가, 나중엔 지쳐가지고 내 손등에서 모기 배가 점점 부풀어오 르는 걸 그냥 보고만 있다니까? (ㅋㅋ)

김 "파리, 야, 너도 무냐? 너까지 이렇게 해야 되냐?" 그러게 돼요.

전 "파리, 너마저!"

탁 그러니까! 파리한테 자꾸 말 걸게 된다니까? (ㅋㅋ) 근데 김한민 작가는 동물 좋아하기로 유명하잖아요.

김 네, 좋아하죠. 사람보다 훨씬 좋아하죠.

탁 아마존 하면 동물을 떼어놓고 생각할 수가 없잖아요. 어떤 동물이 가장 기억에 남아요?

김 형은 제 답을 예상하고 계실 것 같은데, 타피르Tapir라는 동물이 있어요. 타피르에 관한 책을 쓰기도 했고. 형은 '페티시'라고까지 얘기하는데, 그런 성적인 코드가 있는 건 아니고요. 근데 그 타피르의 연관검색어로 '타피르 김한민'이 나온다더라고요. (ㅋㅋ) 영어식 발음으로 '태피어'라고 하는데, 소과 동물이고 특이하게 생겼어요. 소 같기도 하고 돼지 같기도 하고 코끼리 같기도 하고. 저는 타피르를 보는 게 소원이었어요. 혹시 시인 파블로 네루다Pablo Neruda 아세요? 네루다가 그렇게 타피르를 좋아하더라고요. 동물원에 가서 타피르를 볼 수 있다는 얘기를 듣고 이런 말을 남겼어요. '내가 타피르를 볼 수 있다면 지구 한 바퀴를 돌아서라도 가겠다.' 타피르는 발견하기가 쉽지 않은데, 재미있는 점이 있어요. 되게 큰데 되게 사뿐사뿐 걸어요. 제가 타피르를 굉장히 좋아하는데, 운좋게 타피르를 직접 만져봤죠. 근데 타피르도 모기가 물고 있더라고요. 그래서 모기 좀 떼어주고, 그런 경험이 있습니다.

탁 타피르가 왜 그렇게 좋아요?

김 정말 모르겠어요. "그 사람을 왜 사랑하세요?" 거의 그런 질문과 같아요. 그걸 어떻게 설명할 수 있겠어요.

탁 전생에 타피르가 아니었을까?

peru

전 그러게요. 전생에 거기서 살다 오셨나.

탁 아마존은 정말 무수히 많은 동물들의 보고인데, 가장 기억에 남는 건 아무래도 수달이에요. 제가 들어갔을 땐 약간 우기였거든요. 물이 굉장히 불어 있었어요. 아마존의 우기는 사실 동물 보기에 좋은 시즌은 아니에요. 물이 줄면 동물들이 물 있는 곳으로 모여들 수밖에 없어요. 근데 우기라 물이 차오르면, 배 타고 가면서 보는 수초들이 수초가 아니라 거의 나무 꼭대기예요. 그래서 동물들이 어디에 박혀 있는지를 모르는 거야. 그리고 우기는 동물들이 굶주리는 시기이기도 해요. 물이 차 있기 때문에 목이 마르지는 않으나, 오히려 먹을 것 찾기는 만만치 않은 시기인 거죠. 그래서 동물을 어디 가서 봐야할지 막막한 거예요. 난 PD니깐, 숲이 좋고 울창하고 뭐 이런 거 다 필요 없어, 동물을 찍어야 된다고 나는. 정말 그런 부담감을 가지고 배를 타고 가고 있는데, 갑자기 저쪽에서 '삐익' 하는 소리가 들려요. 그게 뭐였냐면, 수달이 우는 소리야. 그런데 지금 생각해보면 그 수달은, 우리한테 "여보게!" 한 기예요. "이보시오! 내가 여기 있소!" (ㅋㅋ) 난 어뢰인지 알았어. 갑자기 저기서 어뢰 하나가 물살을 헤치고 우리 쪽으로 쫙 오는데 수달이야. 그리고 걔네들도 약간 개헤엄이에요. 머리만 내밀고 네 발로 헤엄을 치는데, 너무 절박하게 헤엄을 치는 거야. 어디까지 올지 볼 심산으로 지켜보고 있었는데, 애가 막 오더니 배로 올라와. 아주 당연하다는 듯이.

전 아, 진짜요? 배에 올라타요?

탁 네. 정말 거짓말처럼 애가, 놓친 배 타듯이 올라와. 원래 타려고 했는데 놓친 배 타듯이. (ㅋㅋ) 그러더니 막 두리번거려. 애가 배가 고픈 거야. **김**

그냥 물에 젖은 개 아니예요?

191

탁 하하, 진짜 좀 동그랗게 생긴 개였나?

전 아니면 혹시 뒤의 지퍼를 쫙 내리면서 "어우, 죽을 뻔했네". (ㅋㅋ)

탁 근데 진짜 마법 같은 상황이었어요. 마치 짠 것처럼. 애가 와서 두리번거리니까, 우리 가이드의 아들이 꼬불쳐놓았던 피라냐 몇 마리를 던져주었어요. 그랬더니 애가 물고기를 앞발로 딱 잡더니 '앙앙앙왱왱왱' 하면서 고양이처럼 골골거리는 소리를 내면서 뜯어먹는 거야. 난 수달이 고양이처럼 그르렁거린다는 걸 처음 알았어.

김 고양이네, 고양이.

전 장화 신고 있지 않던가요? (ㅋㅋ)

탁 그때 배가 잠시 정박을 했었거든? 나무 그늘 아래에서. 근데 그 순간, 갑자기 나무에서 이번엔 원숭이들이 떨어지는 거야.

김 그만 좀 하자, 그만 좀. 이게 말이 돼?

탁 그 원숭이 한가족이 막 떨어지는 거야. 걔네도 배가 고픈 거야. 그러니까 걔네들은 "야, 식빵 어딨어! 바나나 어딨어! 빨리 내놔봐, 빨리!" 그러는 거지.

전 아, 배를 수색하는 거야?

탁 어, 진짜 그런 분위기로. 걔네들 완전 뻔뻔해. 걔네들은 막 "아야, 이 수달은 또 뭐야? 물고기 말고 바나나! 야, 바나나 어딨어? 센터 까서 나오면 하나에 얼마씩이다?" 진짜 이런 분위기로 찾는 거야. 그렇게 해서 어느 정도 배를 채우고 나더니, 그다음부터 수달은 그냥 배에서 뒹굴뒹굴 하고 있고 원숭이는 우리 카메라맨 목을 막 핥아. (ㅋㅋ) 갑자기 '노아의 방주'가 된 셔야. 서는 그때 정말 방송의 신께서 저를 저버리시지 않고 "너의 〈세계테마기행〉 첫 프로젝트니까 요거 가지고 가서 한 7분 동안

peru

흥하여라" 뭐 요런 느낌으로 던져주신 거라 믿어요.

전 야아, 진짜 강림하셨네요. 놀랍네요.

아마존에서 다이빙을

탁 김한민 작가는 제가 가보지 않은 마누 정글도 들어가봤잖아요. 거긴 훨씬 더 원시적일 것 같은데.

김 근데 정말 얘기할 맛이 떨어졌어요. 왜냐면, 제가 수달을 얼마나 힘들게 봤는데요.

탁 (ㅋㅋ) 빈정 상했어. 진심 빈정 상했어, 지금.

김 네, 정말 빈정 상했어요. 누구는 가만히 있는데 수달이 막 배를 잡고 "여보게!" 하고. 저는 진짜 그렇게 힘들게 볼 수 없었어요.

탁 어떻게 봤어요, 수달을?

김 그냥 뭐 잠복하고. 근데 정말 말할 맛이 안 나네요.

탁 (ㅋㅋ) 아 좀, 그만 빈정 상하고 얘기 좀 해.

김 그럼 그 얘기 해드릴게요. 분홍 돌고래 못 본 얘기.

탁 '못 본' 얘기? (ㅋㅋ) 뭐야 그게.

김 저도 제 방식대로 얘기 좀 합시다. 거기 분홍 돌고래가 있어요. 민물 돌고래죠. 분홍 돌고래라고 하면 "그런 게 진짜 있냐?" 하는데, 정말 있어요. 실제로 보는 사람도 있고요.

탁 저는 봤어요.

김 뭘 또! 아! 또 올라왔어?

페루 아마존의 깊숙한 곳에선 타피르와 수달과 사람의 경계가 무너진다.
새로운 코스모스가 펼쳐진다.

peru

이키토스 정글, 리베르타드 마을에 밤이 찾아온다. 태양이 사라지면, 사람이 할 수 있는 대부분의 일도 사라진다.

전 분홍 돌고래가 앞에서 쇼를 하던가요?

탁 수중촬영을 하고 있는데 내 30센티미터 앞으로 지나갔어. 근데 물이 너무 탁해서 카메라엔 잘 안 잡혔어. 아무튼 못 본 얘기 중이었으니까 계속 해봐요.

김 어쨌든 저는 못 봤고요. 아주 작은 에피소드를 말씀드리자면, 제가 저희 형이랑 형 친구랑 아마존에 갔습니다. 보통 배가 큰 데를 지나다가 지류에 딱 들어설 때 기분이 확 좋아져요. 큰 데서는 모터를 켜고 달리니까 바람 쐬는 게 굉장히 좋고, 지류로 들어가면 진짜 뭔가 탐험을 하는 듯한 느낌이 듭니다.

탁 응. 엔진 딱 끄고 흘러내려갈 때.

김 네. 물 흐름을 타고 조금씩 노를 저어서 가는데, 갑자기 이런 생각이 들더라고요. '내가 형이랑 이런 데 또 오긴 힘들 텐데, 정말 잊지 못할 추억을 남겨줘야 하는 거 아닐까?' 그때만 해도 좀 젊었던지 무모한 생각을 했었어요. 그래서 형한테 "앞에 보고 있어!" 하고선 사진기를 내려놓고 아마존 강물에 그냥 뛰어들었어요.

전 피라냐가 막!

김 제가 왜 그렇게 무모했는지 모르겠는데, 피라냐보다도 더 무서웠던 게, 정말 함부로 뛰어들 일이 아니더라고요. 물론 아마존에도 수영할 수 있는 곳이 있어요. 그런 곳은 보통 가이드들이 얘기를 해주고요. 그런데 정글에 가면 무조건 부츠를 신고 이동해요. 부츠를 신고 수영하는 게 굉장히 좀….

탁 아, 그걸 신고 뛰어내렸어? 너 진짜 아무 생각 없있구나.

김 저도 수영을 좀 한다고 생각하고 있었는데, 부츠 안에 물이 차기

peru

시작하니까…. '풍덩' 하는 순간 가이드고 형이고 전부 뒤돌아봤죠. 처음엔 연기를 할 생각으로 "으아아~" 이랬는데, 납덩이를 발에 매단 것처럼 물속으로 막 빨려 들어가기 시작하고 그다음부턴 너무나 공포스러운 거죠. 어쨌든 형이 어떻게 해서 겨우 끌어냈어요. 나중에 가이드가 저한테 너무나 정색을 했고…. 원래 가이드가 굉장히 온순하고 친절했거든요? 그런데 저한테 "피라냐도 있고 위험한데 미쳤냐"고, 한국 사람들 다 이러냐는 식으로 말하더라고요. 전 너무 특별한 경험이다 보니 좋은 추억을 남기려고 한 건데 별로….

탁 나는 솔직히, 형을 밀쳐버렸다고 할 줄 알았어. 근데 자기가 뛰어내렸구나…? 분홍 돌고래가 나타나는 곳에는 피라냐가 없어요. 악어도 없고요. 돌고래가 나타나는 곳에서는 수영해도 돼요.

전 돌고래가 왕이니까.

김 돌고래는 큰 강에 있고, 피라냐는 물 흐름이 많지 않은 지류에 살죠.

그림 여행을 권하다

탁 김한민 작가는 여행 가는 곳마다 그림을 그리는 걸로 유명해요. '그림 여행'과 관련된 책도 냈어요. 이 친구는 사진 찍는 건 오히려 싫어해요. 그리고 시간이 조금만 나도 풍경을 그리고 있어. 지금 눈앞의 풍경일 때도 있고, 아까 봤던 풍경일 때도 있고. 그래서 그 책을 보면, '그림 여행'을 손쉽게 따라할 수 있는 팁들이 좀 있어요. 그 얘기를 해주시는 것도 좋을 것 같아요.

김 제가 아마존에 가서 배운 게 하나 있어요. 아마존에서 '어떻게 하면 이 강 풍경을 그릴 수 있을까' 고민했어요. 왜냐하면, 배를 타고 가다 보면 되게 금방 지나가잖아요. 예를 들어 이 수변 풍경을 그리고 싶은데, 조금 그리다 보면 이미 지나가 있고. 그래서 그때 아주 작은 팁이지만 어떻게 그리는 건지 깨달았죠. 나무를 하나 보고 그리고 있으면 이미 거길 지나가 있잖아요? 그러면 그 위에다 지금 본 걸 또 그리면 돼요. 겹치고 겹쳐서 그리는 거죠. 어차피 그 풍경이 그 풍경이라서.

탁 그 그림 안에는 흘러간 시간까지 담겨 있는 거죠.

김 네. 오히려 더 좋은 결과가 나오더라고요. 그래서 다시 돌아가려고 할 게 아니라, 그냥 지금 눈앞에 있는 걸 계속 겹쳐서 그리면 돼요.

탁 그림이란 건 사진이랑 달라서, 내 인상에 남고 중요한 것들은 부각이 되어서 그려지고, 그렇지 않은 것들은 자연스럽게 내 머릿속에서 필터링이 되죠. 그러다 보니 내가 그때 느낀 감정에 가장 충실한 결과물이 나오는 것 같아요.

김 그리고 사람들이랑 소통하는 데 굉장히 좋아요. 사진도 물론 신기해하긴 하지만, 그건 누구나 하는 거니까요. 그림을 그리고 있으면 사람들이 말을 걸어오기도 하고, 사람들과 말 트기에도 쉽죠. 재형 형이랑 갔을 때도 형이 허풍 떠는 걸 그렸어요.

탁 (ㅋㅋ) 책을 보면, 엄청나게 허풍 떨고 있는 사람을 그린 그림이 한 장 있는데요. 사람들 앞에서 과장된 제스처로 허풍을 떠는 그 사람이 사실은 접니다.

김 실제 그 자리에서 각국의 사람들이 모여 형 얘기를 듣고 있었는데, 사람들 표정이 다 '저건 분명히 거짓말일 거다'라고 생각하는 것 같았

peru

거든요. (ㅋㅋ) 그때 사람들이 너무나 그림을 좋아해줬는데, 다른 어떤 그림보다도 그 허풍 그림을 사진으로 찍어가면서, 그게 어떤 촉매제가 돼서 사람들과 얘기를 텄죠.

탁 그날 밤은 정말 재미있었어요. 구라도 잘 먹혔고. 근데 '그림 여행'을 시작하기 위한 김한민 작가가 추천하는 팁들이 있잖아요. 그림을 처음 시작할 때, 주제가 되는 게 하나 있으면 좋지 않나요?

김 아, 자기 캐릭터를 만드는 것. 자신의 아바타를. 잘 모르시는 분들은 자기가 좋아하는 동물을 아주 단순하게 그리면 돼요. 백지 공포증이 문제거든요. 그림을 못그린다고 생각하시는 분들은, 이 안에 뭘 그리면서 시작할까 막막해요. 그림 역시 글쓰기처럼 시작이 중요한 거라, 일단 자기 캐릭터만 하나 대충 만들어서 그걸 그려놓고 보는 거예요.

탁 너무 복잡하게 그리지 않는 것도 노하우일 것 같아요. 처음부터 자기 캐릭터를 너무 예쁘게 꾸민다고 선 많이 넣고 그러면 나중에 엄두가 안 날 것 같아요.

김 여러 번 그리다 보면 단순해지게 돼요. 그것도 남미가 준 지혜인데, 춤도 그렇고 뭐든 다 헐렁해지는 것 같아요. 근데 이건 '인생 뭐 있어?'랑은 달라요. '뭐 그리 잘할 필요 있나? 재밌게 하면 되지' 이런 걸 많이 가르쳐준 것 같아요.

탁 그럼 김한민 작가가 추천하는 '그림 여행'의 도구는 어떤 게 있어요?

김 저는 붓펜 하나 가져가는 것 같아요. 단순하게.

탁 붓펜이 좋은 이유는 선 굵기를 마음대로 조정할 수 있기 때문이죠.

김 그것도 그렇지만 일단 휴대가 간편해요. '모나미' 그런 거 있잖아요. 아주 싼 거. 그런 거 여러 개 갖고 가면 돼요. 수채화 도구를 갖고 가

보기도 했는데, 아무래도 부담스럽고 잘 안 꺼내게 되더라고요. 어떤 때
는 물감이 흘러서 배낭을 버릴 때도 있고. 그렇지만 붓펜은 간단하고 편
하죠. 그리고 붓펜을 꺼내면 외국 사람들이 되게 좋아해. 그걸로 글씨 하
나 써주면 굉장히 좋아해요.

인도네시아에 어떤 부족이 있대요. BBC 방송국의 취재진들이 와도
못 들어가는 데가 있는데, 사진을 찍으면 자기네 영혼을 가져간다고 생
각한대요. 근데 그림과 글은 놔둬요. 사진을 찍으면 거부감이 드는데, 그
림을 그린다고 하면 그렇게까진 거부감을 가지지 않더라고요. 이성한테
도 마찬가지예요. 저는 좋아하는 사람이 있으면 "그림을 그리고 싶다"고
해요.

탁   어우, 훌륭한 작업 멘트다.

김   오랫동안 쳐다볼 수도 있어요.

탁   "사진 한 장 찍어도 될까요?"보다는 좋겠네요.

김   근데 문제는, 너무 못그리면 좀…. (ㅋㅋ) 어쨌든 소통 도구로 좋
고, 아이들도 너무 좋아해요. 근데 가끔 욕심이 발동해서, 준다고 해놓고
도 너무 잘 그리면 내가 갖고 싶어져. "미안한데, 내가 부쳐줄게" 그러는
데, 부쳐주긴 뭘 부쳐줘. 주소도 없는데. (ㅋㅋ)

탁   점점 남미 사람이 되어가는군요.

코스타에서 즐기는 미 식 여 행

탁   우리가 처음 페루 얘기를 꺼냈을 때는 야심차게 시에라랑 셀바랑
코스타까지 다 얘기하려고 했는데, 얘기하다 보니 시간이 정말 빨리 가

peru

네요.

김 코스타 얘기를 못 했네요. 코스타는, 짧게 이야기하자면 음식이 좋아요. 세비체Ceviche는 정말 최고의 음식이죠.

탁 세비체! 어우! 근데 세비체는 호불호가 좀 갈리죠. 아, 먹고 싶다.

김 그 호불호가 시간이 지나면 안 갈려요.

전 아, 맛을 보면 나중엔 누구나 좋아하게 되는군요.

탁 세비체가 뭐냐면, 회예요. 페루식 회. 각종 해산물에다가 레몬즙을 엄청 넣어요. 그러면 레몬산에 의해 생선 표면이 익어요. 그러면서 약간 꼬들꼬들해져요. 레몬즙을 넣었으니 당연히 상큼하고, 거기다 간을 하고 야채도 넣고 해서 무쳐먹습니다.

김 거기 레몬은 좀 다르죠.

탁 네, 라임이죠. 끝까지 이렇게 잘못된 건 바로 잡아주시는 대쪽 같은 성품의 김한민 작가고요. 세비체 말고도 '파리웰라Parihuela'라고 있어요. 파리웰라는 치즈가 들어간 해물탕이에요. 이것도 죽여줍니다. 저는 파라카스Paracas에서 먹었거든요. 파리웰라만 손가락이 노래질 때까지 먹다가 왔어요. 해물이 굉장히 풍부하게 들어가 있어서 그걸 쪽쪽 빨다 보면…

김 '피스코 사워Pisco Sour' 얘기도 안 하고 갈 수 없지 않나요?

전 아차차, 중요한 걸 빼먹고 갈 뻔했네요.

탁 남미의 3대 칵테일이 있어요. 말하는 사람에 따라 조금씩 달라지기는 하지만, 일반적으로 얘기하면 쿠바 리브레, 모히토, 피스코 사워. 피스코가 뭐냐면, 남미식 브랜디예요. 와인을 만든 다음에 그걸 증류해서 독한 술을 만든 건데, 피스코는 사실 인디오 부족의 이름이었어요. 스페인 정복자들이 페루에 와서 일단 포도를 심을 땅을 찾았어요. 거기가 이카ica라는 곳이었어요. 모래질 토양에 기후가 너무 좋아서 포도가 엄청 잘 자라. 근데 거기서 포도는 자랄 수 있는데 오크통을 만들 나무가 안 자라. 그래서 이걸 오크통 대신 어딘가에 저장을 해야 하는데, 피스코 인디오들이 쓰는 토기가 있었어. 그 토기에다가 와인을 저장하게 된 거예요. 그래서 그 토기를 피스코라고 부르게 됐어요. 근데 지금은 그 토기를 안 쓰니까 피스코가 술의 이름이 된 거예요. 이 피스코에다 라임즙을 넣고, 설탕을 넣고, 계란 흰자를 넣습니다. 그 다음에 믹서기로 갈아요. 물론 이걸 셰이커로 만들 수도 있지만, 이건 제가 에콰도르에서 배운 건데 셰이커로 만드는 것보다 믹서기가 더 좋아요. 위에다가 계피가루도 넣고, 앙고스투라 비터Angostura Bitter를 넣어도 됩니다. 약초 엑기스 같은 거예요. 어쨌든 이걸 믹서기에다가 넣고 돌려주면 정말 부드러운 거품이

peru

윗입술을 간질이는 맛있는 칵테일이 됩니다. 페루에 가시면 피스코 사워를 드셔보시는 것도 좋을 것 같아요.

오늘 정말 재미있는 페루에 대한 추억을 풀어봤는데요. 언제나 느끼는 거지만 여행 이야기는 하면 할수록 즐겁고 행복합니다. 이야기 나눈 것들 중 특히 '나만의 풍경과 나만의 느낌을 그림으로 남겨보는' 여행의 새로운 팁을 하나 얻었던 것 같아요. 나만의 풍경으로 기억되는 여행들 많이 하시길 바라겠습니다.

여러분, 좋은 여행 하세요.
감사합니다.

Aust

탁PD의
여행수다

—

사랑하는 사람과
시간을 공유한다는 것

소중했기 때문에 가능하지 않았을까 싶어요.
텅 비어 있는 곳이었고
그렇기 때문에 자기 자신을 돌아보고,
옆 사람을 돌아보고…
하게만 있으니 정말 대화밖에 할 것이 없었어요.
제가 마음속에 묻어두었던,
밝히고 싶지 않았던 얘기들까지
스스럼없이요.

정

사귀었던 7년이라는 시간이
사실 굉장히 긴 시간인데,
그동안 우리가 무슨 이야기를 하고 살았던 걸까 싶더라고요.
그런 것들이 소중했기 때문에 가능하지 않았나 싶어요.
그 텅 빈 곳에서 저희는 더 많은 걸 채우고 왔습니다.

작아져 본 사람은, 자신이 작다는 걸 느껴본 사람은, 소박해지고 겸손해지기가 쉽다. 그런 경험이 일천한 사람일수록 별일 아닌 것들에 목숨을 걸고, 한 줌 손에 쥔 것을 놓치기 싫어 좋지 못한 결정을 내린다. 그런 까닭에, 해외여행을 할 때 우리의 공간 감이 철저히 무시당하는 체험을 한 번쯤 해보길 권한다. 그것이 광활한 사막이 되었든, 8,000미터급 고산이 되었든, 익숙한 것이 파괴될 때 우리의 감각은 확장되고 정신은 슬기로움을 더한다.

Australia

광활한 호주의 아웃백Outback만큼, 철저하게 작아져 볼 수 있는 곳이 또 있을까. 호주 인구의 90퍼센트가 전체 면적의 5퍼센트밖에 되지 않는 해안지역에 집중되어 있다는 사실을 감안할 때, 대륙 중앙의 대부분을 차지하는 아웃백이야말로 '호주 그 자체'라고 말할 수 있다. 12시간 차를 몰아도 별로 바뀌지 않는 풍경에, 이곳이 유일하게 문명과 연결된 세상이라는 것을 알려주는 한 줄기 도로, 아침엔 오른쪽을 달구기 시작해서 저녁엔 왼팔을 그을리며 내려앉는 태양, 그 태양이 너무나 심심할 때 일으

키는 들판의 부시파이어Bushfire, 그리고 우주 역시 둥글다는 것을 알게 해주는 밤하늘의 별들. 이런 절대고독의 공간을 단 한 사람의 이성과 함께 여행한다는 것엔 중간이 있을 수 없다. 절대로 증오하게 되거나, 절대로 사랑하게 되거나.

아웃백 여행을 마치고도 여전히(!) 알콩달콩 잘살고 있는 정태준, 안정숙 부부가 도달한 결론이 무엇이었는지는 명백하다. 그리고 그 결론에 도달한 순간, 그들은 아마 긴 키스를 나누었을 것이다. 온 우주에 둘밖에 없다고 느껴지는, 그런 길고 날카로운 키스를.

by 타

Australia

GueSt

정태준, 안정숙

—

7년 연애 끝에 결혼한 후, 더 넓은 세상을 보기 위해 훌쩍 호주로 떠난 대책 없는 커플.
1년 반 동안 호주의 고기 공장과 농장 등을 전전하며 여행 경비를 모아,
그림 같은 바다와 야생의 아웃백이 펼쳐진 호주 전역을 4개월간 여행.
한국에 돌아온 뒤, 살고 싶은 곳에서 가슴 뛰는 일을 하며 살자고 의기투합.
전남 화순의 산골마을에서 1인 출판사를 운영하며, 개와 닭과 토끼와 여자아이를 키우면서
다음 여행을 꿈꾸며 우당탕탕 사는 중.

탁　귀만 있으면 떠날 수 있는 세계여행, 여행교의 간증집회 '탁PD의 여행수다'에 오신 것을 환영합니다.

전　반갑습니다.

탁　오늘은 저희가 특별히 여성 출연자를 모셨잖아요.

전　그러니까요. 누가 오시든 상관없지만, 사실 여성 출연자분들이 오시면 뭔지 모를 시너지가 있어요.

탁　근데 남편분도 같이 나오셨다는 것.

전　(ㅋㅋ) 아, 예. 그냥 두 분을 세트로.

탁　유부녀시라는 거죠. 하지만 매력이 철철 넘치는 부부가 오늘 나오셨습니다. 어디로 떠나기 위해서죠?

전　오늘은 호주로 갑니다. 광활한 자연이 있는, 캥거루와 코알라가 손짓하는 아름다운 땅 호주로 함께 가시죠.

탁　자기소개를 부탁드릴게요.

안　반갑습니다. 저희는 2008년에 결혼을 하고 호주로 가서 워킹홀리데이 비자로 2년 동안 머물다가 왔고요. 안정숙입니다.

정 저는 말을 잘 못해서 가끔씩 감초 역할을 하고 싶은데 그것도 잘될지 모르겠어요. 남편 정태준입니다.

탁 두 분이 2008년에 결혼을 하셨다고요? 그럼 그전에는 어떻게 사귀시게 된 건가요?

안 저희가 대학교 커플인데요. 제가 2학년 때 당시 1학년인 새내기 남자친구와 사귀기 시작해서, 만 7년을 연애하고 8년째 됐을 때 결혼을 하게 됐어요. 근데 결혼하게 된 계기도 사실은 호주 때문이에요.

탁 호주 때문에 결혼을 하셨다고요?

안 네. 그렇게 된 사연이, 20대 후반 직장 여성의 고민이라는 게, '아, 이 생활을 계속 이어나가야 하나' 아니면 '결혼해서 안착하기 전에 새로운 일, 내가 하고 싶었던 일을 해야 하는 게 아닐까'를 결정하는 굉장히 중요한 기로에 서 있는 것 같다는 생각을 했어요. 왜 그랬는지 모르겠는데, 그 당시에는 '결혼하면 여행이고 뭐고 아무것도 못 한다. 애도 낳아야 하고, 계속 커리어 쌓아야 하고, 나에겐 자유가 없는 거다' 라고 생각했었어요.

탁 아, 결혼은 무덤이다?

안 네, 결혼은 구속이다. 그래서 결혼 전에 해봐야겠다 싶어서 여행을 결심했어요. 저 혼자 갈 결심을. 그런데 남자친구가 흔쾌히 갔다 오라고 하더라고요. 그래서 '아, 잘됐다' 싶었는데, 갑자기 노선을 변경해서 같이 가자고 하더라고요.

정 제가 같이 가자고 했죠. 그리고 "부모님들 걱정하시니까 결혼을 하고 가자. 가는 김에 결혼하고 가자" 하고요. (ㅋㅋ)

탁 어우, 이건 뭐 잠깐 정신 못 차리는 사이에 원투 스트레이트가 한 번에 들어온 건데? 같이 가자는 것만 해도 상당한 결단을 요하는 제안인데, 같이 가는 것만으로는 걱정하실 테니 기왕이면 결혼 정도는 하고 가는 게 좋겠다?

정 "떳떳하게 우리가 부부임을 알리고 가자." 그런 제안을 했었고요. 근데 당시 저는 인생목표에 대한 고민 같은 게 없었어요. 단순한 사람이라서 그냥 되는 대로 사는 편이었는데, 그렇다 보니 결정이 더 쉬웠던 거죠. 전 다른 건 다 필요 없고 여자친구만 있으면 되는 상황이었으니까.

탁 멋있다! 그럼 태준 씨도 원래 여행을 좋아하는 타입이셨어요?

정 아니요, 전혀.

전 (ㅋㅋ) 단호하신데요? '전혀.'

정 저는 여자친구만 있음 됐었고, 그랬기 때문에 여행도 편승을 하게 됐다고 해야 할까요, 얻어탔다고 해야 할까요. 그런데 갔더니 저도 좋았던 거고요. 또 마침 그 좋은 호주라는 곳에 갔기 때문에 저도 참 많은 걸 느끼고 왔고. 그래서 정말 무의미하게 대충대충 살았던 남자가 와이프의 등살에 떠밀려서, 그리고 호주의 광활한 곳에서 많은 걸 느끼면서, 좀 더 인생의 목표를 찾아가고 그랬던 것 같아요.

안 조금 철이 들었다고 볼 수 있죠.

탁 마치 아들내미 쳐다보는 듯한 눈빛을 하고 계시네요. (ㅋㅋ)

Australia

호주 가볍게 훑 어 보 기

탁 그럼 이제 본격적으로 호주 얘기를 해볼까 해요. 두 분이서 2008년에 떠나신 거죠?

안 네. 저희가 호주에 갔던 가장 큰 이유는, 비자를 내주는 인원의 제한이 없었어요. 예를 들면, 캐나다나 일본이나 인기 많은 워킹홀리데이 국가들은 연중 2회를 뽑는다든지 연간 인원을 제한한다든지 하는데, 호주는 무제한으로 갈 수가 있어요. 그래서 연간 3만 명 이상의 한국 청년들이 가고 계시더라고요.

탁 나이 제한이 있는 건가요?

안 나이 제한은 만 서른 살 미만이고요. 아이가 있는 건 상관없는데 부양가족을 데리고 가는 건 좀 힘들 거예요.

탁 나이 들면 그것도 안 받아주는구나. 난 이제까지 그런 것도 안 해보고 뭐 했니.

전 나이 들면 자기 돈 들고 오라는 거죠. 와서 벌어갈 생각하지 마라.

안 그리고 또 하나의 장점은 세컨드 비자라는 걸 딸 수가 있어요. 비자 신청을 하면 기본적으로 1년간 체류를 허용해줘요. 그런데 3개월 정도를 1차산업 분야, 농장이나 공장 관련 일을 한 경험이 있으면 1년 더 연장할 수 있는 기회를 줘요. 제가 떠나려고 했던 이유는, 좀 긴 홀리데이를 갖고 싶었어요. 그래서 어디를 갈까 고민하다가 '워킹홀리데이로 2년 동안 호주에 가면 좋겠구나' 싶었죠. 당시 저는 세계일주가 무척 하고 싶었어요. 하나의 로망처럼 갖고 있었는데, '아, 거기서 돈을 벌어서 세계일주를 하면 되겠다' 그런 결심으로 워킹홀리데이 비자로 호주에 가게 되었죠.

전 1961년부터 우리가 호주와
수교를 맺었는데요. 이 호주라는 나라가 땅 크기에 비
해 인구밀도가 굉장히 낮아요. 면적은 한반도의 35배이
고요, 인구는 2,201만여 명.

안 우리나라의 35배 정도 크기라 하셨는데, 비교를 하자면 유럽 전
체 대륙이 다 들어갈 정도의 크기예요.

탁 아, 땅은 그렇게 넓은데 인구는 참 적네요.

전 우리보다도 훨씬 적은 인구가 살기 때문에
1제곱킬로미터당 인구가 3명이 채 안 돼요. 그
러니까 여기서 1킬로미터를 가도 3명밖에 만
날 수 없는 거죠.

전 세계 전체 대륙 중 가장 작은 대륙이기도 하면서, 단일 국가로는
세계 6위의 면적을 자랑하는 제법 큰 나라이고요. 남태평양에서 인도양
에 걸쳐 바다 한가운데 떠 있는 섬이자, 국가이자, 대륙인 곳입니다. 태
즈메이니아Tasmania 지방과 그 주변 도서들을 모두 포함한 지구에서 가
장 오래된 땅이에요. 그래서 그 자연이 갖고 있는 정말 아름다운 장면들
을 볼 수 있습니다.

재미있는 게, 영국에서 이주민들이 넘어왔잖아요? 그리고 그 영국 정
착민촌을 기반으로 유럽 사람들이 계속 넘어오기 시작했어요. 그래서 원
주민 아보리진Aborigine들이 이미 그 땅에 살고 있었는데도 현재 인구는
백인이 훨씬 많아요. 거의 93퍼센트에 육박합니다. 아시아인이 그 다음을
차지하고요. 그래서 현재는 원주민 보호정책을 취하고 있습니다.

Australia

호주의 첫 인상

탁 처음에 호주 어디로 들어가셨습니까?

안 저희는 처음에 시드니Sydney로 가게 됐는데요. 저는 사실 호주에 가기로 결정을 하긴 했는데 솔직한 마음으로는 2년 동안 빨리 돈을 벌어서 세계일주를 해야겠다고 생각했지, 호주에 대한 관심은 첨엔 솔직히 없었어요.

탁 아, 여기는 돈 벌어가는 정거장 정도?

안 세계일주 책자나 여행 자료들을 봐도 이상하게 호주에 대한 것들은 언급이 별로 없는 거예요. 그래서 가기 전 어느 날, 구글 지도를 찾아봤어요. 그랬더니 온통 누렇고 빨간 거예요. 땅이 온통 황무지인 거예요. 아까도 말했지만, 남편은 여행 한 번 해보지도 않은 사람이 "호주는 무조건 일주를 해야 돼!" 그러고 있고요. '뭘 믿고 이 황무지에서 일주를 하자는 것일까' 그게 상당히 의문이었습니다.

탁 아무 생각이 없었던 것 아닐까요? '여행하면 다 일주하는 거 아니야?' 이 정도 느낌으로다가.

정 네. 정말로 아무 생각이 없었고요. (ㅋㅋ) 가기 전에는 아무 생각 없이 "일주하자!" 하고 갔는데, 가서 생활하면 할수록 호주가 더 궁금한 거죠. '아, 이 나라는 도대체 왜 이런 거지?' '어떤 곳이지?' '저 안쪽엔 또 뭐가 있을까?' 이런 궁금증이 갈수록 생기면서, 그 이후부터는 "호주 일주를 하자!"라는 말에 진심이 담기기 시작했어요.

안 저는 '이 황무지에 뭐가 있어봐야 얼마나 있겠어' 정말 이런 마음으로 시드니국제공항에 도착했어요. 근데 그 첫 느낌이 어땠냐면, 하늘이 파래요. 거대한 하늘이 있었어요.

정 저희가 새벽에 시드니에 거의 도착해서 비행기가 쫙 내려가는데, 구름 한 점 없는 정말 파란 하늘이 저희를 딱 맞아주는 거예요. 와, 정말 표현하기가 어렵더라고요.

탁 왜냐하면 서쪽에 중국이 없으니까. (ㅋㅋ) 어우, 미세먼지가 요즘 장난 아냐.

안 그렇게 깨끗한 하늘을 처음 봤고, 또 인상적이었던 게 공항에서 일하시는 분들이 정말 친절하더라고요. 저는 2년 동안 살 거라고 생각하고 짐을 바리바리 싸들고 갔어요. 제 머리까지 올라오는 배낭에 캐리어를 각각 끌고 옆으로 메는 가방을 메고 갔더니, 공항직원이 이민 왔냐고 그러는 거예요. "환영한다! 환영해! 이민 왔어?" 그런데 어떻게 보면 그런 게 직원의 상투적인 인사일 수도 있겠지만 저희한테는 굉장히 살갑게 느껴지고 좋은 이미지가 형성되더라고요.

탁 공항공무원들이 정말 중요한 분들이에요. 마다가스카르였나? 거기 갔더니 공항공무원이 "야, 선물 없어, 선물? 선물 줘야지!" 이런 소리를 하고 있어! 아무튼 그래서 두 분이 본격적으로 호주 생활을 하기 시작한 건 아무래도 노동 현장이었을 것 아녜요. 워킹홀리데이니까. 그곳이 어디였죠?

안 일단 시드니에서 저희가 청소일을 시작했어요. 호주가 한국이랑 다른 게, 일을 한 만큼 돈을 받는 시스템이에요. 힘든 일을 할수록, 또는 기술자일수록. 그래서 저희가 전기공이랄지 배관공을 두고 우스갯소리로 그래요. 의사보다 돈 더 많이 번다고. 그리고 영국에서 이주민이 넘어온 이후로 청소계에도 이민의 역사가 스며 있더라고요. 처음엔 이탈리아

Australia

계들이 주름을 잡았대요. 그다음엔 베트남계, 그리고 현재는 한국계.

전 아, 그게 또 계보가 있군요?

안 아무튼 청소일을 시작했는데, 거기서 한 달 정도 있다가 콥스하버Coffs Harbour란 곳으로 이동했어요. 이동한 이유는, 시드니가 저는 정말정말 좋더라고요. 너무 사랑스럽고. 캔버라Canberra가 수도이긴 하지만 실질적으로는 시드니가 가장 큰 도시인데, 가장 큰 도시니까 저희는 북적거리고 뭔가에 치이고 이런 걸 상상하고 있었어요. 물론 시드니엔 그런 대도시의 세련됨도 있어요. 그런데 도심에서 스트리트 몇 개만 지나면 전혀 소음이 들리지 않는 공원들이 여러 개 나와요. 거기 앉아 있으면 저 앞으로 오페라 하우스가 보여요. 그리고 그 뒤로 웅장한 하버브리지Harbour Bridge가 있어요. 요트 타는 사람들이 막 왔다 갔다 해요. 제 눈을 막 즐겁게 해줘요. 저는 특히 보타닉 가든Botanic Gardens이라는 곳에 앉아서 바라본 풍경이, 별것 아닌 일상일 뿐인데도 그렇게 감동스럽더라고요. 너무 감동스러워서 '떠나야겠다' 생각했어요.

정 지금 너무 좋다 보니까 계속 머무르고 싶을 것 같은 거죠. 눌러앉아버릴 것 같은 거죠, 시드니에만.

안 그런데 다른 분들은 시드니에서 특히 어디가 제일 좋으셨나요?

전 저는 유명한 오페라 하우스 쪽이나 더블 베이 같은 해안가들요. 요트들 서 있고, 이 여유! 애 키우기 정말 좋겠다는 생각이 들더라고요. 애도 없는 놈이.

탁 하히하, 왜 갑자기 그런 생각이 났을까?

전 갑자기 그런 생각이 들더라고요. '야, 이런 데서라면 한 번쯤 키워봐도 좋지 않을까?'

안 저희도 애는 없었지만 '어, 이런 데서라면 애 낳고 살고 싶다' 정말 그런 생각이 들더라고요. 저희는 호주에서 하고 싶었던 일이 사실은 공장일, 농장일이었어요. 왜냐하면 호주는 그런 1차산업 분야가 가장 유명한, 어떻게 보면 바다에 있는 일인 것 같지만 사실 호주를 움직이는 중요한 산업 중의 하나가 낙농업이에요. 그래서 그런 기회를 만들어야겠는데, 시드니에 있다 보니 계속해서 청소 몇 개 맡아서 하면 삶이 꽤 윤택해질 수도 있겠더라고요. 계산을 해보니까. '어, 여기서 청소 한 3개 정도 하면 괜찮겠다. 그리고 맨날 여기 와서 구경하고 그러면 너무너무 행복하겠다.' 정말 저에게는 그 정도로 아름다운 곳이었어요. 그래서 '아, 떠나야겠다. 너무 있다가는 벗어날 수 없겠구나' 했죠.

워킹홀리데이, 눈 물 의 나 날 들

탁 그래서 도착한 곳이?

안 콥스하버란 곳이었습니다.

탁 거기선 어떤 일을 하신 거예요?

정 마침 그곳에 코리안 레스토랑을 운영하시는 분이 계셨고, 초밥집을 새로 개업하려다 보니 인력이 필요하다고 해서, 저희가 전화인터뷰를 하고 기차를 타고 8시간을 달려 거기 가서 일을 시작했어요.

안 호주 남자와 한국인 여자 커플이 운영하는 코리안 레스토랑이었고, 커플 선호하는 곳을 찾아서 가게 된 거였는데, 저는 서빙을 하고 남편은 주방 보조를 하기로 했었어요. 근데 첫날 일을 하고 나니까 '이 정도

Australia

면 대략 몇 달 일하면 되겠다' 자꾸 이런 계산만 머릿속으로 하게 되는 거예요. 그래서 '어? 나쁘지 않네?' 하면서 다음날 일을 하러 나섰어요. 비가 추적추적 오더라고요. '아, 좋다. 비까지 오고. 뭔가 운치 있다' 그러면서 기분 좋게 일을 하러 갔어요. **탁**

안 비가 오면 손님이 적게 오지 않을까 싶었는데, (ㅋㅋ) 제가 호주를 좀 더 잘 알았더라면 아마 그때 그렇게 히죽거리지 않았을 거예요. 호주는 정말 순식간인 것들이 많아요. 메마른 땅에 갑자기 비가 오고요. 책들을 찾아보면, 머레이 강Murray River이란 가장 긴 강이 있는데 어느 해는 사람들이 거길 걸어다닐 수 있을 정도로 강바닥이 너무 메마르대요. 그런데 비가 한 번 왔다 하면 강폭이 몇 마일에 이른대요. 되게 극과 극이죠. 근데 저는 그 비가 그럴 줄 몰랐어요. 집을 나서서 레스토랑 쪽으로 가고 있는데, 우리 집 건너편 캐러밴 파크에 있던 여행자들이 굉장히 분주하게 움직이는 거예요. '비가 와서 그러시나 보다' 하고 식당으로 와서 준비를 하는데, 처음에는 물이 발목 정도에서 찰랑찰랑해요.

탁 식당에 벌써 물이 들어찬 거예요?

안 네. 출근한 지 얼마 안 돼서. 근데 그때도 심각하게 생각 안 했어요. 그냥 '아, 호주 건물 정말 후졌구나' 하고 말았죠. 그런데 그 찰랑이던 게 정말 순식간에 무릎까지 차는 거예요. 그때부터는 무섭더라고요. 나중에 주인아저씨가 와서 "더 심해질 것 같으니까 가재도구들 옮기고 집에 가라"고 그러더라고요. 그리고는 집으로 고작 몇백 미터를 철벅철벅 걸어가는데, 평지인데도 괜히 무서운 거예요. 저는 물을 굉장히 무서워하는 편이어서 '이러다가 큰 사고 나면 어쩌지' 하는 생각도 들고.

정 이후에 비는 그쳤지만 저희가 더 이상 뭔가를 할 수 없는 상황이었어요. 주인아저씨는 보험을 들어놨기 때문에 속 편하게 기다리면 보험이 알아서 보상금 다 처리해줄 거고. 본인은 속 편한데 저희는 애가 타는 것이, 갈수록 돈을 까먹는 거죠. 일을 못하니까. 또 그 주인아저씨는 우리가 뭘 건드리기 시작하면 보험에서 그걸 책정을 못 해주니까 건드리지 말라고 하고.

안 느리다고 해야 할지 여유롭다고 해야 할지, 보험회사 하시는 분들은 호주 가서 하면 대박 날 거예요. 일단 일주일 동안은 보험회사에서 나와서 피해 상황을 점검만 해요. 그 별거 아닌 걸 일주일 동안 하고 나면 그제서야 소독팀이 와서 소독을 하기 시작해요. "복구하는 데 얼마나 걸리겠냐" 물어보니 "한 3~4개월?" 그러더라고요. 근데 아저씨는 내심 좋아하시더라고요.

정 '아, 이참에 리모델링 하겠구나' 싶은 거죠.

탁 아저씨는 로또 맞은 거네요.

안 아저씨는 로또 맞고 저희는 쪽박을 찼지요. 이틀째 되는 날부터 일도 못 하고 그 뒤로 조금씩 연명하다가, 이제 도저히 안 되겠다 싶어서 다시 터덜터덜 시드니로 가서 거기서 1박 2일 동안 버스를 타고 애들레이드Adelaide라는 곳으로 갔습니다.

전 애들레이드가 2014년판 〈론리플래닛〉에서 뽑은 '꼭 가봐야 할 도시' 9등이랬어요. 1등은 파리.

안 애들레이드에 사실 저희 외삼촌이 이민을 가서 살고 계셨어요. 그런데 정말 가기 싫었어요. 왜냐면, 지희 결혼 전에 외삼촌이 한국에 들어오실 일이 있어서 가족들이 모여 얘기를 하는데, 저희 부모님이 기대에 부풀어 "우리 애들이 워킹홀리데이로 호주 간단다" 했더니 삼촌이 "워킹홀리데이?" 이렇게 된 거예요. 이민자들이 보기에는 안 좋은 시각들도 있어요. 왜냐면 젊은 친구들이 와서 다양한 경험을 하고 가는 좋은 사례들도 있지만, 계획 없이 왔다가 무작정 일만 하거나 아니면 일도 못 하고 돈도 못 벌고 가는 경우들도 있다면서 굉장히 우려하시더라고요.

정　그런 데다 "결혼까지 하고 워킹홀리데이를 하러 오느냐. 이민도 아니고" 이런 걱정을 많이 하셨죠.

안　저희를 되게 대책 없는 아이들로 보신 거죠.

정　그런데 저희가 쪽박을 차고 그분한테 가려니, 가기가 정말 싫었어요. "삼촌, 일주일만 있겠습니다. 1주일 뒤의 저희 계획은 이래요. 농장일 구하고요, 못 구하면 우리는 우프Wwoof 갈 거니까 1주일만 잘 부탁드립니다." 이렇게 말씀드렸어요. 우프가 뭐냐면, 무료 숙식을 제공받는 대신 일을 해주는 거예요. 그래서 그런 것도 상당히 선호하는 친구들이 있어요. 홈스테이처럼 경험해볼 수가 있어서요. ✐

탁　결과적으로 거기 얼마나 계시게 된 거예요?

안　2달. (ㅋㅋ)

탁　거기선 또 어떤 일에 종사했던 건가요?

안　애들레이드 와이너리가 되게 유명해요. 참 신기한 것 중에 하나가 사우스 오스트레일리아 같은 경우는 바로 위쪽에 울룰루Uluru 지역, 사막지역이 있다 보니 기후가 굉장히 건조해요. 당연히 물도 별로 없고요. 호주 전역이 그렇지만.

전　호주 대륙의 3분의 2가 열대건조기후예요.

안　그런데 그런 곳에서 품질 좋은 와인이 나오고 있더라고요. 혹시 들어보셨을지 모르겠는데, 바로사 밸리에서 나온 '블랙페퍼 쉬라즈'라는 와인은 세계적으로 아주 유명한 좋은 품질의 와인이라 하더라고요.

탁 포도 따셨나요, 가서서?

안 포도 따는 시즌이 아니었어요.

탁 (ㅋㅋ) 가는 데마다 뭐가 다 안 맞아.

안 쪽박의 기운이라는 게 원래 그렇게 다 안 맞아요.

정 저희가 갔던 때가 겨울이라서, 포도가 잘 자랄 수 있게 가지를 쳐주는 일을 한 거죠. 그 추운 날 손이 꽁꽁 얼어 있는데 나무에 타이를 묶어야 하고, 능률이 잘 안 오르더라고요.

안 어느 정도로 힘들었냐면, 호주는 우리랑 계절이 정반대잖아요. 당시가 6~7월 겨울이었어요. 우리처럼 눈이 오거나 하진 않지만, 새벽부터 서서 하루 8시간 정도 일을 한다는 건 상당히 고역이더라고요. 그리고 바깥일을 안 해보던 사람이 하려니까 손을 자유자재로 움직이는 게 상당히 힘들고, 일의 능률도 안 오르는 데다가, 돈을 받아도 왕복 차비를 빼면 거의 남는 게 없을 정도의 힘든 시간을 보내고 있었죠. 당시의 마음은, 빨리 돈을 벌어서 삼촌으로부터 독립을 해야겠는데….

탁 그럼 도대체 여행 갈 돈은 어디서 뭘 해서 번 거예요?

탁 드디어 나옵니다. 2달 뒤!

정 우연히 고기 공장에 들어갈 수 있는 에이전시를 알게 되어서 거기에 이력서를 넣었더니, 애들레이드 도착하고 2달 뒤에 고기 공장에 취직할 수 있게 되었죠. 하루에 몇천 마리씩 양과 소를 잡아 고기를 만드는 곳이었어요.

탁 양으로 걸어들어와서 고기가 되어 나가는 곳이군요.

Australia

정　워홀러들이 공장을 선호하는 이유가, 기본적으로 일하는 시간이 정해져 있고, 그 시간만큼은 돈이 차곡차곡 다 들어오다 보니 안정적인 수입이 되는 거예요. 그래서 그런 일을 많이 선호하죠. 고기 공장에 들어가는 건 워홀러 사이에서 일종의 꿈 같은 거예요.　**탁**

오, 드림 잡. 오스트레일리안 드림이 이루어졌어. 고기 공장 취직.

안　아, 공장을 선호하는 분들에 한해서 그렇습니다. 그걸 굉장히 싫어하시는 분들도 있어요.

고기 공장에 입 성 하 다

탁　근데 거기 굉장히 힘들었을 것 같아요. 냄새라든가.

정　처음에 딱 가면, 공장 주변에 뭔가 악의 기운이 있는 것 같은 느낌이에요.

소와 양들의 영혼이…

전　아무래도 저승의 냄새가 날 수 있죠.　**탁**

정　차에서 내리면서부터 코를 찌르는 정말 형용할 수 없는 독특한 냄새가 나요. 기본적으로 털 타는 냄새에 변 냄새 비슷한 것들이 섞여서, 정말 이건 누가 맡더라도 역한 냄새예요. 먼저 그 냄새가 코를 찌르고, 공장 안에 들어갔더니 워커들이 하얀 옷에 피를 잔뜩 묻힌 상태에서 햄버거를 먹고 있는 거예요.

탁　(ㅓㅋ) 햄버거!

정　점심시간이니까요. 햄버거를 꾸역꾸역 먹는데, '저게 들어가? 이런 냄새를 맡고 저 피를 묻히면서 입에 들어가?' 생각했는데 하다 보니

225

들어가긴 하더라고요.

탁 그럼 거기서 어떤 업무를 하신 거예요?

정 저는 톱으로 양의 갈비뼈를 자르는… 양 파트에 있었고요. 그래서 양의 갈비뼈를 등심이 상하지 않도록 잘라주는 일을 했죠.

탁 오, 그러면 양이 들어오면 자동으로 뭐가 어떻게 돼요?

정 파트가 나뉘어 있는데요. 도살 파트가 있고, 프로세싱 파트라고 해서 뼈를 발라내고 살만 패킹하는 작업을 저희가 했죠.

탁 도살 파트는 그럼…?

정 도살 파트는 양의 목을 따고, 가죽을 벗기는 일을 하는 거죠.

탁 그걸 사람 손으로 다 해요?

정 제가 돈을 더 벌기 위해 소 도살 파트에 가서 일을 한 적이 한 번 있어요. 소가 처음에는 복도를 걸어와요. 그러다가 기계 구멍에 목을 딱 넣으면 기계가 철컹하고 목의 3분의 2 정도를 잘라내요. 그 상태에서 소를 옆으로 굴리면 소가 쓰러지고, 기계가 쭉 들어올리면 소가 뒤집어지는 거죠. 뒷다리가 하늘로 치솟으면서 목은 덜렁덜렁한 상태로 컨베이어 벨트로 쭉 이동해가는 거예요. 그러면서 가죽이 벗겨지고, 내장이 발라지고….

전 어우….

탁 여러분들이 맛있게 드시는 호주산 고기에는 소들의 희생과 많은 워홀러들의 땀방울이 들어가 있다는 사실을 좀 기억해주셨음 좋겠네요. 아, 근데 호주산 고기는 어쨌든 먹을 만한 거죠?

정 네, 맛있죠. 감탄했던 게, 위생에 관해서는 정말 철저히 관리를 하더라고요. 국가에서 운영하는 위생관리사무소에서 파견근무를 나와요. 위생 상태를 체크하고, 만약 바닥에 떨어져 있는 고기를 주워서 쓰려

Australia

고 하면 회사에 불이익을 주는, 철저하게 관리가 되고 있는 상태를 봐왔기 때문에 호주산 소고기는 믿고 먹을 수 있겠다 생각했죠.

안 저 같은 경우는 며칠 숙성이 된 양이어서 냄새는 좀 덜한 편이었어요. 저는 램 숄더 부위를 포장하는 일을 했는데, 정말 힘들었던 건 8개월 내내 아침에 일어나면 손이 움직여지지가 않아요. 퉁퉁 붓고 마디가 안 움직여서, 일어나자마자 뜨거운 물에 계속 손을 대고 있었어요. 그 정도로 일이 고된데, 막상 공장에서 일할 때는 또 후다닥 하죠. 각자 역량대로 일하면 돼요. 누구든 각자 맡은 부위, 각자 할 수 있는 만큼만 하더라고요. 많이 쌓여도 걱정하지 않아요. 너무 많이 쌓여 있으면, 워커가 욕을 하면서 전체적으로 돌아가는 벨트의 스톱 버튼을 눌러버려요. 수퍼바이저들이 그걸 가장 두려워하거든요. 왜냐하면 시간이 돈인 사람들인데 그걸 멈춰버리면….

탁 아, 그러니까 '못해먹겠어' 버튼이 있는 거구나. "못해먹겠어!" 하고 딱 누르면 라인 스톱.

정 실제로 수퍼바이저한테 욕하면서 "왜 이렇게 나한테 많이 주냐" 그래요. 우리나라에선 솔직히 상상도 못 하잖아요. 그런데 걔네는 그런 식으로 하고 있더라고요.

안 저 같은 경우는 정말 눈물이 나더라고요. 처음에는 잘해요. 그런데 내 앞 테이블에 고기가 점점 쌓이기 시작해요. 그럼 어디서 커다란 쇠통이 와요. 바닥에 떨어뜨릴 수 없으니까 거기에 쌓아놓기 시작해요. 그새 차서 올라오면 정말 눈물이 날 것 같은 거예요. 도저히 해결할 수 없는 분량이 오면요. 제가 만약 호주인이었다면 스톱 버튼 눌러버리고 "수퍼바이저, 장난해? 나보고 어떡하라는 거야!" 했겠지요. 그런 게 가능한 게, 호주는 개인들의 역량을 참 존중해주는 사회더라고요.

전 사람 값어치를 다 인정해주는 거죠.

안 60대 할아버지와 10대, 20대들이 다같이 어우러져서 일을 하는데, 할아버지가 10대와 똑같은 성과를 낼 수 없다는 걸 그들은 인정해주더라고요. 그리고 배려해줘요. 박스를 만들게 한다든지, 포장을 하더라도 좀 쉬운 부위를 맡긴다든지 그런 식으로요. 그리고 일단 입사를 한 상황이면, 워킹홀리데이든 호주인이든 아프가니스탄인이든 고용주들 입장에서는 전혀 개의치 않아요. **탁**

전 거의 이런 느낌이잖아요. 저녁 7시쯤 퇴근해야 되는데, 이제부터 일이 산더미처럼 들어오는 거죠. 그래서 우리 층의 전원차단기를 내리면서 "부장님, 저는 싫습니다". (ㅋㅋ)

> 그 '못해먹겠어' 버튼은 우리나라에도 도입이 시급한 것 같아요.

탁 근데 고기한테 화풀이하는 사람도 있다고 들었어요. 일감이 막 밀려들어오면.

정 네. 아무리 스톱 버튼이 있더라도 단순 반복작업이다 보니 정신적인 스트레스가 많이 생겨요. 정말 뜬금없이 "Fuck up!" 하면서 욕 한번 하고, 그러면서도 일은 계속 해요. (ㅋㅋ)

탁 그러니까 고기한테 막 "이런 갈비! X발, 갈비들!" 그러는 거군요.

안 진짜 그렇게 해요.

정 저는 '저 칼로 나를 어떻게 하는 거 아닐까?' 하고 무서운 거예요.

전 그러네. 각자 연장을 갖고 있네.

정 그래서 순간 움찔했는데, 욕하고 나서 그냥 다시 일하더니, 나중에는 자기들끼리 희희낙락하면서 농담 따먹기 하고 그러더라고요.

Australia

탁 어찌 됐건 개인 한 명 한 명의 가치를 소중히 하는 노동문화는 굉장히 부러운 부분이네요.

워킹홀리데이를 둘러싼 수 많 은 오 해 들

탁 워킹홀리데이 하면 굉장히 위험하게 보는 시각도 많이 있잖아요. 호주의 폭력 문제나 치안 상황. 살아보신 분들 입장에선 어떠신지요?

안 유흥산업 쪽으로 빠진다든지, 카지노에 맨날 가서 탕진을 한다든지, 일부 그런 친구들이 있긴 해요. 저희가 경험한 걸 토대로 얘기해볼게요. 시드니의 학교, 직장, 펍, 마트 같은 데서 청소일을 하는 경우는, 그들 일이 끝난 뒤에 청소업체가 가서 일하는 것이다 보니, 실제 업무시간이 오후부터 새벽까지가 되는 거예요. 제가 아까 했던 이야기 중에 '청소 두세 건 뛰면 돈 벌겠다' 했던 계산이 거기서 나오는 거예요. 오후 3, 4시쯤 가서 학교 청소하고 밤까지 청소일을 하면, 돈이 되거든요. 일하러 갈 때 호주는 워낙 광대해서 차를 가지고 다녀야 해요. 그런데 차가 없는 친구들은, 일은 해야 하고 특히 여자분 같은 경우는 차를 구매하고 운전하는 것들이 상당히 두려울 수 있거든요. 저희는 둘이다 보니 그런 면에서 과감한 부분들이 많았어요. 남편이 제가 못하는 부분을 해주었고요. 그래서 그런 일들은 아무래도 업무적인 특징상 위험에 노출이 좀 되는 편이에요.

정 그 시간대는 사실 어느 나라든 위험할 텐데, 호주 워킹홀리데이는 더 많이 부각되는 면이 있는 것 같아요. 그래서 그게 좀 안타까워요.

안 그리고 저희가 갔다 온 입장에서 말씀드리면, 특히 어린 친구들이 간혹 그런 경우가 있더라고요. 대학교 1, 2학년이나 갓 군대를 갔다 온 20대 초반의 친구들이 호주에 와서 갑자기 큰돈을 벌기 시작한 거예요. 한국에서는 아르바이트 수당이 시간당 5,000원이 채 안 되잖아요. 그런데 호주에서 많이 벌면 갑자기 주당 몇백을 벌어요.

탁 주당 몇백을 번다고요? PD 때려치고 거기 가야겠는데?

안 공장에 가셔야 하는데도요? (ㅋㅋ)

탁 아니, 도배 기술 같은 것 배워서 가면 좋잖아요.

안 맞아요. 그렇다 보니까 '돈 벌어서 여행 가야지' 했던 친구들도 막상 돈을 벌다 보면 주체를 잘 못 하더라고요. 어떻게 써야 할지도 모르고.

정 돈맛을 알아서 돈 버는 데만 혈안이 돼요.

안 그래서 꿈을 가졌던 친구들이 그대로 고국으로 오기도 해요. 하지만 그것도 결국에는 경험에 있어선 도움은 될 것 같아요. 살다 보니, 공친 시간은 없단 생각이 들더라고요. 워킹홀리데이로 가서 성공을 했든 실패를 했든, 돈을 벌었든 못 벌었든, 벌어서 한국에 왔든 거기서 카지노로 다 날려버렸든요. 한 가지 당부하고 싶은 건, 언어는 제대로 배웠으면 해요. 왜냐하면 언어를 알았을 때 우리가 가질 수 있는 힘은 굉장히 크거든요.

전 그렇죠. 창구가 하나 더 생기는 거죠.

안 굉장히 큰 자신감이 되고. 그래서 워킹홀리데이를 가기로 마음먹으셨으면 언어나 호주 문화를 제대로 익히고, 기본적으로 조심해야 할 것들만 염두에 둔다면 정말 좋은 경험이지 않을까 싶어요.

전 워킹홀리데이로 가서 워킹홀릭데이가 되면 안 되겠다, 이런 결론을 내주셨습니다.

탁 국토가 크다 보니, 어쩔 수 없이 치안력의 부재가 나타날 수 있는 공간이 있다는 건 감안해야 할 것 같아요. 그리고 대륙에 살다 보면 사람들의 성정이라는 것들이 어쩔 수 없이 거칠어지는 부분이 생기는 것 같아요. 자연 속에서 살다 보면, 자연에 의해서 순화되는 부분도 있지만 자연에 맞서기 위해 굉장히 거칠어지는 부분도 존재하거든요. 그런 내재적인 폭력성도 좀 있다는 걸 염두에 둬야 할 것 같아요. 물론 대도시 안에서 살면 또 다른 얘기가 되겠지만요. 그리고 분명 그 나라도 인종 간 또는 원주민과 백인들 간의 갈등이 존재하는 나라이기 때문에, 그런 것에 대한 이해가 있다면 좀 더 안전한 여행과 워킹홀리데이 생활을 할 수 있지 않을까 생각해봅니다.

남자의 로망, 아 웃 백

탁 이제 본격적으로 여행을 떠나볼까요? 그런데 아웃백Outback이라는 게 보통 고기 썰러 가는 곳인줄 알고 있잖아요. 그게 아니라면서요?

안 호주 하면 아웃백, 아마 그건 들어보셨을 것 같아요. 그런데 그 아웃백이란 게 어디서부터 어디까지인지는 사실 정해지진 않았고요. 일반적으로 노던 테리토리North Territory와 내륙 쪽을 일컫는 오지, 황무지 같은 곳들을 가리켜요. 많이들 아웃백이 어디냐고 물으시는데, 정확하게 대답해줄 수가 없어요. "호주에서 아웃백을 알고 싶다면 어디든 두세 시간만 달려라"라고밖에는요. 내륙으로 어디든 달려 보면, 높다란 건물들이 사라지고 부시Bush라고 하는 자잘한 풀밭 같은 것들이 나타나기 시작해요. 그러다 보면 모래로만 이루어진 사막도 있고, 대부분은 반건조 지역이라고 해서 부시 지역들이 많고요. 그런 곳들은 사실 살기에 너무 척박해요. 물이 너무 귀하고 사람도 귀해서요. 그러다 보니 동물들도 독성을 많이 띠고 있어요. 예를 들면 독성이 가장 강한 뱀 10종이 전부 호주에 있다든지 이런 식이에요. 너무 살기가 힘들다 보니, 각자 살 방도를 찾는 것이 그런 식으로 독해지는 거죠. 그런데 아웃백은 그 극한의 곳이라고 보시면 돼요. 사람 살기 힘들고, 생명체도 살기 힘들고. 그런데 아웃백에 왜 가느냐? 그게 호주의 매력이지요. 남편이 하도 아웃백 가자고 노래를 불러서 아웃백에 가게 됐어요.

탁 왜 그렇게 아웃백에 가고 싶으셨어요?

정 모르겠어요. 남자들은 다 그런 게 있지 않나요?

탁 아, 남자라면 아웃백!

정 한국 사람이 호주 가서 물을 정말 물 쓰듯 했다가 집주인한테 쫓겨났다는 사연도 있을 정도로 물에 대해 굉장히 민감한 곳인데, 솔직히 이렇게 건조한 땅에 도대체 뭐가 있는지 굉장히 궁금했어요.

탁 그러면 차를 렌트해서 가신 거예요?

정 저희는 워킹홀리데이를 했으니깐 차가 있었죠.

탁 오, 돈 좀 벌었어.

정 사실 호주는 차가 없으면 일을 할 수 없다고 봐야 해요. 이동 거리가 워낙 길어서. 대부분의 도로들이 비포장 도로라서 비가 오면 이륜차들이 나니기가 굉장히 힘들어요. 그래서 사륜구동차를 장만해서, 일을 다 마무리 짓고 그 차를 가지고 떠난 거죠.

Australia

안　18만 킬로미터를 달린 1998년산 포드Ford 익스플로러였어요. 캠핑여행을 하려다 보니까, 카라반 파크 같은 숙소에 계속 머물기에는 비용이 너무 많이 들 것 같아서 차에서 숙식을 해결해야겠는 거예요. 그래서 누울 수 있는 공간이 확보된 차를 찾았죠.

탁　하여간 그래서 차를 몰고 아웃백으로 나왔군요.

정　우드나다타 트랙Oodnadatta Track이란 곳에 딱 발을 들이기 시작해서 황무지를 달리기 시작한 거죠.

탁　거기는 완전 비포장인가요?

정　그렇죠. 완전 비포장. 어떤 구간은 '비가 올 시 이륜구동차들은 들어가지 못한다'라고 팻말이 적혀 있는데, 그 황무지를 막 달리기 시작했죠.

이야~ 방금 지른 익스플로러! 기분 났겠다. 남자의 로망!

탁

정　먼지 기둥을 몇 미터씩 달고 달리는 거죠. 정말 차들이 없어요.

전　근데 딱 2시간 가죠, 그 기분이. (ㅋㅋ)

정　그런데 그 아웃백 트랙을 준비 없이 달리다가 사고가 나서 죽는 경우도 많아요. 왜냐하면, 차가 황무지에 빠져서 오도가도 못 하는데 지나가는 차는 정말 한 대도 없는 거죠. 전화는 당연히 안 터지고. 그런 데서 사고가 나면 복불복인 거예요. 그러니까 어떻게 보면 굉장히 위험한 도로인데, 그중에서 우드나다타 트랙이 덜 위험하다는 걸 보고 가게 된 거죠.

안　근데 공교롭게도 거기서 사고를 당했어요. 아니, 결과적으로 당할 뻔했어요. 호주는 워낙 나라가 크니까 뭐든 다 제일 크대요. 울룰루는 제일 큰 바위, 그레이트 배리어 리프Great Barrier Reef는 제일 큰 산호초 이

쏘니 데빌Thorny devil은 아웃백에서 살아가기
위한 풀옵션을 갖춘 생물이다. 발에서 입까지 연
결되어 있는 피부의 틈을 통해, 발만 담그고도 물
을 마실 수 있는 기술이라든지, 적이 쫓아올 때 떼
어줄 수 있는 가짜 머리라든지…. 말해놓고 보니
이 녀석, 개그 욕심이 과했구나!

10대 이상의 트레일러가 하나로 연결된 '로드 트
레인'은, 3,000킬로미터 왕복운송을 차마 두 번은
못 하겠다는 강력한 의지의 표현이다.

아웃백, 내가 작아지고 작아져서, 티끌이 되고 먼지가 되는 공간.

런 식인데, 남편이 에어 호수Lake Eyre라는 데를 가자는 거예요. 그러더니 갑자기 덤불 속으로 질주를 하기 시작하는 거예요.

탁 오, 그때 아드레날린이 마구 분비되셨군요.

안 막상 도착해 보니 소금 호수예요. 연한 분홍빛깔도 있고, 눈처럼 쌓이기도 했고, 물이 발목 밑 자박자박한 정도로 있더라고요. 구경하고 난 뒤, 사진도 많이 찍었고 볼 것도 다 봐서 "자, 이제 가자" 하고 차에 올라탔어요. 근데 차가 안 나가는 거예요.

정 뻘에 바퀴가 빠져서 흙을 토해내기만 하고 앞으로 못 가는 거죠.

안 그 상황에서 가이드북에 나온 '조난을 당하면 타이어를 태워라'라는 글이 생각이 나더라고요.

탁 아, 태우면 까만 연기가 나니까!

안 전화가 안 터지는 곳이기 때문에 당연히 구조도 안 되고요.

정 그리고 아웃백 트랙을 타기 전엔 신상명세서 같은 것을 적어놓고 가야 돼요. 여관 같은 데다가 '나 이제 들어간다' 적어놓으면, 나오는 데서 확인을 하는 거죠. 근데 사실 우리는 그 절차를 안 거쳤는데 뻘에 빠졌어요. 앞길이 막막한 거죠. '이대로 정말 죽나…' 왜냐하면, 제가 정상 도로를 타고 온 게 아니잖아요. 호수 안쪽으로 굉장히 멀리 들어왔고 도움을 청할 수 있는 상황도 아니었거든요.

탁 방금 전까지만 해도 "남자는 아웃백이지!" 이러면서 왔는데. (ㅋㅋ)

정 복잡한 생각이 막 들었는데, 차가 마침 사륜이라 어떻게 하다 보니 다행히 빠져나왔어요.

안 지희는 무사히 삐져나왔는데, 실제로는 위험할 수 있는 상황이에요. 지나다니는 사람도 없는 데다가, 저희는 거기서 더 안쪽으로 들어간

Australia

상태인 데다가, 전화도 안 터지고요. 일주를 한다고 하니까 70세 넘은 호주 할아버지가 "라디오 있어?" 그러는 거예요. "당연하지! 우리 차 라디오 되지" 했는데, 알고 보니 그 라디오가 무전기더라고요. 실제로 아웃백 여행할 때는 무전기의 채널을 맞추는 주파수가 있대요. 어딜 가더라도 무전을 통해 서로 연락할 수 있는 제도가 있더라고요.

탁 그리고 태울 수 있는 타이어를 꼭 들고 다녀야겠어요.

안 스페어 타이어가 필요해요.

탁 그건 진짜 죽느냐 사느냐잖아. 바퀴가 4개밖에 없는데 하나를 태워야 하면….

정 태우는 일이 생기지 않더라도 스페어 타이어는 꼭 필요한 거죠.

지구의 배꼽, 울룰루

탁 이제 소금 호수를 벗어나서, 드디어 울룰루로 가셨겠군요.

안 세상의 배꼽, 지구의 배꼽. 저는 처음엔 일주에 대한 로망이 없었는데, 우드나다타 트랙을 거치고는 아이러니하게도 제가 더 흥분을 하기 시작했어요.

전 아, 이 모험에 젖어드셨구나.

안 네. 사실 에어 호수에서의 사고는 결과적으로는 재미있는 얘기지만, 전 그 당시 너무 무서웠거든요. 그런데 우드나다타 트랙은 구글 지도에서 볼 땐 노랗고 빨갛고 아무것도 없는 곳이라고 생각했는데, 막상 가보니까 그렇지 않더라고요. 굉장히 큰 도마뱀이 있어요. 캥거루들이 뛰어다녀요. 왈라비들도 있고요. 소 떼들이 갑자기 지나가기도 해요. 독수리가 날아다니고, 새들이 떼를 지어서 다니고, 에뮤가 갑자기 어디서 뒤뚱뒤뚱 나와요.

아웃백에 가보니까, 살아 있다는 게 이렇게 감사한 일이었구나 하는 생각이 들더라구요. 아이가 없었을 때였지만 도마뱀을 보고 마치 제 아이가 걸어가는 걸 보는 것처럼 너무 신기한 거예요. 제가 아웃백에서는 황무지에서 삶이 피어나는 듯한 맛을 많이 봐서 그때부터 흥분하기 시작했고, 게다가 울룰루는 저의 가장 큰 로망의 장소였어요. 이상하게 마음이 끌리더라고요. 제가 본 사진들은 엄청나게 파란 하늘 밑에 있는 붉은색 암석이었어요. 울룰루를 본 사람들의 감탄사들이 모두 같았어요. "어우, 정말 시간의 영원성에 대해 생각해보고 올 것이다." 저도 그런 걸 느끼고 싶었던 것 같아요. 그래서 울룰루까지 가게 되었죠.

Australia

탁 울룰루라는 게 단일 암석으로서는 세계에서 가장 큰 돌인데, 그게 사실은 세로로 박힌 돌이에요. 위로 보이는 부분이 300미터 정도 높이인데 그 아래로 80퍼센트 정도 더 있습니다. 그쪽에 사는 아보리진에게 울룰루는 세상이 시작된 성지인 거예요. 세상의 중심인 거죠.

안 호주 하면 호주 백인들을 생각했지, 다른 사람들이 있을 거라고는 상상하지 못했어요. 그런데 아보리진이라는 원주민의 신성함을 저도 모르게 느끼게 된 곳이 울룰루였어요.

전 그렇지만 백인들이 워낙 울룰루를 관광지로 개발하는 바람에…. 높이는 그렇게 높지 않은데 둘레는 9.4킬로미터예요. 그래서 한 번에 다 못 걸어요. 꽤 오래 걸리죠. 아무튼 그걸 정부에서 관리를 하다가 원주민들에게 돌려줬대요. 원래는 사람들이 올라갈 수 있었는데, 요즘은 관리 차원에서 '올라가주지 말았으면' 하는 원주민들의 바람이 있죠.

탁 그 앞을 뭘로 막아놓은 건 아니고요. '여기는 우리 부족의 신성한 장소이니 올라가지 않았으면 좋겠다'라고 적혀 있는 표지판이 있어요.

전 '우쮸 플리즈~ 가지 말래?' 이런 느낌.

탁 (ㅋㅋ) 근데 좀 아쉬운 건, 어쨌든 정상까지 갈 수 있는 길을 만들어놨어요. 안전 차원에서 난간처럼 잡고 올라갈 수 있도록 쇠말뚝을 박아놨어요. 정상부의 바람이 굉장히 심할 때는 아예 거기 들어가지 못하도록 공식적으로 통제를 해요.

안 떨어지기도 한대요. 죽기도 하고. 저희도 올라가진 않았어요. 근데 막상 가보면 올라가보고 싶긴 해요. 그림이 어떠냐면, 넓다란 평지에 바위 하나가 쑥 올라와 있다고 보시면 돼요. 거기 올라가면 세상이 어떻게 보일까 궁금하긴 하더라고요. 하지만 울룰루를 성지라고 생각하는 그분들의 의견을 존중하는 게 저도 좋다고 생각해요. 원주민들이 그곳에 올라가는 백인들을 보고 '밍가', 개미들이라고 표현할 정도로 본인들에게는 너무 신성한 곳이기 때문에 여행자 입장에서는 존중해줘야죠.

전 전설이 있어요. 부메랑을 잘 만들기로 소문난 리자드 맨Lizard man 이라는 장인이 있었는데, 이 사람이 부메랑을 한 번 던지면 돌아오는 데 2박 3일이 걸렸대요. 근데 이 사람이 정말 심혈을 기울여서 최고의 부메랑을 만든 거죠. 그래서 이 부메랑을 던져놓고 기다리는데, 일주일이 지나고 한 달이 지나도 안 돌아오는 거야. 그래서 모험을 떠난 거죠. '내 부메랑이 어디 간 거야' 하며 부메랑을 찾아서. 그랬는데 그 부메랑이 이곳 한가운데 턱 박혀 있었고, 여기에 흙이 덮이고 바위가 되어 오랜 세월을 거쳐 이런 산이 생겼다고 해서 신성시한다고 해요.

탁 근데 울룰루에서 누릴 수 있는 최고의 호사는 사실 그냥 지켜보는 거잖아요.

안 울룰루가 평지에 바위 하나 딱 있다 보니, 일출도 많이 보시고 특히 일몰도 많이 보세요. 저는 일몰을 봤는데, 다들 낮에는 각자 방식대로 놀아요. 올라가지 말라고 권고가 되어 있지만 올라가는 여행자도 있고, 차로 주변을 도는 여행자도 있고. 저희는 그 옆에 있는 카타츄타Kata Tjuta 라는 36개의 큰 암석으로 된 군락에도 좀 다녀왔어요. 아무튼 울룰루를 보면서 일몰을 감상하는데, 맥주 놓고 즐기시는 분들도 있고, 저희가 본 제일 인상적인 건 캠퍼밴으로 여행하는 노인분들이었는데, 식탁을 차리시더라고요. 야외식탁처럼 차려놓고 스테이크를 구우면서 그 일몰을 즐기세요.

탁 그게 진정한 아웃백 스테이크네!

Australia

전 아웃백 스테이크가 거기서 나왔군요.

안 아, 정말 부럽더라고요. '나도 식탁 하나 살 걸 그랬다' 하는 생각을 그때 정말 많이 했어요. 그리고 주차장이 있는데, 일몰 때가 되면 각자 원하는 구역에 가서 보면서 다들 조용해져요. 울룰루가 왜 아름답냐면, 하늘 밑에 그것 하나 있는 것이다 보니까 온 빛이 거기에만 투영되는 것 같은 착각이 드는 거예요. 물론 하늘도 시시각각 변하지만, 그 바위가 어떤 색으로 변하는지 계속 지켜보는 거죠.

정 애초에 울룰루 바위 자체가 빨간데, 더 이상 빨개질 수 없을 것 같은데 계속해서 빨개지고, 그러면서 더 불날 것 같이 빨개지더라고요.

안 빨개질 때, 저는 디지털 카메라로 계속 찍다가 그냥 멈췄어요. '아, 내가 저 빛을 일일이 담을 수 없겠구나' 싶더라고요. 그냥 남편한테 계속 기대 있었어요. '아, 먼저 다녀갔던 분들의 말씀이 맞았구나. 이 바위는 수만 년 그렇게 서 있던 그곳에 계속 머물러 있었구나.' 그러면서 원주민들의 그 '개미'라는 말이 자꾸 떠오르더라고요. '아, 내가 정말 개미만도 못한 삶을 몇십 년 살다 가는데, 가장 사랑한다고 생각하는 사람에게조차 열정을 다해서 사랑하고 있나' 하는 생각을 거기서 했어요. 아무래도 저희가 대학교 때 만나서 사랑이란 걸 처음 겪어본 설렘으로 결혼까지 하다 보니까, 사랑하고 헤어지고 다른 누군가를 만나는 과정들을 한 사람하고만 계속 하고 있는 거예요. 특히 저는 결혼하고 나서 스스로 느낀 고비들이 좀 있었는데, 울룰루에서는 그런 것들을 해소할 수 있었던 순간이었던 것 같아요.

탁 말 그대로 정말 성지 맞네요. 영혼의 치유가 가능한.

전 그러게요. 누구에게나.

카타츄타는 '바람의 계곡'이라는 별칭으로도 불린다. 36개의 거대한 역암 덩어리들 사이로
언제나 시원한 바람이 불기 때문이다.

탁 일몰 마지막에, 점점 빨개지다가 밑에서부터 그림자가 싸악 올라 오잖아요. 그 다음엔 약간 파래져요. 갈색이긴 한데 푸른 끼가 돌기 시작해요. 아, 정말 카메라라는 이 몹쓸 놈의 물건을 좀 버리고, 맨눈으로 평온하게 그 자리에 앉아서 석양을 온전히 감상하고 싶은 게 저의 꿈이기도 합니다. 그런 면에선 두 분이 참 부럽습니다.

안 저는 울룰루를 나올 때 또 한 장면이 기억나요. 호주가 워낙 넓다 보니, 일주를 하는 동안에도 사실 다른 여행자들과 한 가지에 몰두해서 다 같이 보는 일이 별로 없었어요. 물론 아주 유명한 대도시들, 동부해안의 대도시들은 당연히 어디나 북적북적하지만, 아웃백 지역들은 그렇지 않거든요. 어딜 가나 저희 둘인 경우가 상당히 많았는데, 울룰루에서는 일몰이 끝나고 갑자기 까매져요. 그림자가 올라오고, 푸른빛이 돌다가 어느 순간 까매지기 시작해요. 그때 차들이 한 대, 두 대 나와요. 그 까만 곳에 헤드라이트만 둥둥 떠 있는 거예요. 저는 그것도 왠지 동지 같은 느낌이 들더라고요. 아웃백 동지.

탁 맞아요. 여행자들만이 느낄 수 있는 어떤 유대감 같은 거죠.

베풂을 받고, 그 베풂을 나 누 는   여 행

탁 자, 울룰루의 감동을 뒤로하고 다음으로 향한 행선지는 또 어디 였나요?

안 울룰루가 저에게 성지였다면, 남편이 가장 기대했던 곳 중 하나 가 웨스턴 오스트레일리아의 에스퍼런스Esperance라는 곳이었어요.

Australia

정 에스퍼런스라는 곳은 '호주에서 가장 아름다운 해변'으로 뽑힌 적도 있을 만큼 해변이 정말 아름다운 곳이에요. 그곳에는 옥빛 바다에 새하얀 백사장이 22킬로미터나 펼쳐져 있어요. **탁**

아니, 호주는 뭐가 있다 하면 다 그렇게 길어?

정 그 22킬로미터 길이의 백사장을 사륜구동차는 달릴 수가 있는 거예요.

안 남편이 또 "달려야지!" 그러는 거예요. 군말하지 않았어요. 속으로는 '에어 호수에서 사고 날 뻔했잖아!' 싶으면서도 '근데 여기는 사륜차가 다닐 수 있는 곳이니 괜찮겠지. 나도 한번 아웃백 여행자 되어보고 싶어'. 그래서 가보기로 했죠.

정 남자라면 그런 로망이 있잖아요. 사랑하는 여자가 옆에 타고 있고, 긴 백사장이 직선으로 뻗어 있고, 왼쪽에는 푸른빛의 바닷가가 펼쳐져 있고…!

탁 어디서 본 건 되게 많아가지고. (ㅋㅋ)

정 남자라면 안 달려볼 수가 없잖아요. 아, 처음엔 진짜 바람 맞으면서 흥분되더라고요.

탁 괜히 또 창밖으로 한 손 뻗어가지고, 바람을 만지면서….

안 저도 흥분해서 "오빠, 달려!"를 외칠 정도로 정말 아름다운 거예요. 걱정했던 걸 잊을 정도로요. 그렇게 해서 한 10킬로미터를 달려갔답니다.

정 갔는데, 걱정이 또 현실이 됐죠.

탁 어? 또요?

정 사륜구동차는 갈 수 있다고 해서 갔는데 또 빠져버린 거예요. 근데 다행히 여기서는 핸드폰이 터졌어요.

안 정말 다행히 전화가 터져서, 처음엔 경찰서에 전화를 했더니 견인업체 전화번호를 알려주더라고요. 그 와중에 제가 또 잔머리를 써요. '어떻게 하면 저렴하게 부를까. 견인업체가 있다는 것은, 어쨌든 우리를 구하러 올 누군가는 있다는 소리구나.' RAA라고, 혹시라도 무슨 일이 생기면 렉카를 불러오기도 하고 정비공이 와서 수리를 해주기도 하는 서비스가 있는데, 그 RAA 멤버십에 가입을 했었어요. 그래서 그 RAA에 전화를 했어요. '그쪽에 전화를 하면, 본점에서 내가 있는 지역의 사무실로 전화를 해서 데리러 와주겠지. 그러면 나는 생돈 안 날리고 멤버십 전용 서비스를 받겠지.' 정말 훌륭한 생각이라고 하고 있는데, 남편은 땅만 파고 있고….

정 저는 와이프한테 "야, 어디서 돌 좀 구해봐" 그러고 있고….

안 계속 전화를 했더니 연결이 됐어요. 그런데 무려 250달러를 달라고 하는 거예요. 시내는 80달러가 기준이었어요. 저는 그래도 모래밭이니까 100달러 정도면 되겠지 했는데, 250달러라는 거예요. 그래도 어쩔 수 있나요. 이제 해결은 되겠구나 싶으면서도 그때부터 자꾸 돈 생각만 나는 거예요. '이거면 카라반 파크에서 몇날며칠을 머물 수 있는데….' 근데 그때 갑자기 헬리콥터가 날아오더라고요. '아, 헬리콥터로 오려고 250달러라고 했구나. 어우, 확실히 스케일이 다른 나라다.'

정 빙글빙글 돌더니 한쪽에 착륙을 해요. 그러더니 사람들이 나오기 시작하는데, 카우보이 모자를 쓴 할아버지가 한 명 나오시고, 아줌마 한 명이 나오고, 꼬마 하나가 나오는데, 손에는 전부 카메라를 들고 있어요. 또 결정적으로 어떤 할아버지는 삐쩍 말라가지고 안경을 썼는데, 완전 도수 높은 안경 있잖아요? 그걸 보니 이건 뭐, 우리 구하러 온 사람들이 맞나 싶을 정도인 거예요. 하지만 어쨌든 우리는 도움을 받는 입장이니까 "너네 잘 왔다. 어서 우리 이것 좀 해줘라" 하는데 그 사람은 "Not too bad", '심각하지 않다'고 하면서 열과 성을 다해 또 땅을 파기 시작하는 거예요.

탁 (ㅋㅋ) 아, 그들도 땅을!

안 '아무리 250달러라도 이해해. 헬리콥터로 온 것도 이해해. 인력 비싼 이 나라에서.' 속으로 그렇게 생각을 하면서도 '아니, 장비 하나 없이 와서 또 땅을 판단 말야?' 싶은 거예요.

탁 근데 꼬맹이도 왔다며. 걔는 왜 온 거야?

안 '이게 패밀리 비즈니스구나' 싶더라고요. '패밀리 비즈니스라서 다 왔구만?' 저는 화가 나가지고 "그거 우리 남편이 아까 다 했다고!" 그러고는 뒤에서 팔짱 끼고 지켜보고 있었어요.

정 저도 팔짱을 끼고 뒤에서 지켜보면서 '적은 돈도 아니고, 아무리 헬리콥터 타고 왔다고 하지만… 인마!'

탁 진짜 빈정 상했어. (ㅋㅋ)

정 그런데 그 사람들, 정말 열과 성을 다하는 거죠. '아, 250달러 벌려고 정말 별짓을 다 한다.'

안 그들 중 아주머니가 오더니 "어디서 왔어?" 하고 물어요. "우리 여행 중이야" 그랬더니 "어, 나도 방금 왔어" 그러는 거예요. '방금? 무슨 소리지?' 알고 봤더니, 그분들은 헬리콥터를 타고 여행하시는 분들이었던 거예요.

정 그분들이 우리를 발견하고 내려왔던 거예요.

안 빙글 돌았던 이유가 알고 보니 우리를 도와주려고 그런 건데, 우린 팔짱 끼고 보고 있고…. (ㅋㅋ)

전 그분들 진짜 황당했겠어요.

정 그걸 안 순간 제가 두더지처럼 땅 파고, 땅 파는 것 갖고는 안 되겠다 싶어서 차를 들어올려야겠는 거예요. 그래서 그분들이 차를 들 때 제가 페달 열심히 돌려서 빠져나왔어요. 그분들 하시는 말씀이 "아무리 사륜구동차라 하더라도 그런 도로를 달릴 땐 타이어 바람을 좀 빼서 면적을 넓게 해줘야 한다"고 하더라고요. 그래서 타이어의 바람을 빼줬더니, 그제서야 저쪽에서부터 사륜구동차가 달려오기 시작하더라고요.

안 제가 상상했던, 우리를 구해줄 차가 반대편 해변에서 오더라고요.

정 250달러짜리가 달려오더라고요.

안 그 와중에 제가 쇼부를 칩니다. "이것 해결 됐지 않니? 근데 와줘서 너무 고마워. 연락이 되어 나 안심했어. 그런데 영수증 안 받을 테니까 150달러만 줄게." 그렇게 해결봤어요. 그리고 그분들은 헬리콥터 타고 갈 길 가시고, 저희도 다시 달리는데 눈물이 나는 거예요. 그분들한테 했던 우리 행동이 너무 창피하고 고맙고 죄송해서요. 그분들은 식구들, 사랑하는 사람들이랑 여행하는 그런 삶을 사시는 분들이더라고요. 5년 8개월째 호주를 여행하던 중이셨어요. 근데 어떤 분야에서 전문가이고 나이가 들면 상당히 거만해지기가 쉽잖아요. 여행도 그런 것 같아요. 어디 좀 많이 다녀보고, 일주도 하고, 몇 년 동안 여행하면, 갑자기 어깨에 뽕이 들어가죠. 그런데 그분들은 그런 게 정말 없으시더라고요.

정 그게 표정에서 나타나요.

안 온화해요. 5년 8개월째라고 해서 너무 놀랐어요. 호주는 일하다가

Australia

여행을 하고, 또 다른 지역으로 가서 금방 일자리를 구하고, 이런 시스템이 가능한 나라예요. 그분들은 저희를 고작 반나절 봤는데도, 온 마음을 다해서 걱정해주고 염려해주고 호주에 대해서 정말 좋은 기억을 갖고 갔으면 하더라고요. 호주 일주를 한다는 얘기, 고기 공장에서 일한 얘기도 하고 그랬어요. 그러니까 도리어 "너희들 정말 대단하다" 하면서 저희를 부추겨주시는 거예요. 그분들을 보면서 '나도 저분들처럼 나이 들고 싶다. 저분들처럼 여행하고 싶다' 그런 생각을 하면서 마음이 되게 말랑말랑해졌어요. 그분들이 또 그러시는 거예요. "그대로 다른 사람한테 해주면 돼. 우린 괜찮아. 누군가 도움이 필요한 상황이 있으면 그때 갚아주면 되는 거야." 그날 이후로, 여행을 할 때든 평소든 '그분들께 받은 걸 내가 많이 돌려줘야 되겠구나' 그런 생각을 했던 것 같아요.

탁 이야기가 진짜 훈훈하네요.

호주 여행에서 찾은 야 생 의 묘 미

안 야생동물을 볼 수 있다는 게 호주 여행의 또 다른 매력 포인트 중 하나인데요. 캥거루, 코알라를 저희는 운 좋게도 일상에서 봤어요. 애들레이드에서요.

전 그냥 막 시내로 들어온다면서요?

안 애들레이드 주민들한테도 그게 신기한 일인가 봐요. 국립공원에 가지 않는 이상 보기 힘든데, 저희는 우연히 봤어요. 근데 코알라가 그렇게 느리더라고요.

정 차들이 쌩쌩 지나다니는 시내의 왕복 6차선 도로였는데, 코알라 1마리가 나무에서 내려오더니 천천히 걸어서 다른 나무로 올라가는 과정이었어요.

안 저희도 신기했지만 현지 백인들에게도 신기했는지, 시내에서 차를 세우고 구경하더라고요. "너무 귀엽다!" 하면서 사진 찍고 구경하는 경우가 있었어요.

탁 저는 '캥거루 아일랜드'라고 캥거루들이 많이 사는 섬에서 코알라를 본 적이 있어요. 어느 지역에 코알라가 많다고 해서 갔더니, 이 녀석들이 다 나무에 올라가 있는 거예요. 굉장히 이른 아침에 내려와서 활동을 한 다음에 온종일 나무에 올라가서 잔다는 거야. 이제는 이미 동물이 아니라 열매인 거야. 회색 열매들이 열려 있는데 그게 코알라야.

안 걔네들이 상당히 맹해요.

탁 걔네들 들여다보고 있으면 나도 힘 빠지잖아요. '그냥 촬영 접을까?' 생각하고 있는데, 한 놈이 그 나무가 마음에 안 들었던 거야. 그래서 나무를 바꾸려고 느릿느릿 가는데, 내가 카메라를 들고 쫓아갔어. 그랬더니 그분이 굉장히 느리게 도망을 가는데, 지금 전력 질주하는 건 거야. 표정을 보면 굉장히 당황했어. 느릿느릿 도망을 가시더라고요. (ㅋㅋ)

안 또 인상적이었던 기억은, 고기 공장이나 허브 농장에서 일했던 지역이 애들레이드에서 1시간 정도 고속도로를 타고 가면 나오는 곳이었어요. 고속도로인데도 불구하고 갑자기 덩치가 되게 큰 캥거루 1마리가 나타나 '쿵쿵쿵' 하면서 저희랑 같은 방향으로 질주를 하는 거예요. 너무 순식간이어서 사진도 못 찍고 그냥 "어어어?" 하면서 보는 상황이었는데, 너무 짜릿한 경험이었어요. 야생동물들이 호주에는 그렇게 많더라고요.

탁 근데 큰 캥거루가 뛰는 건 정말 장쾌하잖아요. 한 번에 5미터 이상을 날아가.

정 그 뛰는 데도 리듬이 있어서, 리듬감이 딱딱 맞아떨어지면 참 기분 좋아요.

세상에서 가장 사랑하는 사람과 보 내 는   시 간

탁 이렇게만 들으면 정말 아름답고 재미있기만 했을 것 같은데, 이혼 위기를 중간에 한 번 겪으셨다고요.

안 이야기가 서서히 마지막을 향해 달려가고 있나 봅니다. 저희가 7년간 연애를 하고, 결혼을 하고 호주에 갔어요. 어떻게 보면 제 의지가 많이 반영된 생활이었어요. 일을 하고, 또 쉬는 날에는 놀러 다니고. 모든 것이 평화로울 것 같았는데, 이상하게 남편의 행동이 마음에 들지 않는 거예요. 결혼을 하면 저는 모든 게 완성인 줄 알았던 것 같아요. 연애를 오래 했기 때문에, 그동안 티격태격했던 모든 것들이 결혼이라는 그 시점을 기준으로 맞춰지고 되게 단단해질 거라고 생각했는데, 그게 아니었던 거예요. 자꾸 보기 싫은 것들만 생기더라고요.

정 그 갈등이라는 게, 제가 좀 무심하고 무던하다 보니까 와이프의 마음을 몰라줬던 것 같아요. 또 와이프가 계속해서 갈등이 쌓여가고 있는 것도 몰랐고. 근데 와이프가 어느 순간 쌓여서 폭발하니까 저도 당황하면서 화가 나는 거죠. '왜, 갑자기?'

251

안 무슨 대단한 사건이 있었던 건 사실 아니었어요. 제가 되게 악감정에 치달았던 그게 얼마나 사소한 일이었냐면, 에어컨을 켜냐 마냐의 문제였어요. 너무 어이가 없죠.

탁 나중에 그거 차 떼고 포 떼고 얘기하면 "에어컨 안 켜줘서 이혼했어" 이렇게 되는 거죠.

정 네. 그렇게 되는 거죠. 만약에 이혼을 했다면 정말 그랬겠어요.

안 지금은 웃으면서 얘기할 수 있는데, 그때는 정말 '이런 문제로도 이혼을 할 수 있겠구나' 하는 생각이 들더라고요. 그 당시에 왜 화가 났냐면, 전날 저희가 루트를 상의하면서 어느 한 군데는 건너뛰자고 했었어요. 그런데 남편이 미리 체크를 안 해서 거기에 데려간 거예요. 저는 원래 예정됐던 곳에 가서 밥도 먹고 일정도 소화해야 하는데, 생뚱맞은 곳에 가서 밥도 못 먹게 됐고 보고 싶지도 않았던 걸 보게 된 거죠. 근데 남편은 너무 의기양양한 거예요. 실수로 들어간 거였는데, 마치 자기 덕분에 왔다는 듯이 하는 거예요. 그리고 결정적으로, 제가 추운데 에어컨을 켜더라고요. 제가 추위를 좀 타는 편이고 남편은 더위를 많이 타요. 저희는 정말 여러 가지가 달라요. 그때 제가 너무 추워서 에어컨을 껐어요. 그런데 자다가 일어나 보니, 켜 있는 거예요. 그땐 정말 너무 화가 났어요. 그리고 막 주둥이 깜박깜박해요. 기름이 없다고. "아니, 이것도 체크를 안 했어? 그러게 계획 좀 하고 살라고 내가 그렇게 얘기를 했잖아!" 하면서 폭발하게 된 거죠.

탁 아니, 근데 어떻게 지금 둘이 같이 있어요? (ㅋㅋ)

안 해소가 된 계기가 뭐였냐면요, 그날 저희가 여행한 뒤 처음으로 비가 내렸어요. 원래 가기로 했던 목적지에 도착하니까, 비가 와서 일정

Australia

이고 뭐고 아무것도 할 수 없는 상황이 된 거죠. 제 본디 마음은 '아, 진짜 나 혼자 당분간 어디 몇 시간이라도 가서 생각 좀 하고 와야겠다' 싶은데, 비가 오니까 갈 데도 없는 거예요.

전 갈 데가 뒷자석밖에 없네요. (ㅋㅋ)

안 남편이 뒷자석으로 가더라고요. 트렁크 쪽에 붙었어요. 저는 앞좌석 쪽에 붙었고요. '아, 부모님한테 어떻게 얘기하나…. 신혼여행이 이별여행이 됐구나.' 전 정말 그런 심정이었거든요. 그리고선 남편이 자고 있는 걸 보는데, 옷에 그 땀자국, 지렁이 자국 같은 게 나 있는 거예요.

탁 땀 말라붙은 자국?

전 아, 소금 자국!

안 네. 남편이 그날 옷을 새 걸로 갈아입었거든요. '어? 이런 자국이 날 만한 상황이 아닌데?' 하고 생각을 해보니까, 에어컨이 생각난 거예요. 참다 참다 켠 거였어요. 제가 추워한다는 걸 아니까 겨우 참다가 켠 걸, 저는 그 중간을 생각치 않고 막 감정만 격하게 올라왔던 거예요. 그리고 사실 보면, 남편이 표현하는 부분에선 무심하고 무계획적인 건 있지만, 사실 저한테는 둘도 없는 짝이거든요. 그래서 그럴 땐 또 반성하게 되잖아요. '아, 내가 이런 사람을 두고 헤어지려고 했구나. 내가 굉장히 냉정한 여자구나.' 그런 생각을 하면서, 굉장히 사소한 것에서 발생했던 일이 결국은 사소한 일에서 해소가 되었죠. 그게 참 큰 계기가 되어서 다시 연애할 때처럼 돌아간 것 같아요.

정 호주였기 때문에 가능하지 않았을까 싶어요. 텅 비어 있는 곳이었고, 그렇기 때문에 자기 자신을 돌아보고, 옆 사람을 돌아보고…. 차에만 있으니 정말 대화밖에 할 것이 없었어요. 정말 사소한 것도 많이 얘기했어요. 제가 마음속에 묻어두었던, 밝히고 싶지 않았던 얘기들까지 스스럼없이요. 사귀었던 7년이라는 시간이 사실 굉장히 긴 시간인데, 그동안 우리가 무슨 이야기를 하고 살았던 걸까 싶더라고요. 그런 것들이 호주였기 때문에 가능하지 않았나 싶어요. 그 텅 빈 곳에서 저희는 더 많은 걸 채우고 왔습니다.

탁 역시 마무리를 할 줄 아셔. 지금 보이는 두 분의 팀워크라는 게, 호주에서부터 단련을 해오신 것 같은 느낌이 많이 드네요.

전 그리고 여러분은 지금, 부부상담 수다를 함께 하고 계십니다. (ㅋㅋ)

호주 여행의 마지막 단상

탁 오늘 나라의 크기에 걸맞는 풍성한 에피소드들과 굉장히 스펙터클한 여행 이야기들을 같이 해봤습니다. 정말 숨차게 아웃백을 달려온 것 같은 기분이 들어요. 오늘 굉장히 남다르셨을 것 같은데, 과거의 추억을 회상하면서 어떠셨어요?

정 저희의 추억거리들을 많은 분들한테 공유할 수 있다는 사실이 정말 좋았어요. 저희만 알고 있기에는 호주라는 나라의 좋은 인상들이 정말 아까웠거든요. 이런 자리까지 오게 되어서 기분이 좋습니다.

안 저는 호주에 대해 사람들의 관심이 별로 없는 것도 궁금하더라고요. 막상 다녀오고 나니까, 호주의 아웃백이나 황량함, 우리가 잘 몰랐던 땅에 대해 여러분들께 알려드릴 수 있는 기회가 되면 참 좋겠다 싶었어요. 그런데 혼자 일주를 하시기엔 좀 힘들지 않나 싶어요. 제가 아는 한

Australia

분은 일주를 1년 동안 하셨대요. 근데 블로그에 욕을 하시더라고요. 정반대의 느낌을·가지셨나 봐요. 그런데 그 블로깅도 굉장히 재미있어요. 그분 말씀도 다 타당하고요. 제 생각엔, 혼자 일주를 하기에는 땅이 워낙 넓고 황량하고, 또 혼자 있는 시간이 많다 보니 그렇지 않았을까 싶습니다.

전 대도시에도 밤에 뭐가 없어요. 멜번이나 시드니도 밤 10시, 11시에 지나가면, 길에 사람도 없고 다 집에서 가족들끼리 놀더라고요.

탁 정말 이렇게 연인끼리 가면 둘의 관계가 더 단단해질 수밖에 없겠네요. 저는 이런 생각을 해봐요. 모든 여행의 끝은 새로운 여행의 시작이다. 결혼도 인생의 또 다른 시작인 것처럼, 이 여행이 끝남과 동시에 항상 또 다른 여행이 시작되는 것 같아요. 광대한 자연을 품은 매력적인 나라 호주를, 저도 다시 한 번 여행하고 싶은 마음이 굴뚝같이 샘솟는 여행수다였던 것 같습니다.

여러분, 좋은 여행 하세요!

탁PD의
여행수다
—

여행할 것인가
VS
머물 것인가

뭐 재미있는 곳이에요.
전 유학생 신분으로 나선만 고군분투하는 입장이었고,
그렇기 때문에 각박하고 더 힘든
부분이 많이 있었겠죠.

파

문화적으로 정말
풍부한 나라예요.
심지어 어느날 밤 공에 가면,
데미안 라이스가 거기서
공연을 하고 있어요.

전

'기회의 땅' 미국, '예술의 나라' 프랑스, '신사의 나라' 영국…. 한 나라를 하나의 수식
어로 표현한다는 것은 언뜻 편리해 보이지만 참으로 터무니없는 노릇이다. 어느새
입에 붙어 별생각 없이 사용해온 단어의 조합들이 때론 그 나라의 참모습을 보는 데
방해물 노릇을 하는 경우가 많다. 중세의 거친 기사들이 궁정의 귀족이 되면서, 귀부
인들과 한 공간에서 무리 없이 생활할 수 있는 에티켓으로써 발달한 것이 신사도다.
기사도라는 흑백영화를 리부트한 헐리우드 영화라고 생각하면 될 것이다.
물론 영국엔 아직도 어려서부터 노블레스 오블리주를 철저히 교육받고, 여성과 약자

를 보호하는 것을 일생의 신념으로 삼는 신사들이 서식하고 있을 것이다. 하지만 막상 해외를 돌아다녀 보면, 집단을 이루었을 때 금세 훌리건(?)화 되는 영국 친구들을 심심찮게 보곤 한다.

식상해 빠진 수사에 휘둘리지 않고 어떤 나라, 그리고 그 나라 사람들의 참모습을 이해하기 위한 가장 좋은 방법은, 일정 기간 살아보는 것일 터이다. 여러 사건과 인간관계가 만들어내는 그물 속에서, 그 나라가 가진 플러스 요인과 마이너스 요인이 다층적으로 드러나기 때문이다. 그럴 여건이 안 된다면, 그 나라에서 오랫동안 산 사람

으로부터 이야기를 들어보는 것도 차선책이다. 가능한 한 복수의 경험자로부터 증언을 청취하다 보면, 훨씬 실체적인 진실에 다가설 수 있다.

그러나 만약, 어느 나라에 가보기엔 시간과 돈이 부족하고, 주변을 둘러봐도 그 나라에서 살아본 사람이 1명도 없다면?

여행수다를 들으시라. 적어도 2시간 동안은, 그대를 그 나라의 가장 깊숙한 곳까지 모셔다드릴 터이니. 다만 어디로 모셔갈지는 우리 맘이다.

by 탁

ENGLAND

GueSt

원종우

(파토)

—

록 뮤지션, 대중음악 운동가, 인디레이블 개척자로 활동하다가
〈딴지일보〉에 유럽 역사에 관한 70편의 글을 쓴 후 다큐멘터리 작가로 활동.
유럽 은비주의에 관심이 많은 그가 쓴 프리메이슨 이야기는 그 방면의 고전으로 회자되고 있음.
한국에서 철학을 전공하고, 영국으로 건너가 기타를 전공.
영국 유학 당시 너무나 클래식한(?) 각종 서비스 인프라에 깊은 빡침을 느끼고,
이를 참다가 몸에 사리가 생겼다는 후문이….

탁 귀만 있으면 떠날 수 있는 세계여행, 여행교의 간증집회 '탁PD의 여행수다'에 오신 것을 환영합니다. 제 옆에는 변함없이 든든한 저의 여행지기, 전명진 사진작가 나와주셨습니다. 오늘의 여행지는 어디죠?

전 신사의 나라, 영국입니다.

탁 아, 영국! 그리고 제 옆에는, 어떻게 소개를 해야 할까요? 음악가이시자 미스테리 연구가이시자 역사 팟캐스트를 한동안 진행하기도 하셨던 통섭적 지식인이라고 할 수 있겠네요. 파토님 나와주셨습니다.

파 안녕하세요. 방금 소개받은 파토입니다. 그렇죠. 저는 이 자리에 영국에 대한 여러분의 모든 환상을 깨뜨리기 위해 나왔습니다. (ㅋㅋ) 4년을 살았고요, 유학을 했죠. 일단 아까 신사의 나라라고 말씀하셨죠? 전혀 사실이 아닙니다. 100년 전에 다 끝난 얘기죠. 그런 부분부터 시작해서 영국이란 나라가 얼마나 살기 힘들고 문제가 많은 나라인지, 그리고 여행 기시기에는 괜찮지만 왜 가서 사는 것만은 반드시 피해야 하는지, 이 주제들로 수다를 떨어볼까 합니다.

탁 (ㅋㅋ) 그렇군요. 본인 소개를 좀 더 해주시는 게 좋을 것 같아요. 원래 처음에는 음악을 하셨잖아요?

파 20대 때는 록 뮤지션이었죠.

전 그러니까요. 영국 가신 것도 음악 때문에⋯.

파 영국 간 건 먹고 살기 힘들어서 간 거예요. 〈딴지일보〉 초기에 망해가던 시점에.

탁 〈딴지일보〉에서도 굉장히 많은 활동을 하셨잖아요.

파 〈딴지일보〉에 1999년부터 합류를 했죠. 아직까지도 논설위원이라는 직함을 갖고 있고요. 〈딴지일보〉가 생겼을 때 첫 멤버 중 하나였고, 그러다가 딴지의 방만한 경영과 (ㅋㅋ) 각종 여건상의 문제로 인해 월급이 안 나오기 시작했어요.

탁 고기를 하도 많이 사드셔서 그랬다고⋯.

파 저희는 많이 안 먹었고요, 본인만 많이 먹었어요. 그래서 월급이 잘 안 나오기 시작했어요. 옛날 얘기입니다. 지금은 많이 향상된 걸로 알고 있어요. 그래서 '이러고 있을 바에는 뭔가 탈출구를 찾아야겠다' 하다가, 20대 때 제가 록밴드를 했으니까 '음악의 본고장에 가서 진짜 잘하는 사람들이 어떤 사람들인지 좀 보자. 내가 지금 30대 초반이니 이번이 마지막 기회다' 해서 가게 된 거죠.

탁 그럼 기타 공부를 하기 위해서 가신 거네요.

파 네. 일렉트릭 기타를 전공하러 갔죠.

탁 그럼 그 공부를 하기 위해선 영국이 가장 좋은 나라였던 거죠?

파 아닙니다. 미국이 좋습니다.

탁 (ㅋㅋ) 아, 근데 그 당시에 어쨌든 영국을 택하셨던 이유가 있을 것 아니에요.

파 싸거든요. 학비가 쌉니다. 정확히 말씀드리자면 한국에서 도망을 나와서 캐나다로 먼저 갔어요. 캐나다에서 한 1년 정도 놀면서 있었죠. '앞으로 난 어떻게 살아야 되나' 하다가 음악을 다시 한 번 해봐야겠다는 생각을 했는데, 캐나다에선 미국이 훨씬 가깝지 않습니까? 사실은 버클리를 가는 게 맞죠. 근데 학비가 너무 비싼 거예요. 그래서 고민하다가 영국 학교를 발견했죠. 영국에서 4년제 대학까지 갈 생각은 아니었고, '가서 한 1년 해보자' 하고 그냥 학원같이 다니다가 보니까, 대학 입학이 너무 쉬운 거예요. '아, 이럴 바에는 한국 가봤자 별볼일도 없고 더 있어보자' 했던 게 결국은 대학 과정까지 졸업하게 된 거죠.

탁 일렉트릭 기타는 미국에서 처음 시작됐지만 어쨌든 하드록이 기틀을 잡은 건 영국이라고 할 수 있잖아요?

파 그렇죠. 일렉 기타는 미국에서 만들어졌고 엘비스 프레슬리가 활동하던 1950년대 초반에 퍼지다가, 영국 사람들이 그걸 답습하죠. 블루스, 블루스록 이런 게 태동하는 상황에서 영국이 가져가서 비틀즈가 생겨나고, 비틀즈에 이어서 1970년대의 레드 제플린이라든가 딥 퍼플이라든가 핑크 플로이드 같은 하드록 밴드들, 그 시절의 유명한 밴드들은 영국에서 나왔다고 해도 과언이 아니죠.

탁 그렇게 된 배경도 좀 궁금해요. 미국이 한창 잘나가고 있었는데, '브리티시 인베이전British Invasion'이라고 할 정도로 한동안 음악의 조류가 영국으로 확 넘어가서 미국이 다시 영국에게 배우게 되는 시절이 왔잖아요.

파 그렇게 됐었죠. 저도 그 이유에 대해 여러 가지로 생각해보는데,

미국은 그 당시만 해도 콘텐츠의 깊이가 좀 부족하지 않았나 싶어요. 지금도 그렇지만, 미국은 파티하고 떠들고 즐겁게 노는 걸 좋아합니다. 그러다 보니 음악을 해도 '놀자음악'이 좀 많죠. 록은 보통 '백인음악'이라고 얘기하는데, 백인들의 전통이라든가 사상이 음악에 넣을 만한 내용이 없었다고 해야 할까? 그런 문제가 좀 있었던 것 같아요. 영국 사람들은, 좋게 말하면 깊이가 있고 나쁘게 말하면 음침하거든요.

전 날씨 탓인가?

파 네. 날씨 탓 분명 있습니다. 지옥이죠, 날씨가. 그래서 아마 그 당시에 록이란 형식에 담을 수 있는 뭔가가 좀 많지 않았을까…. 미국 음악에 비해 좀 더 깊이가 있고 우아해 보이는 면이 있었죠.

탁 네. 처음 가셨을 때는 그래도 음악인으로서 성지순례를 온 것 같은 기분도 있었겠어요.

파 한두 달 정도는 그랬습니다.

탁 분명히 애비로드Abbey Road 건널목에서 사진 찍으셨을 것 같아.

파 물론이죠. 거기에 대해서 얘기하자면, 비틀즈의 〈애비로드〉 앨범 표지를 보면, 애비로드 앞의 횡단보도를 네 사람이 걸어가는 사진이 있지 않습니까? 거기 당연히 갔죠. 그래도 거기가 나름 성지잖아요. 뭐라도 좀 있을 줄 알았어요. 사람도 많고 뭐라도 좀 세워놓고. 근데 아무것도 없어요. 그냥 스튜디오 앞의 일반 횡단보도거든요. 차가 막 지나갑니다. 목숨을 걸어야 돼요, 사진 찍으려면.

탁 런던엔 비틀즈 외에도 에릭 클랩튼이나 쟁쟁한 밴드들의 발자취 같은 게 있지 않던가요?

파 뭐 있겠죠. (ㅋㅋ) 저는 참 운이 나빴던 게, 한국에 전설적인 밴드

핑크 플로이드의 로저 워터스가 와서 공연을 했을 때 전 영국에 있었습니다. 그러니 못 봤죠. 이런 건 있어요. 제가 다닌 음악학교 선생님하고 얘기를 하다가, 선생님이 '레드 제플린의 존 폴 존스와 친하다' '스팅하고 같이 연주했다' 이런 얘기를 들으면 바로 한 다리 건너서 스팅하고 제가 아는 거잖아요.

탁 아, 그런 분이셨구나. 한 다리 건너면 스팅이랑 아는….

파 스팅이 또 여왕하고 약간 알지 않겠어요?

탁 아, 네. (ㅋㅋ) 두 다리 건너면 여왕과도 아는….

파 제 삶과 제 경제적인 부분과는 전혀 상관없지만 기분은 좀 좋죠.

영국과 잉글랜드는 *다 르 다*?

탁 영국에 처음 도착하셨을 때 정말 듣던 대로 날씨가 그렇게 안 좋던가요?

파 저는 그나마 여름에 가서 날씨 좋을 때가 많았습니다. 해도 길고. 굉장히 길죠, 밤 10시까지 밝으니까. 서머타임까지 있고. 그런데 무서운 건, 10월 말부터 3월까지는 그냥 날씨만 흐린 게 아니에요. 우리는 날씨가 흐리고 비가 오면 말 그대로 흐리고 비가 오는 거지만, 거기는 우울한 기운이 나라 전체에 쫙 퍼집니다. 스산함과 모르도르 같은 그런 느낌.

탁 모르도르. 〈반지의 제왕〉에 나오는 어둠의 땅….

파 게다가 해도 임청 짧아져서 12월 한겨울에는 오후 3시면 어두워지기 시작해요. 아침 9시쯤 조금 밝아져서 오후 3시면 벌써 어두워진다는 거. 그러니 저녁 되면 기력도 없고 의지도 안 생겨서 다들 집에 처박혀 있습니다. 나오지도 않고. 그게 매년 반복되면 영향을 굉장히 받겠죠. 저도 그랬고.

탁 사람은 자연의 영향을 받는데, 그리고 자연을 가장 직접적으로 체감할 수 있는 게 날씨인데, 그런 영향을 안 받으면 이상한 거겠죠. 계절풍의 영향일까요? 그렇게 계속 우중충한 게.

네. 이렇게 또 자연스럽게 깨알 같은 나라 소개로 넘어갑니다.

전 어, 영국은 북대서양에 위치해 있고요. **탁**

전 북해와도 가깝고 멕시코만류가 흐릅니다. 위도가 50도에서 60도 정도로 꽤 높아요. 그럼에도 불구하고 편서풍의 영향으로 날씨가 온화한 편인 거죠. 같은 위도의 다른 나라들에 비해서. 소개를 좀 더 해볼까요? 서유럽에 위치하고 있고요. 인구는 6,304만여 명. 인구 구성을 보면 'United Kingdom'이라는 나라가 4개의 지역으로 나뉘어 있습니다.

탁 네. '연합왕국'이 공식 명칭이죠.

전 북아일랜드Northern Ireland, 스코틀랜드Scotland, 잉글랜드England, 웨일즈Wales가 있는데, 런던은 잉글랜드의 수도인 거죠. 앵글로색슨족이 잉글랜드에 많이 분포해 있고, 기타 지역에는 켈트족이라든가 다양한 인종이 분포해 있어요.

탁 켈트족이라는 게 원래 영국에 살던 선주민들인 거죠?

파 그렇다고 할 수 있어요. 원래 켈트족의 중심지는 지금의 프랑스 땅입니다. 그랬는데 로마인들에게 정복을 당하고, 이후 게르만족에게 쫓겨났죠. 그래서 영국 쪽으로 많이 도망을 가게 됐고요. 앵글로색슨이라고 불리는 사람들은 원래 다 게르만족이거든요? 지금은 구분을 하지만 그때는 게르만족의 일파였어요. 아무튼 그 앵글로색슨족이 남동쪽으로 가서 지금의 잉글랜드, 런던 쪽 땅을 지배해 들어오니까 켈트족이 구석으로 도망간 거죠. 아일랜드, 스코틀랜드, 서쪽의 웨일즈로요. 그래서 그쪽과 잉글랜드는 민족이 다른 거죠.

탁 그래서 우리가 영국 사람한테 뭉뚱그려서 "너 잉글리시English 냐?"라고 물으면 "아니야! 난 스코티시Scottish지"라는 대답이 돌아오곤 해요.

파 특히 스코틀랜드는 굉장히 예민하죠. 우리한테 "일본 사람이냐"고 하는 것과 비슷하게 반응해요. 일단 영국인들을 대할 때 이런 실수를 하지 않으시려면 "브리티시냐" 물어보면 됩니다. '브리튼' '그레이트 브리튼'이 모두를 지칭해요. 물론 남쪽의 아일랜드공화국만 빼고. 거긴 다른 나라니까요.

우리는 그레이트 브리튼이든 잉글랜드든 전부 영국이라고 번역하잖아요. 근데 사실은 그레이트 브리튼하고 잉글랜드는 굉장히 다른 개념이고, 잉글랜드가 그레이트 브리튼의 한 지역인 거죠. 근데 번역어가 따로 없어요. '대영제국'이라고 하기도 하는데, 그건 좀 정치적인 어감이 있다 보니 느낌이 다르고.

게르만족의 후예인 앵글로색슨의 땅은 잉글랜드, 나머지 지역은 거의 켈트족이지만 걔네들끼리도 또 서로 다르다고 주장을 하고요. 아일랜드의 경우는, 남아일랜드는 '아일랜드공화국'이라고 완전히 다른 나라이고, 북아일랜드는 잉글랜드인들이 빼앗은 땅이죠. 개리무어 같은 기타리스트가 그 북아일랜드에서 태어난 것이거든요.

탁 미국을 부를 때는 United States of America라고 해서 USA, 그리

England

고 영국을 부를 땐 United Kingdom이라고 해서 UK. '4개의 왕국이 연합해 만들어진 왕국이다'라는 의미인 거예요.

파 그렇죠. 영국의 정확한 명칭은 United Kingdom of Great Britten and Northern Island입니다. 대 브리튼과 북아일랜드의 연합왕국. 그게 공식 명칭입니다.

탁 지금의 영국 깃발도 알고 보면 각 왕국의 깃발들이 다 중첩되어 만들어진 거예요.

파 원래 잉글랜드 국기는 흰 바탕 중간에 빨간 십자가가 있는 형태, 그것 하나죠.

탁 아, 맞아요. 축구할 땐 국가들이 결코 같이 나오는 법이 없잖아요. 지난번 올림픽 때 연합팀이 나왔던 게 큰 뉴스거리일 정도였죠. 마치 한·일 연합팀이 구성된 것과 마찬가지로.

파 맞아요. 그런 개념이에요. 사실 서로 굉장히 안 친하고요. 국경선 같은 건 없지만 스코틀랜드는 화폐도 달라요.

탁 통일 과정도 굉장히 힘들었던 걸로 알고 있어요. 영화 〈브레이브 하트〉를 보면, 멜깁슨이 스코틀랜드 저항군의 지도자이잖아요. 그런데 마지막에 잉글랜드 군대에게 체포를 당해서 굉장히 잔인하게 살해를 당하는 장면이 나와요.

파 오랜 세월 동안 잉글랜드가 스코틀랜드와 전쟁을 하고, 웨일즈와도 전쟁을 하고, 이런 식으로 이합집산하고 싸우고 죽이면서 천천히 형성되어 간 거죠.

영국은 잉글랜드 외에도 스코틀랜드, 웨일즈, 아일랜드 등 4개의 왕국이 연합해 만들어진 왕국이어서 각 지역의 색차가 뚜렷하다.

영국 지하철을 향한 분노

탁 런던의 시스템적인 부분에 대한 얘기를 좀 해볼까요? 표정이 안 좋아지시는데. (ㅋㅋ)

파 지옥이죠, 지옥.

탁 어떤 게 제일 지옥같이 느껴지셨나요?

파 몇 가지 예를 들어드리겠습니다. 일단 우리나라에서 전철은 '우리의 약속 시간을 지켜준다'는 개념이고 세계 어느 나라에 가나 대동소이합니다. 그러나 런던에서는 지하철에 의존했다가는 약속 시간을 지키지 못할 뿐더러 약속에 가지 못하게 됩니다.

파 아, 진짜요? 영국 사람들 그런 것 굉장히 잘 지킬 것 같은데.

파 절대요. 영국 사람들 시간 약속 절대 안 지킵니다. 지키고 싶어도 못 지키죠. 어떤 상황이냐면요, 아침에 학교에 가려 혹은 출근을 위해 집에서 나와 맨 처음 해야 하는 일은, 늘 다니는 전철역에 가서 칠판을 확인하는 겁니다. 백묵으로 쓰는 칠판입니다. 전광판 아니고요. 칠판을 보고, 이 라인이 오늘 다니나 먼저 확인을 하고 그 다음에 내가 내려야 하는 역이 오늘 열었나를 확인해야 합니다.

탁 이건 뭐 횟집에다 오늘 횟감이 있나 없나를 확인하는 것 같아.

파 매일 아침. 그걸 확인하지 않고 대충 들어가면, 오지 않는 기차를 1시간 동안 서서 기다린다거나 제가 내려야 할 역을 그냥 지나치게 되는 사태가 생기죠. 이게 왜 이런고 하니, 너무 오래되어서 그렇습니다. 세계에서 가장 오래됐죠. 전철이 100년씩 되었거든요. 그러다 보니 수리를 해도 계속 고장이 나요. 근본적인 해결이 안 되는 거죠. 늘 그냥 대충대

England

충 해결하고 넘어가다 보니 계속 이런 문제가 발생하는데, 해결책은 뭐 없는 게 아닌가….

탁 아니, 우리나라라면 1개 노선씩이라도 막아놓고서 공사를 할 것 같은데….

파 모르겠어요. 그게 안 되든가, 뭐 하기 싫든가. 제가 좀 감정이 안 좋아요. 너무 고생을 해가지고. 그리고 또 이런 일도 있죠. 예를 들어서 제가 전철을 타고 가는데, 오늘 어느 역부터 어느 역까지 닫았대요. 근데 이게 한 10개 역쯤 됩니다. 곤란하지 않습니까? 심지어 이게 처음엔 안 적혀 있는 경우도 있고요. 전철 타고 가다가 전철이 섭니다. 다 내리래요. 여기서부터 7개 역이 닫혀 있대요. 왜냐고 물어도 "모른다"면서 절대 대답해주지 않습니다. 그것은 그분의 소관이 아니기 때문에 대답해주지 않고요. "그럼 난 어떻게 해야 하냐." "걱정하지 말아라. 모든 문제가 다 해결이 된다." "어떻게 해결된다는 거냐." "역 앞에 나가면 셔틀버스가 기다리고 있는데, 그 버스를 타면 7번째 역의 다음 역까지 데려다줄 것이다." 그러냐고, 알았다고. 저는 시간에 맞춰서 학교에 가야 하니까…. 나가면 버스가 있어요. 이미 사람이 꽉 찼죠. 버스가 떠나갑니다. 그러면 이제 또 1시간 정도 기다리죠? 안 오죠, 버스가. **전**

파 그래서 다시 역장한테 갔어요. "버스가 안 오지 않느냐." "아, 걱정하지 마라, 곧 온다." 아무 문제가 없대. "문제가 없는 건 당신이 문제가 없지, 난 학교에 못 가고 있는데!" "이 나라는 이런 거니까 너는 여기서 버스를 기다려서 무료 셔틀버스를 타고 가든가 아니면 나가서 택시를 타고 가라." 이런 얘기를 하는 거죠. 근데 런던의 택시비라는 게, '블랙 캡Black Cap'이라는 공

아, 버스가 왜 안 오냐 (ㅠㅠ)

275

식 택시는 한 번 잘못 타면 10만 원 정도가 예사로 나오는 그런 것이기 때문에 절대 안 되는 거고. 이래서 학교에 못 가게 됩니다. 어디에도 하소연할 데가 없죠. 이게 일상입니다. 1년에 한 번 벌어지는 일이 아니고요. 항상 조심해야 하죠.

탁 그 시스템을 맨 처음 만든 나라이다 보니, 지금은 이미 굉장히 오래되어 문제들이 계속 생기는 것 같은데…. 이런 문제는 지하철 말고도 많을 것 같아요.

파 많죠. 일단 영국의 도로들은, 빅토리아 시대 때 만든 런던의 도로를 유지하고 있다 보니 마차길이에요. 차가 몇 줄로 다니는 걸 전혀 고려하지 않은 도로 시스템입니다. 그러다 보니 센트럴 지역의 교통체증이란 건 이루 말할 수가 없고요. 그래서 제가 학교에 다닐 때, 10시에 수업을 시작한다고 하면 학생들이 한 10시 15분 돼서 도착을 하고요. 선생이 10시 15분 넘어서 오는 경우도 있어요. 50분 수업인데.

전 어, 괜찮네요? (ㅋㅋ) 공부하기도 싫은데 뭐.

파 그런데 서로 변명할 필요가 전혀 없는 거죠. 원래 이런 나라니까. 근데 이게 또 핑계거리가 돼요. 내가 그냥 게을러서 늦잠을 자도 서로 물어보지 않는 문화가 형성되어 있다 보니. 솔직히 전 거기까지 가서 돈 쓰고 유학하는데, 어떻게든 선생한테 조금이라도 빼와야 되는 거잖아요. 근데 20분씩 늦어도 서로 간에 할 말이 없어요. 그냥 길이 막혀서 늦었다고 하면 더는 물어볼 수 없기 때문에. 그런 게 아주 만연해 있죠.

england

분노를 부르는 시 스 템 1

탁 은행 시스템도 대단하다고 들었어요.

파 네. 우리나라는 이미 오래 전부터 길거리의 웬만한 ATM 기계에서 카드로 돈을 찾을 수 있음은 물론 이체도 할 수 있고, 당연히 컴퓨터나 스마트폰으로도 가능한, 그런 식으로 살아왔잖습니까? 다른 걸 다 떠나서 영국의 이체 시스템을 말씀드릴게요. 은행에 갑니다. 제가 거래하는 은행에 가야 되죠. 한참 줄을 서고 창구 앞으로 갑니다. 그러면 창구에 송장이 있어요. 이게 벡스라는 시스템인데, 송장에다가 제 계좌번호와 금액과 받을 사람의 계좌번호를 적습니다. 그리고 제출을 하죠. 그러면 3영업일 후에, 돈 받는 사람이 운이 좋으면 받게 됩니다.

전

(ㅁㅁ)
아, 운이
좋아야!

탁 운이 나쁘면 어떻게 되나요?

파 운이 나쁘면 돈이 증발합니다. 3영업일 후라 함은 제가 금요일에 보내면 화요일쯤 도착한단 얘기인데, 금액이 얼마든 상관없고요, 다 이렇게 합니다. HSBC라든가 바클레이라든가 노스웨스트라든가 이런 큰 은행들 있잖아요? 제가 바클레이에 가서 노스웨스트로 돈을 보내요. 그럼 그 송장을 이 사람들이 어떻게 하냐면요, 우편으로 노스웨스트로 보냅니다. 그러니까 우리처럼 바로 처리되는 게 아니고 얘네는 서류를 우편으로 보내요. 중간에 없어지는 경우가 있잖아요.

전 우편물이 없어지면 돈도 못 받는 거군요.

파 네. 증발해서, "나는 보냈다"고 해도 받을 사람이 "난 안 받았다"

워낙 오래된 지하철 시스템 탓에, 낡은 역사나 공사로 인한 불편을 감내해야 할 때가 있다. 그러나 한편으로는 역사의 멋진 디자인이 여행자의 눈을 잡아끌기도 한다.

그러면 중간의 은행은 시치미를 뗍니다. "모른다. 기록이 없다." 이러기 시작하면 답이 안 나와요.

전 돈이 택배도 아니고….

탁 정말 이해가 안 가네요. 전산망을 갖추면 바로 해결될 문제인데….

파 영국이란 나라가 재미있는 게, 보통 영국의 금융에 대해서 많이들 이야기합니다.

전 그러니까요. 금융으로 일어선 나라인데….

파 영국의 금융은 자본가들을 위한 금융이죠. 돈 많은 사람들이 돈 장사하기 좋은 시스템이고, 일반 소비자들을 위한 금융이 아닙니다. 그렇기 때문에 이런 상황이 생기는 거고, 게다가 이 사람들이 이걸 너무 일찍 시작했기 때문에 세상이 어떻게 바뀌었는지 잘 몰라요. 관심도 없는 상태에서 그냥 하던 대로 하는 거죠. 100년 전에 하는 거나 지금 하는 거나 별 차이가 없는 겁니다. 온라인으로 해도 온라인은 부수적인 역할만 할 뿐이고 이런 식으로 송금을 해요. 근데 이게 개인 간의 몇십 만원, 몇만 원 보내는 건 상관이 없지만 회사들끼리, 예를 들어 몇만 파운드가 오가는 그런 상황에서도 이런 일이 생겨요.

전 생겨요? (ㅋㅋ)

파 네. 저 많이 봤습니다.

탁 아니, 그럼 이거 진짜 소송 감이잖아요.

파 "돈을 받았다" "못 받았다" 하면서 1년 동안 싸우고 있어요. 그리고 나중에 해결이 되는 경우도 있고 해결이 안 되는 경우도 있습니다. 소송을 하면 변호사 임용부터 돈이 너무 많이 들고 또 5년씩 걸리고 하기 때문에. 그러니까 몇천 만원 떼이고 없어져도 서로 잊어버리고 넘어가는 거죠.

탁 인간적인데? (ㅋㅋ)

파 아, 물론 둘 사이의 인간관계는 엉망이 되는 것도 사실입니다. 어쩔 수 없으니까 그냥 지쳐서 몇천 만원을 포기하는 그런 일이 벌어져요. 흔히 봤어요.

분노를 부르는 시 스 템 2

탁 인터넷이 잘 깔려 있지 않나 봐요.

파 인터넷은 나름 괜찮아요. 제가 갔을 때 처음엔 굉장히 안 좋았지만, 인터넷망 자체가 그리 나쁘진 않습니다. 그런데 문제가 뭐냐면 '설치'. 제가 좀 좋은 백인 마을에서 살다가 돈이 없어져서 인디언 마을로 갔어요. 아메리칸 인디언 말고 인도분들. 거기가 전 세계에서 가장 큰 인도 바깥의 인도 커뮤니티라고 합니다.

탁 한때 식민지였잖아요.

파 그렇죠. 인도 사람들이 모여 살기 시작한 곳인데, 거기에 가면 모든 게 다 인도입니다.

탁 "나마스테~"하겠네요. (ㅋㅋ)

파 진짜 거의 그 분위기예요. 전 좋았어요. 1년 좀 넘게 거기 살았는데 굉장히 재미있었고요. 근데 이사하려면 인터넷을 바꿔야 되잖아요. 원래 살던 곳에서 떠나기 전에 전화를 해서 물어봤어요. 다시 설치하는데 얼마나 걸리냐고. "네가 이사를 오늘 오후에 가면, 오늘 저녁 6시 2분부터 될 거야." 6시 '2분'. 이 정확함.

전 오! 마치 스위스와도 같은.

파 저에게 그 2분은 굳이 필요하진 않지만, 일단 딱 들었을 땐 신용이 가잖아요. '야, 이건 이런 시스템으로 하는구나.' 근데 2주일 걸리더라고요. 2분은 무슨.

무슨 고담시티의 얘기를 듣는 듯해요.

탁 ······ *개뿔.*   **전**

파 6시로부터 2주일이 걸리더라고요. 그냥 안 와요. 런던의 무서운 점이 뭐냐면, 바로 이런 거예요. 살면서 이런 것 한번 경험해보시는 것도 괜찮아요. 나중에 할 일 없을 때. 아무튼, 다시 전화를 합니다. 물론 6시 이후라 영업시간이 끝났기 때문에 전화를 받지 않죠. 다음날 아침 9시에 전화를 합니다. 전화를 받습니다. "아, 인터넷 설치가 안 됐어요." "아, 그러냐. 미안하다. 어떻게 되었냐." "어제 6시 2분에 된다고 그랬는데 아직 안 됐다"고.

전 6시에 퇴근하면서 6시 2분이라고 얘기를···. 전화 안 받으려고···.

파 (ㅋㅋ) 나도 모르겠어요. 아무튼 사람을 보내주겠대요. 안 옵니다. 사람을 보내주겠다는 것도 우리나라는 보통 몇 시부터 몇 시 사이에 온다고 하잖아요? 여기는 "오늘은 꽉 차 있으니 내일 중에 갈게"예요. 그러면 저는 집을 못 비우죠? 학교에 못 가는 거죠. 계속 기다립니다. 안 옵니다.

전 학교에 갈 수 없는 이유가 상당히 많네요. (ㅋㅋ)

파 학교, 출근. 사람들이 이런 것 때문에 출근을 못해요. 진짜로. 농담이 아니에요. 저녁까지 기다리다 전화를 했더니 영업시간이 지나서 전화를 받지 않습니다. 다음날 아침에 전화를 합니다. "아, 어제 무슨 상

281

황 때문에 못 갔다. 오늘 꼭 간다." 안 옵니다. 그 다음날 전화하면 다른 사람이 받아서 "기록이 없다".

탁 아, 미치겠어요. 지금.

파 이런 식으로 2주일을 끌었죠. 2주일 동안 인터넷이 안 됐어요.

전 결국엔 해주던가요?

파 결국엔 해주죠. 아무렇지도 않은 듯이 와가지고, 아주 밝게 인사하면서 "헬로~". (ㅋㅋ) 화도 못 내요. 화를 내봤자 이 사람들은 "나는 지시를 받아서 온 사람이기 때문에 네가 나에게 화를 내도 아무 소용도 없으며 아무것도 얻을 것이 없고, 문제가 있다면 편지를 써서 회사에 컴플레인을 해라" 하죠.

탁 그것도 편지로? 인터넷 게시판도 아니고?

파 아니에요. 편지로 써야 돼요.

탁 아, 나 지금 답답해. 듣기 힘들다.

파 해본 적이 있어요. 하도 열받아가지고. '당신들 이런 식으로 살지 말라'고 막 써가지고. (ㅋㅋ)

탁 '이런 식으로 살지 말라'는 영어로 어떻게 합니까? 'Don't live in this way….'

파 (ㅋㅋ) 뭐 대충 그런 식으로.

파 컴플레인 편지 쓸 때, 거기 이렇게 적혀 있어요. '자기네들이 이걸 받은 날로부터 1주 내에 역시 편지로 답을 준다'고요. 4개월 동안 연락이 없죠. 그리고는 4개월 후에 뜬금없이 편지가 옵니다.

탁 난 다 잊어버렸는데….

파 네. 난 다 잊어버렸는데 'Dear, Sir' 하고. 'We apologize any

England

inconvenience··· 불편을 드려 죄송합니다' 이러면서.

전 쿠폰 같은 것 껴서?

파 아니, 그런 것 없죠. 신실한 사과의 말들만 있을 뿐이죠. 밑에 사인 하나 되어 있고. 더 화나죠 뭐. 잊어버렸는데.

전 그러니까! 약 올리는 것도 아니고.

파 근데 이건 약과고요. 이번엔 보일러 상황을···.

탁 (ㅋㅋ) 보일러! 점점 괴롭다.

분노를 부르는   시 스 템   3

파 이건 진짜 겪지 않으면 절대로 느낄 수 없어요. 지금 제 이야기를 들으시면서 상당한 분노를 느끼시게 될 텐데, 여러분이 제가 말한 그 자리에 있었다면 어땠을지 상상해보세요. 보일러가 고장났어요. 저는 거기서 세를 들어 살았으니까 당연히 집주인이 고쳐줘야 하는 거죠. 그때가 아마 12월이었을 거예요.

탁 아, 12월이면 또 엄청 춥잖아요, 거기.

파 추운데 보일러가 고장나면, 온수가 안 나오니까 샤워를 할 수가 없어요. 다 냉 샤워를 해야 하는 거죠. 집에 8명이 살았어요. 유학생들이 모여서 하우스 셰어를 했는데, 제가 제일 나이도 많고 하니까 책임을 져줘야 하는 상황인 거죠. 그래서 집주인한테 전화를 했더니, 집주인이 아무 걱정도 하지 말래. "이런 일이 일어날 때를 대비해서 우리가 서비스에 가입을 했다. 그러니까 네가 단지 이 번호로 전화해서 상황을 얘기하면,

머지않아 그들이 와서 고쳐주고 모든 문제가 해결될 테니까 조금만 참으라"는 거예요. 그래서 전화를 했죠. "지금 고장이 났는데, 전화하면 고쳐준다고 하더라. 보일러가 안 된다. 온수가 안 나온다. 난방도 안 들어온다." 그랬더니, 알았다고. "우리가 내일 아침에 기사를 보내주겠다." 다음날 온종일 기다렸죠. 학교도 못 가고.

전 *학교에 또 못 갔어. (ㅁㅁ)*

파 또 안 옵니다. 안 오죠. 이미 인터넷 같은 걸로 전에 문제를 겪었다 보니 6시까지 기다리면 안 된다는 걸 알고 있죠. 오후 4시쯤 전화를 합니다. "지금 안 오고 있다." "아, 곧 간다. 좀만 기다려라" 그래요. 오긴요. 안 오죠. 다음날, 안 옵니다. 집주인한테 전화를 해요. "안 옵니다. 서비스 가입하신 것 아니냐"고. 그러면 집주인이 "내가 전화를 해주겠다". 그리고 나서 집주인이 저한테 전화를 해주더라고요. 갈 거라고. 안 옵니다. 한 3일 그랬어요. 학교에 3일을 못 갔죠. 모두들 냉수로 목욕하고 있고.

탁 끔찍해.

파 3일째 되던 날, 너무 열이 받아가지고 전화해서 소리를 질렀어요. 웬만하면 외국 가서 이런 거 하기 싫은데. "정말 Fuck you! 우리 여기서 frozen to death인데 말야!"

탁 우리 여기서 프로즌 투 데쓰인데, 퍼킹 X발놈들! (ㅋㅋ)

파 그러니까요. 그런 식으로 했더니, 이제 알았다고, 미안하다고. 내가 너의 고통을 이제 알겠대요. 그전엔 몰랐나 봐요. (ㅋㅋ) 그리고 "우리가 오늘은 안 되고, 내일 아침 일찍 보내주겠다"고 하는 거예요. 그래서 제가 아침에 또 기다렸어요. '오늘은 아침 일찍 오면 내가 학교에 갈 수

ENgland

있지 않을까? 그런 실낱 같은 희망을 갖고. 근데 굉장히 이른 시간이었어요. 한 8시? 다른 사람들은 일찍 나가고 저 혼자 있는데, 거실에서 무슨 소리가 들리는 것 같아요. 벨은 없으니까. 노크 소리가 들리는 것 같아요. 긴가민가하는데, 분명히 문 소리가 났어요. 근데 제가 그때 화장실에 있었던 거죠. 그래서 빨리 못 나간 거예요. 그래도 굉장히 빨리, 정말 빠르게, 아주 빠르게 수습하고 나갔어요.

전 끊고 나가셨군요….

파 끊고 뛰어나가서 문을 딱 열었는데, 이 아저씨가, 정말 그 아저씨가…. 문 두드리고 있었던 시간이 30초도 안 돼요. 근데 그 사이에 이 아저씨가 '브리티시 가스' 짚차를 몰고 사라져가고 있었던 거예요.

전 아… 어떻게 해….

파 아침 8시에 와서 문 두드리고 한 20초 있다가 간 거예요, 안 나오니까. 보여요, 가는 게. 멀지도 않아요. 난 여기 있는데 저 정도 가는 거예요. 소리를 질렀죠. "나 여기 있다고!" 백미러로 봤지 싶은데 그냥 가는 거예요. 결과적으로 이 상황이 2주일을 끌었고요, 주인이 보다 못해서 자기가 전기온수기를 사와서 설치해줬습니다.

전 결국엔 해결이 안 됐네요.

파 겪으면서 '내가 운이 나빠서 그런가? 아니면 동양인이라 그런가?' 별생각을 다 하게 돼요. 근데 그 즈음에 굉장히 화제가 됐던 뉴스가 뭐냐면, 어떤 집에 보일러가 고장 난 거예요. 그래서 보일러 수리공이 와서 고치다가, 갑자기 부품이 모자란다는 거예요. "나가서 부품을 사오겠다"고 얘기하니까, 아줌마가 "그건 안 된다"고 하면서 문을 걸어 잠그고 이 아저씨를… (ㅋㅋ) 가둔 거예요. 완전 이해되지 싶은 거예요.

전 가면 또 언제 올지 모르니까.

파 부품을 사러 나갔다 1달이 걸릴지 2달이 걸릴지 몰라요. 실제로 이 아줌마가 6개월을 기다렸대요. 우리나라에서 보면 뭐 저렇게까지 하나 싶지만 거기서 살면 이해가 돼요. 이런 나라인 거죠.

탁 정말 고생하셨네요.

파 저 영주권 나왔다고 하는 거 다 포기하고 왔어요. 제가 왜 거기서 삽니까?

전 영국 편인데 인도 얘기를 듣는 것 같아요.

파 인도랑 비슷해요, 진짜 좀. 저는 영국 사람들이 인도 영향을 받아서 이렇게 됐나 생각했는데, 인도가 영국 사람들 영향을 받아서 이렇게…. 환상들 많이 깨지시죠?

탁 슬프네요. 근데 왜 이럴까 분석을 시도하려고 해도 쉽지가 않아요.

파 재미있는 게 뭐냐면요, 나이 드신 분들, 그러니까 2차 세계대전을 겪은 60~70대들은 정말 신사예요. 말하는 것도 다릅니다. 표정도 다르고. 우리가 상상하는 굉장히 우아하고 젠틀한 유럽인들의 모습이에요. 그런데 그 이후 세대는 다 이렇습니다.

탁 왜? 왜 그럴까?

파 2차 세계대전 이후에 나라가 많이 기울었잖아요. 기울어가면서 아마 옛날의 밸류value, 퀄리티quality 같은 게 다 사라지고, 지금 우리가 '신사의 나라'라고 하는 건 사실 그 시절의 허명이 우리의 기억에 남아 있는 거지. 50대 이하 세대들은 글쎄요, 그런 건 전혀 안 갖고 있지 않나….

탁 '험한 세상을 살아나오다 보니 사람들이 그렇게 됐다'라고밖에 우리가 짐작할 수 없겠네요.

England

파 에너지가 없어요, 사람들이. 열정도 없고. 물론 안 그런 사람들도 있겠죠. 하지만 전반적으로 추동력이랄까 목표랄까 이런 게 너무 없지 않나…. 그러니까 당장 나한테 떨어진 일들만 처리하고, '나는 모른다'는 식으로 책임 회피하고. 그런 일을 제가 한두 번 겪은 게 아니니까.

탁 거기 사시면서 영어로 싸우는 법, 영어로 따지는 법, 이런 것 굉장히 느셨겠어요.

파 많이 늘었죠. 그런데 사실 제가 영어를 굉장히 잘합니다마는 싸울 땐 절대로 영어가 안 나오죠. 처음에 한 번 나오는 거지, 마음이 급해 죽겠는데 어디 영어 생각 하게 됩니까? 영어로 처음에 한 번 들려주고 그다음엔 한국말로 욕하는 거죠 뭐.

하여튼 우리는 외국이나 선진국에 가서 이성적이고 합리적으로 얘길 하면, 잘 들어주고 고쳐주고 해결해줄 거라고 생각하지만 전혀 안 그렇습니다. 영국에서는, 무조건 화를 내고 '순서고 뭐고 난 지금 큰일났으니까 내 것부터 해결해달라'고 난리를 쳐야 해주죠.

탁 근데 저도 취재를 다니다 보니까 싸우게 될 때가 굉장히 많아요. 여행할 때의 욕 한마디 하고 끝나는 상황이 아니라, 내가 뭔가를 따져서 관철시켜야 할 상황도 많고. 근데 그런 상황에서 끝까지 따지다가, 더 이상 내가 에너지를 쓴다고 얻어낼 것도 없고 그냥 그 사람을 기분 나쁘게 만들고 종결해야 되는 순간이 오는데, 제가 따지는 건 굉장히 잘하지만 영어로 그 한마디를 찾기가 힘들 때가 많더라고요. 한국말로 하면 "아, 그래. 평생 그거나 해처먹고 사세요~" 하고 놀아서면 되는 건데, 평생 그 일을 하라는 게 나쁜 말은 아니지만 뉘앙스로 사람을 기분 나쁘게 만드는 거잖아요. 근데 영어로 "유 두 디스 잡 포에버~" 이런다고 되는 게

아니잖아요, 이게. (ㅋㅋ)

파 그럼 아마 칭찬으로 받아들이겠네요. 자기가 잘한다고 생각하고.

보행자로서의 삶 VS 운 전 자 로 서 의 삶

탁 영국에 대해 그동안 꿈과 환상을 키워오셨던 분들에게 충격과 공포를 안겨드리고 있는 '탁PD의 여행수다', 영국 편입니다.

파 뭐 이런 말 있잖습니까? '나를 죽이지 않는 것은 나를 강하게 만든다'고. 강한 사람이 되시기 바랍니다.

전 거기도 사람 사는 데니까요.

파 그럼요. 자살도 많이 하고 그러긴 하지만. (ㅋㅋ)

탁 아까 길 얘기를 하다 말았잖아요?

파 아까 말씀드린 대로, 대도시의 길이 대부분 마차길입니다. 다시 포장은 했지만 직선 길이 거의 없죠. 영국은 원래 도시계획을 그렇게 했다고 하더라고요. 다 동심원, 방사형으로 휘는 길들을 만들어놨어요. 우리는 보통 직진을 하다가 우회전을 해서 가면 '어디가 나온다'라는 걸 방위상으로 대충 예측할 수 있습니다. 길을 따라가면서. 근데 여기선 그게 불가능하죠. 길이 휘어 있으니까. **전**

생각에는 목표지가 저기 있어야 하는데……

파 건물이 저기 보이는데 찻길은 한참을 돌아가고 있고. 빙빙 돌아서 계속 갑니다. 저 앞에 보이는 것만 보고. 하지만 영원히 도착하지 못하죠. (ㅋㅋ) 무한히 가까이 가지만 영원히 도착하지 못하는 상황에 도달

England

하게 되고요. 그리고 어디 갈 때, 큰길이 아니라 뒷길로 돌아가도 대충 통하잖아요? 영국에선 가다 보면 길이 없습니다. 끝나요, 그냥. 막혀 있어요. 아니면 멀쩡한 길 앞에 바리케이드를 쳐놓고. 왜 그러는지 모르겠어요. 그럼 그 좁은 길에서 유턴을 해가지고 나와 원점으로 돌아가서 다시 시작을 해야 되는 거죠.

전 내비게이션 만들기 힘들겠어요, 거기.

탁 영국 사람들이 다들 되게 측은해 보여요.

파 이분들은 거기 태어나서 살다 보니 세상이 다 이런 줄 알겠죠.

전 그런 말이 있어요. '영국 교통사고의 30퍼센트는 외국인이다.' 특히 런던에서.

탁 운전 매너는 또 굉장히 좋다면서요?

파 운전 매너는 엄청나게 좋죠. 여러 가지 이유가 있겠지만 그중 하나는 '그러지 않으면 살아남을 수 없다'라는 거.

전 아, 서로 죽지 않기 위한.

파 죽고, 사고 나고…. 일단 길이 복잡하고요. 게다가 길이 좁잖아요. 그러다 보니 길에 횡단보도가 굉장히 많습니다. 이 횡단보도들을 차들이 무조건 지켜줘요. 거의 100퍼센트라고 보시면 돼요. 횡단보도에 사람이 있으면 차가 먼저 가려는 시도를 절대 하지 않습니다. 물론 신호등이 없는 곳에서도. 그래서 영국에서 가장 편한 것 중 하나가 횡단보도를 건널 때입니다. 보행자로서의 삶이 가장 편한 삶이에요. 보행자로서만 계속 존재할 수 없는 게 문제인 거죠. 다른 일도 해야 하니까. 보일러도 고쳐야 하고. (ㅋㅋ) 횡단보도가 있으면, 차 눈치 전혀 안 보고 가시면 돼요. 무조건 차가 서고, 또 횡단보도에 발을 내딛는 순간 반대편 차도 서고요. 횡단보도를 완전히 떠날 때까지 어느 쪽 차도 들어오지 않습니다.

전 굉장히 철저하게 지키네요.

파 그래서 굉장히 안전해요. 때론 사람이 많은 곳에선 사람 행렬이 1분 이상 이어지는 경우가 있는데, 그럼 차는 꼼짝 못 하고 서 있는 경우도 있죠. 보행자들의 매너는 형편없고요. 신호등 없는 곳에서 아무렇게나 건넙니다. 근데 차들이 대개 서주죠. 제가 생각을 해봤어요. 이게 단순한 기계적 준법정신이라면, 어째서 차는 이렇게 철저하게 지키고 사람들은 어째서 이렇게 제멋대로 다닐까. 이 사람들의 관점이 뭐냐면, 차는 강자고 사람은 약자인 거예요. 강자가 양보하는 겁니다. 당연히. 이런 건 문화에 완전히 녹아 있어서 칭찬하지 않을 수가 없죠. 특히 우리나라와 비교해보면.

여행할 것인가 VS 머 물   것 인 가

전 영국의 좋은 점을 좀 이야기해볼까요? 저는 한 가지 부러웠던 점이 있다면, 영국엔 박물관이나 미술관이 많잖아요. '내셔널 갤러리National Gallery'나 '테이트 모던Tate Modern' 등 워낙 많은 데다가, 대부분이 무료잖아요. 동네 애들이 거기 와서 놀아요. 물론 거기엔 약탈해온 문화재도 있고 예술품도 많지만, 그 세계적인 예술품들 사이에 중고등학생과 아이들이 앉아서 자기들끼리 얘기하고, 보고, 스케치하고. 그게 참 인상적이더라고요.

탁 문화의 출발선 자체가 다를 수밖에 없는 거죠.

전 네. 그런 문화적인 풍요는 확실히 있죠.

파 본인들이 원한다면 무료로 즐길 수 있는 문화가 굉장히 많죠.

탁 영국이 세상을 지배했던 때가 있었잖아요. '해가 지지 않는 제국'으로서. 어떻게 보면 그때 지금 삶의 기틀을 마련했다고 할 수 있고, 그때의 영광이 끝났음에도 불구하고 후손들이 덕을 보고 있는 거죠.

파 제가 처음 영국 갔을 때, 열일곱 살 먹은 대학동기가 저한테 한국에 대해서 물어봅니다. 외국 나가본 분들 많이 계시겠지만 외국인들, 한국 전혀 모릅니다. 특히 백인들 사이에서는 전혀 알려지지 않은 나라거든요.

전 태국 옆에 있는 줄 아는 사람도 있어요.

파 중국 일부인 줄 아는 경우도 있고, 열대지방인 줄 아는 경우도 많고. 일본어나 중국어 둘 중 하나를 당연히 구사할 것이라고 생각하는 경우도 아주 많은데, 이 친구가 그런 상태였죠. 처음 저를 만나서 물어보는 게, "너희는 겨울이 있냐". 그래서 "겨울 있고 너네 겨울보다 더 춥다" 하면, "눈 오냐" 이런 걸 물어보기 시작해요. 그리고 "너희도 우편제도가 있냐" 물어봐요.

텔레파시로 보낸다! (ㅁㅁ)

전

파 자기네가 과거에 우편제도를 만들다시피 했잖아요. 그건 자기네 문화이고, 아직도 자랑할 만한 무언가로 전해져온 거예요. 그러니깐 다른 나라들이 과연 우편제도를 갖고 있는 것인지, 있다면 자기네들처럼 잘 운영되고 있는지 물어보죠. 그래서 제가 우리의 택배시스템을 얘기해주면서 한방 완전히 먹였죠. 그리고 "웬만한 물건 보낼 때 가격이 1파운드다" 이런 얘기를 하면 기절을 하죠. 개네는 뭘 하나 보내려고 해도 몇

십 파운드씩 내야 하니까.

탁 우리나라 퀵서비스의 속도는 세계 어디에 갖다놔도 절대 가능하지 않은 속도잖아요.

파 지하철도 그렇고, 너무 일찍 시작해서 자기네들은 그 상태로 세상이 멈춰 있는 것으로 은연 중에 아는 거죠. 바깥세상을 잘 모르고 있는 경우가 많아요.

탁 '우리가 일찍 시작했다. 선점했다. 선두주자다'라는 것에만 만족하고 있고, 그다음 새로운 혁신이 없으면 어떻게 되는가를 보여주는 것 같기도 해요.

전 그렇죠. 영국의 기계산업도 그렇게 해서 사양을 맞이했으니까요.

탁 한동안은 영국 기계가 세상을 지배했었잖아요. 자동차도 그렇고.

파 지금은 제조업이 별로 없죠. 다 몰락했죠. 영국에서 영국산 물건을 찾는 건 하늘의 별따기니까요. 무슨 분야든 간에.

탁 그런 것들 중 하나가 또 음식인 것 같아요..

파 아… 일단 영국에 살게 되면 포기하셔야 하는 것이 많습니다. 그중 하나가 좋은 음식이죠. 이런 얘기부터 하죠. KFC, 버거킹, 맥도날드, 당연히 있죠. 맛이 없어요. 다른 나라랑 달라요.

탁 같은 프랜차이즈라고 하더라도, 확실히 우리나라 사람 입맛에 맞춰서 그런지는 몰라도 우리나라 안에 있는 프랜차이즈들이 굉장히 잘 만들어요.

파 영국의 버거킹 같은 데는 한마디로 후줄근해요. 햄버거 나온 걸보면, 빵도 오래된 것 같고 이파리도 이상하고. KFC에서 치킨을 시켜먹으면, 다 익지 않아서 안에 빨간 피 같은 것이 보여요. 이런 걸 신경 써서 안 하는 거죠.

전 치킨도 미디움으로 해주는 거죠. 굉장한 나라네요.

파 이런 대기업들 것도 그런데 동네는 어떻겠습니까. 동네 치킨집, 피잣집에서 배달을 시키면, 배달비를 따로 줘야 하죠. 치킨에 털이 남아 있는 경우가 꽤 많아요. 잔털이.

(ㅎㅎ) 돼지 수육도 아니고.

탁

파 치킨에 털이 있다는 것도 그때 처음 알았어요. 먹으면서 기분이 이상하지만 어쩌겠습니까. 다른 데서 시켜도 똑같은데. 그냥 먹는 거죠. 물론 좋은 식당은 엄청나게 좋습니다. 미슐랭에서 별 몇 개를 줬다느니 유명한 데 많잖아요. 하지만 그런 데는 우리가 갈 수 없는 데고요. 보통 우리가 가는 데는 그나마 외식을 해도 만 원, 2만 원, 3만 원, 그 정도 아니겠습니까? 그런데 센트럴에 있는 나름 괜찮은 스테이크집에 가서 미디움으로 시켰는데 바짝 익은 등심을 주더라고요. 웰던보다도 더 익어서 수분이 전혀 없는. 육즙이 전혀 없는. 보통 그런 건 우리가 입에 넣은 다음 한참 씹고 나서 그 상태가 되죠. 그런 게 나와요. 근데 다른 데 가도 똑같으니까 그냥 거기서 만족하고 먹는 거예요.

탁 근데 영국 사람들 입맛이 특별히 조악하기 때문일까요, 그게?

파 음식을 만드는 데 관심이 없어요. 음식을 요리라고도 하잖아요. 요리를 하려면 자기가 열정도 좀 있어야 하고 관심도 좀 있고 해야 하는 건데, 그런 에너지가 없는 게 아닌가 하는 생각이 들었어요.

탁 그럼 다시 얘기가 돌아가서, 결국 날씨 탓이네.

파 그럴지도 모르죠.

탁 날씨가 그러니 뭘 해도 별로 흥이 안 나고. 그런 게 요리랑도 연

England

결이 되는군요. 근데 희한한 게, 절대왕정이 있었던 곳에는 좋은 요리가 만들어지게 마련이거든요. 왕들이 연회도 자주 할 뿐더러 맛없으면 바로 죽여 버리니까, 요리사를. 그래서 터키라든지 프랑스라든지 중국이라든지 절대왕정이 있었던 곳에는 굉장히 훌륭한 요리가 자라났거든요. 근데 영국 여왕님께서도 한 미식하실 것 같은데….

파 아마 영국의 비싼 레스토랑들은 다 그런 나라들에서 와서 살아남은 게 아닌가 싶어요. 영국을 보면 계급 분화가 아주 뚜렷하거든요.

전 보는 신문도 다르잖아요.

파 계급에 따라 여러 가지로 굉장히 다른데, 내 경제력에 따라서 갈 수 있는 슈퍼마켓이 갈리죠. 약 7개 정도로. 물론 비싼 데로 들어갈 수는 있습니다. 아무것도 살 수 없을 뿐이죠. 그리고 슈퍼마켓 안에서도 같은 품목이 5개 정도로 분화가 되어 있고. 어떤 면에선 돈 없는 사람들한테 좋은 게, 제가 유학생활 할 때 무슨 돈이 있었겠습니까. 오렌지주스를 고르는데 정말 10가지 정도의 선택이 있는 거예요. 2,000원짜리부터 3만 원짜리까지. 2,000원 짜리도 어쨌든 100퍼센트 오렌지주스이긴 하거든요. 물론 맛이 씁쓸하고 여러 가지로 안 좋죠. 하지만 이것만 계속 먹으면 괜찮은 거죠. 비싼 걸 한번 먹으면 다시는 못 돌아가요. 그러니까 이런 계산을 굴리면서 살면 한국보다 생활비가 덜 들 수도 있어요. 모든 종류가 다 이런 식이니까. 고기, 과자….

탁 제가 아직 영국에 취재를 안 갔던 이유가 하도 비싸니까. 영국 물가 비싸다는 말 하도 많이 들어서요.

파 일단 집세가 비싸고, 주민세, 세금도 비싸요. 주민세는 내가 외국인임에도 불구하고 주민으로서 존재하기 때문에 내는 돈이거든요. 한 20

평짜리 아파트에 산다고 하면, 주민세를 1달에 30만 원쯤 내야 합니다. 그래서 사람이 많이 사는 큰 집이면 100만 원을 휙 넘어가는 경우도 있죠.

탁 근데 세금을 그만큼 낸다는 건 복지가 그만큼 잘 되어 있다는 얘기 아니에요?

전 영국이 나름 의료복지 선진국인데 요즘엔 그게 또 허덕허덕하다고 하더라고요.

파 의료복지 같은 경우는 종종 경험할 수가 있어요. 영국의 훌륭한 점은, 마을에 두세 개 정도의 클리닉이 있거든요? 우리나라로 치면 보건소 개념이죠. 사설이 아니라. GP, 제네럴 프랙티스General Practice라고 하는데, 해당 지역을 관할합니다. 감기 같은 건 먼저 거기 가서 1차 진료를 하고, 거기서 "좀 안 좋아 보인다" 하면 다른 곳으로 보내지죠. 이 GP 같은 경우는 무료일 뿐더러 아무것도 필요 없습니다. 외국인도 무료예요. 여권을 보긴 하는데, 일단 가서 "나 아프다" 그러면 그냥 진료해줍니다. 그리고 영국이 재미있는 게, 약값이 다 똑같아요.

전 심장병이든 감기약이든 다 똑같다고….

파 네. 병원에서 처방을 받아 약국으로 가면, 타이레놀을 사든 항암제 인터페론을 사든 값이 같아요. 복용 기간도 상관없어요. 의사랑 친해져서 "나 힘드니까 많이 좀 줘" 하면, 2주일 치를 주든 3일 치를 주든 전부 12파운드예요. 기계적인 것 같으면서도 굉장히 단순하죠.

탁 돈 없는 사람 입장에서는 굉장한 도움이 되겠어요.

파 그렇죠. 게다가 14세 이하인가? 애들은 약값도 전부 무료. 물론 암이라든가 큰병 수술할 땐 오래 대기해야 한다는 얘기기 있지만, 일반 사람들이나 우리 같은 외국인들이 아픈 것 금방금방 치료받기에는 굉장히 좋아요. 친절하고. 영국 가시기 전에 꼭 종합검진 받아서 큰병 없는지는 확인하고 가시는 게 좋을 거예요. 큰병은 힘듭니다. 암수술을 1년 기다려야 하거든요? 그 전에 죽는 거지 뭐. (ㅋㅋ)

영국은 여러 가지로 젊은 사람들이 가서 부딪치기엔 괜찮아요. 그런데 나이가 조금이라도 들어서 가면, 뭔가 책임져야 되는 게 많고 챙겨야 되는 것도 많고, 귀찮은 점이 있어요.

탁 군대랑 똑같네요. 갈 거면 일찍 가라.

전 '가되, 짧게 가는 게 좋다.' 아, 정말 영국의 현 경제 상황과 암울한 국민 정서에 대해 알아보고 있는 시간입니다.

묘한 분위기의 도시, 글 래 스 턴 베 리

파 런던의 서쪽에 스톤헨지Stonehenge라는 유적지가 있는데요. 그쪽으로 쭉 내려가면 더 재미있는 마을이 있습니다. 여행 가게 되면 꼭 한번 가보시라고 말씀드리고 싶은데, 왜냐하면 여행자들이 잘 가는 곳이 아니에요. 특히 한국 사람들은 스톤헨지나 치고 빠지지. 서머셋Somerset이라는 동네이고요, 서머셋 몸이라는 유명한 소설가도 있었죠? 거기 있는 글래스턴베리Glastonbury라는 도시입니다.

전 아, 어마어마합니다. 여기 이야기가 나왔네요. 진짜 굉장하죠.

파 성날 골때리는 도시죠. 가보셨나요?

전 아뇨. 거기 진짜 가고 싶어요. 왜냐하면 거기 '글래스턴베리'라는 록페스티벌이 있어요. 우리나라나 다른 나라에 퍼져 있는, 야외에서 텐트 치고 보는 페스티벌 있잖아요. 그게 바로 거기서 파생된 거예요. 아, 거기 사진이나 영상 보면 거의 뭐 꿈의 나라예요.

파 저는 사람 많은 것 싫어서 록페스티벌 안 갔고요. 제가 간 이유는, 여기에 몇 가지 굉장히 재미있는 포인트가 있어요. 첫째, 여기는 중간에 흙산이 하나 있어요. 이 산은 사람이 만든 걸로 알려져 있습니다. 아주 오래 전에 굉장히 많은 사람들이 흙을 쌓아서 만든 인공 산이 아니냐는 얘기가 돌고 있어요.

탁 그렇게 추정하는 이유가 뭐죠?

파 구조가 그래요. 연구를 해본 결과 인공 산의 흔적들이 보이는 거죠. 그리고 지금 그 꼭대기에 건물이 하나 서 있어요. 아주 오래 전에 지은 교회의 앞부분만 남아 있는 건데, 이 꼭대기가 뭐냐면 이 지역을 거쳐간 종교들이 영지로 삼은 곳인 거죠. 원시 종교, 켈트족의 드로이드교, 기독교. 그래서 수천 년 동안 종교가 바뀔 때마다 이 산꼭대기는 영험한 곳으로서 존재해온 거죠.

탁 누가 봐도 신령한 기운이 느껴지는 곳인 거죠.

파 이제 교회는 무너지고 앞부분만 볼록하게 일자로 남아 있는데, 그게 멀리서 보면 묘한 분위기를 자아내요. 그리고 이 산의 중요한 점이 뭐냐면, 예수께서 〈최후의 만찬〉에서 포도주를 드시잖습니까? 그때 사용한 잔이 있습니다. 성배라고 하죠.

탁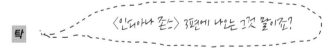
〈인디아나 존스〉 3편에 나오는 그것 말이죠!

파 예수의 형인 요셉이라는 사람이 그 성배를 가지고 잉글랜드까지 가서 이 산 밑 어딘가에 숨겼다는 얘기가 있습니다. 그래서 아직도 이 산

주변엔 성배를 찾는 사람들이 있어요. 이렇다 보니, 현실과 환상이 뒤섞여 있는 곳이에요.

전 거기 가면 마치 댄 브라운 소설 속 '로버트 랭던'을 만날 것 같은.

파 로버트 랭던보다 훨씬 저렴한 사람을 만나시겠죠. 팔아서 돈 벌려는. 이미 학자들은 떠난 곳이고. 또 다른 재미있는 포인트는, 지금은 이곳 주변이 다 늪처럼 되어 있지만 옛날엔 호수였대요. 여기가 아더 왕의 성지입니다. 〈원탁의 기사〉의 그 유명한 아더 왕의 아발론이 여기라는 거예요. 그리고 엑스칼리버가 나온 호수가 그 늪 중 하나라는 겁니다. 그래서 아직도 그 늪 지역엔 엑스칼리버를 찾는 사람들이 있어요. 엑스칼리버나 성배 나오면 대박이죠. 뭐. 근데 엑스칼리버도 1,000년이 넘는 얘기이고, 예수 얘기도 1,000년이 넘는 얘기니까, 여긴 그렇게 오랜 세월 동안 항상 이런 곳이었다는 얘기죠. 1,000년 전에도 누군가 성배를 찾아다녔고, 500년 전에도 누군가 엑스칼리버를 찾아다녔고, 지금까지도 누군가가 다니고 있는, 말하자면 이런 사람들의 기운이 쌓인 동네인 거죠. 그렇다 보니 분위기 자체가 심상치 않습니다.

그리고 글래스턴베리 안에 들어가시면 900년 된 성당 유적이 있는데, 거의 무너졌지만 위용은 굉장합니다. 거기 들어가면 '아더 왕의 무덤'이란 게 있어요. 증명된 바는 없습니다.

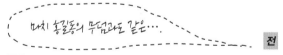

마치 홍길동의 무덤과도 같은…   **전**

파 어쨌든 이 지역은 분위기라든가 무너진 성당 유적들 때문에 되게 있어 보이죠. '진짜 아더 왕이 여기서 묻히지 않았을까?' 하는 생각을 하게 만드는 곳인 거죠.

그럼에도 영국

탁 오늘 우리가 너무 멀리 오지 않았나 싶을 정도로 영국 실상에 대해 직설적으로 얘기를 했는데요. 그럼 이 영국, 그렇게 안 좋습니까? 좋은 건 하나도 없나요? 용기를 좀 주세요.

파 뭐 그렇진 않죠. 제가 좀 웃기려고 심한 부분들을 더 강조해서 얘기했는데, 물론 제가 말씀드린 건 전부 사실입니다. (ㅋㅋ) 일체 거짓은 없습니다. 일단, 여행 가기에는 좋습니다. 며칠 놀고 오기에는요. 런던만 해도 볼 게 많으니까요. 제가 한국인 게스트하우스에 짐을 풀고 전철을 타고 런던의 피카딜리 서커스Picadilly Circus, 그 중심가에 나와서 건물들을 쭉 바라볼 때의 기분이란 건 엄청났거든요. 100년이 넘은 빅토리아 여왕 시대의 건물이 지금 그대로 다 오피스로 쓰이고, 그런 건물들이 쫙 늘어서 있어요. 우리나라나 미국에서는 볼 수 없는 감동이 분명히 있어요. 그 다음에 템즈 강 쪽으로 가서 팔리아멘트Paliament 건물하고 빅벤Big Ben 보고 있으면 정말 엄청나거든요. 그 크기나 야간 조명에 금색으로 빛나는 모습이나….

전 강도 다른 유럽 수도의 강들보다 꽤 크고요. 건물들도 현대 건물과 과거의 건물이 조화롭게 잘 조성되어 있다는 느낌을 많이 받아요.

파 네. 그래서 며칠 여행을 하시기엔 굉장히 좋아요. 박물관들도 거의 다 무료고, 오페라나 뮤지컬 같은 경우도 싼 표들이 많아서 원한다면 얼마든지 저렴한 표를 사서 보실 수도 있고.

전 뮤지컬 같은 경우는 TKTS라든가 디켓만 전문으로 파는, 우리 대학로의 연극부스 같은 게 따로 있어요. 거기 가면 누군가 사났다가 환불

한 당일 공연티켓이 싸게 나와 있어서, 공연을 저렴하게 볼 수 있는 경우가 꽤 많아요. 그런 게 참 좋죠.

탁 영국 사람들 성향이 좀 귀찮아하고 책임감도 좀 떨어지고 하는 것도 있겠지만, 그래도 영국 사람들에게서 배울 수 있는 저력 같은 건 없을까요?

파 해가 지는 나라, 계속해서 지고 있는 나라이긴 한데, 좋은 점도 물론 남아 있죠. 세계를 한때 지배했던 저력이 그렇게 쉽게 사라지는 건 아닌 것 같고요. 이런 거죠. 이 사람들은 우리가 미국이나 캐나다에서 만났던 백인들이 아닙니다. 안 친절합니다. 북미 사람들은 밝죠. 쾌활하고, 금세 친구같이 얘기할 수 있잖아요. 엘리베이터에서 만나도 그냥 말 걸고 대화하고. 근데 영국에서 그런 걸 기대하면 상처받아요. 상대를 안 해줘요. 처음엔 굉장히 놀랐어요. 같은 백인인데 전혀 같지가 않구나. 그런데 일단 친해지면 한국 사람들 같은 끈끈함이 있어요. 북미 사람들이 아주 친해지기 쉬운 반면 어느 한계선이 있다면, 영국인들은 일단 친해지면 자기 손해를 감수하면서도 도와주고 그런 건 있습니다. 확실히 오래된 세상, 오래된 세계의 특징이 아닌가 싶어요.

그리고 또 다른 부분은, 이런 거죠. 제가 얼마 전에 본 영국 드라마 〈블랙 미러〉에 이런 에피소드가 나옵니다. 영국의 수상이 등장해요. 그리고 어떤 사람이 공주를 납치합니다. 여왕의 딸인 공주를 납치해서 가둬놓고, 수상한테 "네가 내 말을 듣지 않으면 공주를 죽이겠다. 내가 시키는 대로 해라" 그래요. 뭘 요구하느냐면, "방송에 출연해서 생방송으로 돼지와 섹스를 해라" 그래요.

탁 하드코어인데? (ㅋㅋ)

파 그러면 실제로 해요. 이런 게 공중파 방송에서 방영되는 나라죠. 사람들이 그걸 보면서 통쾌함 같은 걸 느끼기도 하고, 방송들은 그 이면에 메타포들을 숨기고, 또 그걸 보는 시청자들은 그 메타포를 찾아보고. 이런 건 돈만 많아서는 되는 게 아니거든요. 굉장히 많은 조건이 성숙되어야 만들어질 수 있고, 방영될 수 있고, 허용될 수 있고, 사람들한테 소비될 수도 있는 거죠. 만약 지금 우리나라에서 이것의 10분의 1, 100분의 1이라도 하려 한다고 생각해보세요. 난리 나죠. 그러니까 이게 바로 민주주의, 선진국인 거죠.

탁 우린 대통령의 가족이 슈퍼마켓에 가서 바가지를 쓰는 내용을 드라마로 쓴다고 해도 불경죄에 걸릴 수 있을 사회 분위기가 되어가고 있잖아요. 영국의 그런 이야기는 정말 놀랍네요. 문화적 자신감.

파 미국도 이런 건 힘들어요. 이 사람들은 되게 셉니다. 하고 싶은 얘기도 세게 확 해버리고. 그러다가도 어떤 때는 아무 생각 없는 것처럼 가만히 있기도 하고. 어쨌든 대단한 거죠, 이런 건.

전 지금 우리가 나눈 이야기에서는 〈노팅힐〉의 그런 이미지는 거의 없네요. 〈노팅힐〉의 배경인 '포토벨로마켓'은 되게 로맨틱한데…. 근데 그들이 실제 보는 드라마는 그런 느낌이군요.

파 영국 사람들은 미국 유머 유치하다고 되게 싫어해요. 이 사람들은 유머에 정말 가시가 있어요. 어쨌든 다들 그걸 수용하고 살 수 있는 저력이 있는 거죠.

전 풍자와 해학, 조롱 같은 게 예술에 많이 반영이 된다고 해요.

파 세죠, 그런 게. 북미 사람들이 그런 걸 편하게 만들어서 서로 소비하고 그냥 즐겁게 나누는 정도로 한다면, 이 친구들은 정말 세게 합니다.

ENGLAND

전 요즘 영국 거리예술가인 뱅크시Banksy가 많이 유명해졌는데, 경찰복을 입은 커플이 키스하고 있는 그림을 어느날 밤 벽에다 스텐실로 그려놓고 도망을 가거나 해요. 그리고 그 그림을 보면, 경찰이 뭔가를 코에 대고 있어요. 그걸 계속 따라가보면 코카인을 하고 있는 그림이 있다거나, 그런 장면들이 공공연하게 예술로 소비되고 있어요.

탁 표현의 자유라는 게 문화적 자신감과 그걸 받아들이는 사람들의 성숙도에서 나오는 건데, 그런 부분에선 정말 많은 생각을 하게 되네요.

선입견 없이 온전히 느 껴 보 기

탁 오늘 나눈 얘기 중에서 가장 크게 와닿는 건 역시 오래됨에 관한 이야기인 것 같아요. 오래됨의 가치가 있고, 또 오래됨에서 오는 한계가 있고. 영국의 몰랐던 이미지에 대해 많이 알게 되는 기회였던 것 같아요. 전 작가는 영국에 가고 싶어졌어요, 가기 싫어졌어요?

전 전 영국에 몇 번 갔다왔거든요. 스코틀랜드, 아일랜드까지 갔다왔는데, 제가 알던 이미지와 오늘 들은 내용이 다르긴 해요. 저는 좋은 것만 봤나 봐요. 런던뿐만 아니라 글래스고라든가 바스, 에버딘 등등에서 좋은 전통과 생활들이 공존하고 있는 모습을 많이 봤거든요. 그래서 저는 영국이 '전통을 유지하면서 현대를 잘 접목한 좋은 예가 될 수 있겠구나' 정도로 생각했는데 꼭 그렇지만은 않은 것 같네요.

탁 오늘 어떻게 보면 암울한 이야기로 걱정을 많이 끼친 것 같은데, 마지막에 조금 밝은 이야기로 용기와 희망을 주고 마무리해주시죠.

파 네. 뭐 재미있는 곳입니다. (ㅋㅋ) 저는 유학생 신분으로 4년간 고군분투하는 입장이었고요. 그렇기 때문에 각박하고 더 힘든 부분이 많이 있었겠죠. 그런데 젊은 분들이 패기를 갖고 가서 문화를 많이 경험하며 잘 지낸다면, 제가 말한 것처럼 꼭 나쁘지만은 않을 거예요. 근데 제가 거기서 일하는 분들을 많이 봤는데요. 어학연수를 왔는데 또 일에 파묻혀서 오히려 문화를 향유하지 못하는 경우들이 꽤 있더라고요. 시간을 좀 내서 볼 수 있는 것들을 많이 둘러보면, 나중에 굉장히 좋은 추억이 될 것 같아요. 다만 이민을 가시려면 실상을 좀 더 확인해보고 곰곰이 생각해보시는 게 좋지 않을까 합니다.

전 문화적으로 정말 풍부한 나라예요. 심지어 어느날 밤 펍에 가면, 데미안 라이스가 거기서 공연을 하고 있어요. 그런 걸 그냥 쉽게 볼 수 있는 곳입니다.

탁 제가 요새 읽고 있는 책 중에 '알렉산더 폰 훔볼트'라는 탐험가에 대한 책이 있는데요. 이 사람이 19세기 초에 남미에 가서 탐험을 하는데, 그 당시 유럽에서는 남미의 실상, 자연에 관해 굉장한 탁상공론이 펼쳐지고 있었어요. '지구의 내부는 차갑다' '아니다, 뜨겁다' '암석의 기본적인 성질은 원래 물이다' '아니다, 불이다', 그리고 '아마존 강과 오리노코 강은 수로로 이어져 있다' '아니다, 안 이어져 있다' 등등. 알렉산더 폰 훔볼트는 사람들이 그렇게 탁상공론을 하고 있는 시간에 직접 자기가 뗏목을 타고 오리노코 강에서 아마존 강으로 갔어요. 그리고 화산에 올라가 끓고 있는 용암을 보면서 '지구의 내부는 이렇게 뜨겁다'라는 것을 직접 두 눈으로 확인하고 그 탁상공론을 멈추게 만들었죠. 여러분들도 어떤 나라, 어떤 지역에 대한 꿈과 환상이 있다면, 한번 가보시는 게 좋을 것 같아요. 가서 자신의 두 눈으로 직접 확인하고, 그 다음에 자신의 생각은 어떤지 깨닫게 되는 여행이 여러분들 앞에 기다리고 있기를 바랍니다.

여러분, 좋은 여행 하세요.

PakiS

탁PD의
여행수다

—

부디 지속 가능한 평화가
그들에게 찾아오기를

왕이 있었었지요.
저기가 옛날에 바하발푸르 왕국이었어요.
제가 예전에 혼자 잭겁을 하러 가다가
우연히 어떤 아저씨를 만났는데,
이 아저씨가 좀 편안해 보였어요. 멋있고.
차 태워주고 구경도 시켜줬는데,
알고 보니 이 사람이 바하발푸르 왕조의
마지막 후손이었어요.

유

왕자죠, 왕자.
그야말로 사막의 왕자.

탁

삶은 피폐해졌고, 내일을 기약할 수 없다. 버스를 탈 때도 비행기에 준하는 안전검사
를 받아야 하고, 그럼에도 불구하고 언제 폭탄이 터질지 알 수 없다. 하지만 그래도
사람들은 정을 나누고, 춤을 추고, 노래를 부르고, 일상을 이어간다. 어쩌면 내일을
알 수 없기에 오늘의 만남이 더 소중한지도 모르겠다.

2007년 여름, 카라치의 밤거리에 불어오는 바람은 후텁지근했다. 루이스 웨인20세기
초, 정신분열증에 걸린 채 작품활동을 했던 영국의 화가의 그림에서나 볼 수 있을 법한 복잡한
치장을 한 트럭과 버스들이 비명에 가까운 경적을 울리며 도로를 횡행했다. 호텔로

PakiStan

가는 미니버스가 전장으로 종군기자들을 실어나르는 장갑차로 여겨질 정도였다. 그
때, 별남 형을 처음 만났다. 그는 우리 일행에게 말을 걸어왔다. 내일 일정이 무어냐
고.

다음날, 우리는 사다르 시장에서 함께 맵디매운 치킨 마살라를 먹었다. 여전히 후텁
지근하지만 한결 산뜻해진 인도양의 바람이 불어오는 해변을 산책하며, 오래된 도시
의 야트막한 스카이라인을 눈에 담았다.

이미 파키스탄을 여러 차례 드나들었던 별남 형의 눈을 빌려 주변을 바라보자, 복잡

하기 그지없는 하나의 추상화에 불과했던 이 도시가 좀 더 단순한 여러 개의 풍경화로 나뉘어 보이기 시작했다. 그리고 이마에 손을 대 감사를 표시하는 정중하고 세련된 사람들의 미소가 눈에 들어왔다. 이후, 파키스탄 취재를 계속하면서 내 표정은 별남 형의 표정이 되었다.

좋은 여행 선배란 그런 것이다. 안 보이던 풍경이 보일 수 있게 해주는, 그리고 더 깊은 곳까지 들어갈 수 있는 동기를 부여해주는. 나도 누군가에게 그런 사람이고 싶다.

by 탁

pakistan

gueSt

유별남
—

'별에서 온 것이 아닐까' 싶을 정도로 천진난만함을 간직한 오지 전문 사진가.
사람 좋은 미소를 선사할 줄 알고, 그 미소에 답하는 표정의 아름다움을 놓치지 않는
'Give & Take' 사진술의 달인. 장기간에 걸친 파키스탄 현지 작업을 통해
히말라야의 위대함과 카라코람의 황량함, 촐리스탄 사막의 광활함을 한국에 소개해오고
있으며, 〈EBS 세계테마기행〉의 최다 출연자로서도 종횡무진 활약 중.
지독한 몸치이지만, 파키스탄 전통춤만큼은 전문무용수 뺨치게 출 수 있는
희한한 댄스 센스의 소유자.

탁 귀만 있으면 떠날 수 있는 세계여행, 여행교의 간증집회 '탁PD의 여행수다'에 오신 것을 환영합니다. 오늘의 특별한 이야기 손님으로 사진작가 유별남 씨, 그리고 여행수다의 터줏대감 전명진 사진작가 나왔습니다.

유 반갑습니다. 유별남입니다.

탁 성함이 유…?

유 유별남.

전 굉장히 유별나시네요. (ㅋㅋ)

유 그… 저는 평범하게 사는 게 소원인데요, 이렇게 주변에서 별나게 살도록 만들어요.

탁 본명이시죠? 이름에서부터 아주 특별함이 느껴지네요. 오늘 여러분께 말씀드릴 나라도 그만큼 특별하죠. 무려 파키스탄입니다. 현재 파키스탄은 '여행 지제 국가'로 지정되어 있죠?

유 전체적으론 자제 국가이고요. 일부 지역은 제한, 그리고 또 다른 지역은 금지되어 있기는 해요.

탁 근데 그게 무조건 못 들어가게 막아놓은 건가요?

유 그런 건 아니고요. 사실 지금 바로 배낭 메고 여행 가셔도 되는 나라예요. 그런데 일부 국경, 아프카니스탄 쪽 국경이나 이란 쪽 국경은 전쟁 때문에 안전을 위해 국가에서 제한을 한 부분이 있고, 그 외에는 뭐 다 다녀요.

탁 어쨌든 가기 위해서는 상당한 용기를 필요로 하는, 가고 싶다고 해서 다 갈 수 있지는 않은 그런 특별한 나라에 대해서 이야기를 나누게 됐는데요. 전 작가가 언제나 준비해오는 깨알 같은 정보를 들어보죠.

전 파키스탄은 사실 저도 가보지 않아서 인터넷으로만 만나보고 왔는데요. 인구는 1억 7,700만 정도. 생각보다 많죠? 러시아를 바짝 쫓아 세계 6위를 자랑합니다. 서남아시아에 위치해 있고, 인더스 강이 나라 중앙을 관통해서 흐르고 있어요. 아라비아해 연안에 자리 잡은 아름다운 나라입니다. 말씀하신 대로 분쟁지역이 맞기는 한데, 인도나 주변 국가와 문제가 있는 거지 사는 사람들은 생각보다 굉장히 평화롭게 살고 있어요. 국화가 수선화예요. 이 유래가 재미있는 게, 인구의 95퍼센트가 이슬람교를 믿어요. 나라 이름도 '파키스탄 이슬람공화국'이 정식 명칭이에요. 그럴 정도로 이슬람교를 많이 믿는데, 옛 율법에 '자기 스스로 향기를 지니고 다니라'라는 규칙이 있대요. 그래서 사람들이 수선화를 몸에 지니고 다니기 시작해서 그게 국화까지 되었다는 사연이 있답니다.

파키스탄의 첫 인상

탁 유별남 작가는 어떻게 해서 파키스탄과 인연을 맺게 되셨는지부터 좀 듣고 싶어요.

유 14년 전이죠. 1999년 12월 25일, 크리스마스 아침에 배낭을 하나 메고 1달 동안 네팔 여행이나 갈까 하고 떠났었어요. 네팔에 가서 안나푸르나에도 올랐다가, 내려오면서 포카라라는 지역에서 유유자적 쉬고 있는데, 파키스탄에서 넘어온 두 비구니를 뵈었어요. 사실 파키스탄은 9·11 테러라는 시대적 사건이 있기 전까지는 우리와 되게 먼 나라였죠. 이슬람에 대해 다들 별로 관심도 없었고요. 근데 그때 희한하게 가보고 싶다는 생각을 했어요. 불현듯. 유별남이니까. (ㅋㅋ) 네팔에서 파키스탄에 가려면 인도를 거쳐 육로로 넘어가거든요. 그래서 인도로 가서 2주정도 바라나시도 보고 하다가, 국경 쪽 암리차르Amritsar라는 곳으로 갔어요. 그리고 2000년 우리나라 설날 때, 국경 문이 열리자마자 '내가 1번으로 넘어갈 거야!' 하면서 파키스탄의 와가Wagah 국경을 넘고, '이 나라랑 이 나라랑 벽 하나 차이인데 많이 다르네?' 그런 생각을 하면서 여행을 시작하게 되었죠. 그래서 3달 동안 파키스탄을 여행하고 2000년 5월에 다시 한국에 돌아왔어요. 그게 저의 첫 번째 파키스탄 경험입니다.

전 1달 계획으로 가셨는데 3달을 넘기셨네요?

유 한 5달 됐죠. 그러니 돈도 떨어졌고, 그때는 지금처럼 송금이 쉽지 않아서, 파키스탄 산속에 있을 때는 편지를 집으로 써서 현지인의 계좌로 1달 뒤에 돈을 받았어요. 그 사이 현지인한테 빌려 쓰고 나중에 갚아주고 그랬었죠.

PakiStan

탁 근데 그 이후로 거의 해마다 파키스탄을 방문하셨죠?

유 첫 여행은 서른을 갓 넘긴 한 청년의 쓸데없는 배낭여행이었고요. 그 후에 제가 이런저런 우여곡절을 겪다가 사진작가의 길을 걷게 되었어요. 그러다가 사진작가로서 나만의 첫 번째 프로젝트를 시작하고 싶었는데, 그때까지도 지워지지 않았던 게 파키스탄의 이미지였어요. 그래서 '아, 나의 첫 시작을 파키스탄에서 해보자' 하고 2006년도에 카메라를 메고 다시 갔죠. 가장 최근에는 페샤와르Peshawar라는 분쟁 지역에서 난민촌 취재를 혼자 하면서 그걸로 한국에서 전시도 했어요.

탁 국내에서 파키스탄을 이렇게 많이 알리고 있는 분은 또 드물어요. 그래서 주한 파키스탄 대사관에서 특별 관리를 하고 있는 사진작가입니다. 전시할 때 파키스탄 대사님이 오신 적도 있고 그렇죠? 돈은 근데 많이 안 주시죠?

유 알면서, 또⋯. (ㅋㅋ)

탁 돈보다는 마음적인 면으로 도와주고 계신다는 이야기입니다. 어쨌든 그래도 한 나라 안에서 다른 나라를 가장 많이 알리고 가장 많이 애정을 가지고 있는 사람으로서 그 나라의 대사가 인정할 정도의 위치가 된다는 건 굉장히 뿌듯한 일일 것 같아요. 유별남 작가랑 저도 파키스탄 현지에서 처음 만났죠.

유 2007년도에 파키스탄에서 큰 엑스포가 열렸는데, 저도 동참을 하고 탁재형 PD는 방송 촬영으로 가서 같은 호텔에 묵었어요. 각자 일하다가, 저는 일이 다 끝났는데 탁PD랑 다른 PD님이 둘이서 "그다음 뭘 하지? 뭘 하지?" 이러고 있는 거예요. 그래서 "내가 시장 구경시켜줄까?" 하고 우리나라로 치면 한마디로 경동시장 같은 데를 데리고 갔죠.

사다르 시장의 코코넛기름 장수. 코코넛 과육을 즉석에서 찧어서 기름을 내는데,
강렬한 햇살마저 누그러뜨리는 달콤하고 부드러운 향기가 난다.

탁 아우, 정말 좋았어요. 거기가 카라치Karachi였죠? 파키스탄 남부 해안에 있는 산업도시인데요. 탐험대장 같은 모자를 쓰고 프랑스 외인부대들이 신고 군화 같은 걸 신고서 왠지 탈레반이랑 친할 것 같이 생긴 양반이 구경시켜준다고 하길래 따라나섰죠. 사다르Sadar Bazaar라고 하는 시장이었는데, 그쪽 시장은 냄새로 먼저 다가오는 것 같아요. 양념 냄새, 스파이스의 향기. 그때 닭을 하나 볶고 있었고, 과장 조금 섞으면 1킬로미터 밖에서도 알 수 있을 것 같았어요. 카레향이. 그런 향들이 기억에 남아요. 정말 매웠는데 정말 맛있었어요, 그 치킨 마살라는.

유 거기는 닭을 많이 먹어요. 치킨 티카, 치킨 탄두리 이런 것들. 사실 인도랑 파키스탄이 한 나라였던거 아시죠? 같은 무굴제국Mughul에 있다가 영국 식민지가 되면서 종교적인 이유로 나라가 갈렸는데, 그거 빼고는 거의 같은 문화권이에요. 음식도 여러분이 생각하시는 인도 음식, 네팔 음식이랑 거의 비슷해요. 향신료들을 특히 많이 써서.

탁 제가 조금 보충설명을 해드리면, 인도가 '마하트마 간디' 지도 아래에서 영국으로부터 독립을 하게 되잖아요. 그때 '진나Muhammad Ali Jinnah'라는, 간디의 영원한 라이벌이 있었어요. 당시 간디에 이은 2인자였는데, 이 사람은 이슬람 운동의 거두였고 간디는 힌두교 신도였죠. 간디는 '어떤 경우라도 인도가 더 이상 분열되어서는 안 된다. 모두가 함께 가야 한다' 라는 이상을 품고 있었는데, 간디 사후에 종교 간의 갈등이 수습할 수 없는 지경에 이르게 된 거죠. 인도가 삼각형 형태라고 한다면, 진나의 지도 아래 그 삼각형의 양쪽 귀가 동 파키스탄과 서 파키스탄으로 분리가 됐고, 동 파키스탄 지역은 다시 방글라데시라는 독립국가가 되었죠. 그래서 사실은 방글라데시, 파키스탄, 인도는 모두 한 나라였는데 종교적인 차이에 의해, 힌두교와 이슬람교의 차이에 의해 분리가 돼서 오늘날에 이르게 되었죠.

유 공부 되게 많이 했다?

탁 이 정도는 기본 아닙니까? 파키스탄 많이 갔다 온 양반이 이 정도는 기본 아니에요? (ㅋㅋ)

인도와 파키스탄의 아찔한 경쟁

탁 언뜻 말씀하셨던 와가 보더, 이 와가 국경이라는 곳이 굉장히 재미있는 데예요. 거기는 파키스탄 초소와 인도 초소가 서로 마주 보고 있고, 매일 한 번씩 국기 하강식을 해요.

유 국기 하강식에 세리머니처럼 관광객과 사람들이 다 모여요. 약간 다른 건, 인도 국경은 남녀가 섞여서 앉아요. 반면 파키스탄은 이쪽은 여자 좌석, 반대편은 남자 좌석이에요. 이슬람에서는 남녀 합석을 잘 안 하니까. 거기서 하는 게 뭐냐면, 군인들이 너무너무 멋있게 국기 하강식을 해요. 서로의 자존심이겠죠. 마치 로봇이 움직이듯이 '으쨔, 으쨔' 이러면서 상대방 진영을 향해 눈을 막 부라리고 기를 쏟아내면서 국기 하강식을 해요. 엄청난 기 싸움을 둘이 하는 거죠.

탁 현장에서 보면, 한 사람의 몸에서 정말 눈으로 보일 수 있을 정도의 기운이 막 뿜어져 나와요. 스멀스멀한 기운, 아우라 같은 게. 관람석도 완비가 돼 있어요. 초소 양옆에 그 국기 하강식을 관람할 수 있는 스타디움이 완비되어 있고, 거기서 자국의 군인을 응원하면서 보는 거예

Pakistan

요. 쉽게 말해서 축구 경기를 생각하시면 돼요. 그러다 갑자기 자기들끼리 국가 부르고.

전 매일 그렇게 해요?

탁 네. 멤버 구성이 5대 5 정도 돼요. 나라별로 5명씩 소총을 메고 있고, 지휘하는 장교가 1명 있고, 구령에 맞춰서 저마다 1가지씩 보여주는 거예요. 한꺼번에 완전 배틀 뜨는 거야. 정말 힙합그룹들 배틀 뜨는 거랑 규칙이 거의 비슷해. 파키스탄 군인들은 신발 바닥에다가 쇠를 달아 놨어. 아스팔트 바닥을 '딱딱딱딱' 치면서 발이 한 70도 각도로 올라가요. 그리고 마지막에 국기를 절도 있게 손으로 딱 잡아서 내리는 거거든요. 그러다가도 상대방 국가가 나올 때는 또 조용히 해줘요. **전**

나름 페어플레이룰!

탁 서로 잡아먹을 듯이 쏘아보고, 깔보는 듯한 동작들도 있어. 근데 정작 국가가 울려 퍼지고 중요한 순간이 되면, 상대방 국가가 다 울려 퍼질 때까지 미동도 안 하고 들어줘요.

유 옛날에 인도와 파키스탄이 분리된 이후 엄청난 전투가 벌어졌었어요. 우리나라의 6·25처럼, 비슷한 시기에 서로가 전쟁을 치뤘어요. 그래서 엄청나게 많은 사람이 죽었고요. 그러니까 그 와가 국경은, 한마디로 판문점에서 매일 저녁 북한군과 한국군이 서로 기 싸움을 하면서 국기 하강식을 한다고 생각하면 돼요.

탁 나는 우리도 그렇게 됐으면 좋겠어. 그 안에는 분명히 유머도 있거든요. 서로 잡아먹을 것처럼 노려보면서도 "내가 더 잘났어, 이 새끼야!" 하는 유머도 있고. 우리는 그 단계까지는 못 간 거잖아요. 저는 그걸 만들면 세계적으로 히트를 칠 거라고 봐요. 판문점의 중립국 감독위원회

분들, 이 아이디어 한번 생각해 주시면 좋겠어요. 공동경비구역 JSA에서, 매일 저녁 5시가 되면 국기 하강식을 그 포맷대로 하는 거지. 그쪽 포맷이라 저작권을 사와야 해서 로얄티 조금 줘야 될지도 몰라. 어쨌든 그러면 정말 '국기에 대한 경례' 하다가 팔 부러질지도 몰라.

전 난리 나죠. 예전에 남한이랑 북한도 그런 일 있었어요. 양쪽 진영에서 국기 게양대를 더 높이 올리고, 경쟁적으로 막 확성 방송을 하고.

탁 대성리 마을.

유 파키스탄과 인도는 참 좋았던 게, 서로 갖고 있는 기의 크기가 똑같아요. 인원수도 똑같고. 완벽하게 서로가 동등한 입장에서 기 싸움으로 상대방을 제압하려고 하는 페어플레이가 있었지요.

탁 우리는 그때 대성리 마을이랑 맞은편에 있는 북한 마을이랑 깃발 서로 크게 만들기 경쟁하다가, 결국에는 북한이 더 크게 만들어서 "아우, 됐어. 더는 안 해!" 그러면서 포기했잖아. 북한이 아마 그때 세계에서 제일 큰 깃발 만들었을 거예요. 지금도 대성리 마을에 가면 한국에서 제일 큰 국기 게양대가 있어요. 근데 그거는 결국에는 소모적인 경쟁이라…. 사실 와가 보더에서 이루어지는 국기 하강식은, 이날은 인도군이 조금 더 잘했을 수도 있고 다음날은 파키스탄군이 조금 더 잘했을 수도 있고, 어떻게 보면 서로 간의 재미있는 경쟁인데….

유 정말 부러워요, 그건.

PaKiStan

'대우버스'가 그들에게 남긴 것

탁 와가 보더를 통해서 파키스탄으로 들어가면, 거기가 펀자브Punjab 주인가요?

유 네. 파키스탄은 크게 4개 주로 나뉘어요. 펀자브 주, 신드Sind 주, 발루치스탄Balochistan 주, 카이베르 파크툰크와Khyber Pakhtunkhwa 주.

탁 발음이 상당하네요. 가래침 안 나오게 조심해야겠어요.

유 펀자브는 우리나라로 치면 경기도 지역이에요. 옛날부터 가장 부유하던 지역이고 이곳에 파키스탄의 중심지가 다 있죠. 들어가서 바로 첫 번째 나오는 도시가 라호르Lahore입니다.

탁 실질적인 수도라고 봐도 되죠.

유 문화·상업의 중심지죠. 좀 더 올라가면 이슬라마바드Islamabad 라고 있는데, 거긴 사실 만들어진 도시예요. 계획도시. 하늘에서 보면 사각형으로 딱딱 잘려 있어요. 파키스탄의 수도이고, 그 수도 옆이 라왈핀디Rawalpindi입니다. 그렇게 3개가 펀자브의 메인 도시이자 나라의 중심지예요. 아까 말씀하신 카라치는 파키스탄의 맨 남쪽에 있어요. 신드 주에 속하는데, 거기는 우리나라로 치면 부산이에요. 카라치는 워낙 크기 때문에 인구가 파키스탄에서 가장 많죠.

탁 그렇지만 경제·상업·문화의 중심지는 역시 라호르라는 도시죠.

유 라호르에 가면요, 한국 회사가 있어요. 물론 파키스탄에도 외국 회사들이 많겠죠. 그렇지만 파키스탄 최고의 운송회사가 바로 한국 회사입니다.

탁 여기에는 또 비화가 있죠. 말씀해주세요.

유 지금 파키스탄에 가려면 3개월짜리 관광비자를 받으셔야 되는데, 2000년도에 제가 인도에서 와가 국경을 넘어서 파키스탄에 처음 갈 땐 비자가 없었어요. 들어가면 한국 사람한테만 3개월 무비자에 스탬프 하나 찍어줘요. 일본 사람도 아니고 중국 사람도 아니고 한국 사람한테만. 그리고 파키스탄에서 가장 크고 좋은 고속도로가 '모터웨이 투Motorway 2' 입니다. 공식 명칭이 '모터웨이 투'이고, 사람들은 '대우고속도로'라고 불러요. 대우가 파키스탄에 엄청난 건설을 많이 했어요. 라호르와 이슬라마바드에 '모터웨이 투'를 만들고 거기다가 버스회사를 설립했죠. '대우버스'를요. 근데 대우가 상황이 여러 가지로 안 좋아지면서….

탁 대우건설이 파키스탄 최고의 고속도로를 닦아놓고 공사대금을 다 못 받은 거야. 근데 대우는 그때 망해가고 있었잖아. "빨리 돈 내놔라. 힘들어 죽겠다!" 그러니까 파키스탄이 "아니, 있어야 주지…. 그러지 말고 니들이 거기서 버스 영업을 해" 이래 가지고, 대우는 건설부문도 있지만 자동차부문도 있으니까 대우버스를 가지고 와서 지금 우리로 치면 '한진고속' 이런 사업을 한 거예요.

유 그런데 대우버스가 파키스탄에 엄청난 변혁을 가져다줬어요.

전 물류의 혁신?

유 서비스. 만약 버스가 2시 출발이잖아요? 거기선 2시 넘었는데도 안 가. 왜 안 가냐고 물어보면, 사람이 좀 더 타면 간대. 그리고 나서, 사람이 타. 또 안 가. 짐을 좀 더 실어야겠대. 항상 이렇게 늦어요. 왜냐하면, 내 버스니까. 근데 대우버스가 뭘 시작했냐면, 사람이 안 차도 꼬박 정시 출발. 그리고 만약 도착하는 시간을 30분 이상 초과했다? 특별한 사고가 아닌 경우 자기네 실수로 그런 거면 환불. 그리고 여자 승무원들이

Pakistan

있어요. 그래서 서비스 음료 나눠주고, 장기간 이동 시엔 샌드위치도 주고요.

탁 거의 비행기예요.

유 그래서 파키스탄 사람들은 대우버스 탈 때 옷 갖춰 입고 탔어요. 우리나라에서 가져간 대우버스로 운행하다 보니 버스 시설도 좋고, 정비도 잘하고. 그렇게 하니까 다른 회사들이 따라하기 시작한 거예요. 파키스탄 가면요, 대우버스 아닌 대우버스가 엄청 많아요. 이후에 대우버스가 '삼미대우버스'가 되었는데, 삼마대우, 다운버스 등등 따라하기 시작한 거죠. 옷도 비슷하게 따라 입고 서비스도 비슷하게 따라 하고. 처음에는 회사에서 왜 우릴 따라 하냐고 막았는데, 결과적으로는 대우가 그 나라의 전체적인 서비스 수준을 올린 거지. 그래서 '대우버스'라고 하면 모든 사람들이 엄지손가락을 치켜세웁니다.

탁 2007년에 취재를 하러 갔었거든요. 재미있는 게, 우리는 모든 버스회사들이 하나의 터미널을 이용하잖아요? 파키스탄의 경우에는 버스회사가 자기네 터미널을 갖고 있고 거기서 버스들이 출발해요. 삼미대우도 자기네 터미널을 아예 갖고 있어요. 그 안에서 물건도 싣고 기름도 채우고 모든 걸 다 할 수 있게 되어 있고, 거기 가면 사람들이 비행기 탈 때처럼 금속탐지기 검사를 받아요.

전 아, 버스 타는데 검사를 해요?

탁 거기는 테러의 위험이 있기 때문에 어떻게 보면 더 안심할 수 있도록 해주는 거죠. 그래서 버스에 오르기 전에 소지품 검사를 하고, 그다음에 휴대용 금속탐지기로 몸을 검사받은 뒤 버스에 올라요. 그리고 버스에 앉으면 안내방송이 나오죠.

유 "오늘도 저희 대우버스를 이용해주셔서 감사합니다. 안전벨트를~"

탁 근데 그 안내방송이 나올 때 항상 "인샬라" "알라후 아크바르"라는 말이 나와요. 뭐냐면, '신의 뜻대로 될지어다' '알라는 위대하시다'예요. 항상 석양의 모스크를 배경으로 코란 구절 하나가 서예처럼 화면에 쓰인 다음에, 안내양이 나와서 꾸벅 인사하고 "안녕하십니까, 오늘도 삼미대우고속버스를 이용해주셔서 대단히 감사합니다" 해요. 그리고 안전벨트 채우는 것부터 설명이 다 나와요. 거기 분들은 그런 게 익숙하지 않으니까.

유 그리고 안전벨트를 매고 출발하면 물수건을 하나씩 나눠줘요. 조금 가면 음료수 나눠주고, 더 가면 샌드위치 주고. 고속도로 중간에 대우버스만 서는 대우휴게소가 따로 있어요.

전 대우에서 휴게소도 하는 거예요?

유 법인이 2개 있어요. 대우버스가 있고 대우고속도로 휴게회사가 있는데, 파키스탄 사람들한테는 그게 너무 특별해 보이는 거예요. 사실 우리한텐 익숙한 일이고 시설이 우리를 따라오지 못하는 건 사실이지만, 파키스탄 사람들은 이를 계기로 서비스에 대해 인식을 하기 시작한 거죠. 그래서 파키스탄의 전반적인 서비스 수준을 올려놓은 선도적인 회사가 된 거죠.

PaKistan

라호르의 삼미대우버스 터미널. 파키스탄에서 가장 신뢰할 수 있는 교통 서비스다.
탑승할 땐 비행기 안전검사에 준하는 몸 수색 및 소지품 검사를 거쳐야 한다.

탁 펀자브 지역 얘기를 하고 있는데요. 펀자브 말고도 신드 지역, 남부도 또 재미있는 지역 아닙니까? 제가 그쪽에서 순례제도를 봤었는데, 거긴 종교적인 신비주의 같은 게 있지 않나요?

유 이슬람이라는 종교가 우리의 개신교나 불교처럼, 종파가 되게 다양하게 나뉘어 있어요. 그래서 아프카니스탄이나 이란이 있는 북쪽으로 가면 상대적으로 '정파'의 신앙을 지키고 있고, 남쪽으로 가면 인도랑 가깝다 보니 힌두교의 모습이 많이 보이고 신비주의도 많이 섞여 있어요. 그때 우리가 만난 분들은 이슬람 중에서도 신비주의가 많이 섞인 분들이었는데, 몇십 명이 열흘 동안 걸어 모스크Mosque에서 와 순례를 하더라고요.

탁 물탄Multan에 선지자의 무덤이 굉장히 멋있게 된 데가 있어요. 그걸 취재하려고 하는데, 저쪽에서부터 걸어오는 사람들 표정이 벌써 뭔가에 홀린 듯하고 좀 장난이 아닌 거야. "으으으으" 이러면서 들어와요. 그분들은 신드라는 곳에서부터 열흘 정도 걸어서 예언자의 무덤에 참배를 드리러 왔던 거예요. 그 무덤 안으로 들어가서부터는 이 양반들이 울기 시작하는데, 막 대성통곡을 하다가 몇 명이 쓰러져서 굴러요. 그러면서 경련을 일으켜. 그러면 주변에서 운반조가 딱 들어와서 저쪽 안전한 데다가 눕히고 그래요.

전 그럼 좀 괜찮아져요?

탁 네. 근데 저는 그게 2가지로 해석이 될 수 있는 것 같더라고요. 하나는, 종교의 아주 원시적인 모습. 요새는 종교가 많이 세속화되고 정형

화되고, 심지어 종교를 비즈니스로 접근하는 측면도 있잖아요. 근데 종교라는 것은 사실 우리가 이해할 수 없는 것들, 즉 우리의 지식을 넘어서는 뭔가에 대해서 해석을 시도하고, 그것을 우리가 받아들일 수 있도록 하는 의식 같은 것들이잖아요. 그러다 보니 '진짜 이런 데 와서 선지자의 영혼과 만나는 체험을 할 수도 있겠다'라는 걸 느꼈어요. 또 한 가지는, 이것도 경쟁인 거야. '내가 더 잘 믿어' '내가 더 슬퍼' 이러면서 울다 보니 자기도 모르게 격해진 거지. 곁눈 떠보니까 사람들이 막 실려가고 있어. 그러니 왠지 나도 빨리 실려가야 될 것 같고, 그렇지 않으면 덜 믿는 것 같고. 그런 두 가지 측면이 공존하는 게 아닌가 하는 생각을 해봤어요. 유 작가님은 거기서 어떤 걸 느끼셨어요?

유 저는 종교라는 것은, 개인적인 생각이지만 난로와 같다고 생각해요. 큰 홀에 있는 난로. 추운 겨울에 난로가 가운데 있으면 주변으로 사람들이 모여들잖아요. 누구는 무슬림이고, 누구는 불교도이고, 누구는 개신교도이고…. 그들이 쫙 둘러앉아 난로에서 따뜻한 기운을 받으려는데, '내가 좀 추운데?' 그러면서 누군가가 앞으로 더 가까이 가면 다른 사람은 옆으로 밀리겠죠? 서로 온기를 받으려고 경쟁을 하다 보면, 누군가는 춥고 누군가는 더 뜨거워지는 것 같아요. 그래서 우리가 서로 시기하고 질투하고 타 종교를 배척하고…. 근데 난로를 가운데 두고 똑같은 거리에 가만히 둘러앉아 있으면 그 방은 나중에 훈훈해지잖아요. 똑같은 온기를 나누는 것, 그게 제가 생각하는 가장 아름다운 종교의 모습이거든요.

탁 포인트는 잘 모르겠지만 상당히 좋은 말씀 같긴 해요. 근데 이슬람에는 그런 신비주의도 있지만, 라호르 쪽으로 가면 굉장히 세속적이잖아요. 우리 입장에서 볼 때, 파키스탄 안에서도 합리적으로 이슬람을 믿는 사람이 있는가 하면, 그렇게 선지자 무덤 앞에 가서 경련을 일으키고 실려나갈 정도로 광신적으로 믿는 사람도 있고요. 그렇게 종교가 생활의 모든 부분을 차지하면 광신으로 흘러서 테러리즘까지 연결이 되기도 하고….

유 아, 근데 테러까지 가면 좀 오바다.

탁 아, 네. 제가 바로잡아 드릴게요. '파키스탄에 대한 오해와 진실'이라는 카테고리를 만들어서 이야기를 해보면, '이슬람이라는 종교 자체에는 여러 가지 모습이 있는데, 그 가운데는 믿음의 차이도 분명 존재한다'는 거.

유 인정.

탁 근데 이걸 가지고 '파키스탄은 테러의 천국이다'라는 명제를 내세우는 건 맞지 않다는 말씀이신 거죠? 하지만 전 그게 파키스탄에 대한 가장 큰 오해 중 하나라고 생각해요. '파키스탄은 테러의 천국이다.' 과연 그런가? 과연 그렇습니까?

유 우리나라보다는 많이 일어나요. 가장 기억나는 게 2010년 3월 봄이었죠. 예를 들어 우리나라로 치면, 제가 수원에 있다가 서울로 오면 수원에서 폭탄이 터지고, 서울에 있다가 인천으로 오면 서울에서 터지고, 내가 여기 있다 저리로 가면 터지고 다섯 군데에서 계속 터지는 거예요.

탁

유 아니야, 나 겁쟁이. 사실 파키스탄 관련 작업을 할 때, 파키스탄의 아름다움과 사람들에 대한 느낌과 이슬람에 관한 여러 궁금증으로 시작을 했는데, 알면 알수록

본인이
터트린 거
아니에요?
이상해.
냄새가 나.
(ㅁㅁ)

PakiStan

화가 나는 거예요. 알수록 아름답고 좋아야 하는데 속을 보게 되는 거죠. 서로 싸우고, 자꾸 다른 나라와 분쟁하고…. 사실 어느 나라나 똑같은 건데, 자꾸 알게 되다 보니 되게 회의에 빠진 적이 있었어요. '이런 젠장할! 잘못 골랐다!' 이러면서요. 솔직히 주변에서 "야, 너는 참 나라를 골라도 그런 델 고르냐? 이름값 한다" 그랬었어요.

우리는 총 같은 거 못 갖고 다니잖아요. 거기는 총기 휴대가 가능해요. 물론 법적으로 허가를 받아야 하지만. 그럼 거기는 왜 그러냐. 역사적으로 유목민 시대, 옛날 식민지 시대부터 그런 문화가 계속되어 온 거예요. 우리는 성질나면 뭘 패거나 도끼 들고 간다 그러잖아요? 거기는 성질나면 쏴 죽이는 거지 뭐. 원래 그런 문화였던 거죠. 그렇다고 마구 그러는 건 아니고 삶의 방식이 우리랑 달랐을 뿐인 거죠. 거기다가 종교를 앞세워서 자기의 정치적 영향력을 얻고, 그런 걸 이용한 테러가 사실 많이 일어나요. 가장 안타까운 건, 아이들까지 그런 데 이용이 되는 것이고…. 무함마드Muhammad가 누군지 아시죠? 이슬람을 이렇게 만든 예언자인데, 제가 아는 한 파키스탄 형님이 "별남, 무함마드가 지금 다시 땅에 내려온다면, 다른 종교와 싸우는 게 아니라 지금의 이슬람 지도자들과 싸울 거야. 내가 이렇게 가르쳤냐? 하면서"라고 했어요. 세속과 결탁된 종교라는 것은, 세상을 더 아름답게 하려고 노력해야 하는 건데, 그걸 안 좋게 이용하는 걸 많이 경험하고 보니까 이쯤에서 파키스탄과의 인연을 끊어야 하나 많이 생각했죠.

탁 정리를 하자면, 이슬람이라는 종교는 사실 평화의 종교예요. 예언자 무함마드가 사람들을 좀 더 평화롭게 만들려고 이슬람을 창시한 건데, 지금 이슬람은 각 집단들끼리 서로 권력을 더 많이 쟁취하기 위해 투쟁하고 있죠. 또 그걸 명분으로 자신들의 헤게모니를 좀 더 장악하기 위해 폭력적인 수단까지 쓰고. 총기 휴대가 허용된다든지 무기가 우리보다 많이 퍼져 있는 문화이다 보니, 그런 것들이 테러라는 모습으로 많이 나타난다는 말씀이신 거죠?

유 완벽하게 정리해주셨습니다. 깔끔하네요.

탁 아유, 힘드네.

유 아유~ 마음에 드네.

탁 앞으로 조심해 주세요. (ㅋㅋ)

탈레반을 만 나 다 ?

탁 그럼에도 불구하고 유별남 작가가 더 힘을 내서 지금까지 파키스탄 작업을 할 수 있게 된 부분도 있을 거 아니에요. '아, 거기가 테러 천국만은 아니었다' 하는 점.

유 절대로요. 누가 나보고 "그 위험한 델 왜 가?" "거기 위험하지 않아?" 하고 물어보면, 난 뉴욕 밤거리가 더 무서울 것 같아요. 사람은 자신이 경험한 만큼만 생각한다고, 파키스탄이 뉴스에 많이 나오긴 하지만 실제로는 너무 평화롭고 아름답고 또 좋은 사람들이 많은 곳이에요. 신에 대한 열정을 '믿음'이라는 방법으로 자기 생활에 다 포함을 시키고. 그런데 끝을 한번 보고 싶다는 생각이 들더라고요. '내가 이 나라를 이제 겨우 5개 앉았는데…, 앞으로 남은 게 95개일 텐데…' 하면서요. 그래서 다시 찾다 보니까 내가 알게 된 진실의 더 뒤에는 또 다른 일들이 있더라고

Pakistan

요. 제 직업은 사진작가입니다. 그러면 그런 사람들의 이야기를 사진으로 전하고 표현해야 하는 거잖아요. 탁PD님이 자신의 프로그램으로 그런 것을 알리듯이. 하여간 계속 하기로 했어요. (ㅋㅋ)

탁 계기가 된 에피소드가 있을까요? 그런 거라도 말해줘야 납득이 될 거 아냐. 굉장히 위험한 경우에 처했었다고 들었어요. 북쪽 국경에서 탈레반 만났었다면서요?

유 탈레반은 아니었고요. 국경이 원래 유명한 곳이에요. 특히 아프가니스탄이 있는 북쪽. 왜냐하면, 그쪽은 무수히 많은 부족들로 나뉘어 있어요. 그래서 옛날부터 부족 간의 갈등도 좀 있었고, 특히 발루치스탄이라는 지역은 이미 영국 식민지 때부터 분리 독립을 하겠다던 지역이에요. 거기 가면 좀 살벌해요. 지금은 안 그렇지만 2000년대에 처음 갔을 때는, 옛날식 양팔저울 있잖아요? 접시 2개 있고 그 위에 추 올리는 거. 거기는 추가 돌이야. 옆 접시에 총알을 올린 다음에 돌로 무게를 재서 팔았어요.

전 이야, 그림이 굉장히 살벌하네요.

유 괜히 사진 찍고 싶잖아요. 확 궁금해져서 쏙 들어갔더니, 우와, 혹시 〈람보 3〉라는 영화 아세요? 람보가 아프카니스탄에 잡혀간 자기 옛날 상사를 구하기 위해 총을 구하는 도시가 페샤와르예요.

탁 아, 페샤와르. 〈람보 3〉에 나오는 도시.

유 제가 거기에 간 거죠. 영화에 나오는 장면하고 똑같아요. 거기는 총 가게가 많아요. 가게 문을 열면 총들이 쫙 놓여 있고요. 깜깜하고, 허름하고, 수제 총들도 되게 많아요.

전 우린 수제 피자, 수제 햄버거 이런 건데, 거긴 수제 총…. (ㅋㅋ)

바하왈푸르에서 우리 차량을 호위해주던 현지 경찰들. '삼미대우버스 손님'이라는 타이틀이
가지는 힘은 생각보다 강력했다.

유 근데 웃을 수 없는 게, 공구장에서 총열을 깎는 사람들이 다 애들이에요. 그러다 보니 그런 게 익숙한 문화이기도 하고. 하여간 바보같이 그런 데를 간 거지. 미친놈처럼. 들어가서 신기하다고 사진기를 들이대고 찍는데, 저기서 정말 키 190센티미터 정도에 수염이 길게 난 사람이 나를 보고 총을 '철커덕' 하더니 걸어오는 거예요.

전 '철커덕'

유 나도 군대 갔다 왔으니까 '철커덕'이 뭔진 알죠. 그 사람이 오더니 내 앞에다 총을 딱 들이대는 거예요. 그래서 '어떡하지? 어떡하지?' 하는데, "이리로 와!" 해가지고 골목으로 끌려갔어요.

탁 오, 무서워.

유 엄청 맞았지. '타다다다닥' 맞고, 다 뺏기고.   전

맛있어요? 사진 찍었다고?

유 네. 진짜 눈탱이 밤탱이 다 되게. 무릎 꿇고 손 들고 "살려주세요" 했어요. (ㅋㅋ) 영화 보면, 총 들이대면 그걸 '탁' 치고 발차기 하고 막 그러잖아요? 다 거짓말이고, 그냥 무릎 꿇고 "살려주세요"야.

탁 여기서 한 마디만 덧붙이면, 이분이 사실은 밀리터리 덕후예요. 각개전투, 서바이벌 게임 이런 거 엄청 잘해요. 근데 그때는 무릎 착 꿇고 그냥….

유 서바이벌은 비비건BB Gun이잖아. 하여간 그 얘기 할 때마다 지금도 솔직히 으스스해요.

탁 근데 우리가 지금 이렇게 가볍게 이야기를 해서 그렇지 평생 가는 트라우마일 수도 있어요.

전 저는 칼 든 강도 만났는데도 엄청 무서웠어요. 총은 뭐 말도 못하죠.

유 그렇죠. 그리고 그때 한 마디를 했지. "시가렛 플리즈."

탁 아… 다 맞은 다음에?

유 네. 무릎 꿇고, 담배 하나만 달라고…. 근데 제 부츠 안에 미해병 지포ZIPPO 라이터가 있었어요. 긴 부츠라 그건 안 뺏기고 있었는데, 담배를 건네주길래 "잠깐만!" 하고는 지포라이터를 꺼냈어요. 그게 톡 치면 열리잖아요? 나 그걸 잘 못하거든. 근데 그날은 되는 거야. 그래서 불을 딱 붙인 다음에, "포 유".

탁 아하하하하하. 정말 "남김없이 드리겠습니다"라는 의지를….

전 나 그대에게 모두 드리리.

유 난 정말 절실했었다고. 이 사람들은 미 제국주의자는 다 싫어하지만 미제는 좋아해요. 물건이 좋잖아. 담배를 바친 다음에 결국엔 팬티 안에 있는 20달러짜리를 꺼내서 줬어요. 최후의 수단이 그거였는데 그것마저 주고, "패스포트 플리즈".

탁 아~ 여권만 달라.

유 어떻게 되든 간에 난 여권만 있으면 되니깐. 걔들이 두 명이었거든? 근데 지들끼리 한 명은 "야, 빨리하고 가자!" 그리고, 또 한 명은 "야, 잠깐만!" 하더니, 일어나래요. 가방을 얼굴 앞에 던져주더니 다시 내 등에 총을 들이대는 거야. 저쪽 길로 가라는데, 그때 발이 안 떨어져요.

탁 그때가 제일 무서운 거야.

유 등 뒤에서 총으로 막 찌르면서 "고! 고!" 그러니까 '아, 어떡하지? 어떡하지…?' 싶은 거죠. 왜 영화 보면, 총알 떨어지면 갈지자로 뛰잖아요. 그래 가지고 한 여섯 걸음 간 다음에 갈지자로 막 뛰었어. 저 앞 국경까지 막 뛰었다?

Pakistan

탁 그때는 또 각개전투가 생각났나 보네요? (ㅋㅋ)

유 그러니까! 그랬더니 거기 파키스탄 경찰이 있었는데, 할아버지예요. 수염 허옇게 길러서 지팡이를 들고 있는데, 그 할아버지한테 가서 "저기 강도들! 강도들! 나, 나, 나 지금 박살났어!" 그러니까, 할아버지가 막대기로 때리면서 "그러니까 가지 말라고 했잖아". (ㅋㅋ) 원래 거기 외국인은 못 들어가게 막았거든요. 제가 못 들어가고 서 있으니까, 아까 그 사람들 비슷하게 생긴 사람이 "300루피!" 하고 불러요. 그래서 돈 주고 뒷골목으로 들어가니깐, 그쪽으로 쏙 들어가데? 그렇게 해서 들어갔다가 하여간 박살이 났었어요. 아무튼 할아버지랑 이야기하고서 주머니를 뒤졌더니, 5루피가 나와요. 20~30원 정도?

전 그걸로 뭘 할 수 있나요?

유 버스 타. 버스를 타고 게스트하우스로 돌아온 거예요. 게스트하우스에 짐은 두고 갔었으니까. 게스트하우스 주인이, 영화에 나오는 사람 같이 이따만하게 뚱뚱하고 애꾸눈이에요. 수염 딱 있고. 그리고 이 사람이 아편을 팔아. 배낭여행자들 오면 그 아편을 팔아먹는 사람이었는데, 그 사람한테 가서 "내가 저기서…" 하면서 울먹이니까, 날 한 번 쳐다보고 담배 한 대 피더니, "투데이 프리".

탁 하하하하하.

유 그래서 눈물 팍팍 흘렸죠. (ㅋㅋ) 하여간 그때, '내일은 파키스탄을 떠야겠다'고 생각했어요. 미친놈이지, 내가. 그게 2000년도예요. 근데 그 다음날 어떡하다 보니까 사람들과 난민촌을 가게 됐어요. 거기는 아프카니스탄 난민들이 넘어온 곳이라 엄청나요. 스티브 맥커리Steve McCurry라는 사진작가가 〈내셔널지오그래픽〉의 표지로 유명했던 '아프카니스탄 소녀'라는 사진을 찍었던 데가 나시르 바흐Nasir Bagh라는 캠프인데, 거길 갔어요. 조그마한 아이들이 막 떼거지로 모여서, 고통 속에서 신음하는 거예요. 쉽게 설명을 드리면, 그중 반은 부모가 없어. 그리고 반의 반은 몸의 뭐가 하나씩 없어. 이곳저곳 흉터가 있고…. 그래서 그때 생각을 한 거지. 그때 사진작가가 되기 전이었지만, '이들의 이야기를 어떻게 사람들한테 전해줄 수 있을까? 내가 예술가라는 직업으로서 뭘 어떻게 표현할 수 있을까?' 그렇게 생각하면서 계속 가슴에 담아왔던 걸 2006년도에 다시 시작한 거죠.

탁 어우~ 진짜 상 예술가다. 상 남자가 아니라 상 예술가네. 얻어맞은 그 충격의 와중에서도 아이들의 이미지가 가슴에 꽂히는 순간, '이 나라에 대한 작업을 계속 해야겠다'. 오늘 완전 멋진데? 셀프 마무리 죽인다, 형. (ㅋㅋ)

나의 사랑하는 파 키 스 탄

탁 유별남 작가가 파키스탄에서 겪었던 무서운 일들, 생명의 위협까지 느낀 힘들었던 순간들에 대해 이야기를 했는데, 아직까지도 이렇게 파키스탄을 사랑하고 작업할 수 있었던 이유에 대해서도 본격적으로 얘기해보면 좋을 것 같아요. 일단은 자연이 정말 아름답죠.

유 혹시 파키스탄이라는 나라를 처음에 떠올렸을 때 어떤 이미지가 생각나셨어요?' '그 나라는 어떻게 생겼을 깃 같다'라든가….

탁 일단 '스탄'이니까, 뒤에 '스탄' 붙으면 다들 좀 척박하고, 사막 같

PAKISTAN

고… 이런 불모지 이미지?

유 불모지도 있죠. 파키스탄은, 아라비아해 바다부터 북쪽의 히말라야 카라코람과 힌두쿠시라는, 우리가 흔히 '세계의 지붕'이라 말하는 티베트와 연결된 산맥들이 있습니다. 그래서 자연의 모든 모습이 있어요. 사막, 바다, 빙하, K2도 거기 있고요. 우리가 잘 아는 낭가파르바트라는 산도 있어요.

탁 그때 그 지역이 낭가파르바트 지역이었나요, 길기트였나요? 유 작가님이 밤에 찍은 그 별 사진. 그 사진 정말 대단해요.

유 낭가파르바트요. 낭가파르바트는 히말라야 산맥의 끝자락이에요. 등반객들이 가장 오르기 힘들어하고 많이 죽은 곳이고요. 근데 거기가 너무너무 아름다운 곳이에요. 낭가파르바트 베이스캠프 전에 페리메도우라는 지역이 있어요. 거기가 4,200미터 정도 되는데 4,300미터 높이에 초원이 있어요. 끝없이 펼쳐진 초원 그리고 호수들. 거기서 텐트 치고 모닥불 피면… 기가 막히죠.

탁 진짜 그거 하나로 그림이겠다.

유 밤에 보면, 낭가파르바트 위로 별이 깔린 거지.

탁 올라갈수록 공기도 맑거니와 대기가 희박하기 때문에 별들이 정말 또렷하게 보이잖아요. 거기서 카메라에 장노출을 주면, 그냥 끝나는 거죠. 그리고 파키스탄엔 산 말고 사막도 있어요.

유 사막으로 유명한 데가 촐리스탄. 인도의 자이살메르라는 지역 아시죠? 거기가 사실은 인도랑 파키스탄이 갈리기 전엔 한 사막이었어요. 국경이 갈리면서 사막이 반으로 갈라졌고, 한쪽은 자이살메르 라자스탄, 한쪽은 촐리스탄이에요.

인도양은 '날 것 그대로의 바다'라는 느낌을 준다. 거칠고, 불규칙적이다. 하지만 카라치에서
바라본 인도양은 온순하고 고즈넉했다.

PAKISTAN

사람은 사막을 닮고, 바다를 닮는다. 극단의 신앙을 품기도 하고, 무위의 디오게네스Diogenēs
가 되기도 한다.

탁 결국은 같은 사막인데 인도와 파키스탄에서 부르는 이름이 다른 거군요. 근데 그 촐리스탄 사막에 가면 아직도 왕이 있잖아요?

유 왕이 있었지요. 그 지역이 바하왈푸르Bahawalpur예요. 거기가 옛날에 바하왈푸르 왕국이었어요. 그러니까 큰 무굴제국 안에도 각각의 소국들이 있었을 거 아니에요. 바하왈푸르 지역에 엄청나게 큰 왕국이 있었고, 그 사막에 가면 옛날 영화에서 보던 큰 토성들이 있어요. 제가 예전에 혼자 작업을 하러 갔다가 우연히 어떤 아저씨를 만났는데, 이 아저씨가 멋있고 좀 괜찮아 보였어요. 여기 구경 왔다니까 차 태워주고 구경도 시켜줬는데, 알고 보니 이 사람이 바하왈푸르 왕조의 마지막 후손이었어요.

탁 왕자죠, 왕자. 그야말로 사막의 왕자.

유 파키스탄이 처음 국가가 됐을 때 너무나도 열악한 재정 상태에서 나라가 크냐 마냐 하는 되게 힘든 고비에, 바하왈푸르 왕조의 왕이 파키스탄 공무원들한테 월급을 줬어요. 내가 만난 분의 할아버지가 자기 돈으로 2달 동안요.

탁 파키스탄 공무원 전원의 첫 월급을 그 왕조의 왕이 지급해줬던 거예요. 나라가 돈이 너무 없었을 때.

유 그리고 자기 왕국을 파키스탄을 위해서 내놨어요. 그런데 참 흥망성쇠라는 말이 실감이 나는 게, 우여곡절을 겪으면서 쇠퇴한 왕조가 돼버렸죠.

탁 가문 내부에서 재산을 놓고 다툼이 벌어졌을 때, 그걸 빌미로 파기스탄 정부에서 "너네끼리 분쟁한 동안 우리가 맡아줄게" 하면서 재산을 싹 몰수한 거예요. 파키스탄 중앙정부 입장에서는 주변의 소왕국들이 계속 힘을 가지고 있는 것이 불안의 씨앗이라고 생각했던 거죠. 그래서 전 재산을 압수한 다음에 아주 찔끔찔끔 돌려주고 있는 거예요. 유별남 작가가 그 사막의 왕자님이랑 친분을 쌓은 게 2007년이고, 2011년에 유 작가님과 제가 함께 가봤습니다. 그래서 그 왕자님을 저도 만났어요. 처음에 그 왕조가 사용하던 요새부터 가봤어요. '데라와르 포트'라는 엄청나게 웅장한 성이 사막 한가운데 떡하니 서 있는 거예요. 정말 이거는 뭘로도 설명이 안 되는, 영화 세트라고 하면 믿겠어. 어떻게 보면 〈스타워즈〉에 나오는 외계인들이 쓰는 성 같아요. 그런데 멀리서 보면 너무너무 멋있는데 안에 들어가면 붕괴가 시작되고 있죠. 제대로 관리가 안 돼서. 그 성이 사실은 왕조의 요새였던 거고, 그 가문은 아직도 그대로 있는 거죠. 그래서 그 왕자님을 뵈러 갔는데, 왕자님이 '뉴욕 양키스' 모자를 쓰고 되게 허름한 옷 입고, 딱 보면 그냥 동네 아저씨예요. 약간 더 똑똑해 보이는 동네 아저씨. 근데 "별남 왔냐"고 악수를 하는데 표정이 안 좋아. 그래서 무슨 일 있었는지 물었더니, 담담하게 "어, 내가 작년에 6개월간 납치를 당했었잖아" 그러는 거예요. 그래서 무슨 일이냐고 물으니까 "어… 말씨 들어보니까 우리 지역 사람들은 아니고 저 멀리서 온 애들 같은데, 납치를 하더라고. 나 잡아놓고 우리 가족들한테 몸값 달래잖아. 계속 때리면서…". 그때 정말 마음이 아프면서도 한편으로는 오히려 그분이 더 멋있어 보였어요. 그런 와중에서도 "말씨 들어보니 우리 지역 사람들은 아니다"라고 부정하는 것 자체가.

유 지금 그 바하왈푸르 지역의 학교, 병원들은 다 그 집안이 옛날에 만들어줬던 거고, 지금도 존경받는 가문이에요.

탁 그 지역 말로는 왕을 '나왑'이라고 하거든요. 인도에서는 '마하라자'라고 하죠. 그 소군주들을. 이무튼 그 바하왈푸르 지역에서 "나왑에 대해 어떻게 생각하느냐" 물으면, 사람들이 다 엄지손가락을 치켜세워요. 그렇게 마음속으로 다들 충성심을 가지고 있어요. 하루는 그 왕자님이 우리를 자기 집으로 초대하신 거야. 근데 망했다고 해도, 왕자예요. 어쨌든 그 집은 대저택이야. 밖에서는 그렇게 입고 다니지만 안에서는 빼입는 거죠. 전

아, 밖에서는 서민 코스프레를…

탁 그렇죠. 서민 코스프레였던 거야. 근데 안타까운 건, 집 안에서 할아버지의 은으로 된 보검을 보여주는데, 〈아라비안나이트〉에 나오는 '다마스커스 칼'이라고 하죠? 비단 같은 걸 공중에 던져서 떠 있는 채로 베어버리는 그런 칼 있잖아요. 그 칼을 할아버지한테 물려받은 게 아니라 암시장에서 샀다는 거예요. 왜냐하면 그 집안의 보물들은 모두 도난당했거나, 정부가 몰수해간 재산을 제대로 관리 안 하다 보니 이게 암시장 같은 데서 팔리는 거야. 그래서 자기 집안의 보물을 암시장에서 수집하고 있는 거예요. 정말 가슴이 아프더라고요.

유 하지만 그분의 소원은, 이젠 왕국으로 다시 돌아갈 순 없지만 사막의 성을 잘 관리하고 관광지로 잘 개발해서 이 지역이 다시 흥하는 거예요.

바하왈푸르 왕국의 왕자

유 이제 촐리스탄 사막은 개인이 버스 타고도 쉽게 갈 수 있지만, 저의 경우는 관리를 받았었어요. 카메라 들고 가니깐, "못 들어간다. 허가

PaKiStan

증 받아와라" 그러고. 그래서 이 허가증 저 허가증 다 받아서 사막에 갔더니, 사막 외곽에다가 숙소를 주는 거예요. '사진 찍어야 하는데 어떡하지?' 하다가 다음날 짐을 다 싸들고 사막 한가운데 있는 경비대 초소로 갔어요. 가방 탁 내려놓고 그 허가증을 내밀고서 "나 여기서 잘게".

탁 거기서 그냥 선언을 했구나. "나 여기서 잘게."

유 그 사람들과 며칠 동안 잘 지냈어요.

탁 아, 또 그렇게 지내게 해줘요?

유 허가증이 있으니까. 뭐든지 문서가 있어야 해요. 총리 사인. 그런데 사막이라는 게 정말 아름답고 멋있을 것 같죠? 그렇지도 않아요.

전 아, 지겨워요. 하루만 있어 보세요. 답이 안 나와요. 낮에는 뜨겁고, 밤에는 춥고…. 힘들어요, 사막은. 사막마다 각자의 매력이 있긴 한데, 정말 힘들어요.

유 아무튼 거기 좀 있다가 '야, 이거 도저히 안되겠다. 혼자서 다닐 수 있는 데도 한계가 있고, 걔네가 가끔 태워다줘도 영 힘드니…' 이러고 있었는데, 갑자기 마을이 술렁술렁한 거예요. "옆마을에서 누가 잔치를 벌이는데 같이 갈까?" 하길래 '아휴, 그만하고 거기나 가야겠다' 하고 따라갔어요. 가보니, 한 분이 마을 사람들 다 초대해서 잔치를 벌이고 밥을 나눠주는 거예요. 얻어먹고 돌아서는데, 그분이 "어이, 너 누구야?" 그러면서 날 불렀어요.

탁 그게 왕자님이었군요.

유 네. 그때 그분이 명함을 주면서 "다음에 언제 다시 올 수 있으면 와라" 하고 그 자리에서 헤어졌거든요. 다음날, 이제 가려고 짐을 싸들고 나왔어요. 버스터미널에 앉아 있는데 앞의 엄청 큰 야외광고판에 걸린 사막 사진이 너무 예쁜 거예요. 제가 그때 사막 사진을 제대로 못 찍었거든요. '저걸 못 보고 가다니… 어떡하지? 어떡하지?' 하다가, 그냥 버스 티켓 취소하고 그 아저씨한테 전화를 했지. "저 기억하십니까?"

탁 "어? 기억 못 하는데?" 이러면 꽝인데…. (ㅋㅋ)

유 근데 그분이 "와" 그러시더라고요. 그래서 그 집에 가서 자고, 다음날 그분이 여기저기에 전화를 돌리고 짚차 2대를 가져오게 해서, 제가 더 들어가지 못했던 깊은 사막까지 다 구경을 시켜주셨어요. 그때 인연을 쌓은 거죠.

탁 그리고 몇 년 있다가 찾아가 보니 납치를 당했었던 거죠. 근데 사실 어떻게 보면, 우리는 그냥 빈말처럼 지나가면서 흔히 할 수 있는 얘기잖아요. "어, 그래. 언제 한번 와" "언제 밥 한번 같이 먹지?" 뭐 이 정도는요.

전 "전화 한번 드릴게요."

탁 어. 근데 그분들은 그게 아니라는 거죠. 한번 말을 뱉으면, 자기가 해줄 수 있는 한도 내에서 최대한의 것을 해줘요. 그런 것이 관대함이라는 건데, 그 관대함을 정말 가슴 깊이 느꼈던 경험인 것 같아요.

유 이슬람 하면 흔히 유목민, 중동 황제, 아랍, 사막, 유목민이 떠오르잖아요. 근데 이 사람들의 특징적인 문화가 뭐냐면, 손님은 무조건 받아주는 거예요. 사막에서 여행자를 만나면 적이라 하더라도 받아줘요. 왜냐하면, 그 쉼터가 없으면 이 사람은 죽으니까. 아프리카나 이슬람 문화를 보면, 사막에서 누군가 물을 찾을 때 물이 있는 곳을 얘기해주지 않으면 안된다고 해요. 내 적이라고 해도 물 있는 장소를 알려줘야 해요. 항상 손님한테 관대하고, 받아들이고, 그런 문화가 쭉 내려와서 실제로

Pakistan

거기 가면 방문한 사람을 정말 환대해주고 음식도 대접해주고 재워주고 하죠.

탁 그래서 제가 바하왈푸르에 갔을 때 왕자님이 또 연회를 베풀어주셨잖아요. 근데 정말 깜짝 놀랐던 건, 말하면… 안 돼?

유 거기까지만. 좋은 음식과 좋은 식사. 사실은 파키스탄이 이슬람 문화이다 보니 술 같은 걸 좀…. 근데 공식적으로는 거기도 맥주는 팔아요. 왜냐면 개신교도들이 있으니까. '머리 맥주'라고 있고, 우리가 외국에서 왔다니까 특별히 좋은 술을 주서서 한잔 했죠.

탁 거기 갔더니 이 양반들이 글쎄, 1950년대 인도 음악을 틀어놓고 술을 마시고 있는 거야. 근데 저는 정말 놀랐던 게, 거기 아주 자연스럽게 맥주랑 위스키랑 있었거든요? 환담을 나누고 있길래, 되게 용기를 내서 백발이 성성한 할아버지한테 "저기… 술을 드셔도 되는 겁니까?" 물으니깐, "이슬람은 평화의 종교지. 아무에게도 아무것도 강요하지 않아".

전 아하하하.

탁 "음주는 개인의 문제야. 나는 술을 마시기 때문에 매일매일 더 열심히 기도를 하지. 그리고 이슬람은 평화의 종교야. 아무에게도 아무것도 강요하지 않지." 이 얘기를 계속 10번은 하시는데, 그것도 맞는 말인 것 같아요. 제가 이슬람권에서 처음 술대접을 받았던 게 수단에서였거든요. 수단도 어쨌든 이슬람 문화가 들어오기 전부터 그들 고유의 문화가 있었으니 술이 있었을 거 아니에요. 아프리카 수단 내전지역에서, 반은 수단 사람이고 반은 에티오피아 사람이었던 의사가 저한테 술대접을 해주시면서 "코란을 아무리 찾아봐도, 술 마시고 개판 치지 말라는 말은 있는데 술 마시지 말라는 말은 없어".

유 술에 취해서 기도하지 말라고.

탁 "술에 취해서 기도하지 말라는 거지, 술 마시지 말라는 말은 없어" 하시더라고요.

전 굉장히 일리가 있네요.

파키스탄의 맛! 맛! 맛!

탁 파키스탄 음식 얘기 좀 해봅시다.

유 난이라는 빵 아시죠? 우리로 치면 쌀밥이죠. 모든 음식은 난과 함께 먹어요. '난'이라고도 하고, '차파티'라고도 하고. 그리고 커리!

탁 거기서는 커리라기 보다는 주로 '마살라'라고 표현하는 것 같아요.

유 마살라는 향신료를 지칭하는 거고, 음식 종류가 너무 많아요. 사실 파키스탄 음식은 여러분이 아는 인도 음식과 크게 다르지 않아요. 물론 특별한 음식들도 있어요. 우리나라에서 꼬리곰탕 먹죠? 그 사람들도 꼬리곰탕 먹을까요?

전 소… 소를요?

유 거기는 양.

전 양꼬리를…?

유 아니, 양 통채로. 큰 솥에 양 머리가 뿔과 함께 담겨 있어요. 특히 겨울에 그쪽 산악 지역이 무척 춥거든요. 눈이 한 번 오면 하루 동안 길이 끊겨요. 그런 지역에선 다들 큰 솥에 양을 넣고 고아서 그 국물에 난을 찍어 먹지요.

Pakistan

탁 그 양고깃국을 저는 몽골에서 먹어봤거든요. 양고깃국 먹을 때 정말 조심해야 하는 게, 김이 하나도 안 나요. 위에 기름막이 있으니까. 근데 사실 이게 끓지만 않았을 뿐이지 막상 먹어 보면 95도 정도 돼.

전 전혀 감이 안 오네요.

탁 한 사발 딱 떠가지고 보면, 눈으로 보기에는 40도 정도야. 하지만 요거를 홀짝 마셨다간 홀랑 타죠. 근데 파키스탄에서는 양고기 스프 끓일 때 별도의 양념 같은 건 안 넣나요?

유 소금도 넣고 이것저것 향신료도 넣는데, 특별하게 어떤 맛을 낸다기 보다는 그저 고아내기 위한 하나의 재료로써 넣죠.

전 그냥 우리처럼 맑은 국물을 먹는군요.

탁 몽골에서 양고깃국 맛의 비결이 뭔가 하고 유심히 보고 있었는데, 종이에 꼬깃꼬깃하게 싸여 있던 가루 같은 걸 마지막에 넣으시길래 뭔지 물었죠. 한국말 되게 잘하시는 몽골분이셨는데 "아, 이거? 다시다" 그러시더라고요. 요새 한국 양념들이 많이 들어왔대요. 근데 아직 파키스탄에 다시다는 안 들어왔을 텐데…?

유 파키스탄에는 차이니즈 솔트가 있죠.

탁 차이니즈 솔트, 그게 뭐죠?

유 미원. 우리가 아는 미원보다 알갱이가 조금 커요. 그걸 넣어요. 차이니즈 솔트라고 하길래 이게 뭔가 하고 먹어봤는데, 완전 미원이야.

탁

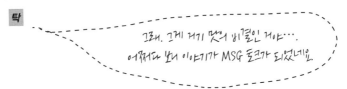

그래. 그게 거기 맛의 비결인 거야….
어쩌다 보니 이야기가 MSG 토크가 되었네요.

카라치의 사다르 시장에서 파키스탄식 튀김인 '파코라'를 만들고 있는 상인. 옆의 냄비에선
매콤한 치킨 마살라가 행인들의 군침을 돌게 한다.

지속 가능한 평화가 찾아오기를

탁 파키스탄의 매력에 대해 얘기하다 보니 음식 얘기도 했고, 또 생각나는 거 없으세요?

유 세계에서 가장 많은 불교 유적이 있는 곳이 어딘지 아세요? 아프가니스탄이랑 파키스탄이에요. 옛날에 불교가 엄청나게 번성했을 때는 아프카니스탄의 카불이 불교 지역이었거든요. 그리고 간다라 미술의 중심지가 파키스탄이에요. 그래서 페샤와르 박물관에 가면 다 불상이에요. 이슬람 국가에 불상이 있을 거라곤 생각 못 했죠? 몇 년 전에 탈레반이 아프가니스탄에 있는 세계에서 가장 큰 불교 석상을 폭파했잖아요. 세계에서 가장 많은 유적이 그 지역에 분포되어 있습니다. 근데 부처님 얼굴이 서양인 얼굴이야. 코도 오똑하고, 그리스 헬레니즘 조각상의 얼굴들이에요. 부처님 상을 하고 있는데 몸은 건장해요.

탁 가슴에 털도 있고.

유 털까지는 좀…. 그 외에도 엄청나게 많은 불교 유적과 불교 문화가 파키스탄에 있습니다. 그리고 세계의 문명 발생지들은 대부분 강 근처죠. 황화, 메소포타미아, 티그리스, 유프라테스, 인더스. 과연 인더스 강은 인도에 있을까요? 파키스탄에 있습니다. 파키스탄 북부 산의 빙하가 녹은 게 원류가 돼서 파키스탄 가운데를 가로지르며 내려와요. 그리고 그 인더스 강이 흐르는 지역이 세계에서 엄청나게 유명한 농경지예요. 세계에서 몇 번째로 큰 목화 생산국이고요. 그리고 망고. 우리가 먹는 망고는 대부분 필리핀 산이죠? 거긴 망고가 그냥 깔렸어요. 진짜로. 우리는 망고를 칼로 잘라 먹잖아요? 거기는 망고를 손으로 주물러요. 여

름에 보면, 큰 대야에 망고를 쌓아놔요. 사람들이 두런두런 앉아서 노랗
게 익은 망고를 물에 넣고 하나씩 주물럭주물럭해요. 껍질이 질기거든
요. 그렇게 해서 안이 물컹물컹해지잖아? 그러면 끝을 잘라서 쪽쪽 빨아
먹어요. 우리가 쭈쭈바 먹듯이.

탁 껍질이 굉장히 질긴가 봐요.

전 안 새어 나와요?

유 안 새요. 그리고 가을 겨울 되면 수레에 오렌지를 가득 쌓아놔요.
길 가다가 거기 서서 돈 몇 루피 주고 까먹고 가요. 그 다음엔 살구 말린
거. 혜화동 길 걸으면 가로수가 쫙 늘어서 있잖아요? 그게 다 살구나무
라고 생각해 보세요. 밟히는 게 다 살구고, 바로 따서 먹을 수도 있고. 엄
청나게 많습니다.

탁 말씀하시는 것만 들어봐도, 파키스탄과의 사랑에서 앞으로도 헤
어나오실 일이 없을 것 같아 보이네요. 그만큼 정말 매력적인 나라라는
게 느껴지는데, 그 매력적인 나라를 돕기 위해서 얼마 전부터 재미있는
일을 하나 시작하셨다고 들었어요.

유 원래 모든 일은 사소한 데서 시작이 된다고 하는데, 진짜 사소하
게 시작한 일이 하나 있어요. 집에서 책상 청소를 하는데 연필이 한 묶음
나왔어요. 예전에는 그냥 버렸어요. 그런데 하필 그날, 내 엄지손톱만 한
크기의 몽당연필로 조그마한 종이에 그림을 그리던 파키스탄 아이 생각
이 난 거예요. '그 아이들한테 이 연필을 주면 좋아할 텐데….' 근데 내 것
을 주기엔 좀 부족하고, 그래서 페이스북에 이벤트를 하나 만들었어요.
그런데 제가 감당할 수 없을 만큼 많은 분들이 보내주시는 거예요.

탁 지금 연필에 깔려 죽게 생겼다면서요?

Pakistan

유 지금 라면박스 같은 걸로 40박스가 넘게 쌓였어요. 그래서 '아, 이걸 어떡하지?' 하다가 첫 번째로 전해줄 데로 찾은 게 파키스탄 산악지역에 있는 수롱고Surongo라는 학교예요. 거기에 학생들이 65명이나 있는데, '그 애들한테 이 연필을 전해줘야겠다' 한 거죠. 제가 꼭 드리고 싶은 말씀이 있는데, 파키스탄 산악지역에 가보면 외국에서 지어준 학교가 너무 많아요. 근데 1, 2년 있으면 다 문 닫아요. 지속 가능한 도움을 주지 않기 때문이죠.

탁 아, 그거 중요한 것 같아요. 학교 지어주고 1년 치 물품 준 다음에, 자금 딸리고 그러면 잊어버려요.

유 혹시 들어보셨을지 모르겠는데, 그 수롱고 학교는 김재현이라는 한국 작가가 자기 돈으로 만들어준 거예요. 근데 이 친구가 학교를 짓고 나서도 교사 월급을 매달 줘요. 지속 가능하게 학교를 운영하기 위해서. 저희도 연필을 이번 한 번만 주고 땡 해선 안 되겠죠. 저는 연필 포장하는 행사는 6개월에 한 번씩 하고, 연필은 1년에 몇 번씩 계속 받을 거예요. 그런 뒤에는 전해줄 학교들을 계속 찾을 거고요. 학교를 찾는 기준은, 현재 국제 NGO들이 많은 도움을 주고 있는데 그 도움을 받지 못하는 학교도 많거든요. 그런 데를 탁PD님한테도 수배를 받고 사람들한테도 물어서, 연필 보내주는 일을 계속 할 겁니다. 하려고 한 건 아닌데 하여간 이렇게 됐어요.

탁 마치 김장 담그는 분위기가 날 것 같아요. 모여서 왁자지껄하게 수나도 떨면서, 연필도 포장하면서. 그리고 그 연필이 만들어낼 자그마한 기적에 대해 함께 소망하면서. 정말 이 '모아보자, 서랍 속 몽당연필' 행사가 점점 더 발전해서, 제3세계 어린이들에게 지속 가능한 도움을 줄

수 있는 이벤트로 나아갈 수 있으면 좋겠습니다. 그전까진 연필에 치여 죽으시면 안 돼요. (ㅋㅋ)

유 감사합니다.

탁 오늘은 정말 특별한 나라 파키스탄이 유별남 작가에게 줬던 아픔들, 하지만 그 아픔을 딛고 계속 사랑할 수밖에 없는 이유에 대해 알아보는 아주 뜻깊은 시간이었습니다. 여러분들은 여행지를 어떤 기준으로 선택하실지 궁금한데요. 만만한 여행지 또는 가기 쉬운 여행지도 있지만, 모두들 가지 않는 곳이더라도 '정말 내 일생에서 한 번쯤은 가서 이 나라의 매력을 발견해보고 싶다'라는 측면에서 접근해보시는 것도 굉장히 뜻깊은 일일 것 같아요.

유 여러분, 어느 날 뉴스를 통해 "오늘 라호르에서 폭탄이 5개 터졌습니다"라는 소식을 들으실 수도 있을 거예요. 하지만 그 뉴스 뒤에는, 정말 아름다운 사람들이 사는 아름다운 나라가 있다는 것도 기억해 주시고요. 기회가 된다면 한 번쯤 찾아가볼 수 있는 여행지로 선택하셔도 좋을 것 같습니다.

탁 모두가 파키스탄을 편하게 찾으실 수 있는 날, 파키스탄에 지속 가능한 평화가 이루어지는 그날이 빨리 오기를 기원합니다.

여러분, 언제나
좋은 여행 하세요.
감사합니다.

Pakistan

라호르의 바드샤히 모스크Badshahi Mosque 야경

탁PD의

여행수다

—

폼생폼사,
그 당당한 멋에 빠지다

유럽에서 우리와 서로의 멘탈리티를 이해할 수 있는 사람들을 꼽으라면 이탈리아 사람들에게 한 표 던지고 싶다. 비슷한 반도 지역에 거주하기 때문이라는 고전적인 설명을 굳이 붙이지 않더라도, 이탈리아노들의 심성은 우리와 비슷한 부분이 많다. 노래 좋아하고 다혈질이고 다이내믹하지만, 그만큼 빈틈도 많고 눈물도 많다.

독일 취재 중 미리 허가를 받지 못한 곳에서 촬영을 할 일이 있었다. 촬영에 차량이 꼭 필요해서 많은 독일 사람들에게 부탁해봤지만, 돌아오는 대답은 "허가는 받은 거니? 허가 없이 촬영해선 안 돼. 만일 그러면 내가 신고할 거야"라는 것이었다. 답답한 마음에 부탁을 거듭하다가 우연히 만난 이탈리아 청년은, 내 팔목부터 잡아끌었다.

Italia

"그런 이야기는 이곳 사람들이 듣는 데선 하면 안 되지."

그리고 나서 나를 데려간 곳은 자기와 함께 온 이탈리아 친구들이 있는 곳이었다.

"이 한국 친구가 독일 녀석들 몰래 해야 할 일이 있다는데 말이야…."

결국 그들이 마련해준 작전대로 촬영을 무사히 마칠 수가 있었다.

로마나 밀라노 같은 대도시를 여행해본 사람들이 느끼는 이탈리아 사람들의 모습은 이런 예와 거리가 있을지도 모르겠다. 좀도둑 많고, 불친절하다가도 좀 만만해 보이는 여자다 싶으면 끊임없이 따라다니며 추파를 던지고…. 하지만 만일 내가 사는 곳이 '용인민속촌'이고, 우리의 문화유산을 보러 오는 사람들이 내가 사는 곳의 인구보

다 훨씬 많다고 하면, 그 모두에게 나의 본모습을 보여주기란 무척이나 힘든 일이 아
닐까?

그래서 나는 어디를 여행하든 비수기에, 사람들이 잘 가지 않는 조그마한 마을을 가
볼 것을 권한다. 그런 때의 그런 지역이야말로 그 나라 사람이 가진 심성의 초기
세팅값을 가감 없이 볼 수 있는 곳이니까. '필 꽂히는 대로' 여행했던 김남림 씨가 만
난 이탈리아의 소도시들도 마찬가지였다.

by 탁

Italia

gueSt

김남림

—

유럽을 기차로 잇는 '레일유럽'의 홍보&프로젝트 실장.
이탈리아와 인연을 맺은 뒤로, 밀라노만 적어도 열 번쯤 갔다 왔다는
자타공인 이탈리아 러버.
관광지를 찾아다니기보다는 필이 꽂히는 곳에 머물러보는 것.
현지 풍경 속에서 자신만의 풍경을 만들어보는 것이
그녀가 추천하는 진정한 이탈리아 여행법.
이탈리아 특유의 당당함, 북부 남자들의 시크함에 빠진
그녀의 이탈리아 사랑은 지금도 진행 중.

탁 안녕하세요. 귀만 있으면 떠날 수 있는 세계여행, 여행교의 간증 집회 '탁PD의 여행수다'에 오신 것을 환영합니다. 오늘은 여러분들의 많은 관심을 받고 있는 나라, 이탈리아로 떠나볼까 합니다. 제 옆에는 전명진 사진작가 나와주셨고요.

전 안녕하세요. 반갑습니다.

탁 그리고 오늘의 수다 손님으로는, 유럽의 기차표를 파는 매표원… 이 아니라 레일유럽의 홍보를 담당하고 계시는 김남림 씨 나와주셨습니다. 반갑습니다.

김 안녕하세요.

탁 두 분 다 이탈리아 여행을 마치고 온 지 얼마 안 되셔서 정말 따끈따끈한 이야기가 기대됩니다. 본격적으로 이탈리아 이야기에 들어가기 앞서서, 전명진 작가의 깨알 같은 나라 소개 부탁드립니다.

전 유럽 지중해 한가운데에 있는 반도국가이고요. 인구는 6,100만, 면적은 우리의 3배 정도 되는 나라입니다. 나라가 장화 모양이잖아요,

해안선 길이가 7,600킬로미터 정도 됩니다. 그래서 남쪽 끝에서 북쪽 끝까지 거리가 상당하고, 그로 인해 구성원들의 분위기라든가 인종, 언어까지도 많이 차이 나는 나라죠. 북쪽에는 알프스 산맥이 있고요, 3면이 바다로 둘러싸인 지중해의 보석 같은 나라입니다.

탁 한때는 지중해를 제패했던 나라라고 볼 수 있죠. 로마제국의 영광도 있었고, 베네치아공화국의 영광도 있었고. 지중해가 한때는 이탈리아의 내해와도 같았던, 그런 느낌의 나라입니다. 남림 씨는 그동안 이탈리아 여행을 많이 하신 걸로 얘기 들었거든요. 10년에 걸쳐 한 열 번 정도?

김 밀라노Milano만 열 번 정도요. 제가 이런 일을 하기 전에도 이탈리아와 관계된 일을 했었고, 대학 졸업하기 전에도 이탈리아에 친구들이 있고 인연이 좀 있어서 이탈리아에 자주 갔었어요. 그런 경험이 이쪽 일로 저를 이끌지 않았나….

탁 그렇게 저마다 인연이 생기는 나라들이 있어요. 저도 첫 출장이 이탈리아의 베네치아Venice였고, 그 뒤로 희한하게 한 3, 4년에 걸쳐서 이탈리아를 네 번 정도 취재한 경험이 있거든요. 그때는 정말 이탈리아 말도 꽤 했었어요. 머리가 빨리빨리 돌아갈 때니까. 근데 지금은 다 까먹었고요. 어쨌든 이탈리아는 언어도 굉장히 재미있고, 저랑도 굉장히 인연이 있는 나라입니다. 전명진 작가는 이번에 어떤 일로 이탈리아에 다녀오시게 된 거죠?

전 여성복의 경우는 파리컬렉션이나 뉴욕컬렉션 같은 유명한 컬렉션이 몇 개 있잖아요. 그길 통해서 디자이너도 네뷔하고 패션의 시상이 형성되기도 하는데, 남성복은 딱 생각나는 게 없으시죠? 유일하게 이탈리아에서 '피티 우오모Pitti Uomo'라는 남성복 박람회를 열어요. 그곳엘 다녀왔죠. 정식 명칭은 '피티 이마지네 우오모'라고, 이탈리아 정부에서 남성 패션의 부흥을 위해 처음에 시작했는데, 벌써 역사가 40년이 넘었어요. 전 세계에서 유일하면서도 가장 큰 규모의 박람회입니다. 패션쇼를 한다기보다는, 수주를 하거나 우리나라의 코엑스나 킨텍스에서 하듯 각자의 부스를 열어 그 안에서 자기네 스타일을 선보이는 거예요. 분위기가 굉장히 멋지고 참가하는 관계자분들도 굉장히 멋있습니다.

김 저도 덧붙이자면, 개인적으로 굉장히 가고 싶은 박람회예요. 요즘 남자들의 패션에 대한 관심이 점점 높아지면서 남성지들 많이 읽으시잖아요. 그런 미디어를 통해서 저도 본 건데, 이탈리아 남성 브랜드들의 홍보 담당자, 관계자들이 너무 잘입고 오시더라고요. 그리고 다들 그 브랜드 특유의 매력을 발산하세요. 신발부터 탑까지, 적당히 믹스 앤 매치 Mix and Match를 하시면서.

탁 자기가 브랜드의 화신이 되는군요. 거기서 홍보 담당할 정도면 뭐.

김 그래서 '여길 한번 가보고 싶다. 왜 난 여길 못 갔는가' 이런 생각을 했었죠. 지금 패션에 대해서 얘기하니까 말씀드리는 건데, 이탈리아의 브랜드 하나가 한국에 들어오면서 이름이 우리나라 단어와 이상하게 엮여서 좀….

탁 아, 그 브랜드!

김 아실 거예요. B-O-G-G-I라고.

탁 B-O-G-G-I. 절대 우리나라에선 그 이름 그대로 들을 수 없는 브랜드로군요.

김 고민을 하다가, 우리나라에 진출하면서 자기네들의 고유한 이름을 버리고 다른 표기로 바꿨죠. 'ㅈ'을 'ㄱ'으로.

Italia

탁 '보기'로 바꾼 거군요.

김 네. 그렇게 해서 들어온 걸로 알고 있는데, 한 번도 인식을 안 하고 다니다가 이번에 이탈리아에 갔을 때 그 매장이 제 앞에 딱 있더라고요. 어우, 여기서만은 네 이름을, 아버지를 아버지라 부를 수 있는…. (ㅋㅋ)

전 피티 우오모에는, 우리가 아는 페라가모 같은 유명 브랜드들뿐만 아니라 나폴리, 밀라노, 피렌체에 산재해 있는 중소형 테일러tailor들이 굉장히 많아요. 그 자리를 통해 세계 여러 나라에 수출을 하기도 하고요. 그리고 그분들이 갖고 있는 철학이 정말 매력적입니다. 이번 촬영에선 그분들을 짧게 인터뷰도 하고 스틸 사진까지 촬영했는데, 그들은 자신이 갖고 있는 스타일, 패션을 나름의 문화유산이라고 생각해요. 그게 참 멋 있었어요. 그래서 젊은 친구들보다도 오히려 40대 넘어가고 머리가 희끗 희끗한 어른들 스타일이 어마어마합니다. 우리가 도저히 함부로 따라갈 수 없는 포스가 있어요.

탁 나이를 먹을수록 멋있게 늙는다는 것이 어떤 것인가 알 수 있는 거군요.

전 우리는 나이 들면 좀 후져진다고 생각하잖아요.

탁 그렇죠. 냄새도 나고.

전 어우, 근데 그분들은 자전거만 타도 멋있어요.

이탈리아 남자들에 대처하는 자세

탁 이탈리아 남자들 얘기가 나와서 하는 말인데, 저는 진짜 한국 여자분들에 대한 부러움이 있어요. 한국 여자분들은 정말 어디를 가든 상종가잖아요, 인기가.

전 그 동양의 신비!

탁 반면에 한국 남자, 동양 남자는 정말….

전 그 동네 개만도 못하죠. 동네 개는 친구라도 있지. (ㅋㅋ)

탁 그러니까. 아주 적절한 표현을 해주셨어요.

김 저도 동의하고요. 근데 과거엔 상황이 그랬는데, 요즘은 그렇지 않아요. 특히 한류 드라마에 빠져 있는 프랑스 친구들의 한국 남자에 대한 판타지가 굉장해요. 그리고 우리가 유럽으로 입양을 많이 보냈잖아요. 한국 오리진을 갖고 입양을 간 친구들을 사귀는 프랑스 여자분들이 굉장히 많아요. 한류 이후로.

오~ 잘하고 있어! (ㅁㅁ) **전**

김 그리고 현지 여자분들을 사귀는 유학생들도 예전보다 자주 보여요. 확실히 한국 남자분들이 다정하시잖아요. 되게 헌신적이고. 사귀어보면 알거든요. 진짜 비교가 되니까. 다시 이탈리아 남자 이야기로 돌아오면요. 이탈리아 북부 남자들은 남부 남자들과 동일시되는 걸 굉장히 싫어해요.

탁 아, 북쪽과 남쪽 사이의 지역감정인가요?

김 지역감정 아니에요. 뭐랄까, 북부 남자들은 남부 남자들이 여자들한테 너무 추근대는 것에 대해 동일시되는 걸 굉장히 기분 나빠하는 거예요. 그리고 확실히 남부보다 북부 남자들이 여자가 길을 지나가도 이상한 농담을 잘 건네지 않고요. 북부 남자들은 생긴 것도 남부 남자들이랑 확실히 달라서, 좀 더 내 스타일?

탁 (ㅋㅋ) 이 뜬금포는 뭐야, 도대체.

김 (ㅋㅋ) 왜 형용사가 생각이 안 나는지 모르겠어요. 다시 말씀드릴게요. 남부에는 여기저기 이만큼 털구멍 있으신 분들 많잖아요. 키가 좀 많이 작고, 옹골차신 분들이 많고요.

탁 그렇죠. 키도 좀 작고, 어두운 색깔의 털이 곱슬거리고.

김 눈도 더 진하고. 그래서 눈이 마주쳐도 얘랑은 눈싸움 할 수 없을 것 같은데 북부 남자랑은 할 수 있을 것 같은, 그 정도의 차이들?

탁 아, 눈싸움 할 수 있는 남자를 좋아하시는군요. 눈을 그윽하게 들여다볼 수 있는 그런 남자가 본인의 스타일이다?

김 만나보니까 그렇더라고요. (ㅋㅋ) 아, 여기서 제가 만나봤다는 건 우정을 쌓았다는 얘기입니다.

탁 말이 나온 김에 남부 얘기를 좀 더 해보죠. 로마나 이런 데 가면 진짜로 남자들이 휘파람 불고 막 "시뇨리나Signorina" 합니까?

김 네, 특히 레스토랑을 가더라도 굉장히 윙크를 많이 하고요.

탁 그 진한 눈으로?

김 아뇨. 굉장히 상큼한 윙크예요. "이거 먹고 이것도 더 먹을래?" 하고 물어보고, 그 다음에 제가 고르면 "굿 초이스!" 그러면서 윙크를 찡긋하고 간다든지, "맛있어?" 하고 물으면서 찡긋 한다든지. 이런 다정한 디테일들, 상냥한 디테일들이 북부보다 좀 많은 것 같아요. 근데 제가 이번에 가서 느낀 게, 예전보다 그런 게 많이 줄었어요. 워낙 많이 그러니까,

동양 여성분들이 그냥 모른 척하고 지나가고 다 일일이 대응해줄 순 없잖아요. 근데 제가 봤을 땐 본인들도 이젠 '왜 내가 이렇게 까여야 하는가! 나도 나의 고고함을 지키겠다' 이런 마음자세가 살짝 생긴 것 같아요.

탁 저희도 누가 와서 "여기 사세요?" 이런 것 좀 물어봐줬음 좋겠어요. 하여간 여성 여행자분들 입장에서는 기분 좋은 일이기도 하지만 어떻게 보면 귀찮을 수도 있고, 그리고 또 너무 자기표현을 안 하고 방치하다 보면 살짝 위험하게 흘러갈 수도 있잖아요.

김 그건 어디나 마찬가지인 것 같아요. 그렇게 치근대는 게 이탈리아 사람만의 성향은 아니거든요. 살기 힘들어 어려운 나라에서 이민 온 친구들이라든지, 아프리카나 석유나라 출신분들, 혹은 방글라데시 이런 데서 오신 분들까지도 현지에 있으니까요. 그리고 또 그런 분들이 '3D' 일을 확연히 더 하고 계시고, 그런 다음에 직업을 못 가져서 길에 자기네들끼리 뭉쳐 있는 경우가 되게 많아요. 그러다 보니 만만한 게 동양 여자인 경우가 좀 있는 것 같아요, 제가 봤을 땐.

탁 아무래도 체구가 작고, 순종적이라는 약간의 판타지도 있으니까.

김 '무슨 일이 생겨도 얘는 경찰한테 가서 말할 수 없을 것이다'라는 생각이죠. 대응이 빠르지 못하잖아요. 물론 그분들을 전부 비하하는 건 아니지만, 그런 분들이 생각 없이 직설적인 얘길 던지는 경우가 되게 많아요. 그리고 "동양애다!" 하고 쳐다보는 거랑 정말 눈으로 핥듯이 쳐다보는 건 좀 다르고….

탁 (ㅋㅋ) 눈으로 핥듯이! 눈에서 막 침이 뚝뚝 떨어져!

김 여자분들이라면 아마 느껴보신 적 있을 거예요. 똑같이 쳐다보더라도 이 쳐다봄의 농도가 너무 달라. 맨 처음 한두 번 그럴 때는, 그냥 지나가는 전단지 아저씨 피하듯이 해요. 그러면 이 친구들이 '아, 뭔가 먹힐 것 같아' 그러면서 두세 마디 더 걸고, 그러다가 이제는 점점 따라오게 되는 거죠. 저는 2시간 따라다닌 친구도 있었어요. 제가 정말로 말씀드리고 싶은 건, 그럴 때는 내가 영어가 되든 안 되든 상관없어요. '나는 너 때문에 열 받았고, 지금 내 시간을 방해받고 있다'는 의사를 정확하게 표현할 필요가 있어요.

전 한국어로 욕을 해준다거나.

김 네. 저 실제로 한국어로 욕한 적 있어요.

탁 뭐라고 하셨는지 한 번만 해주시죠.

김 저도 입이 그렇게 청순한 편이 아니어서요. 예전에 공중전화에서 전화를 걸고 있는데, 따라오던 분이 계속 추근대시더라고요. 그래서 "지금 나 전화하고 있잖아"라고 제가 얘길 했어요. 근데 이 사람이 끝없이 그러더라고요. "난 너와 친구가 되고 싶고 어쩌고 저쩌고…." 그때 제가 너무 화가 나서 "저리로 가라고! 이 XX놈아!" 하고 소리를 질렀어요. 근데 그걸 그냥 얘기한 게 아니라 정말 악 쓰면서 했더니 그 사람이 깜짝 놀라더라고요. 그리고 '유럽여행 세계'에 전설로 내려오는 비화가 하나 있어요.

탁 누구의 전설인가요?

김 어떤 익명의 여성분입니다. 정말 전설이에요. 제가 일을 시작할 때부터 이분의 전설이 있었으니까요. 유럽애들한테는, 동양 사람이 무술을 할 수 있을 거라는 생각이 막연히 있어요. 어떤 여자분이 10년 전, 혼자 있는 길에서 나쁜 남자들한테 몰린 거예요. 이탈리아는 골목골목에 의외로 사람이 되게 없어요. '어쩜 이렇게 없을까' 싶을 정도로. 3명 정도가 몰렸는데, 그분이 울어도 안 되고 "플리즈" 이래도 안 되니까 갑자기 생존본능이 발동했나 봐요. '나는 살아야겠다'는 마음에 갑자기 가방을 집어던지고 태권도 기본자세 있죠? 그걸 정말 악을 쓰시면서 "태! 권! 도!" 했대요. (ㅋㅋ)

탁 기마 자세로 딱!

김 그걸 했는데 3명이 다 도망갔다는 거예요. 정말 안 되면 그렇게 기지를 발휘하는 것도 방법이에요. 저도 예전에 되게 불안한 적이 한 번 있어서 혼자 발차기 한 적 있어요. 원래 무술하는 애처럼 괜히 혼자.

탁 (ㅋㅋ) 골목길 걷다가 느낌이 이상해서?

김 그때 길에 사람도 너무 없었을 뿐더러 '살아야겠다'는 생각이 너무 간절하고 그분의 비화가 떠올라서, 마치 무술하는 애처럼 갑자기 막 건들거리면서 발차기를 옆으로 빡 한 번 했던 기억이 있어요. 뒤쪽을 확인해보지는 않았지만 효과가 있지 않았을까 하는 생각을 살짝 저 혼자 해봅니다.

탁 근데 '동양 사람들은 무술을 할 것이다'라는 것도 프로파간다 Propaganda잖아요. 홍콩 영화들이 너무나 열심히 전달해준 프로파간다.

김 게다가 태권도가 올림픽 종목이잖아요. 그래서 한국 사람들 대부분이 태권도를 할 거라 생각해요. 그걸 잘 써먹으시는 것도 좋을 것 같아요.

탁 정말 여성분들은 집에서 거울 보면서 "태! 권! 도!" 이것 한 번씩 연습하고 로우킥 가볍게 한 번씩 연습하고 나가시면, 어려울 때 써먹을 수 있지 않을까 하는 생각이 드네요.

밀라노 들 여 다 보 기

탁 이제 슬슬 이탈리아의 아름다운 곳에 대해 얘기해봐야 할 것 같은데, 밀라노부터 시작해보죠. 남림 씨의 추억의 도시이기도 하고.

김 사실 저는 밀라노에서 추억 쌓기에 몰두하느라 유명지에 안 갔어요. 그렇긴 한데 밀라노는 두오모가 제일 유명하죠. 주변에 쇼핑가도 밀집되어 있고요. 근데 두오모라는 건 사실 그 도시의 가장 큰 성당, 주교 신부가 미사를 집전하는 성당이 두오모예요.

탁 '두오모'가 '돔'이라는 뜻이죠?

김 네. 근데 한 동네 안에도 성당이 꽤 많거든요. 스케일이 서로 꿀리지도 않아요. 근데 얘는 두오모고 얘는 성당인 거예요. 그래서 찾아봤더니 '주교 신부가 미사를 집전하는'이라는 단서가 붙더라고요. 근데 도시마다 두오모가 있잖아요. 피렌체 두오모도 유명하고요. 저는 몇몇 도시의 두오모를 보면서, 밀라노 두오모가 상당히 비인간적이라는 느낌을 받았어요. 이건 뭐, 딱 봤을 때 '그 당시에 사람이 몇 명 죽었을까?' 하는 생각밖에 안 들어요.

탁 아, 그 규모가 너무 어마어마해서?

김 규모도 어마어마하지만 디테일을 모두 직접 조각했기 때문에. 지금의 건축 현장에선 높은 곳에 올라갈 때 기계를 이용하잖아요. 근데 그런 것들이 없던 과거에, 이 높은 곳에서 이 조각의 디테일을 일일이 다 살리면서 어떻게 했을까….

전 그렇죠. 다 거기 매달려서 한 것일 텐데.

김 그런 것들을 생각해봤을 때, 과연 누구 좋자고 만든 종교이며 누구 좋자고 만든 성당인가 싶어요. 저도 일명 냉담신자라고 불리는 가톨릭교도이긴 하지만 거부감이 많이 들더라고요.

탁 정답은 뭐, 지금 이탈리아 관광청 좋으라고 만든 거죠.

전 후세들이 일하지 않고 수입을 올릴 수 있도록. **김**

_그러게요.
후세들
좋으라고._

김 저는 사실 밀라노는, 우리가 가지고 있는 쇼핑천국으로서의 판타지나 이미지보다도 근교에 매력적인 여행지들이 좀 많은 곳이 아닌가 하는 생각을 하고 있어요.

탁 제가 개인적으로 밀라노에서 가장 좋아하는 장소는 '갈레리아 비토리오 에마누엘레'예요. 밀라노를 하늘에서 바라보면 십자형으로 건물들이 배치되어 있는데, 가운데 통로에 유리지붕이 커다랗게 덮여 있는 곳이에요. 두오모를 등지고 오른편을 바라보면 커다란 문이 있는데 바로 그 갈레리아로 들어가는 문이죠. 우리가 흔히 아는 '갤러리'가 그런 구조예요. 위가 유리지붕으로 덮여 자연 채광이 되는 장소를 우리가 갤러리라고 하는데, 그런 건축 양식은 이탈리아의 '갈레리아'라는 것에서부터 나온 것이죠. 이곳은 '비토리오 에마누엘레'라는 왕을 기리기 위해서 만들어진 갈레리아인데, 안에 들어가면 아케이드가 쭉 이어지고, 언제나 자연 채광이 되기 때문에 햇살이 따사로워요. 그리고 거기는 간판들이 다 통일되어 있어요. 심지어는 맥도날드 같은 다국적 기업도 통일된 도안으로만 간판을 넣을 수 있어요. 그 안에만 걸어다녀도 정말 기분이 좋아요. 그리고 통로 2개가 만나는 중앙 바닥에 황소 그림이 하나 있습니다. 굉장히 성난 황소가 모자이크 타일로 부착이 되어 있는데, 그 황소의 성기 부분만 음푹 패 있어요.

전 아, 사람들이 만져서?

Italia

갈레리아 비토리오 에마누엘레의 채광창 아래 서면, 나도 모르게 무표정한 얼굴로 골반을
흔들며 걷게 된다. 코트 깃은 세우고, 손은 주머니에 찔러넣고.

탁 아니, 바닥인데 그걸 만지긴 좀 그렇고, 발 뒷굽을 거기다 대고 3바퀴를 도는 거예요. 왜냐하면 그래야 거기 다시 돌아올 수 있다는 속설이 있기 때문에. '갈레리아 비토리오 에마누엘레'에 가면, 항상 많은 사람들이 황소를 찾아가서 발뒤꿈치를 대고 있어요. 황소가 굉장히 불쌍합니다. 학대당하고 있어요.

전 그게 무슨 꼴이야. (ㅋㅋ)

탁 남성 입장에서는 보기에 굉장히 거시기합니다.

세계적 관광국가의 숙명

탁 밀라노 이외에도 한국분들이 잘 안 가시는 도시에 많이 가셨다고 들었어요.

김 네. 이번에는 파도바Padova와 제노바Genova에 갔었어요.

탁 파도바에도 굉장히 재미있는 게 있다면서요?

김 거기가 나름 성지 중 한 곳이에요. 성 안토니오San Antonio라고, 그분이 유명한 파도바의 수호성인인데 좋은 말씀을 많이 전파하셨던 분이에요. 그분을 성당에다 묻었는데, 나중에 시간이 지나고 보니 목 부분인가 성대 부분인가만 안 썩고 있었다고 해서 그 부분을 따로 보존했다는 얘기가 있어요. 그래서 그 파도바 성당은 정말 성지순례의 한 곳이에요.

전 살아 있을 때의 에너지가 아직까지 남아 있는 거죠.

김 이번에 파도바에서 느낀 건데, 이탈리아에 되게 유명한 성당들이 많잖아요. 종교를 떠나서 역사적 가치나 건축학적 가치, 미학적 가치들 때문에 사람들이 굉장히 많이 가는데, 제가 마침 그 성당을 방문한 날이 일요일이었어요. 일요일에 이탈리아 사람들이 정말 많이 성당에 가거든요. 근데 이 성당이 너무 유명하다 보니까, 일요일에 미사를 하고 있는데도 관광객들을 막을 수가 없어서 거의 다 통과를 시켜줘요. 미사가 집전이 되고 있는데도, 미사를 보는 사람들의 3배 이상의 사람들이 성당 가장자리를 도는 게 거의 코스가 되어 있어요. 사진도 많이 찍고 온갖 세계의 언어가 웅성웅성하는데, 이 사람들은 얼마나 이게 싫을까 하는 생각이 들었어요. 솔직히 말해서 내 기도를, 내 나라 내 도시의 이곳에서 하고 싶을 것 아니에요, 이분들은. 근데 1년 내내 관광객들한테 그렇게 침해를 받는 거예요. 어찌 보면 그들의 숙명 같은 거죠.

탁 그런 게 관광산업의 이면인 것 같은데, 이런 이야기를 많이 공유해서 입장을 바꿔놓고 생각할 수 있도록 만드는 게 바로 '여행수다' 같은 프로그램의 가치인 것 같아요. 라오스에 가면 루앙프라방이라는 도시가 있어요. 그곳뿐만 아니라 라오스 전역에서, 매일 새벽 6시가 되면 승려들이 줄을 지어 밖으로 나옵니다. 맨발에, 밥그릇을 하나 쥐고. 근데 소승불교의 스님들은 먹고살기 위한 어떤 행동도 하면 안 돼요. 신자들의 시주에 의해서만 살아갈 수 있기 때문에, 그 스님들이 조용히 걸어가면 아낙네들이 마을 어귀에 앉아 있다가 음식을 준비해 스님들의 밥그릇에다 넣어드리죠. 그러면 그 시주를 받은 스님들이 염불을 해주고 마을을 떠납니다. 그런 식으로 동네를 돌며 탁발을 해요. 루앙프라방은 관광의 중심지이기도 하고 라오스 불교의 중심지이기도 하기 때문에 탁발 행렬이 굉장히 길어요. 근데 지금의 탁발 행렬은, 마치 범죄자들이 검찰청에 출두할 때 사진기자들이 플래쉬를 터뜨리듯 그 정도로 많은 사람들이 플래시를 터뜨려요. 고즈넉하고 경건한 분위기는 더 이상 기대하기 힘들지요.

김 이런 폐해들이 우리가 소도시를 찾게 만드는 이유인 것 같아요.

탁 네. 소도시일수록 본디 삶에 가까운 모습들을 볼 수 있죠.

김 관광객에 대한 배려가 조금 부족할지라도, 그들의 오리지널 분위기를 느낄 수 있다는 점이 매력적이어서 자꾸 가게 되는 것 같아요.

이탈리아 소도시 여행

전 이탈리아 소도시도 추천할 만한 곳이 상당히 많잖아요.

김 진짜 많은 것 같아요. 근데 요즘은 소도시도 어느 정도 알려져서…. 밀라노의 서쪽으로 있는 해안을 리구리아 해안이라고 하는데, 거기 있는 친퀘테레Cinque Terre라는 다섯 마을이 요즘 되게 유명해졌어요.

탁 '친퀘'가 '다섯'이란 뜻이고 '테레'가 '땅'이라는 뜻이죠.

김 이곳이 유명한 건 우리나라에서뿐이 아니에요. 제가 이번에 제노바에서부터 쭉 내려오면서 친퀘테레를 다 돌았는데, 전부 본 건 아니고 분위기를 봤어요. 감을 봤죠. '다 볼 수 없으니 내가 마음에 드는 곳만 보겠다.' 그래서 한국 사람들한테 반응이 좋은 한 곳이랑 현지 사람들한테 가장 반응이 좋은 한 곳 해서 두 군데를 갔었어요. 근데 제노바에서 내려오는 길에 기차를 탔는데, 이쪽 기차는 지방기차거든요. 초고속열차처럼 큰 곳만 슝슝 다니는 게 아니라 정말 유유자적하게 역마다 다 서요, 그런 기차를 일부러 골라서 탔어요. 타서 보면, 기차가 바다를 물고 달려요.

그래서 어떤 기차역에서 내리면, 풍경의 반이 바다예요. 그게 아니면 차창 밖으로 보이는 풍경의 반이 바다. 이런 식이에요. 근데 왠지 내가 원하는 것 같은 '필'이 오는 곳이 좀 있어서 내려보면, 여기는 유명한 곳이 아니어서인지 관광객을 위한 뭔가가 없어요. 근데도 난 이 분위기가 너무 좋고 행복한 거예요. 그리고 나서 이제 친퀘테레에 갔는데, 정말 사람이 많더라고요. 미친 물가가 기다리고 있어요. 이곳은 그냥, 관광지인 거예요. 그래서 저는 굳이 그렇게 꼭 유명한 곳을 가지 않더라도 본인이 필꽂힌 곳에 가는 게 좋은 것 같아요. 어차피 비슷한 해안이거든요.

전 맞아요. 리구리아 해안 쪽은 풍경이 좀 비슷해요.

김 전부 같은 해안인데, 어떤 바다는 바로 앞에 해수욕장이 펼쳐져 있다든지, 아니면 어떤 바다에는 바위가 많다든지, 이렇게 좀 다른 점이 있을 뿐이에요. 그리고 우리는 무조건 해수욕장에 누워야 되잖아요. 근데 여기는 아니에요. 앞에 바다가 있고, '난 여기가 좋아' '태양이 괜찮은 것 같아' 그러면, 그냥 평평한 바위 위에다 수건 펼쳐놓고 떡 누워요. 자기만의 바다를 만들어서 눕는 거예요. 그런 사람이 한두 명이 아니에요. 그런 프리함에 함께 동화되어서, 한국에선 못 입는 비키니를 입으며 내 자신을 일탈시켜보는 거죠. (ㅋㅋ) 그런 것들이 참 좋아요. 지금까지 해보고 싶었던 것을 할 기회가 한 번도 없었는데, 그 판이 깔린다는 점.

탁 방금 그것 정말 중요한 말씀인 것 같아요. 가이드북을 너무 맹신한다든가, '남들 다 가는 데 나도 꼭 가봐야겠다' '나도 한 숟가락 얹어야겠다'는 생각은 오히려 나만의 느낌을 저해하죠. '여기가 얼마나 유명한지 아닌지, 얼마나 대단한 볼거리가 있는지 아닌지는 중요치 않아. 난 여기가 좋고 여기에 필이 꽂혀.' 그래서 거길 가보면 분명 뭔가가 있어요.

Italia

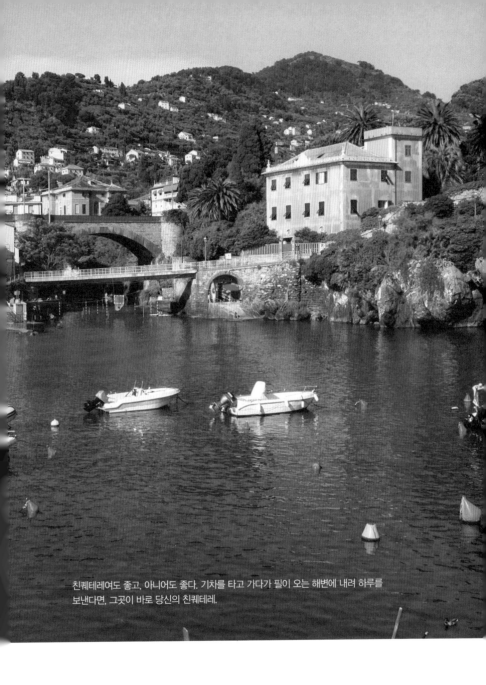

친퀘테레여도 좋고, 아니어도 좋다. 기차를 타고 가다가 필이 오는 해변에 내려 하루를 보낸다면, 그곳이 바로 당신의 친퀘테레.

친퀘테레는 몇 년 전만 해도 이름조차 생소한 시골마을이었다. 파도와 절벽, 지중해의 햇살과
어우러진 고즈넉함이 여행자들을 불러들였고, 역설적으로 그 고즈넉함은 이제 사라져간다.

Italia

그런 여행의 태도가 자기만의 특별한 여행을 만드는 첫걸음이고, 정신적으로도 덜 지치는 중요한 방법인 것 같습니다.

월드컵보다 더 짜릿한 팔 리 오 축 제

탁 이탈리아의 북부지방, 베네치아를 중심으로 한 북동부지방을 베네토Veneto라고 하는데, 저는 그쪽 지역이랑 굉장히 인연이 많아요. 제가 처음 취재를 갔던 곳이 베네치아였고, 그 다음에는 페라라Ferrara라는 베네토의 중심 도시를 관광청과 인연이 닿아서 취재한 적이 있거든요. 혹시 '팔리오Palio 축제'라고 아시나요?

김 어떤 축제죠?

탁 '팔리오'는 '깃발'을 의미합니다. 도시마다 대부분 팔리오가 있고, 도시를 상징하는 축제죠. 그 축제가 어떤 식으로 진행되냐면, 일주일 정도가 그 도시의 축제 기간인 거예요. 유럽의 도시에는 각각의 구마다 상징색이 따로 있고, 상징하는 문장이 따로 있고, 상징하는 수호성인이 따로 있습니다. 그렇다 보니 페라라라는 도시 한 군데만 해도 구가 8개나 돼요. 그 8개의 구들이 마치 〈해리포터〉에 나오는 호그와트의 각각의 기숙사처럼 사람들 성향도 약간씩 다르고, 섬기는 수호성인도 다르고, 저마다 깃발도 다르고, 아예 전혀 다른 전통을 가지고 있는 거죠. 그래서 그 구들끼리 나와서 말 경주를 하는 거예요. 그게 팔리오 축제입니다. 이긴 구에서 1년 동안 승리의 팔리오, 즉 승리의 깃발을 차지하는 거예요. 그리고 로마시대 전통에 따라 말을 타기 때문에 안장이 없어요.

전 ⎯⎯⎯⎯⎯⎯ *그거 엄청 힘든 건데….*

김 힘들어요?

탁 남자만의 고통이 있어요. (ㅋㅋ) 말 등이 원래 뾰족해요. 등뼈가 가운데 솟아 있습니다. 그래서 담요 같은 걸 덮고 타요. 근데 그것보다 더 괴로운 건 '등자'라고 부르는 발판도 없는 거예요. 안장도 안장이지만 등자가 없으면 중심 잡는 걸 오로지 다리의 힘으로만 해야 해요.

김 허벅지가 기냥 딴딴해지겠네요.

탁 안장 없이 말 탄다고 하면, 물어보지도 마세요. 굉장한 겁니다. 과거에는 귀족 집안의 자제들이 기수를 했었는데, 지금은 귀족이 없다 보니 외부에서 프로 기수와 프로 말을 사와요.

김 마치 스포츠클럽에서 용병 사오듯이?

탁 그렇죠. 그래서 엄청나게 투자를 합니다. 심지어는 한 달 전부터 사람이 그 말과 같이 자요. 상대방 구에서 몰래 와서 말이 먹는 데에다 뭔가 탈 수 있다면서. 그 정도로 치열한 거예요. 우리는 4년에 한 번씩 월드컵이 열릴 때 사람들이 모두 하나가 되고 흥분하잖아요? 어쩌면 그 사람들한테는 월드컵보다 더한 경기가 열리는 거예요. 흥분과 집중과 열광이 찾아오는 거죠. 그래서 이기면, 그 구 사람들 정말 다 울어요.

행사가 시작되면, 페라라의 팔리오 축제 같은 경우는 가장행렬부터 시작합니다. 페라라를 다스렸던 '데스테'라는 가문의 공작이 앞장 서서 행진을 하고, 당시의 코스튬을 입은 사람들이 뒤를 따라가죠. 그러면서 각각의 구들이 저마다의 밴드를 앞세우고 행진을 합니다. 깃발을 던지면서. 그 깃발 던지는 것도 굉장히 볼 만해요.

김 어떻게 던져요?

탁 한 사람이 깃발을 들고 묘기처럼 휘두르다 공중으로 던졌다가 받으며 행진을 하고, 가끔 2명이 서로 깃발을 주고받는 걸 보여주기도 해요. 그 다음엔 한 사람이 깃발 3개를 들고 한꺼번에 던져올리고 받는 묘기도 보여주죠. 깃발 던지는 것도 전국경연대회가 있습니다. 페라라 사람들이 맨날 1등 해요.

전 그렇겠네요. 맨날 연습하니까.

탁 가장행렬이 시작된 다음에는 문화 행사들이 있어요. 매일매일 옛날식 무도회도 열리고, 밴드들끼리 연주 실력을 겨루는 경연대회도 열리고요. 그리고 대망의 행사일이 되면, 다시 한 번 성대한 퍼레이드가 펼쳐진 다음에 중앙에서 말 경주가 열립니다. 근데 말 경주가 열리기 전에 소녀들의 달리기부터 시작해요. 각 구 대표선수들이 나와서 거의 마라톤과도 같은 달리기를 해요. 동네를 한 바퀴 도는. 그렇게 소녀들이 먼저 경주를 한 다음에 소년들이 경주를 하고, 그 다음엔 당나귀가 경주를 해요. (ㅋㅋ) 말 경주만 하면 어딘가 좀 허전하잖아. 그 전에 볼거리들을 최대한 많이 주는 거야. 근데 당나귀가 정말 말을 안 듣습니다. 어떤 놈은 멈추고, 어떤 놈은 거꾸로 가고 그래요.

그런 걸 거쳐서 드디어 말 경주를 하게 되면, 정말 다들 초긴장을 해요. 사람들이 밧줄을 들고 있고, 말들이 밧줄 앞에 정확히 섰을 때 그 밧줄을 내리는 게 신호입니다. 말들이 정렬을 하느냐 안 하느냐 가지고도 신경전이 엄청나요. 부정출발이 되면 다시 출발시키고. 그래서 말들이 마침내 선 앞에 모두 섰다 싶을 때 비로소 신호와 함께 밧줄이 내려가는 거예요.

김 제가 그걸 봤는데, 모든 사람들이 여기에 목숨을 건 것 같은 긴장

Italia

감과 비장함이 느껴지더라고요. 저도 긴장했습니다.

탁 네. 그래서 골인과 동시에 이긴 동네는 모두 함께 눈물이 빵 터지는 거예요.

전 (ㅋㅋ) 월드컵 우승했어.

탁 월드컵보다 더한 거야. 월드컵은 지구 반대편에서 일어나는 일이고, 이건 내 눈앞에서 내 마을 사람들과 함께인 거지. 진 팀은 졌다고 울고, 이긴 팀은 이겼다고 울고. 그러면서 기수 태우고 행진하고, 깃발 들고 자기 마을까지 행진해서 돌아가는 거예요. 1년에 한 번씩 해요. 그런데 그 페라라에만 팔리오 축제가 있는 것이 아니고, 사실 가장 유명한 팔리오 축제는 시에나Siena에 있습니다. 이탈리아에 가시는 분들은 5월 팔리오 축제 기간에 맞춰서 가시는 것도 굉장히 좋은 경험이 될 것 같아요.

람보르기니와 페 라 리

탁 제가 베네토에서 갔던 도시 중에 첸토라고 있어요. 그 근처에 람보르기니 박물관이 있습니다. 근데 람보르기니 하면 자동차만 생각하시는데, 사실 람보르기니Ferruccio Lamborghini는 사람 이름이에요. 그 람보르기니가 정말 이탈리아적인 천재였어요. 지금은 경영을 좀 잘못해서 독일계 자동차회사에 팔렸습니다. 그래서 그 회사에 소속된 하나의 브랜드로서 명맥을 유지하고 있는데, 사실 람보르기니는 자동차를 만들기 이전에 트랙터를 만들었어요. 그리고 트랙터 말고도 심지어 헬리콥터도 있었습니다. 이 양반이 어떤 양반인가 하면, 자기가 집에서 혼자 좀 끄적끄적해

보면 답이 나오는 양반이야.

전 천재 끼가 있구나.

탁 맞아요. 람보르기니가 돈을 벌고 나서 한 일이 페라리 자동차를 구입한 겁니다. 이분이 또 대단한 자동차 매니아였거든요. 페라리도 사람 이름인 거 아시죠? 당시엔 창업주인 엔초 페라리Enzo Ferrari가 살아 있을 때였습니다. 람보르기니가 페라리 스포츠카를 신 나게 몰고 다니다 보니까, 클러치의 고장이 잦은 거예요. 그런데 곰곰이 생각해보니까, 자신의 회사에서 트랙터에 사용하던 클러치 기술을 여기에 접목하면 쉽게 해결이 되는 문제거든요. 그래서 페라리를 찾아갔죠. "이봐, 페라리. 내가 정말 당신 차를 좋아해서 해주는 충고인데 말야, 클러치에 우리가 사용 중인 기술을 적용해보면 어때?" 하니까 페라리가 자존심이 상한 거예요. "트랙터나 만드는 주제에 수퍼카를 알기나 해? 불만 있으면 우리 차 타지 말고 그 잘난 트랙터나 몰아!" 하면서 내보낸 거죠. 당연히 람보르기니는 엄청나게 열이 받았죠.

전 홧김에 또…?

탁 "이런!" 하면서 집에 돌아와서 홧김에 뭔가를 만든 거예요. 그게 뭐냐, 람보르기니 누메르 우노라는 자동차예요. '넘버 원.' 근데 그게 1960년대에 나왔는데 지금 봐도 너무나 첨단 디자인이거든요? 그래서 첸토에 있는 람보르기니 박물관에 가시면 정말 남자분들은 심장이 벌렁벌렁하는 경험을 하실 수 있을 거예요. 람보르기니 라인업의 모든 자동차들이 거기 있고, 람보르기니가 심심해서 만들어봤던 헬리콥터까지 있습니다. 정말 심심해서 만들어봤던. 근데 람보르기니의 모든 자동차는 황소 이름을 붙이는 게 전통이었어요.

전 로고도 황소 그림이잖아요.

탁 네. 그 지역 황소의 종류로 자동차 이름을 정하는 게 전통이었거든요. 그래서 '미우라'니 '가야르도'니 하는 그런 것들이 다 황소 이름입니다.

김 아, 미우라도 황소 이름이에요? 일본 사람 이름인 줄 알았어요.

탁 아닙니다. 굉장히 유명하죠. 제임스 딘이 탔던 게 람보르기니 미우라였죠. 그리고 우리가 어릴 때 조립식 장난감으로 한 번쯤 만들어봤을 람보르기니 자동차가 '카운타크'입니다. 근데 카운타크는 영어식 발음이고, 사실은 '쿤타치'예요. 검색해보면 대번에 아실 거예요. 로봇으로 변신할 것만 같은 차인데, 일단 만들어놨는데 엄청 예쁜 거지. 이것에 어울릴 만한 황소 이름이 없는 거예요. 그래서 모두 팔짱을 끼고 고민을 한거죠. 근데 그때 어떤 기술자가 "아, 쿤타치"라고 했어요. 그러니까 우리로 치면 "아, X발" 한 마디 한 거예요. 감탄사예요. 뭐랄까, 어떤 것에 압도당했을 때 뱉는 감탄사. '젠장' 뭐 이런 것. 그래서 그 차의 이름이 쿤타치가 된 거예요.

아, 한국어로 하면 '헐!' (ㅁㅁ)

'헐!' 약간 그런 느낌인 거지.

전

탁

전 근데 이탈리아가 참 대단한 게, 디자인으로 유명한 회사도 물론 많지만, 자동차 회사라든가 기술적인 부분도 뛰어나요. 페라리에서 요즘에는 기차도 만들어요. '이탈로Italo'라고 기차회사가 있어요.

김 제 전공쪽이어서 좀 더 말씀드리자면, 페라리의 자본이 들어간기차인데, 이탈로에선 페라리 기차라고 하면 상당히 싫어해요. 홍보하는제 입장에서는 '페라리 기차'라고 하면 사람들이 더 흥미를 가지니까, 그리고 페라리 자본이 들어간 것이 맞고 기차가 빨간색이다 보니 더욱 그렇게 얘기하곤 하는데….

전 디자인이 약간 페라리의 느낌이 있어요.

김 공기저항력을 줄이기 위해 차체를 다른 기차보다 15인치인가 더 낮게 만들었어요. 이탈로라는 기차는 유럽에서 가장 최근에 런칭된 기차인데, 10억 유로가 투자됐다고 해요. 페라리와 한 명품브랜드 회장도 자기 자본을 어느 정도 출자했고, 프랑스철도청에서도 출자를 했어요. 여러 자본들이 모여 만들어진 차죠. 이게 또 좀 특이한 게, 이탈리아는 공무원들이 되게 불친절하잖아요. 기차역에서도 표를 살 거면 사고 말 거면 말라는 식이잖아요. 근데 이 회사는 사설기업이에요. 공공기업이 아닌 거예요. 그러니까 한마디로 경쟁의 포문을 연 거죠. 국영철도 선로로 사설기업 철도가 다니게 된 거예요. 그래서 이탈리아철도청 사람들 입장에서는 엄청 열이 받는 이슈였어요. 그들이 원한 바도 아니었고요. 제가 봤을 때는 여러 가지 이유가 있었을 것 같아요. 어쨌든 이렇게 사철과 국철이 함께 운영되면서 이탈로가 특화로 잡은 게 '무조건 친절하게'.

탁 어떻게 보면 되게 당연한 말인 것 같은데, 거기선 굉장히 새로운 이슈가 되는 거군요?

김 굉장히 당연한 얘기지만 "우리는 서비스 교육을 따로 시킵니다"라고 얘기를 해요.

탁 아, (ㅋㅋ) 지금까진 따로 안 시켰고?

김 네. 어디 가서 뭐 달라고 하면 막 던져요. 그게 나를 무시해서가 아니라 그들의 마인드가 그래요. 근데 여기에서는 "어, 왔어? 이거 먹을래?" 이런 친절함. 그리고 뭐든지 "안 돼"가 아니라 "되게 해줄게"예요. 말뿐일지라도 이런 표현들이 되게 다르고, 기차도 새 것이고, 심지어 가

Italia

격도 낮아요.

탁 일반적으로 사기업이 생기면 영리를 추구하기 때문에 가격이 더 높아진다고 생각하는데….

김 굉장히 좋은 기차일지라도 가격이 비싸면 사실 현지 사람들은 아무도 안 탈거란 말이에요. 그런데 이들은 지금 빨리 갚아나가야 할 투자 비용들이 있잖아요. 그리고 그들의 전략이 '싸게 사람들 많이 태워서 철도청과의 경쟁에서 이기자'예요.

탁 이탈리아에선 '친절해야 한다' '싸야 한다' 이런 것들이 굉장히 새로운 개념인가 봐. (ㅋㅋ)

김 네. 그래서 국철에 비해 가격을 30퍼센트 낮췄어요. 그리고 제가 어떤 기자분과 이탈로의 인터뷰를 통역했었는데 "10억 유로가 들었는데 언제 손익분기점이 넘을 것 같니?" 하고 물어봤어요. 되게 궁금하잖아요. '아, 이거 민감한 질문 아닐까?' 통역을 하면서도 그런 생각을 했는데, 되게 자신 있게 "내년 말이면 손익분기점을 넘길 거야".

탁 근데 저는 그런 말 들으면 약간 슬픈 게, 이탈리아는 너무 효율적이어도 이탈리아답지 않은 것 같아요. 어떤 비효율성이 좀 있어야 비로소 이탈리아 같은 느낌이 나요. 무라카미 하루키의 〈먼 북소리〉라는 책을 읽으면 이런 내용이 나와요. 하루키가 그리스 어부하고 이야기를 하는데, 제2차 세계대전 때 이탈리아 공군이 와서 공습을 했었대. 그때는 비행기가 떠도 아무도 숨을 생각을 안 했대. 하도 중구난방으로 폭탄을 떨어뜨리니까. 싣고 갔다가 이제 돌아가야겠다 싶을 때 랜덤으로 떨어뜨리는 거야. 그러니 비행기가 떠도 어부들이 그냥 조업을 했대요. 근데 그 공역을 담당하는 군대가 어느 날 독일군으로 바뀐 거야. 그때부터는 비행기 엔진 소리만 들어도 사람들이 밖에 나가지를 못했다고⋯. 그래서 지금도 크레타 쪽 가면 생선 중에서도 먹을 것 없고 진짜 미운 고기를 '게르마노스'라고 불러요. '독일놈.' (ㅋㅋ) 심지어 어부들이 생선을 그렇게 부른다니까? 아직까지 그 미움이 남아 있는 거야. 상대적으로 이탈리아 사람들은 별로 미워하지 않겠지. 그러니까, 그런 이탈리아적인 느슨함? 그것이 이탈리아의 매력이에요, 어떻게 보면.

전 그러면서 당당해.

탁 디자인 쪽에서도 그런 면이 있다고 봐. 저한테 느낌이 가장 딱 오는 게 뭐였냐면, BMW 오토바이랑 두카티 오토바이가 있다고 쳐요. BMW의 오토바이는 정말 달리기 위해 태어난 머신이죠, '머신'. 모든 것이 복합적으로 효율이 딱딱 맞아 있고, 군더더기란 없는 느낌. 최첨단의 혁신을 추구하고. 근데 두카티는 일단 뜨거워. (ㅋㅋ) 열처리가 뭔가 좀 잘못되어 있어.

김 반바지 입고는 못 타겠네요.

탁 반바지는 당연히 안 되고 청바지를 입어도 이거는 뭐⋯ 뜨거워. 근데 묘한 매력이 있어요. 예를 들면 그런 거죠. 머플러의 배기관을 뽑아놓을 때, BMW의 경우는 화상의 위험이 있고 열효율도 떨어지니까 안쪽으로 어떻게 해서든 내보내놓고 "이게 정답이다"라고 해. 근데 이탈리아 사람들은 배기관을 휘어서 다리에 거의 스칠 듯이 뽑아내놓고 "멋있잖아!" "간지 나네" 이런 느낌이야. 근데 동의하지 않을 수가 없어. 멋있거든.

전 진짜 괜찮거든.

탁 그런 이탈리아적인 느낌. 난 그거 굉장히 중요한 것 같아요. 오히려 효율화를 추구해서 그런 걸 잃어버리면 너무 아쉬울 것 같아.

Italia

전 그리고 보세요. 베네치아도 어떻게 보면 얼마나 살기 불편해요. 그 운하들 지나다니면서 차도 못 다니고 배로 다녀야 되고. 그렇지만 좋잖아요.

탁 그렇지만 좋죠.

베네치아 이 야 기

김 베네치아에서 사람 연행된 것 본 적 있으세요? 전 골목 지나가다가 봤거든요. 근데 소방차랑 경찰차가 다 보트예요. 굉장히 이상하더라고요. 경찰들이 범죄자한테 수갑을 채워서 보트에 태우는 것 자체가 굉장히 낯설고요. 제가 겁이 좀 많아서, 누가 큰소리를 내는 싸움 현장에 있다든가 누가 연행을 당한다든가 하면 가슴이 콩닥콩닥 뛰는 편인데, 그때는 뭔가 너무 이상하다는 느낌에 쫄지 않고 저도 모르게 구경을 했어요.

탁 저는 그걸 취재했었어요. 소방대를 취재한 적이 있는데, 소방관들한테 베네치아는 악몽과도 같은 도시입니다.

김 음, 왜요?

탁 유서 깊은 목조건물들이 굉장히 많아요. 겉을 보면 다 벽돌이기 때문에 석조건물이라고 생각하지만 그 안은 다 목조입니다. 그리고 골목 너비가 한 사람이 양팔을 벌릴 때의 너비보다 좁아요. 근데 그선 베네치아가 세워진 이유와도 밀접한 연관이 있습니다. 왜냐하면, 쫓기고 쫓기다가 결국 더 이상 도망칠 데가 없는 사람들이 숨어든 도시가 베네치아거든요. 지금은 롬바르디아라는 지역이 이탈리아의 일부이지만, 베네치아가 세워지던 1,000년 전만 해도 롬바르디아족은 롱고바르드라고 하는 야만인들이었어요. 이 사람들이 로마제국 말기에 이탈리아 북부를 침입했을 때, 쫓고 쫓기던 사람들이 살육을 피해서 갯벌 안으로 들어간 거죠. 그리고 갯벌 위에다 살 곳을 만들어야 하니까 엄청나게 많은 나무기둥을 거기다 박았어요. 그렇게 해서 나무기둥이 모이면 그 위에다가 흙을 덮어 인조 섬을 하나 만들고, 그런 식으로 그 옆에다가 또 인조 섬을 하나 만들고. 이렇게 해서 인조 섬과 섬 사이 사이에 생긴 조그마한 채널이 운하가 된 거고요. 그런 식으로 형성된 것이 지금의 베네치아죠. 베네치아는 설계 개념 자체가 적의 말과 전차가 들어올 수 없도록 만든 것이기 때문에, 지금도 자동차가 못 들어가고 당연히 골목골목이 굉장히 좁아요. 소방관들 입장에서 보면 그건 악몽이에요. 소방차도 들어갈 수 없고. 물은 지천에 있고 펌프야 꼭지만 하면 물이 나온다고 하지만, 목조건물이긴 해도 고층인 데다가 불이 한 번 났다 하면 순식간에 옆으로 번지죠.

전 또 다닥다닥 붙어 있잖아요.

탁 1990년대에 베네치아에서 대화재가 한 번 난 적이 있었어요. 굉장히 유서 깊은 건물들이 많이 탔어요. 오페라하우스도 전소만 모면했을 뿐이지 큰 피해를 입었죠. 그래서 거기 소방관들은 특수한 기술을 익혀요. 안장 없이 말 타는 팔리오 기수하고 베네치아 소방관이라고 하면 묻지도 마세요. (ㅋㅋ) 그리고 사다리 자격증이 따로 있어요. 건물에 올라가는 기술이 굉장히 많습니다. 어떤 사다리는 끝이 낫처럼 되어 있어요. 그래서 사다리를 창문에 걸고 올라가서, 그 사다리를 끌어올린 뒤 다시 위층에 있는 창문에 걸고 또 올라가는 기술도 있고요.

김 거의 아크로바틱이네요.

탁 정말 아크로바틱에 가깝죠. 근데 베네치아가 사실은 곤돌라들이 다니던 곳이고 지금도 계속해서 모터보트들이 다니잖아요. 택시보트도 있고, 경찰보트도 있고, 소방보트도 있고, 심지어는 쓰레기 운반선도 모터보트죠. 그러다 보니 모터보트들이 일으키는 물살이 계속해서 건물의 기단부에 충격을 주고 있는 거죠. 베네치아가 계속 낮아지고 있는 원인 중에 하나가 그것도 있고요, 지구 온난화에 의해 해수면이 높아지는 것도 있어요.

김 진짜 가라앉아요? 진짜 가라앉을까요, 언젠가?

탁 언젠간 가라앉겠죠. 지구의 중력은 아래로 작용하니까요. (ㅋㅋ)

김 자, 분위기를 바꿔서, 베네치아 얘기를 하니 또 베네치아에서 만난 남자가 생각이 나네요. 별 얘기 아니고 이건 그냥 문화 차이를 느꼈던 에피소드예요. 베네치아를 낮에 혼자 돌아다니다가 어떤 분을 만나 얘기를 나누게 됐는데, 동양 여자라서 집적거리는 게 아니라 정말 저를 인간 대 인간으로 대한 사람이어서 되게 느낌이 좋았어요. 무슨 일을 하는지 물었더니 셰프래요. 저보고 자기 레스토랑에 와서 혼자 한두 시간 저녁 먹고 있으면 자기가 10시에 끝나니까 이후에 같이 나가서 놀자는 거예요. 그래서 "그럼 좀 이따 봐" 이러면서 헤어졌단 말이에요. 그리고 나서 6시에 갔는데, 문이 닫혀 있었어요. '어? 이상하다? 내가 속았나?' 그러면서 6시 15분에 다시 갔어요. 그 사람은 그렇게 나빠보이지 않았거든요. 거기 앉아서 35분 정도 있다가 '아, 농락을 당했구나…'.

탁 (ㅁㅁ) 그게 무슨 농락까지야?

김 '나는 나의 귀중한 시간을 이탈리아 남자의 장난질에 놀아났구나' 하면서 되게 불쾌해했던 적이 있는데, 나중에 알고 보니 이탈리아 저녁 시간이 8시부터인 거죠. 그리고 거기는 굉장히 좋은 레스토랑이어서 더 엄격했던 것 같아요. 일반 백반집 같은 데가 아니어서. (ㅋㅋ) 백반집은 7시에도 열거든요. 근데 저는 그때 이탈리아 여행이 처음이라, '저녁시간'이란 말에 6시에 갔던 거죠.

탁 그래서 그 뒤로 어떤 일이 있었어요? 오해가 풀리고 해피엔딩?

김 아뇨. 그냥 그렇게 끝났어요. 농락한 놈과 농락당한 여자로.

탁 그분 입장에서는 오히려 기분 나쁠 수도 있었겠다.

김 그때는 그분의 기분을 생각할 입장이 아니었어요, 제가. (ㅋㅋ) 굉장히 기분이 나빴기 때문에.

전 시차가 참 아쉽네요.

그라파를 맛 보 세 요

탁 이탈리아 백반 하니까 또 생각이 나는 게 이탈리아 소주, 바로 그라파Grappa라는 술 아닙니까. 이게 또 굉장히 매력 있는 술입니다. 일단, 와인을 만들어요. 와인을 만들 때 포도를 으깨서 그 즙을 짜고 나면, 나머지 과육과 껍질과 씨앗이 남겠죠. 그걸 포미스Pomace라고 합니다. 그 포미스를 놔두면 그 안에 과즙과 당분 성분이 계속 남아있기 때문에, 거기서도 계속 발효가 진행돼요. 그다음 그걸 끓이면 그라파가 나오죠. 유리병에 든 무색투명한 그라파는 숙성시키지 않은 거예요. 하지만 숙성시키지 않았음에도 불구하고, 굉장히 농축된 건포도 같은 향기가 코에 감돕니다. 제가 예전에 이탈리아로 출장 간다고 주변에 얘기하니까 선배 중 한 분이 "어우 야, 이탈리아에 가면 그라파라는 소주가 있어. 그것 좀 사와라"라고 얘길 했어요. 제가 "이탈리아에도 소주가 있나요?" 했더니 "그게 아니라, 이탈리아 사람들이 먹는 소주 같은 술이지. 가격도 얼마 안 하고 굉장히 맛있으니까 좀 사와" 했어요. 그리고 나서 베네치아에 갔을 때 호랑이 같은 감독님 밑에서 라면 한번 잘못 끓여드렸다가, 완전히 개새끼 소새끼 말새끼 모든 동물의 새끼들과 친구가 되고 나서 그라파의 '그' 자도 떠올릴 수 없는 여건이었는데, 다음 이탈리아 촬영 때 그라파의 고향과도 같은 도시를 찾아갔던 거죠. 바사노 델 그라파. '바사노 델 그라파'는 '그라파의 바사노'라는 뜻이거든요.

전 바사노가 뭔가요?

탁 바사노는 마을 이름이고, 마을 뒤에 그라파라는 산이 있어요. 그라파라는 이름에 대해서도 여러 가지 설이 있어요. '포도송이'를 뜻하는 '그라폴로'라는 라틴어에서 왔다는 게 정설인데, 마을사람들한테 그 이야기는 완전 말도 안 되는 소리인 거죠. 그라파는 당연히 자기네 뒷산에서 따온 말인데. 실제로 거기 가면 무수히 많은 그라페리아들이 있어요. 그라페리아는 그라파를 증발하는 증류소죠. 정말 좋은 곳입니다. 술꾼의 천국과도 같은 곳이라고 할 수 있죠. 근데 그 바사노 델 그라파는 사실 전략적 요충지였어요. 그래서 옛날부터 전란이 잦았던 곳입니다. 왜냐하면, 지금이야 우리가 이것을 그냥 술로 생각하지만 불과 100년, 200년 전까지만 해도 이렇게 독한 술들은 군대에 없어서는 안 될, 요긴한 군수품이었어요. 병사들의 사기를 진작시키기 위한 심리전의 무기이기도 했고, 다친 병사들의 상처를 소독하거나 통증을 잊게 해주는 진정제의 효과도 있었어요. 그렇기 때문에 독한 술이 나는 곳은 항상 군대가 먼저 차지하기 위해 움직였던 거죠.

전 술 천국이라는 이면엔 그런 역사가 있었군요.

이탈리아적 매력이란

탁 오늘 남림 씨와 전 작가의 얘기를 들으면서 정말 여행다운 여행, 모험다운 모험이 기다리고 있는 곳이 바로 이탈리아가 아닌가 하는 생각을 하게 돼요. 우리 전 작가에게 이탈리아란?

전 저에게 피렌체는 굉장히 복잡다단한 기억으로 남아 있어요. 이탈리아 안에서도 특히 피렌체와 베네치아가 그래요. 근데 이번 촬영 때 또 한 번 느꼈던 건, '이탈리아 사람들은 나름의 여유와 친절함이 배어 있구나'라는 거. 그래서 언제든지 또 가고 싶은 아름다운 나라라는 생각이 듭니다.

탁 남림 씨는 오늘 즐겁게 수다 떨면서 어떤 생각이 드셨나요?

김 '이탈리아 이야기는 2시간만으론 너무 짧다. 그러기엔 불가능한 곳이다'라는 생각이 들어요. 그리고 이야기하면 할수록 이탈리아의 감칠맛 나는 매력들이 새삼스레 더 느껴졌던 것 같아요.

탁 마치 볼로네제 소스와도 같은, 감칠맛 나는 이야기들이 기다리고 있는 나라이고요. 아까도 말씀드렸지만 폼생폼사가 있는 나라가 바로 이탈리아입니다.

김 그렇죠. 지하철 안에서도 선글라스를 끼고 있죠. (ㅋㅋ)

탁 네. 어떻게 보면 귀여운 폼생폼사. 그리고 뭐랄까, 부조화의 조화. 더불어서 어떤 느슨함이 있는 나라. 엉터리 같지만 멋있어.

김 당당한 자기 멋이 있죠.

탁 직접 한번 가셔서 그 매력에 흠뻑 빠져보시길 기대하겠습니다.

여러분, 언제나 좋은 여행 하세요.
감사합니다.

Vietnam
Cambo

탁PD의
여행수다
—

제대로 고생 = 제대로 여행

Laos,
a

여행을 하다 보면 좋았던 기억보다는
사기 당했던 기억,
죽을 뻔했던 기억들이 가장 재미있고
오래 남는 것 같아요.

박

짐 떠나면 고행이라는 걸 인정해야
우리가 여행이라는 것을
제대로 대면할 수 있다고 생각해요.

탁

나는 동남아시아로 여행(이라 쓰고 출장이라고 읽는다)을 가면 몸무게가 늘어서 돌아
오는 편이다. 아침, 점심, 저녁 사이사이에도 맛있어 보이는 것들이 자꾸 손짓을 한
다. 하루에 다섯 끼 먹는 것은 보통이다. 음식뿐 아니라 저렴한 가격의 술과 마사지
같은, 사람을 느긋하게 해주는 분위기도 한몫하는 듯하다. 동남아시아엔 적당히 이
국적이면서도 우리 취향에 잘 맞는 것들이 널려 있다. 게다가 지리적으로도 가까워
항공료 부담까지 덜하니, 첫 해외여행을 계획하는 사람들에겐 부담 없는 선택지가
될 수 있다.

vietnam, laos,
cambodia

어느 정도 해외여행 초심자 단계를 벗어났다면, 중급 단계(?)로 시도해볼 만한 것이 육로로 국경을 넘어 2개 이상의 국가를 방문해보는 것이다. 말이 반도국가이지, 배와 비행기를 이용하지 않고서는 사는 땅을 한 치도 떠날 수 없는 우리들에게, 선 하나를 넘어 다른 나라로 넘어간다는 것은 괜스레 긴장되는 경험이다. (그 괜한 긴장 속에서 어리바리해지는 여행자들을 노리고 사기꾼이 몰려드는 것도 바로 국경이라는 공간이다.) 지금이야 어엿한 프로뮤지션으로 활동하고 있는 박상일 · 도이 콤비지만, 2009년 〈EBS 세계테마기행〉의 일반시청자 공모를 통해 만난 이들은 패기 외엔 아무것도 가

진 것 없는 대학생들이었다. 그들에게 가장 어울리는 여행 경로를 찾다가 떠올린 것
이 바로 '인도차이나 3국'을 육로로 잇는 삼각형 코스다. 베트남, 라오스, 캄보디아,
이 세 나라는 같은 시기에 프랑스의 식민 지배로부터 독립했고, 동서냉전의 시기에
공산주의와 자본주의 진영의 치열한 각축장이었다는 공통점을 지녔다. 이런 아픔은
우리와 비슷하지만, 그 아픔을 이겨내는 방식은 각기 다르다.
우린 서로 다르기에 재미있고, 서로 비슷하기에 이해할 수 있다는 사실을 깨닫기에
이 코스보다 더 나은 여정은 지금까지 없었다.

by 탁

vietnam, Laos,
cambodia

GueSt

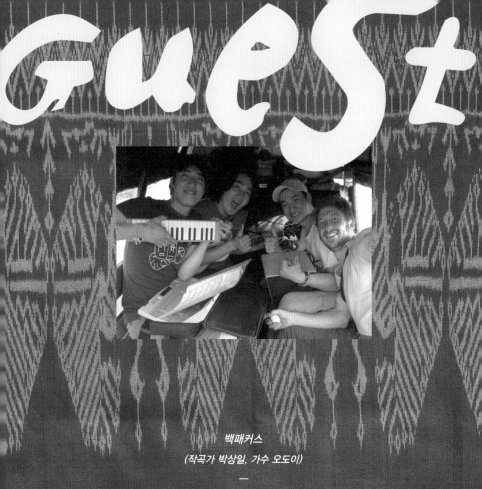

백패커스
(작곡가 박상일, 가수 오도이)
—

'백패커스'라는 팀에 대해 잘 아는 사람은 없다. 오직 위기의 순간에 나타났다 사라진다는
소문만 무성할 뿐. 이들이 처음 목격된 것은 2009년,
〈EBS 세계테마기행 – 세 친구의 배낭여행, 인도차이나 3국을 가다 편〉을 통해서였다.
이후 2013년 '탁PD의 여행수다' 연말콘서트에 등장해 베일에 싸인 팀의 정체성에 대해 밝혔다.
"우린 탁PD의 협박으로 급조되었다. 이 무대가 마지막이다"라고.
어쩌면 우리는 데뷔와 동시에 은퇴한 전설 속 팀의 마지막 목격자들일지도 모른다.
지금은 서로 떨어져 박상일은 작곡가로, 오도이는 그룹 '소울스테이지'의 보컬로 활동 중이라는
풍문만 무성하지만, '탁PD의 여행수다'의 재미가 떨어지는 위기 순간이 닥치면
'백패커스'는 언제든 다시 나타날 것이다.

탁 귀만 있으면 떠날 수 있는 세계여행, 여행교의 간증집회 '탁PD의 여행수다'에 오신 것을 환영합니다. 〈세계테마기행－인도차이나 3개국 편〉을 할 때 출연했던, 당시는 대불대학교 실용음악학과 학생들이었고 지금은 어엿한 가수와 작곡자로 연예계에 한 획을 써내려가고 있는 작곡가 박상일 씨, 그리고 가수 도이 씨 모셨습니다. 전명진 사진작가도 나와 계십니다.

박 안녕하세요. 저는 작곡하고, 나무 심고, 여행 다니고, 여러 가지를 하는 박상일입니다.

탁 작곡하고 나무 심는다고 하니까 뭔가 굉장히 이상해 보여요. 자세히 설명해주세요.

박 작곡이 주업이고요. 요즘 '트리플래닛'이라고 핸드폰 게임 어플이 있는데, 게임에서 나무를 심으면 저희가 실제로 가서 심어주는 거예요. 제가 직접 가서 나무를 심어주는 사람이에요.

탁 그렇군요. 좋은 일을 하고 있는 것 같아요. 그리고 도이 씨?

도　반갑습니다. 제 이름은 오도이고요. 노래와 작곡을 하고, 잡다한 액세서리 만드는 걸 취미로 하고 있습니다.

탁　근데 사실 여기에 멤버 1명이 더 있어요. 정효재라는 친구인데, 이 3명이 〈세계테마기행〉과 아주 특별한 인연이 있습니다. 어떤 인연이었죠?

박　일반시청자 참여를 했던 적이 있어요. 저희가 운 좋게도 400대 1의 경쟁률을 뚫고 뽑혀서 여행에 참여하게 됐었죠.

탁　저도 그때 심사위원으로 있었는데, 세 친구가 들어오는데 굉장히 신선했어요. 일단 아무 생각이 없어 보였어요. (ㅋㅋ) 표정들이 너무 해맑아서. 물론 이 친구들 입장에선 굉장히 긴장도 되고 꼭 뽑혀야겠다는 결의도 있었겠지만, 제 눈에는 얼굴들이 너무 해맑아 보여서 '아, 이런 친구들과 함께 여행 프로그램을 만들면 기존에 보여주지 못했던 모습들을 보여줄 수 있을 것 같다' 생각했었죠.

전　시키면 시키는 대로 다 할 것 같다…?

탁　네, 그게 제일 중요했어요. 여행 프로그램 출연자가 멋있다고 해서 되는 것도 아니고, 일단 말을 잘 들어야 합니다. (ㅋㅋ) 어쨌든 그때 우리가 여행 콘셉트를 세웠던 게, '인도차이나 3국을 가장 단시간 내에 효율적으로 여행하는 방법'이었죠. 먼저 인도차이나 3국이라고 하면 어떤 나라들을 가리키는지 설명을 해드리죠. 사실 '인도차이나'라는 명칭은 그렇게 좋은 명칭은 아니에요. 왜냐하면 타자에 의해 붙여진 명칭이니까요. 프랑스가 캄보디아, 라오스, 베트남의 식민 지배를 굉장히 오래 했었어요. 이 지역을 '인도도 아니고 차이나도 아니고 그 중간쯤 되는 성격을 가진 지역이다'라고 해서 불어로 '인도쉰느', 영어식으로 '인도차이나'라고 합니다. 어쨌든 아직도 프랑스 영향이 조금은 남아 있다고 볼 수 있는 지역입니다. 프랑스 여행자들도 굉장히 많고요.

그 세 국가가 서로 국경을 마주하고 있어요. 우리나라를 반도라고 하지만 사실 섬이에요. 다른 나라에 가기 위해서는 꼭 배를 타거나 비행기를 타야 합니다. 걸어서 국경을 통과할 수 있는 사람은 일부 굉장히 특수한 계층, 개성공단 관련자들밖에 없죠. 여행자들의 로망이라고 하면, 국경을 육로로 걸어서 통과해보는 것 아니겠어요? 그래서 우리는 그 3개국을 육로로 연결해서 여행하고 왔습니다.

인도차이나 여행의 시작

탁 우리가 그때 처음으로 간 곳은 베트남이었어요. 베트남, 어떤 나라입니까?

전 인도차이나 반도의 동쪽에 있고요. 해안선이 약 3,000여 킬로미터나 되는 나라이고, 인도차이나 반도에서 인구가 가장 많아요. 무려 9,200만 명. 남한과 북한을 합친 것보다도 월등히 많고요. 쌀이 무척이나 많이 나는 나라이기도 하죠.

탁 아, 안남미라고 하는 쌀. 안남이 베트남을 말하는 거죠?

전 그렇죠. 수출도 굉장히 많이 해서 주변 동아시아 지역에서 그쪽 쌀을 굉장히 많이 먹어요.

탁 옛날에 사이공이라 했던 호치민 시티, 우리가 거기서 여행을 시작했죠. 기억에 남았던 거 뭐 있어요?

vietnam, Laos, cambodia

박 일단 동남아시아 하면 공항 문을 딱 열었을 때 훅 들어오는 그 열기. 호치민 시티에 도착하자마자요.

도 드라이기를 입에다 확 대는 것 같은!

박 그렇죠. 처음 갔을 때 공항 문을 열자마자 닫아버렸어요. '어, 이거 안 되겠는데?' 그게 첫인상이었죠.

탁 우리가 처음에 숙소를 잡았던 곳이 '팜 응우 라오'라고, 호치민의 이태원 같은 곳이죠. 호치민으로 들어오는 모든 배낭여행자들이 반드시 모이게 되어 있는 곳입니다.

도 태국의 '카오산 로드' 같은 곳이죠.

탁 해외여행 할 때 사실은 그런 거점도시들이 다 있어요. 어디를 여행하시든지 너무 사전예약에 대한 스트레스를 받으실 필요가 없는 게, 일단 비행기 표를 끊어서 가면 여행자들의 거점 같은 곳이 수도에 분명히 한두 군데 있습니다. 거기에 가면 여행자용 숙소도 많고, 아주 쉬운 영어로 친절히 설명해주는 외국인 대상의 여행사들도 많죠.

도 바가지도 많고요.

탁 (ㅋㅋ) 바가지도 많죠. 어쨌든 우리가 호치민에서 바로 이동했던 곳은 달랏Da Lat이라는, 고원지대에 위치한 곳이었습니다. 달랏이 기억에 남는 이유가 '다탄라'라는 굉장히 멋있는 폭포에 갔었기 때문이죠.

박 캐녀닝Canyoning을 할 수 있는 아주 좋은 폭포죠.

탁 캐녀닝이 뭔지 설명해드릴게요. 사실 영어가 별것 없잖아요. 'ing' 붙여주면 설명 되는 기 아니에요? 튜브 타는 게 튜빙, 캐년 안에서 즐길 수 있는 모든 것들을 하나의 스포츠로 만들어 놓은 것을 캐녀닝이라 할 수 있는데, 캐녀닝에는 쉽게 말해 드라이캐녀닝과 웨트캐녀닝이 있습니다. 드라이캐녀닝은 물에 안 들어가는 캐녀닝이죠. 유격훈련 할 때 활차 같은 걸로 하강하잖아요? 그런 거랑 절벽에 부착된 로프에 안전끈을 매고 벽 타는 거랑 이런 것들이 결합된 게 드라이캐녀닝입니다. 우리가 그때 했던 건 웨트캐녀닝이에요. 폭포인데, 물살이 굉장히 세다 보니 그 아래 돌이 다 깎인 거예요. 자연적으로 형성된 워터슬라이드 같은 게 50미터 길이로 쫙 펼쳐진 데가 있습니다. 그런 데서 미끄러져 내려온다든가 하죠. 구명조끼를 입고 있으니 등이 까질 염려가 없어서 굉장히 안전합니다. 또 폭포를 맞으면서 물 한가운데로 줄을 타고 내려온다든가 좀 만만한 폭포가 나타나면 거기서 뛰어내린다든가 그런 것들을 할 수 있죠.

박 시작은 재미있었어요. 다큐멘터리에 관해 저희가 사전지식이 없다 보니, PD님이 "너희들은 일단 몸으로 즐기는 걸 보여줘야 된다. 그래야 진정성이 나올 것 같다" 하셔서 즐겼는데, 나중에 라오스에 가서는 죽을 고비를 넘겼어요. 진짜 죽을 뻔했어요.

그데 그때 툭 PD님은 다른 데서 한 잔 하고 있고…·

도

탁 (ㅋㅋ) 아, 그 얘긴 나중에 하도록 하고요. 달랏 하면 또 커피 얘기를 빼놓을 수 없을 것 같은데요.

박 베트남은 커피 수출량이 세계 2위에 달하죠.

탁 우리나라에서 드시는 봉지커피, 믹스커피 이런 것들은 대부분 베트남산 원두를 많이 씁니다. 저렴하니까요. 원두 중에서도 로부스타Robusta라는 종이 베트남의 아주 대표적인 종인데, 현장에서 먹으면 상당히 맛있어요.

도 길거리에서 할머니가 타주시는 걸 보고 '저게 과연 맛있을까?' 생

vietnam, laos, cambodia

각했었는데, 너무 맛있더라고요. 연유를 섞어주셔서….

탁 근데 정작 커피 재배하는 농가에 가면 그분들은 재배한 걸 안 드시더라고요.

도 꼭 봉지커피를 드시더라고요.

박 "커피 먹고 싶다" 하니까, 파는 인스턴트 커피를….

탁 봉지커피를 내오셨어요. 왜냐하면 거기는 커피 마시는 문화가 없는 거예요. 외부에서 이식된 문화이다 보니, 정작 그분들은 커피를 안 드시고 수출용으로만 재배하는 거죠. 사실 우린 촬영하다 보면 커피밭에서 일하는 것, 커피를 따서 말려놓은 것, 그런 걸 단계별로 찍고 싶잖아요. 그리고 마지막에 커피를 한 잔 딱 해야 완성이 되잖아요. 그래서 커피 마시는 걸 좀 촬영하고 싶다고 하니까 "어, 알았어. 앉아 있어!" 하시더니, 빨간 '네스카페' 박스를 저쪽에서 가져오시더니 "집에 없어서 특별히 아들내미 보내서 사왔어" 하고 주시더라고요. (ㅋㅋ) 그분들은 커피를 재배하니 항상 커피를 마실 것이다, 라는 건 사실 우리만의 선입견이었던 거죠.

여행과 기 타

탁 달랏을 떠나서 우리가 향한 곳은 훼Hue였습니다.

박 훼로 향하기 전에 잠깐 들른 곳이 있죠?

탁 나짱Natrang이죠.

전 거기 그렇게 좋다면서요?

박 그렇게 좋은 걸 못 느낄 새에 저희는 떠났거든요. (ㅋㅋ)

탁 왜냐하면 달랏에서 아주 꼬불꼬불한 산악길을 달리는 버스를 타고 동해안으로 왔어요. 베트남을 한반도에 비유하면, 포항쯤 되는 위치에 있는 곳이 해안도시 나짱이에요. 나트랑이라고 많이 알고 있는데요, 영어 'tr'이 베트남어로는 'ㅉ' 발음이 납니다. 우리 부모님 세대들이 베트남 전쟁에 참전하셨을 때 나짱에 미군휴양소가 있었어요. 그만큼 풍광이 아름답고 날씨도 굉장히 좋은 곳이에요. 그런데 우리가 거기서 보낼 수 있는 시간은 4시간 정도밖에 없었어요. **박**

공항으로 치면 마치 수원인데 같은 거죠.

탁 거기서 훼로 옮겨가야 되는데, 버스표를 끊고 나니 딱 2시간 정도 시간이 남는 거예요. 그래서 일단 해변가로 갔어요. 나짱의 그 유명한 해변가에. 사실 제가 이 친구들을 거기 데리고 갔을 때는 나름의 복안이 있었습니다. '비전문가들이다 보니 어디 가서 멋있는 멘트를 칠 순 없지만, 실용음악과 학생들이니까 어디 앉혀 놓으면 자기들끼리 띵가띵가 할 것이다.' 근데 그때 그림이 상당히 좋았어요. 나짱 해변에서 도이 씨가 기타를 쳤거든요. 지금은 개명 신청이 받아들여져서 오도이 씨지만, 그때는 오흥복이었습니다. (ㅋㅋ) "야, 흥복아, 판 벌여라!" "네! 알겠습니다!" 하더니 거기서 기타를 치고, 박상일 씨가 퍼커션을 치기 시작하니까 그 해변에 나와 있던 많은 연인들과 아이들과 다 모여들어서, 심지어 행상하는 아이들까지 와서 과자 팔 생각은 안 하고 음악에 빠져들었던 기억이 나요.

박 처음엔 굉장히 영혼 없는 음악을 하다가, 사람들이 몰려들고 해가 지면서 누가 봐도 굉장히 멋있는 그림이 그려졌어요. 처음에는 촬영 때문에 그냥 시작한 게 나중엔 재미있더라고요.

vietnam, Laos, cambodia

도 사람들이 호응을 하기 시작하니까 음악이 잘되잖아요. 아는 노래가 나오면 사람들이 따라 부르니깐 너무 재미있더라고요.

탁 그때 가져갔던 게 굉장히 울림통이 작은 여행자용 기타였어요. 악기를 다루실 수 있는 분이라면 그런 걸 하나쯤 가지고 여행하는 것도 좋은 것 같아요. 물론 짐이 되겠지만, 그것보다 훨씬 큰 반대급부가 있는 것 같아요. 많은 사람들과 함께 즐길 수 있는 뭔가가 생기는 거잖아요. 전 작가도 여행 다니면서 음악으로 여자 꼬신 경험 있나요?

전 어…, 조그마한 스피커를 가지고 다녔죠. 필수품이거든요.

탁 어디서나 무드가 중요하죠. 하다못해 맥주 1잔을 먹더라도 촛불을 켜놓고.

전 여행을 다니다 보면, 전기가 잘 안 들어오는 데는 기본적으로 초가 많거든요. 그러면 조합이 기가 막히죠.

탁 맥주 같은 것 세팅해놓고, 작은 스피커를 꺼내서 무드 있는 음악을 트는군요.

전 분위기에 따라서요.

탁 이번 네팔 촬영 때도 써 먹으셨나요?

전 이번에 제작진 7명이 다 남자더라고요.

훼의 맛! 맛! 맛!

탁 훼 얘기를 빠뜨릴 수 없을 것 같아요. 훼는 사실 왕조의 수도였거든요. 궁전이 굉장히 멋있었어요. 그리고 훼는 다른 것보다도 음식이 그

이 왕궁에서, 훼 왕조는 수세기 동안 베트남을 다스렸다. 전쟁의 와중에서 참혹한 피해를 입었음에도 불구하고, 중앙 전각과 성루는 여전히 굳건한 위엄을 보여준다.

렇게 기억에 남아요. 한 끼 한 끼 먹을 때마다 너무 즐거웠어요. 특히 훼 음식 중 가장 대표적인 게, 베트남 쌀국수라고 하는 '퍼'.

전 우리가 아는 '포'예요.

탁 '포'의 실제 발음이 '퍼'입니다. 퍼는 사실 베트남 남쪽의 국수예요. 북쪽으로 가면 퍼보다 조금 더 굵은 면발을 씁니다. 그걸 '분'이라고 해요. 베트남 요리 이름은, 맨 처음에 주재료 이름이 붙고 그 다음에 부재료 이름이 붙습니다. 면의 경우엔 면 종류가 제일 앞에 나오고, 국물을 우려낸 재료가 그 다음에 나와요. 예를 들어 '퍼 보'라고 할 때 '보'는 소입니다. 소고기 국수예요. '퍼 가' 이러면 닭고기 국수고요. 마찬가지로 '분 보' 이러면 소고기가 들어간 우동 면발 같은 굵은 면발의 국수입니다. 그리고 맨 마지막에 붙는 건 지역명이에요. 그래서 '분 보 훼' 라는 국수가 있어요. 정말 맛있습니다. 거기 고기가 큼지막한 게 통으로 들어 있어요. 그리고 거기에 고추기름을 딱 2숟갈 넣는데, 끝내줘. 그리고 바나나줄기를 얇게 채를 썬 게 있어요. 그걸 마지막에 고명으로 얹어서 먹으면, 씹는 맛이 죽여. 아, 막 아른거려.

전 고기 국물은 뭘로 내나요?

탁 '보'가 소니까, 소고기 국물이죠.

박 매운 쌀국수라고 생각하면 이해하기 쉬울 거예요.

탁 야, 이게 뭐야. 내가 지금 실컷 설명했는데 이렇게 싱겁게 마무리하면 어떡해. (ㅋㅋ) 근데 맞아요. 사실은 매운 쌀국수, 아니 갈비탕. 뭐진한 고깃국이죠.

vietnam, laos,
cambodia

국경, 그 경계에 서는 색 다 른 경 험

탁 우리가 훼로 간 이유는 물론 거기 있는 음식 등등을 취재하러 간 목적도 있었지만, 거기서 북상하다가 방향을 서쪽으로 틀어 라오스로 넘어가기 위함도 있었어요. 그때 라오바오Lao Bao라는 국경을 통해 라오스로 들어갔는데, 국경을 넘을 때의 느낌 기억 나요? 어떤 느낌이었어요?

박 국경을 걸어서 넘는다는 것. 이건 굉장한 경험이었어요. 말로 설명하기 힘들 정도의 기분이라서, 넘는 순간 소름이 쫙 돋았어요. 왜냐하면 평생 한 번도 경험해보지 못한 거니까.

전 근데 진짜 여행하다 보면, 우리나라 사람이라 특히 그럴 수도 있는데, 걸어서 국경 넘으면 기분이 참 묘해요. 유럽 안에서는 차로도 가고 기차로도 가고 다 다니잖아요. 근데 우리나라는 그럴 기회가 없으니까. 그래서 처음 넘을 때 느낌이 알싸하죠.

박 좋으면서 뭔가 슬프기도 하고.

탁 근데 그렇게 숙연한 감정과 소름이 끼치는 양반이 '국경놀이' 했어요?

전 아, 또 그랬구만? 다 그거 하더라고요.

탁 국경선 위에서 한 발짝씩 폴짝폴짝 뛰면서 "베트남, 라오스, 베트남, 라오스".

박 근데 굉장히 놀란 건, 그냥 하얀색 선 하나 딱 그어져 있어요.

탁 그리고 우리가 국경에서 조심해야 되는 게 있죠. 국경이라는 공간이 사기꾼의 서식지입니다. 우글우글합니다. 사람을 아주 희한하게 바보같이 만드는 그런 게 있어요.

전 네, 사기꾼들 엄청나요. 그들 입장에선 넘겨 보내면 땡이니까 무책임해도 되는 거죠.

탁 경험이 많은 여행자도 왠지 국경만 가면 주눅이 들고, 굉장히 어리바리해지고 정신이 없어져요.

전 일단 돈과 말이 조금 바뀌니까 그것 하나만으로도 주눅이 들죠.

탁 육로로 국경을 넘어갈 때, '국경 넘어서 어디어디까지 데려다준다'고 하는 버스들이 있는데 그건 믿을 게 못 되는 것 같아요. 예를 들어, 베트남에서 버스를 탔는데 버스기사들이 캄보디아까지 한 번에 쭉 넘겨다준다는데 그게 말이 안 되거든요. 특히나 영세한 업체일수록 더 심해요.

박 저희가 갈 수 없다고 그렇게 얘기했잖아요. "형님, 이건 아니에요. 이 사람 여권도 없어요." 그렇게 말했는데도 "갈 수 있어! 이 사람들 눈망울을 보고 얘기하라고!"

도 그렇게 얘기했는데…. (ㅋㅋ)

탁 근데 그때 정말 여행사에서 티켓 예약할 때, 라오스에 있는 사와나켓Savannakhet까지 우리를 모셔다줄 에어컨 버스가 온다고 말했었어요.

도 에어컨이 달려만 있는….

탁 네, 에어컨이 달려만 있는. 그때 정원이 30인승 정도 되는 미니버스 같은 게 왔는데, 분명히 에어컨은 달려 있는데 너무 노쇠하신 거지. 히터 바람 같은 게 굉장히 비리비리하게 나오는데, 함께 타고 있던 서양인들이 창문을 열지 않으려고 하는 거예요. "이건 에어컨 버스야!" 이러면서. 창문을 차라리 열면 좀 시원한데 "에어컨이 왜 이렇게 약하지?" 하면서도 안 열려고 하는 거야. 우린 가운데 껴겨 앉아가지고 창문에 대한 권리 주장을 할 수가 없었고 굉장히 답답했어요.

*vietnam, laos,
cambodia*

도 냄새도 좀 많이 났고 무척 힘들었어요.

탁 어쨌든 나는 국경에 도착해서 버스에서 잠시 내리면, 버스가 먼저 국경을 넘어가 있고 우린 그 버스에 다시 탈 줄 알았지.

전 그렇지. 보통 그렇게 생각하죠.

탁 근데 전혀 아니고요. 국경을 넘으면, 그 국경 건너편에 인솔자가 있습니다. 그 친구가 그쪽에 있는 버스터미널로 데리고 가서 버스표를 끊어주는 거예요. 근데 그 와중에 비자 요금이 얼마며, 국경을 넘는 게 얼마며, 있지도 않은 비용을 계속 청구해요.

박 대행을 해준다고 하고, 거기서 환전을 안 하고 넘어가면 더 비싸다느니….

탁 국경 넘어가면 베트남 돈이 절대 통용되지 않기 때문에 자기한테 다 바꾸고 넘어가야 된다면서, 가지고 있는 베트남 돈 지금 당장 자기한테 바꾸지 않으면 큰일 날 것처럼 얘기하고.

도 근데 바로 앞의 슈퍼에 가니까 베트남 돈 받고. (ㅋㅋ)

탁 그리고 거기서 제시하는 환율이 또 터무니없죠. 거기서 1시간만 떨어져 있는 곳에 가서 환전하면 정상 환율인데, 거기선 2배 내지 3배로 장난을 치니까…. 한번은 베트남 국경에서 아주 곱상하게 생긴 여자분이 있었는데, 그 언니 나중에 보니까 15분 사이에 4단 콤보로 사기가 들어오더라고요.

박 정신을 차릴 수가 없어요.

탁 맨 처음엔 환율로 한 번 사기 치고, 그 다음엔 거스름돈. 또 자기가 우리를 대신해서 비자를 받아준다는데, 사실 비자는 있지도 않았어.

박 네, 무비자죠.

저희들이 발견한 가장 단기간 안에 인도차이나 3개국을 가장 재미있는 볼거리들을 놓치지 않으면서 돌아볼 수 있는, 마치 서울지하철 2호선처럼 일주할 수 있는 코스입니다.

박 3개국을 작은 원으로 돌 수 있는.

탁 그렇죠. 국경 접경지대를 작은 원을 그리면서 돌 수 있는 코스를 말씀드리고 있는 겁니다. 그렇게 해서 우리가 사와나켓에서 처음으로 향한 곳의 이름이 팍세Pakse. 지명이 팍세입니다. 빡세라고 발음하고요.

전 얼마나 빡세면….

도 죽을 뻔한 곳이 거기입니다.

전 제가 듣기론 되게 조용하고 좋다던데…?

도 조용한데요. 그 조용함 안에서 저희가 죽을 뻔한 고비를…. 카메라 감독님도 죽을 뻔하고요.

탁 일단 이 친구들 데리고 여행할 때는 굉장히 편했어요. 어차피 몸으로 부딪치는 거니까 사전에 설명할 것도 없어. 현지 여행사에 가서, "제일 빡센 게 뭐냐?" 물어보고 거기에 풀어놓는 거죠. 그래서 사와나켓에 있는 여행사에 갔더니, 팍세가 빡세대요. (ㅋㅋ) 팍세에 가면 빡센 게 있다고 하더라고. 그래서 가게 된 겁니다.

박 어쩐지 빡세더라.

도 여행사 사람이 진짜 좋더라고요. 천사 같고. 그런데 갑자기 저희를 카야킹으로….

탁 그때가 8월 우기였지요.

전 죽을 수 있다, 죽을 수 있어. 우기에 카야킹을 시키면 사람이…. (ㅁㅁ)

vietnam, Laos,
cambodia

탁 사진을 보면 굉장히 잔잔하고 좋아요. 그런데 사실 그건 건기에 찍은 사진이고 우리가 갔을 때는 굉장했죠.

박 속았죠, 속았어.

도 그 물살 보고 여기서 우리가 하는 거 맞냐고 물어봤더니, 할 수 있다고 그러는 거예요. 그런데 가이드 한 분은 어제 비가 너무 많이 와서 물살이 세졌다면서 "좀 위험하지 않을까?" 하는데 PD님은 "괜찮다. 좋은 그림 많이 나올 것 같다"고. 그러더니 PD님은 "난 딴 데서 찍고 있겠다" 하더니 저기 위로 갔어요. 그래서 감독님과 저희만 카야킹을 했죠. 알고 봤더니, 거기가 카야킹으로 되게 유명한데 프로선수들이 즐겨 찾는 곳이라고….

탁 저는 타고 싶었는데, 1명은 넓은 그림을 물 밖에서 잡아줘야 되는데 모두 다 안에 들어가면 그 그림을 찍을 사람이 없더라고요. (ㅋㅋ)

전 아, 굉장히 일리 있네요.

탁 그래서 그림을 더 잘 찍는 카메라 감독을 수중카메라를 들려서 같이 카약을 태워 보내고, 저는 시작 지점에서 이 친구들이 그 물살 속으로 사라지는 것을, 물살에 집어삼켜지는 것을 생생한 그림으로 촬영하고, 그 다음에 차를 타고 피니시 지점으로 이동해서 기다리고 있었던 거죠.

전 그러면서 맥주 한 잔 하신 거 아니에요?

탁 어떻게 알았지? (ㅋㅋ) 그냥 기다리면 심심하잖아. 그리고 라오스 맥주가 맛있단 말이야. 비어라오.

전 나왔습니다, 비어라오. 잠깐 늘렀다 살게요. 동남아 맥주가 여러 가지 있지만, 비어라오는 정말 기가 막힙니다. 요즘에 우리나라에 들어온다는 소문이 있더라고요. 근데 거기서 먹는 거랑은 또 맛이 다르죠.

박 심지어 출연자 물가에 보내놓고 먹으면 맛이 기가 막히겠죠. (ㅋㅋ)

전 그 더운 데서 출연자들은 물 많이 마시고 오니까 PD님은 맥주라도 한 잔….

탁 너희는 물을 많이 마시지만 난 못 마시니까 갈증이 나잖아.

박 정말 저희가 처음에 타자마자 1분도 안 돼서 물속으로 사라졌어요.

도 그리고 카메라 감독님도 안 보이고, 심지어 가이드하는 사람도 빠져서 정말 위험한 상태였어요. 저희는 계속 물살에 떠밀려가고, 구명조끼를 입고 있는 상태인데도 자꾸 물속으로 들어가는 거예요. 가이드가, 밑에 바위가 삐죽삐죽한 게 있다면서 다리를 무조건 들어올리래요. 안 그러면 다리 부서진다고. 그걸 되게 침착하게 얘기해주더라고요. 그래서 다리를 올렸죠. 올리니까 안으로 완전히 물구나무서기 하는 것처럼 거꾸로 빨려들어가서….

탁 뉴질랜드에 슬렛지 래프팅Sledge Rafting이라고, 판대기 하나에 엎드려서 하는 카약킹 비슷한 게 있어요. 전 그걸 해봤기 때문에 뭔지 잘 알아요.

전 그 공포감…. 근데도 시키신 거예요?

탁 그렇죠. 하고 나니까 몸과 마음이 굉장히 깨끗해지는 것 같지 않던가요? (ㅋㅋ)

박 세탁기 안에 들어갔다 온 것 같았어요. 세탁기 안에서 새 생명을….

탁 몸과 마음이 깨끗해질 때까지 빨래가 되어서 나오는 그 느낌. 무슨 느낌인지 저는 너무너무 잘 알고 있어요. 아무튼 맥주 한 잔 마시고 골인 지점으로 가니까, 얘네가 나오는데 표정들이 좀 안 좋더라고요. 왜 표정이 안 좋았는지는 나중에 찍어온 그림을 보니까, 이건 뭐 대단하던

vietnam, laos, cambodia

데? (ㅋㅋ)

도 엄청 좋아했어요.

탁 "너희들 짱이야!"

박 악마를 보았죠.

탁 그때 그림 정말 끝내줬어요. 제가 찍었던 래프팅 장면 중에서는 최고였던 것 같아요.

박 왜냐하면, 정말 살고 싶었으니까.

탁 사실은 래프팅이 소용돌이마다 그레이드가 있어요. 그레이드 1부터 그레이드 6까지 있거든요? 일반인들이 가이드의 지도 하에 할 수 있는 가장 격렬한 정도가 5이고, 6 이상은 프로들만 하는 거예요.

박 거기 6은 아니었죠…?

탁 6이었어요. 딱 보니까 6이던데? 니들이 그때 그레이드 안 물어봤잖아!

도 일단은 뭐 잘 살아왔으니까. 근데 죽을 때쯤 건져주더라고요, 가이드가. 그래서 다행히 살아서 왔죠.

탁 근데 이렇게 얘기하면 내가 되게 나쁜 사람 같잖아.

박 나쁜 사람 맞죠. 몰랐으면 나쁜 사람 아닌데, 알고 했어.

도 근데 진짜 건기에 가면 좋은 추억이 될 것 같아요.

탁 네, 이쯤에서 이 이야기 마무리 짓죠. 나중에 술 사줄게요.

라오스를 다녀온 많은 여행자들이, 현지에서 먹었던 비어라오 맥주를 잊지 못해 상사병에 시달린다. 그것은 맥주의 맛이었을까. 햇살과 바람과 사람들의 미소의 맛이었을까.

vietnam, Laos,
cambodia

튜빙은 트럭타이어 튜브에 바람을 넣은 것을 타고 유유자적 메콩강 위를 떠다니는 것을 가리킨다. 한 손에 책을, 다른 한 손에 비어라오를 지참한다면 더할 나위 없이 완벽하다.

라오스에서 만난 평화

탁 우리가 빡센 팍세를 뒤로하고, 너무너무 아름다운 곳으로 또 갔잖아요. 이렇게 얘기하면 어떨지 모르겠는데, 라오스에서 만날 수 있는 앙코르와트 '왓 푸Wat Phu'.

박 앙코르와트보다 더 오래된 유적이죠.

탁 네. 앙코르와트를 만든 건 크메르 족이에요. 힌두교를 신봉하던 민족이었죠. 그런데 라오스 남부는 크메르족의 영향권 아래 있었어요. '참파'라는 왕국이었고, 참파왕국의 중심지였기 때문에 '참파삭Champasak'이라고 불리는 곳이 있습니다. 그곳에 가면 굳이 번잡한 앙코르와트에 가지 않더라도 정말 아름다운 힌두 예술, 힌두 건축의 정수를 만나볼 수 있죠.

도 유적이라 할 만한 건 몇 개 없어요. 앙코르와트의 경우는 다 돌려면 며칠 걸리잖아요. 근데 거기는 '세븐 일레븐'이라는 계단, 그 '천국으로 가는 계단' 위로 올라가면 라오스의 평야가 훤히 다 보여요.

탁 그 '세븐 일레븐'이라는 게, 11개짜리 계단이 7단에 걸쳐 있는 거예요. 사실 힌두 사원들은 그 사원 자체가 '수미산'이라고 하는 우주의 중심이 되는 산을 상징하기 때문에, 항상 그렇게 산을 끼고 지어요. 앙코르와트 자체도 수미산을 상징하거든요. 그래서 굉장히 웅장한 피라미드 구조를 하고 있죠.

박 아, 거기는 경관이 너무 예뻐서 기분이 정말 좋았어요.

탁 그리고 그 참파삭을 뒤로하고, 드디어 정말 평화롭고 고즈넉한, '이것이 라오스다!'라는 느낌을 주는 시판돈에 도착한 거죠. 북부의 핫스

폿이 루앙프라방이라고 한다면 남부의 핫스폿은 시판돈인 것 같아요.

박 시판돈은 한 곳이 아니라, '4,000개의 섬'이라고 해서 굉장히 많은 섬들로 이루어진 곳이에요. 우리는 그중에서도 아주 예쁜 곳을 갔죠.

탁 시판돈의 메콩 강을 보면 여행자들이 튜빙을 하고 있잖습니까?

도 튜브에 누워서 책도 읽고.

탁 다 가라앉혀버리고 싶었어. 우리는 일해야 되는데 너무 샘이 나니까. (ㅋㅋ)

전 그 맛에 가는 건데 그럼 뭐하셨어요, 거기서?

탁 우린 일했죠. 우리는 사실 시판돈에서는 현지 가이드의 고향집에 갔었어요. 그 체험은 이 두 분한테도 새로운 경험이었어요. 그곳이야말로 그냥 여행으로 가면 절대 가지 못했을 그런 곳이었으니까. 가이드를 꼬셔서 "당신 집에 한번 가보자" 그랬는데, 그 가이드가 굉장히 착한 친구였고 그 집이 마침 시판돈에서도 관광객들이 들어오지 않는 곳에 있었어요. 여행자들이 많이 오는 곳에서 배를 타고 한참을 더 들어가야 있는 그분의 집에 우리가 갔었죠. 근데 거길 가니까 정말 라오스 사람들의 따뜻함을 그대로 느낄 수가 있었어요.

박 거기는 다시 가려 해도 어딘지 몰라서 갈 수 없는 곳인데, 정말 순박하고 외국인들을 처음 보는 사람들의 집에 갔었죠.

도 아이들이 철이 들었다고 해야 하나요? 저는 그런 표현밖에 못 쓰겠는데, 어른들이 왔을 때 의자를 갖다주거나 어린애답지 않은 행동들을 했었어요. 고작 9살밖에 안 되는 아이들인데, 새벽 6시에 일어나서 집 앞의 조그마한 배를 타고 직접 낚시를 해서 그걸로 아침 요리를 하더라고요. 그거 보고 되게 놀랐어요.

탁 그리고 바시라는 의식을 해주셨죠. 라오스의 소승불교 의식 중에 '바시 수쿠완'이라는 의식이 있는데요. 특히 여행자들에게, 아니면 가게를 새로 시작했을 때 신의 가호를 비는 의미로 하곤 해요. 라오스 남자분들은 일생에 한 번은 출가를 하거든요. 그렇기 때문에 불교 의식에 굉장히 정통한 분들이 많아요. 그런 분들이 조그마한 실 뭉치를 가지고 와서 실을 손목에다가 묶어주고 보호의 의미로 불경을 외워주죠. 그런 걸 바시 의식이라고 하는데, 그때 가이드의 아버님께서 정말 경건하게 초를 켜놓고 그걸 해주셨어요. 그래서 그 실을 바라볼 때마다 계속 생각이 나고, 가슴 한구석이 따뜻해지고. 그런 경험을 할 수 있었어요.

박 한국에 와서도, 끊어져서 없어질 때까지 풀지 않았어요.

탁 근데 좀… 2달 지나면 냄새나요.

도 그렇죠. 밥 먹다 보면 국에도 빠지고.

또 다른 사기꾼과의 대면

탁 그렇게 시판돈 여행을 마치고 우리가 또 사기꾼들과 대면했죠.

박 사기의 연속이에요.

탁 왜냐하면 우리가 또 캄보디아로 넘어가야 했으니까. 캄보디아로 넘어갈 때 동크롤로르Dong Krolor라는 국경을 넘어서 갔습니다. 우리가 캄보디아에 처음에 들어가고자 했던 곳이, 사실 정말 들어가기 힘든 곳이었어요. 라타나키리Ratanakiri라고, 캄보디아 북부지역에 있는 외떨어진 오지인데, 여길 만약 캄보디아 수도를 거쳐 들어가려면 너무 힘들어요.

vietnam, laos,
cambodia

근데 우리는 라오스에서 동크롤로르를 거쳐 라타나키리까지 들어갈 수 있었던 거죠.

전 라타나키리엔 뭐가 있나요?

탁 밀림이 있죠.

박 그리고 오지. 이약라옴Yeak Laom 호수.

전 숨은 보석을 찾아가셨군요..

탁 그리고 사기꾼도 있죠. 그 사기꾼은 뭐였냐면, 우리가 스퉁트렝Stung Treng이라는 국경 도시에서 라타나키리로 들어가 여러 가지 액티비티를 하는 걸 자기가 전부 어레인지 해주겠다고 했어요. 그러면서 가격을 한 3배는 후려쳤어요. 사기 친 돈이 380달러였어요. **전**

얘기 거기선 엄청 큰돈인데 ....

탁 저희가 다 해서 한 500불을 지불했는데, 그중에서 실제 경비는 120불이었던 거고 나머지는 그냥 지 주머니에 찼던 거였어요.

전 수완이 엄청 좋았네요.

탁 그때는 제가 지쳐 있었어요. 그 친구가 뭔가 인쇄된 영수증을 보여주면서, 자기가 큰 회사를 위해 일하고 있대. 지역정부를 위해서도 일하고 있대. 그런 것 다 구라입니다. 근데 결국은 그 영수증 때문에 잡았어요.

박 그때 탁PD님 대단했어요. 물론 사기를 당한 사람도 탁PD님이었지만. (ㅋㅋ) 저흰 말렸거든요. "저 사람 이상해. 핸드폰이 3개야" 그랬는데….

탁 아, 라타나키리 얘기는 나중에 하고 사기꾼 얘기를 조금 더 할게요. 현지에 가서 뭘 하려는데 계속 준비가 안 되어 있는 거야. 얘기한 거랑 다른 거야. 그리고 우리가 거기 있는 동안 렌트카처럼 쓰게 해준다고 한 차는 나타나지도 않아. 알고 보니깐 우리를 다시 데리고 갈 때만 얘네들이 나타나고, 그동안 영업 뛰고 있었어. 그래서 내가 정말 화가 머리 끝까지 나서 우리 숙소 아줌마한테 물어보니까, 이게 다 사기였던 거지. 사실 거기서 필요했던 경비가 백몇 달러인데, 그건 싹 자기 주머니에 넣고 우리는 그냥 거기다가 떨궈놓은 거야. 우리가 알아서 풀어나가게 한 거지. 제가 너무 열이 받아서, 아줌마를 통해 그 사기꾼한테 다시 전화했습니다. 그 친구 이름이 사찌아예요. 빨리 발음하면 사짜. "야, 사짜, 너 말이야, 너 사기지?" 하니까 변명을 막 해요. 너무 듣기가 싫은 거야. "너 거기 딱 있어. 내가 잡으러 갈 테니까." 그리고선 전화를 끊었어요. 그때 부터 추격전이 시작된 거죠. 그 영수증에 있는 번호로 전화를 하니까 버스회사 사장이라는 분이 전화를 받아요. 원래 자기 밑에 있던 애인데 영수증만 들고 나가서 사기를 친다는 거지. 다시 스통트렝으로 돌아와서 아저씨가 소개해준 캄보디아 여행경찰을 통해 그 친구를 체포하는 데 성공하고, 그 다음날 아침에 감격의 대질 심문에 들어간 거지. 스통트렝 경찰서에서. 왜냐하면 여행경찰 입장에서도 우리 말만 듣고서는 뭘 할 수 없는 거잖아요. 그 친구 입장도 들어야 되니까. 우리가 그때 미리 짠 게 있었어요.

박　그때 기가 막혔죠.

탁　"이 새끼가 들어올 때부터 한국어로 기를 죽여놓자."

전　한국어 욕이 어딜 가나 엄청 무섭거든요.

탁　왜냐하면, 욕은 보캐뷸러리Vocabulary가 아니에요. 욕은 기세예요. 가장 강한 기세로 욕을 하려면 모국어 욕이 가장 좋습니다. 우리 일행이

vietnam, laos, cambodia

한 5명 됐었는데, 그 새끼가 들어올 때 5명이 저마다 한국어로 한 마디씩 했어요. 걔는 자기 삼십 평생 사기 인생에 이번에도 사기를 쳐서 보냈는데, 걔네들이 돌아왔어. 그러더니 자기를 잡았어. 얼마나 황당하고 서럽겠어.

전 여행자들은 보통 다시 돌아오지 않죠. 울었…나요?

탁 나중엔 울었지.

전 울렀어. (ㅋㅋ)

탁 우릴 처음 봤을 때는 한쪽 입꼬리만 올라간 웃음 있잖아요. 이상한 웃음. 그래서 우리가 "뭘 웃어, 이 X발놈아~"부터 시작해서 "야, X발놈아. 한국 사람 눈탱이 쳐서 보내놓으니까 좋아? 이 X발놈아?" 이러면서 5분 정도 퍼붓고, 5분 정도 효력사 집중포화 시작하고….

박 있는 욕 없는 욕 다 했어요.

도 울먹울먹하더라고요.

탁 얼굴에다 들이대고 "너 인마, 너 인터내셔널 X발놈, 마이 블로그에 퍼킹 인터내셔널 릴리즈다! 인마!" 이러면서 사진을 찍었죠.

도 파워블로거네.

탁 그래서 아까 그 베트남 사기꾼과 사찌아의 모습은 제 블로그에서 '사기꾼' 검색하셔도 나오고요. '캄보디아 국경' 검색하셔도 나옵니다. 그래서 길고 긴 한 편의 대하 법정드라마가 펼쳐졌어요. 왜냐하면 영어로 주장을 관철시켜야 하니까. 나중엔 막 머리가 어지럽더라고. 우리가 3시간 정도 입씨름을 했잖아요.

박 중간에 저희가 한 번 질 뻔했어요. 사기꾼이 모국어로 막 설명할 때. 근데 확실히 탁PD님이 대단한 게 이 대목에서 나오죠. 침착하게 요점을 집어냈죠.

탁 네. "이건 영수증에 기반한 사기극이다. 그게 이 사건의 본질이다." 그러니까 나중에 울더라고, 사기꾼이. **전**

박 돈을 돌려받았죠.

탁 다 돌려받진 못하고. 380불 정도 돌려받아야 되는데 걔가 처음에 "200불밖에 없다" 하길래 "돈 안 받아. 너 감옥 가라" 하니까 돈이 차츰차츰 올라. 250불, 300불…. (ㅋㅋ) 원래 그 영수증을 쓰는 회사의 직원들도 와 있었어요. 그 친구들은 우리 쪽 증인이었는데, 나중에는 우리 증인들한테 돈을 꾸더라고. 돈을 이미 어디다 썼나 봐. 돈을 꿔가지고 결국에는 350불 정도 돌려줬죠. 근데 그 옆에 추레하게 생긴 아저씨가 갑자기 돈 건네받을 때 와가지고 사진을 찍잖아. 그 아저씨가 지역신문 기자야. 다음 날 〈스퉁트렝 일보〉 1면에 우리가 돈을 돌려받은 게 기사로 실리고…. 지금도 캄보디아 라타나키리 지역 여행하시는 분들은 스퉁트렝 경찰서에 가보세요.

도 저희 사진이 걸려 있어요.

탁 '스퉁트렝 여행경찰의 활약상! 350불 상당의 돈을 찾아줘….' 그리고 굉장히 비굴하게 돈을 받고 있는 저의 모습을 발견하실 수 있습니다. 그때가 정말 우리 여행의 피크였어요. 마지막에 돈 찾아가지고 개선장군처럼.

박 하지만 여기서 끝나진 않죠.

도 또 한 번의 사기가 찾아오죠. (ㅋㅋ)

탁 결국 사기꾼 무찔러서 찾은 돈을 사기로 날렸죠.

도 그 돈을 고스란히 또….

vietnam, laos, cambodia

탁 고스란히까지는 아니고 한 200불 날렸어요. 결국 또 버스가 문제였어요. 캄보디아에서 베트남 건너올 때. 난 그렇게 귀가 얇아. (ㅋㅋ)

전 뭘 그렇게 많이 당하셨어요.

탁 그쪽에 또 건네준다는 거야. 믿음직하게 생겼더라고.

전 사람을 왜 자꾸 겉모습으로 판단하고 그러세요.

도 그 사람들이 저희를 도와줬던 사람들이에요. 믿을 수밖에 없었어요. 사기꾼을 잡게 도와준 친구라.

탁 사찌아를 잡게 도와준 친구였어요. 그러니까, 사기는 물고 물리는 거야. 사기의 세계는 비정하더라고.

어디서도 볼 수 없는 또 하 나 의 세 상

탁 이렇게 구질구질한 얘기로 끝내지 말고요. 아름다운 라타나키리 얘기를 하면서 끝을 맺자고요. 정말 라타나키리까지 가는 과정은 너무너무 험난했지만 그 안에는 아름다운 것들도 많았고, 잘 보존된 부족들 문화까지도 볼 수 있었어요.

박 엄청난 오지였어요. 사람들이 옷을 안 입어요. 여성분들이.

탁 네. 여성분들이 아랫도리만 가리고 윗도리는 아주 자연스럽게…. 크롱족이라는 소수민족인데, 그분들도 굉장한 변화의 와중에 있었어요. 어머님 세대 같은 경우는 안 입는 게 편하신 기지. 일할 때 비가 내리면, 그분들은 우산을 안 쓰니까 옷이 몸에 축축 감겨 오히려 불편하다는 거예요. 마당에서 벼 말리는 작업을 하다가 비가 오면 오히려 다 벗으세요.

437

캄보디아 라타나키리의 보석, 이약라옴 호수. 그리고
세 친구의 염장질을 견디고 있는 한 명의 카메라맨.

타오르던 석양도 사그라들고 나면, 라타나키리의 정글엔 금세 어둠이 찾아온다.

그리고 허리에 사롱Sarong이라는 천 하나만 두르고 일을 하시는데, 젊은 세대로 올수록 그런 것에 대해 수치심을 느끼는 거죠. 그래서 젊은 여자들의 경우는 조금 더 잘사는 사람의 상징 같은 수입된 파자마를 입고 읍내 돌아다니고 그래요.

박 아쉽게도 젊은 여자들은 옷을 입더라고. (ㅋㅋ)

탁 근데 뭐니뭐니 해도 그 라타나키리에서 가장 기억에 남는 건 이약라옴Yeak Laom 호수. 숲속에 완전히 폭 파묻혀 있는 것 같은 느낌이었잖아요.

박 영화나 동화에나 나올 법하죠.

도 네. 거기가 화산호수라고 들었는데, 그래서인지 동그랗게 패 있어요. 주변이 다 숲이고, 수영을 할 수 있는 지점이 몇 군데 있는데, 거기서 보면 어디가 하늘인지 헷갈릴 정도로 물이 되게 맑아요. 너무 멋있었어요.

탁 아래에도 구름이 있고 위에도 구름이 있는 느낌이죠. 그리고 바닷물에서 노는 거랑 민물에서 노는 거랑 느낌이 굉장히 다르잖아요. 바닷물은 놀 땐 좋은데 놀고 나면 샤워를 해야 하잖아요. 찜찜한 느낌이 남으니까. 근데 민물은 놀고 나서 그대로 말려도 샤워하고 온 것처럼 굉장히 가뿐해지고.

박 물도 굉장히 깨끗했어요.

탁 굉장히 맑았죠. 그리고 그 주변에서는 연인들이 밀어를 속삭이고.

전 데이트 코스구나?

도 숲이 우거졌더라고요. 그런 게 잘 되어 있어요. **탁**

박 밖에서 보면 숲인데 안에는 호수가 있는. 거기는 정말 홀리한 곳

그렇죠.
연인들에게는
숲이 중요해요.

vietnam, laos,
cambodia

이에요. 너무 좋아서 다시 가고 싶어요.

탁 그리고 우리가 거기서 더 들어가서, 땀뿐족의 공동묘지에 갔었잖아. 공동묘지에 보면 마을사람들이 어떻게 죽었는지 나무로 조각을 해놓았어요.

박 생전에 자전거를 즐겨 탔으면, 무덤에 자전거를 놓아요.

탁 처음에 우리는 묘지가, 무슨 마을인 줄 알았어. 무덤마다 안에 조그마한 집이 있고 마당도 있어. 그리고 그 마당 안엔 무덤 주인이 생전에 좋아했던 것들이 다 있어요. 바나나 좋아했던 사람 무덤에선 바나나나무가 자라. 그리고 물고기를 잘 잡았던 사람 무덤엔 생전에 쓰던 어망 같은 게 있고, 자전거 좋아했던 사람은 그 안에 자전거가 있고. 그리고 어떤 무덤에는 목각인형 하나가 앞을 지키고 있어요. 그래서 그 목각인형을 보면, 생전에 그 사람의 직업이 뭐였는지 알 수 있죠.

전 아, 그 사람의 아바타를.

탁 그렇죠. 그런데 너무너무 기억에 남는 건, 담깜뿐이라는 할아버지를 우리가 만났는데 몸이 불편한 분이었어요. 그런데 매일같이 관을 조금씩 조금씩 다듬어서 자기 부인 관이랑 자기 관이랑 거의 완성을 해놓은 거죠. 그리고 장례식에서 쓸 소도 준비해놨고. 이 분은 내일 세상을 떠나도 뭐…. 그러니까 그런 얘기를 할 때 이분 표정이 너무너무 편안해지는 거지.

박 그때 물어봤어요. 죽음이 두렵지 않으신지.

탁 그분 하시는 말씀이, 자기는 이걸 20년 전부터 준비해왔다는 거예요. 꿈에 정령이 나타나 "이제는 죽을 준비를 해라" 이야기해서 그때부터 준비를 하셨대요.

라타나키리를 가로지르는 톤레산 강. 이 강을 건너면, 망자가 생전에 좋아하던 물건들로 무덤을
가득 채우는 땀뿐족의 땅이 나온다.

vietnam, Laos,
cambodia

전 그분이 너무 일찍 오셨다.

탁 너무 일찍 오셨어. 너무 부지런한 거지, 그 정령이. 돌아가시기 5년 정도 전에 오셔도 되는데…. 그런 캐릭터들 피곤해. 일 너무 많이 만들어서 하는 캐릭터들이야. 근데 어쨌든 그분이 나중에 하신 말씀이 너무너무 감동적이었어요. "사람은 다 죽지 않느냐. 죽지 않는 사람은 없지 않느냐. 그럼 준비를 안 하는 게 더 이상한 일 아니냐." 이분이 준비하는 건 사실, 자손들을 위해서예요. "만약 내가 내일 어떻게 되는데 소라도 없으면 자식들이 먹을 것 구하러 다녀야 하고, 장례식 준비를 해야 하고, 이런 게 너무 힘들 것 아니냐"는 거예요. 그리고 관이 없으면 자기 시체에서 냄새가 난다는 거예요. 그렇지만 관이 있으면, 그 관이 굉장히 큰 통나무 안을 파가지고 잘 맞물리게 해놓은 관이어서, 그 안에 넣어놓으면 문상객들이 멀리서 찾아올 때까지 굳이 매장을 하지 않더라도 장례식장이 아주 청결하게 유지될 수 있다는 거죠. 자신의 죽음을 직시하고, 차근차근 준비하는 그런 면은 우리가 배울 부분이 있었다고 생각해요.

박 "관 있고, 물소 있고, 그런데 뭐가 두렵냐" 이런 얘기들을 하셨어요.

탁 그리고 또 잊을 수 없는 것 중 하나가, 크롱족의 정말 비밀스러운 제사의식을 우리가 봤잖아요. 지금은 거의 사라져가는 제례의식을. 임산부에게 찾아온 악령을 쫓는 의식을 봤는데, 그때 어떠셨어요?

박 굉장히 특이했어요. 주술사 같은 분이 뭔가를 막 드시더니 갑자기 뭔가에 빙의된 듯한 제스처를 하시고….

탁 맞아요. 조그마한 집을 바나나무 대 같은 것으로 만들어서, 그 안에 악령을 다 몰아넣은 다음에 그 집을 부수고 태웠죠.

박 굉장히 신기했던 건, 그 다음날 다시 찾아가서 인사를 드렸는데

절 알아보지 못했어요. "기억이 안 난다. 어제는 내가 아니었다."

전 필름이 끊겼다?

탁 필름이 아니라 뭔가 다른 존재가 들어온 트랜스 상태라고도 할 수 있고, 그런 게 사실은 샤먼이고 무당인 거죠. 자기가 아닌 존재가 되는 것. 정말 그 라타나키리라는 곳은, 찾아가기 힘든 만큼 다른 세상에선 찾아볼 수 없는 것들이 있었던 것 같아요.

고생과 대면할 때 만나는 진 짜 여 행

탁 어쨌든 무사히 베트남으로 돌아와서, 호치민 시티에서 사이공 강을 바라보면서 여행은 끝을 맺게 됩니다. 동남아시아를 여행하시는 분들한테는 굉장히 참고할 만한 루트가 아닌가 생각해요.

도 그렇죠. 근데 한 살이라도 어릴 때 하는 게 좋을 것 같아요.

전 진짜 힘들었나 봐요. (ㅋㅋ)

박 생생히 기억나요. 그 죽음의 공포. 어우, 정말 죽는 줄 알았고, 여러 명의 사기꾼들. 그런데 여행을 하다 보면 좋았던 기억보다는 그렇게 사기 당했던 기억, 죽을 뻔했던 기억들이 가장 재미있고, 주변 사람들도 그런 얘기할 때 제일 좋아해줘요.

전 술안주로 딱이죠.

탁 원래 집 떠나면 고생이잖아요. 그걸 인정해야 해요, 우리가.

박 그걸 알려주려고 저희를 고생시킨 거예요?

탁 아, 근데 그건 사실이에요. **집 떠나면 고생이라는 걸 인정해야 우**

vietnam, laos,
cambodia

리가 여행이라는 걸 제대로 대면할 수 있다고 생각해요. 그래서 그때는 여기 있는 두 분만큼이나 저도 같이 고생했잖아요. '정말 제대로 된 고생이었기 때문에 제대로 된 여행이었다'라는 말을 저는 드리고 싶네요.

전 그걸 받아들이지 않으려는 분들이 꼭 있거든요. 여행 가서 '호텔에 갔는데 도마뱀이 나왔다' '화장실에서 샤워하는데 따뜻한 물이 안 나와서 불편하다' 이런 것 때문에 스스로 엄청 스트레스 받으시는 분들이 있어요. 그럼 집에 있지 뭐하러 나왔데?

탁 네. 오늘 나눈 이야기 역시 정말 파란만장했지만, 한 가지 남기고 싶은 건 이겁니다. 여행은 곧 고생이다. 트래블은 트러블이다. 그러니까 고생이라는 여행의 본질을 외면하지 말자, 라는 말을 드리고 싶고요. 그때의 이야기를 또 함께 나눌 수 있어서 정말 좋은 시간이었던 것 같아요.

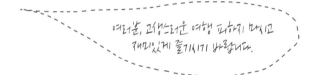

여러분, 고생스러운 여행 피하지 마시고 재미있게 즐기시기 바랍니다.

New Z

탁PD의
여행수다
—

즐기려는 자,
D.I.Y.를 익혀라

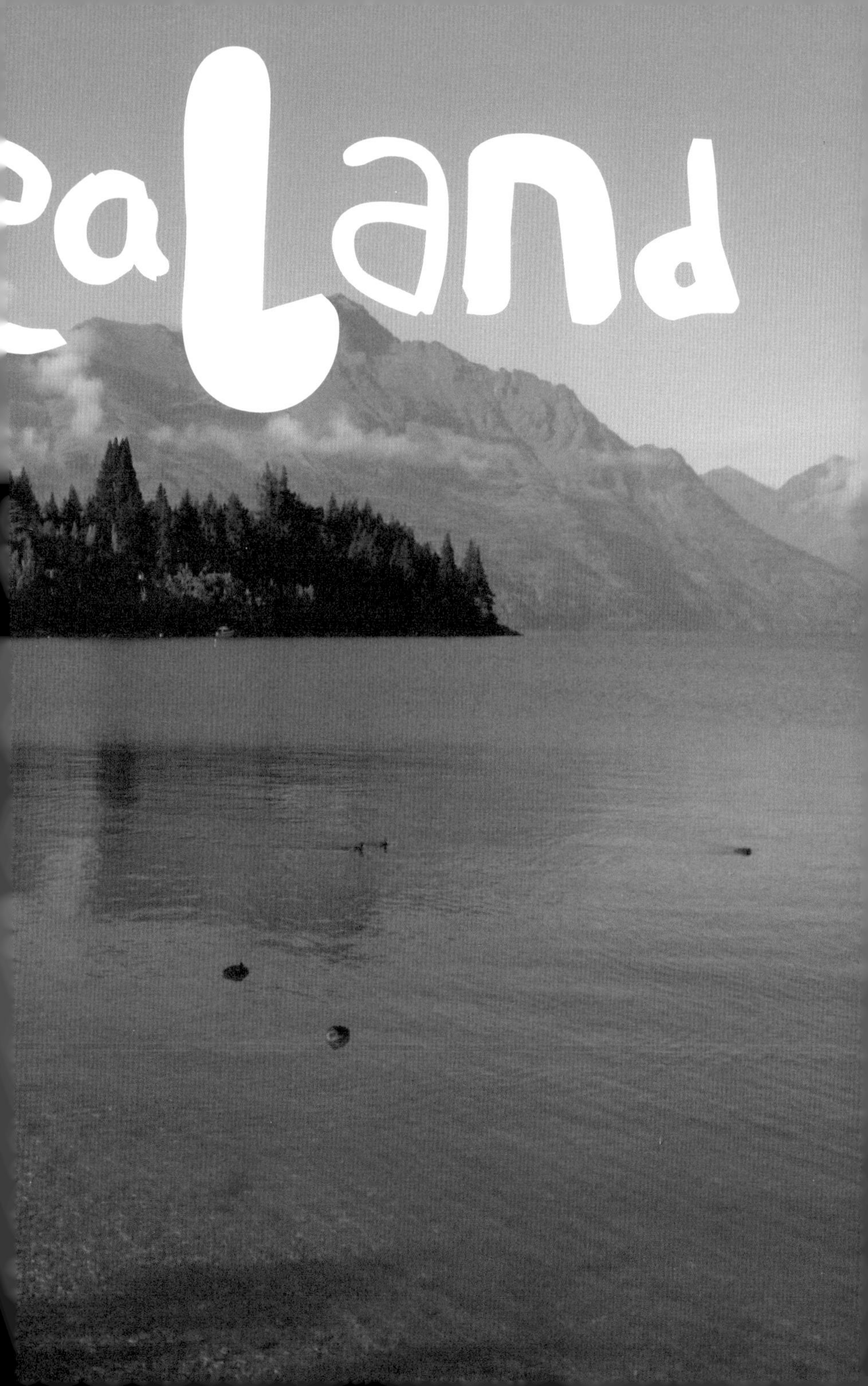
ealand

김하림을 처음 만난 것이 중학교 2학년 때이니, 조금만 더 지나면 30년 지기가 될 판이다. 이 친구가 뉴질랜드로 1달간 여행을 떠난다고 했을 때, 난 직감했다. 여행이 분명 예정보다 길어질 것임을. 그리고 어쩌면 다시 돌아오지 않을 수도 있을 것임을. '요정과 호빗이 마왕을 상대로 싸우는 중간계의 이미지.' 뉴질랜드의 잘 보존된 자연엔 분명 그런 느낌이 있다. 섬나라라고는 믿어지지 않을 만큼 웅장한 스케일의 산맥과 다른 대륙에선 보기 힘든 거대한 양치식물, 그리고 자신이 사람보다 우월하다고 생각할 것이 틀림없는 야생조류들.

New Zealand

그러나 1년 365일 자연만 쳐다보고 살 수는 없는 것이 우리네 일상이기에, 자기가 살
터전을 정하는 데엔 그 나라 사람들의 의식과 분위기가 큰 몫을 차지하기 마련이다.
8년에 걸쳐 네 번을 방문하며 내가 느꼈던 것은, 우리가 보기엔 참으로 위태위태한
시스템이 '정말 잘 버텨나가는구나' 하는 것이었다. 시스템 자체가 위태롭다기보다
는, 대부분 선의와 자발성에 기댄 것이어서 누군가 구정물을 뿌리면 바로 무너질 수
있는 종류의 것들이었기에. 화장실 바닥이 처음엔 깨끗하다가, 누구 하나 배설물을
흘리기 시작하면 걷잡을 수 없이 더러워지는 이치와 같다고나 할까.

30년 지기가 한국 사회에서 웬만큼 쌓아올린 커리어를 뒤로하고 자기 자신을 진짜로 행복하게 하는 것이 무엇인지 찾기 위한 길을 떠났을 때, 뉴질랜드는 퍽 어울려 보였다. 우리에게서 점점 옅어져가는 선의와 염치 같은 것들이, 사회를 움직이는 시스템의 기본 원리로서 당당히 작동하고 있는 곳이니 말이다.

날지 못하는, 얼핏 보기엔 멍청해보이기까지 하는 새 키위. 그런 새를 자신들의 상징 (이자 공군의 상징)으로 삼고 있는 이 유별난 섬나라 사람들은, 오늘도 우직하게 무인 캠핑장의 입장료함에 지폐를 넣고, 250여 년 전 원주민들과 한 약속을 굳게 지키고 있다.

by 탁

NEW ZEALAND

GueSt

김하림
—

그래픽 디자이너이자 방송용 CG 제작자.
한국 최초의 싱글기어 자전거 카페를 운영하다 동호인들과 아예 자전거
한 대를 손수 제작해볼 정도로, 손으로 만드는 것은 웬만하면 다 되는 '다 메이커(다 Maker)'.
탁PD와는 중학교 2학년 이래로 X알친구.
마흔 줄에 접어들어 자아를 찾기 위해 떠났던 뉴질랜드 여행이 이민의 서막이 됨.
'여기나 거기나 사람 사는 데는 다 마찬가지야'라는 명제에 정면으로 반기를 들고
현재 뉴질랜드 이민을 착실히 준비 중.

탁 안녕하세요. 귀만 있으면 떠날 수 있는 세계여행, 여행교의 간증집회 '탁PD의 여행수다'에 오신 것을 환영합니다. 오늘도 변함없이 전명진 사진작가 나와주셨어요.

전 안녕하세요. 반갑습니다.

탁 그리고 오늘의 이야기 손님, 트위터를 통해 사전에 소개할 때는 그래픽 디자이너라고 했는데, 사실은 이 친구가 자기를 부르는 직함이랄까요? 명칭은 '다 메이커'입니다. 손으로 만드는 것은 뭐든지 만들 수 있는 분입니다. 김하림 씨 모셨습니다.

김 안녕하세요.

탁 사실은 얘랑 저랑 중학교 때부터 베프예요. 오늘 기분이 약간 묘한 게, '탁PD의 여행수다'의 프로토타입Prototype 같은 프로그램이 하나 있었어요. 그 방송의 DJ가 이 친구였습니다. 그때 제가 게스트였거든요. 오늘 이렇게 입장이 역전되고 보니 감회가 새롭습니다.

김 기분이 굉장히 더럽습니다. (ㅋㅋ)

New Zealand

탁 굉장히 씁쓸한 표정을 하고 있는 김하림 씨, 얼마 전에 뉴질랜드 다녀오셨죠?

김 네. 한 3개월 일정으로 3월부터 6월까지 뉴질랜드로 여행을 다녀왔습니다.

탁 뉴질랜드를 찾기까지 우여곡절이 있었다고 들었어요.

김 별다른 우여곡절은 아니고요. 언젠가 한 번은 가보려고 했어요. 그런 곳들은 각자 많이 가지고 계실 거 아니에요.

탁 일단 니 옆에서 내가 뽐뿌를 했죠. 〈세계테마기행〉을 제작하면서 제가 뉴질랜드만 네 번 이상 취재를 했었거든요. 방송 만들 때마다 얘한테 DVD로 보여주면서 "야, 멋있지? 부럽지?" 이러면서요.

김 고문 같았죠. 그러다가, 뉴질랜드에서 코디네이팅도 하고 방송 출연도 하셨던 김태훈 씨라고 1990년대 초반에 뉴질랜드로 이민을 가신 분인데, 그 형님이랑 친분을 쌓게 되면서 '가면 밥은 얻어먹을 수 있겠구나' 싶었죠.

탁 밥과 잠자리가 일단 해결이 되네요.

전 굉장히 중요하죠.

김 올해 초에 회사에서 너무너무 힘든 과정을 거치면서 '내가 이 일만 끝내면 뉴질랜드 간다' 하다가 악에 받쳐서 뉴질랜드에 가게 됐어요.

탁 우리 나이 때 되면 고비가 오는 것 같아요. 직장 생활한 지 10년 차쯤 되고 그러면요. 40대가 되면서, 자기가 세상에서 제일 재미있어했고 세상에 자기를 존재하게 했던 일마저 권태롭게 느껴지거나, 아니면 더 이상의 의미를 찾기 힘든 순간들이 올 때 굉장히 힘들어지는 것 같아요.

전 동기 부여가 더 이상 안 되고요.

김 그렇죠. 흔히들 불혹이라고 하잖아요. 저는 40살쯤 되면 흔들리지 않을 줄 알았어요.

탁 개뿔!

김 근데 사십춘기가 오더라고….

탁 사십춘기, 참 공감 가는 얘기네요.

김 일하면서 매너리즘은 진작에 왔었고, 이제는 무엇을 어떻게 해야 할지 모르겠는 상황이 온 거예요. '나한테 아직도 한 번의 기회가 더 찾아오지는 않을지….' 그래서 고민을 하다가, 사실은 '에라 모르겠다' 싶어서 간 거예요.

탁 우리가 정말 떠나기 위해서는, 떨치고 일어나야 하는 순간이 와요. 그 순간에 떨치고 일어날 수 있으면 떠나는 거고, 그 순간에 여러 가지 핑계들, '아직 일을 못 끝냈는데' '아직 목표금액에 미달인데' '아직 주변 사람들 설득이 안 됐는데' 이러면 못 떠나는 거예요.

김 거창하게 이야기를 해서 좀 민망합니다만, 그때 제가 떨치고 뉴질랜드로 갈 수 있었던 이유 중 하나는, 어디선가 읽은 글귀 때문이었어요. 혹시 어떤 중요한 일을 하기 전에 대부분의 사람들이 무슨 일을 하는 줄 아세요?

탁 글쎄요.

김 이게 힘든 일이라는 걸 자기 자신과 주변 사람들한테 막 설파를 해요. "야, 뉴질랜드가 얼마나 먼 줄 알아?" 아니면 혼자 마음속으로 '나 못 갈 수도 있어. 간다고 했다가 못 가도 용서해줘야 해' 하고요. 직장도 걸려 있고 돈벌이도 걸려 있고, 뉴질랜드 가는 게 얼마나 힘든지 미리 변명을 해놓고서, 결국에는 정말로 '힘들어서 나 이번엔 못 가겠다…' 하는

New Zealand

거죠.

탁 아, 결국엔 자기 최면이 되어버리는군요.

전 자연스럽게 상쇄되어 버리는….

김 그렇죠. 어쨌든 그 글귀를 읽고 나서 '딱 내 얘기구나' 싶었어요. 거울을 보는 것 같이 부끄럽더라고요. 그래서 일단 고민을 접고 비행기 표를 샀어요. 그런 뒤엔 직장에 "1달만 쉬다 오겠다" 빌고 빌고 빌어서, "그럼 그 전에 일 다 끝내놓고 인수인계 해놓고 가라"는 답을 얻어놓고 1 달 동안 거의 밤을 샜어요. 그 과정이 참 괴로우면서도 어떤 희열이 느껴졌죠.

탁 가슴이 두근두근하잖아요.

전 가기 전만큼 좋을 때가 없죠.

김 오히려 그렇게 되니까 힘이 나더라고요. '이 밤을 새서라도 업무 인수인계를 다 끝내놓고 홀가분하게 가야겠다.' 근데 인수인계 다 못 끝냈어요. (ㅋㅋ) 그리고 정신을 차려 보니까 뉴질랜드더라고요. 그리고 어느덧 1달 뒤가 되어 다시 돌아갈 시점이 와버렸어요. 그때 어떻게 했냐면, 사직서를 썼습니다.

전 어떻게 보내셨어요? 메일로 보내셨나요?

탁 제갈공명의 출사표도 아니고, 심지어 자기 사직서를 페이스북에 올렸어. 근데 비장하게 그래놓고는 일주일 있다가 "재형아, 나 일할거리 없을까?" (ㅋㅋ)

김 그걸 소셜네트워크에 올린 이유는, '기록을 남겨야겠다'라는 생각이 들었어요. 지금도 부끄러워요. 내가 그걸 왜 페이스북에다 올렸을까…. 근데 올린 이유는 확실해요. 지금도 가끔 그걸 보거든요. 내가 왜,

어떤 마음으로 회사를 그만 두었는지. 아마 앞으로도 계속 보게 될 것 같아요. 근데 요지는, 지금까지 내가 모든 걸 걸었던, 인생도 걸고 돈벌이도 걸고 했던 것들을 '다 끊어낸다'는 상징이었거든요. 한국과의 인연을 좀 끊고 싶었어요. 원래 헤어질 때는 문자나 전화로 하면 안 된다고 그러잖아요. 회사한테는 메일로 보냈죠. 답장이 없었는데, 그다음 주에 국민건강보험에서 '당신은 지역가입자로 전환이 되었습니다'라고 적힌 우편이 날라왔어요. (ㅋㅋ) '아, 내가 잘렸구나' 그렇게 알게 됐죠. 그래서 홀가분하게 2개월 더 있다가 왔죠.

탁 3개월을 다 채우고 왔군요.

김 관광비자가 원래 3개월이거든요. 물론 연장은 할 수 있는데, 연장을 하면 그 기간만큼 뉴질랜드에 재입국이 불가능합니다. 예를 들어서 3개월 있고 3개월 더 있었어. 그럼 6개월이잖아요? 그럼 6개월 동안은 뉴질랜드에 다시 못 들어가요. 그렇게 하지 않은 이유는, 다시 들어가고 싶어서.

탁 네, 빠른 시간 안에 다시 가고 싶어서…. 오늘 굉장히 영화적인 구성입니다. 결론부터 일단 탁 치고 나오네요. 이제 이 결론이 어떻게 도출되었는가를 지금부터 들을 텐데, 정말 거두절미하고 결론만 들으니까 마치 한국에서 빚지고 도피한 것처럼 들릴 수도 있어서 빨리 그 오해를 풀어야겠어요.

New Zealand

뉴질랜드에 첫 발 내딛기

김 첫날 오클랜드Oakland에 도착하니 밤 12시였어요. 서울에서 밤 12시에 출발해서 다음날 밤 12시에 도착을 했으니까 24시간이 걸린 거죠. 날짜는 그대로인데, 시간여행을 하다가 도착하니까 다시 밤 12시인 거예요. 참고로 저가항공을 이용하면 그렇게 됩니다. (ㅋㅋ)

탁 그때 한 4개국 순방하셨나요?

김 그 정도까진 아니고요. 서울에서 출발해서 뉴질랜드로 바로 가면 직선거리는 얼마 안 돼요. 비행시간은 얼마 안 걸리는데, 꽤 저렴하게 갔거든요. 왕복으로 140만 원 정도.

탁 아우, 그 정도면 훌륭하죠.

김 싱가포르에 한 번 들렀다가 뉴질랜드에 드디어 도착했는데, 부끄러운 얘기지만 저는 태어나서 처음으로 은하수를 봤어요.

전 못 보신 분들 많을 걸요?

김 아마 그럴 거예요. 특히 서울에서는 은하수가 아니라 별 보기도 참 힘들잖아요. 아무튼 전 그때 허연 구름인 줄 알았어요. 근데 자세히 보니까 별들인 거야. 오클랜드가 서울 같은 대도시거든요? 뉴질랜드에서 가장 큰 도시니까요. 그래서 불빛들도 많은데, 은하수가 보이는 거예요. 거의 매일 밤 나와서 은하수를 봤어요. 질리지가 않더라고요.

탁 전명진 작가는 어디서 은하수 처음 봤어요?

전 저는 볼리비아의 그 소금사막 가는 길에서 봤어요. 정말 쏟아지죠.

탁 아, 정말 잘 보이죠. 거기다 불빛도 없으니까. 재미있는 사실은, 일반적으로 별자리를 볼 때 밝은 별의 모양으로 별자리를 읽어내잖아요. 잉카제국 때도 별자리가 있었는데, 잉카사람들은 은하수의 어두운 부분을 가지고 별자리를 봤어요. 어두운 부분에서 뱀도 보고, 콘도르도 보고, 야마도 보고⋯. 얼마나 은하수가 또렷하게 보이면 어두운 부분의 무늬까지 보였겠느냐, 하는 얘기죠. 어쨌거나 은하수 진짜 한번 볼 만합니다.

김 저도 보기 전까지는 은하수가 은하수이겠거니 생각했었는데, 정말 아름다워요. '마음을 뺏긴다'라는 게 어떤 건지 느꼈거든요. 근데 그게 시작이었던 거예요. 뉴질랜드에서 마음을 열게 해준 시작이 은하수였던 거예요. 도착한 날 저녁, 바로 숙소로 가진 못하고 공항 옆에서 잤어요. 태훈 형님이 마중을 나오셔서 캠퍼밴으로요. 워낙 밤이 늦었고, 제가 묵으려던 곳이 북섬 중에서도 가장 위쪽에 있는 황가레이Whangarei라는 도시였거든요.

탁 뉴질랜드에 관심 있는 분이라면 아실 법한 김태훈 씨의 캠퍼밴을 첫날부터 타셨군요. 수차례 방송에 소개가 되었던 캠퍼밴입니다.

김 그리고 다음날 아침, 숙소로 가는 170킬로미터 정도 되는 길을 달리면서 뉴질랜드의 첫 낮의 풍경을 보게 된 거죠. 여행을 가기 전에 보통 '여기 꼭 가봐야겠다' 생각하잖아요? 저는 〈반지의 제왕〉을 촬영했던 호빗마을에 꼭 가보고 싶었어요.

탁 호빗마을은 남섬에 있을 텐데요?

전 촬영지가 여러 군데예요.

김 그곳은 꼭 가봐야겠다고 생각했는데, 차를 타고 가는데 다 호빗마을이야. 여기도 호빗마을이고, 저기도 호빗마을이고⋯. 열심히 사진을 찍었죠. 그런데 태훈 형님이 "그걸 왜 찍어? 그걸 왜 찍니?" 그래서 '아,

이건 촬영을 하면 안 되는 건가?' 생각했어요. 근데 나중에 그 이유를 알 았지. 그걸 찍는 사람이 바보야. 눈만 돌리면 다 그런 데인 거야.

탁 우리로 치면, 지나가다 보이는 치킨집이나 부동산을 카메라로 찍고 있었던 거야.

김 그렇지. 그런 걸 찍는 거죠. 심지어 무지개가 떴길래 찍고 있는데 "그런 것 좀 찍지 마! 촌스러워" 그러더라고요. 그래서 '쌍무지개 정도면 내가 찍는다' 하다가 나중에 쌍무지개가 떴길래 찍었더니, "야, 그 밑에 거 흐리잖아. 찍지 마!" (ㅋㅋ)

탁 뉴질랜드의 위엄. '쌍무지개 정도는 떠야 사진기를 꺼낼 둥 말 둥 한다.'

전 굉장한 나라네요.

김 뒤로 가면 갈수록 사진 찍는 빈도가 점점 줄어들어요. 그래서 귀국하기 전까지 사진을 거의 안 찍었고, 귀국 하루 전날 오클랜드 공항으로 다시 가는데 그날도 쌍무지개가 떴어요. '아, 나를 배웅해주는구나' 하면서 다시 찍으려고 하는데 "야, 그것 좀 찍지 마. 끝까지 그러니?" 했던 기억이 납니다.

전 그럼 이 시점에서 제가 뉴질랜드에 대한 설명을 좀 해드릴게요. 남 서태평양에 위치한, 북섬과 남섬으로 이루어진 섬나라고요. 인구는 455만 명. 인구 구성이 흥미로워요. 유럽 사람이 65퍼센트 정도 되는데 영국계가 많고, 나머지는 원주민 마오리족이 18퍼센트, 아시안이 7~8퍼센트 정도 되는 나라입니다. 수도는 웰링턴Wellington이에요. 도시 규모로 치면 오클랜드가 훨씬 커요.

탁 미국 워싱턴 D.C.와 뉴욕의 관계를 생각해보시면 될 것 같아요.

김 자연환경이 워낙 좋아서, 자동차의 매연을 걱정하는 게 아니라 동물들이 내뿜는 그 메탄가스 때문에 오존층이 파괴될까 봐 걱정하는 나라입니다. **탁**

메탄가스, 방귀 때문에…(ㅁㅁ)

김 실제로 소가 뀌는 방귀에 세금을 매기자는 논의도 있어요.

전 인구가 455만 명인데 양이 3,100만 마리예요.

탁 나 처음에 구더기인 줄 알았어. 호빗 언덕 같은 데 구더기가 막 있어요. 그 정도로, 보이는 게 다 양이야. 사람보다 양이 많아. 그리고 뉴질랜드 국토 크기가 한반도 전체의 1.3배인데, 남섬이 좀 더 커요. 전체 면적의 60퍼센트는 될 거예요. 근데 인구의 70퍼센트가 북섬에 살아요. 그리고 북섬 인구의 70퍼센트는 오클랜드에 살아요. 그러니 나머지 지역의 인구밀도는… 상상하실 수 있겠죠? 남섬 같은 데는 정말 심심한 거지.

김 심지어 남섬에는 우리나라로 치면 충청도 정도의 면적에 1명도 안 사는 곳이 있어요. 심지어 가본 사람이 없는 곳도 있고요. 갈 필요도 없는 곳이죠. 들어가는 길도 없고, 진입로도 없고. 거기는 그냥 오지로 남아 있대요.

탁 뉴질랜드 남섬에 서던알프스Southern Alps라는 산맥이 있어요. '그 섬나라에 알프스가 있어봐야 무슨 알프스겠어' 싶은데, 해발 3,800미터짜리 산이 있어요.

전 와, 꽤 높네요?

탁 에드먼드 힐러리라는 분이 에베레스트에 처음 올라간 사람이잖아요. 뉴질랜드의 양봉업자예요. 이분이 에베레스트를 오르기 전에 훈련했던 곳이 남섬 최고봉인 마운트 쿡Mount Cook입니다. 마운트 쿡 빌리지에서 마운트 쿡 정상까지 가는 코스가 해발 800미터에서 시작해서 3800

미터까지 가는 코스인데, 에베레스트 베이스캠프에서 에베레스트 정상까지의 표고차랑 맞먹습니다. 그러니까 남섬은 장엄한 산들이 있는, 어떻게 보면 히말라야에 온 것 같은 기분도 느낄 수 있는 곳이에요.

전 네. 〈반지의 제왕〉 보면 진짜 그렇잖아요.

탁 정말 〈반지의 제왕〉은 뉴질랜드 아니고서는 찍기 힘들지 않았을까 싶어요. 비교적 작은 영토 안에 정말 여러 가지를 다 가지고 있거든요. 자연환경 면에서는 짜증 날 정도로 축복을 받은 나라죠.

김 정말 축복받았죠. 그 자연환경이 뭐라 말해야 좋을지 모를 만큼 대단한데, 처음에는 뉴질랜드 사람들이 축복받은 줄 알았어요. '부럽다. 얼마나 좋을까?' 그런데 곰곰이 생각해보니까 이 사람들이 존경스러운 거예요. 왜냐면, 자연은요, 지키는 게 더 어려워요. 한 사람만 지키지 않아도 그냥 망가지는 거거든요. 이를테면, 물이 100리터가 있는데 그것의 1,000분의 1만큼의 똥물을 넣어봐요. 그럼 그 물은 그냥 똥물인 거예요. 뉴질랜드의 자연은 사람이 지켜낸 거거든요. 사람들이 어떤 마음가짐을 가지고 사는지는 몰라도, 그걸 그대로 보존하고 깨끗한 상태로 가꿔나가는 그 국민들이 단순히 부럽지만은 않더라고요. 되게 존경스러웠어요.

탁 그런 걸 피부로 처음 느낀 게 어디였어요?

김 화장실이 굉장히 쾌적해요. 아무리 작은 시골동네에 가도 '아휴, 이 나라는 정말 선진국이다'라고 느낀 게, 아무리 작고 보잘 것 없는 공중변소에도 다 휴지가 있어. 휴지 없는 곳이 없어요.

탁 굉장히 중요하죠. 저는 해외촬영을 다니면 여권만큼 중요한 게 휴지예요. 그래서 항상 호텔을 나설 때 카메라를 챙기면서 동시에 휴지 뉴질랜드의 한 도로에서 마주친 무지개. 뉴질랜드에선 자연의 아름다움 앞에서 호들갑 떨지 않아도 되는 여유를 배운다. 그 아름다움은 오늘도, 내일도 계속될 테니까.

New Zealand

도 챙겨요. 여행 다녀보신 분들은 알아요. 가방 안에 휴지가 있을 때와 없을 때 마음가짐이 정말 달라집니다.

전 필수품이에요. 그 여유.

김 그리고 첫날 오클랜드 공항에 입국하는데, 게이트를 빠져나갈 때마다 경고 문구가 써 있는 거예요. '당신의 배낭 안에 있는 씨앗을 버릴 마지막 기회다'라고. 이게 무슨 소리인가 했어요. 우리나라 공항처럼 귀금속이라든지 수입금지품에 신경 쓰는 게 아니라 외지에서 온 씨앗, 식물을 극도로 조심해요.

탁 뉴질랜드는 외부 생태계가 안으로 유입되는 것에 대해서, 그것들이 뉴질랜드의 생태계를 교란시키는 것에 대해서 알러지라고 생각할 만큼 끔찍하게 여겨요.

김 실제로 굉장히 위험하기도 해요. 섬나라인 데다가 고립되어 있기 때문에 외래종이 잘못 들어오면 진짜 초토화되거든요. 우리나라의 경우도 외래종 들어온 거 있잖아요. 베스, 물고기, 뉴트리아 그런 것도 있고, 황소개구리는 들어왔다가 10년 만에 거의 전멸했죠. 정력에 좋다는 소문이 나서….

탁 결론은, 정력이죠.

김 뭐든 없애고 싶을 때 궁극의 무기는,

탁 정력입니다. (ㅋㅋ)

전 뉴질랜드는 해충이나 독사가 없는 걸로도 알려져 있잖아요.

김 맞아요. 일단 독사가 없어요. 뱀 종류가 그렇게 많지도 않고, 정말 신기한 건 독충이 없습니다. 물려서 치명적이거나 죽음을 초래하는 벌레가 없어요. 심지어 전갈이 있는데, 꼬리에 침이 없어. (ㅋㅋ) **탁**

뭐야, 새우야? 어우, 귀엽군요.

465

김 독충이 없다는 게 중요한 게 아니라, 그래서 어디서나 퍼질러 자도 돼요. 게다가 날씨도 상당히 좋은 편이거든요. 북섬 같은 경우는 영하로 떨어지는 경우가 거의 없어요. 북섬은 위도가 한국이랑 비슷하고, 남쪽은 사방이 바다이기 때문에 따뜻한 바람이 불어서 영하로 떨어지는 경우가 거의 없어요. 그러니까 겨울만 빼면 웬만한 데서는 바닥에 자리 깔고 모포 같은 거 덮고 자면 돼요. 비만 안 오면. 그럴 정도로 캠핑하기 참 좋은 나라예요.

전 캠핑 천국이죠.

탁 뉴질랜드에 원래 포유류가 없었어요. 거의 조류들만 살던 곳이었습니다. 유대류랑.

김 아니면 파충류, 양서류.

탁 마오리족이 11세기와 13세기 때 폴리네시아 쪽에서 대규모로 이주를 해오는데, 그때 개를 데리고 왔습니다. 그전까지는 포유류가 거의 없었다고 봐야 되는 거죠.

뉴질랜드인들에게 자 연 이 란

탁 지금 뉴질랜드를 보면, 정말 트랙의 천국이에요. 우리나라에도 '올레길' '둘레길' 이런 게 들어와서 등산과 다른 '걷기'라는 것이 굉장히 각광을 받고 있는데, 뉴질랜드에는 그런 트랙들이 정말 예전부터 많이 발달되어 있었거든요.

전 그리고 그 인프라들이 굉장히 잘 되어 있고요.

New Zealand

탁 잘 되어 있죠. 근데 그런 트랙들 중 어떤 트랙은 들어가는 인원과 나오는 인원이 통제가 돼요. 하루에 몇 명밖에 못 들어가요. 그리고 그 트랙에 한번 들어가면, 나오는 방향이 정해져 있기 때문에 죽이 되든 밥이 되든 끝까지 가야 해요. 정말 자기 책임 하에 들어가야 되는 거예요. 우리나라나 중국 같은 경우는 케이블카도 만들고 엘리베이터도 설치하고 해서, 관광버스에서 내려서 하이힐 신고 해발 2,000미터 정도 되는 산을 끝까지 올라갔다가 뷰만 한 번 딱 보고 내려올 수 있잖아요. 뉴질랜드에는 그런 곳들이 거의 없다고 보면 됩니다. 자연에 전혀 손을 가하지 않는 것이 그들의 관광 정책이에요.

김 그 트랙 중에 인원을 통제하는 데가 있다고 말씀하셨는데, 너무 많은 사람들이 찾아서 자연을 훼손할까 봐 그런 것도 있지만, 사실은 안전사고에 대비하기 위해서예요. 10명이 들어갔는데 나온 사람이 9명이야. 그럼 1명은 조난을 당했다는 얘기거든요. 바로 헬리콥터를 띄웁니다.

탁 인구밀도가 우리보다 훨씬 낮고, 트랙의 야생도가 우리하고는 비교가 안 돼요. 통가리로 국립공원Tongariro National Park 같은 경우에는 들어갈 때 '사인인Sign in'을 하고 들어가야 해요. 그리고 나와서 '사인아웃Sign out'을 해줘야 해요.

전 체크인, 체크아웃처럼 해야 하는군요.

탁 안 그러면 헬리콥터가 떠요. 그 사람 찾으려고.

김 실제로 몇 번 떴다고 해요.

탁 근데 그 사람이 정말 조난을 당한 거면 구조해서 오지만, 그게 아니라 실수로 헬리콥터를 띄우게 한 거면 그 헬리콥터 출동 비용이 청구

돼요.

전 아, 그 관광객한테?

탁 네. 근데 그렇게 할 수밖에 없는 게, 그 통가리로 국립공원이 〈반지의 제왕〉에 나왔던 마운트 둠Mount Doom이에요. '지옥의 산' 그런 거 있잖아요. 거기가 굉장히 험한 데라고요. 뉴질랜드는 모든 걸 자기 책임하에 진행해야 되기 때문에 최소한의 자율적인 안전장치를 만들어 놓은 게 바로 그런 '사인인' '사인아웃' 시스템인 거죠. 우리 같으면 귀찮아서 게을리할 수도 있는데 거기선 바로 헬리콥터가 떠버리니까….

김 그 시스템을 이해하지 못하고 사인을 하지 않은 채 집에 가면, 거기서 난리가 나는 거야. "이 사람 어디 갔냐!" 하고 헬리콥터 띄우고.

탁 그리고 어떤 트랙은 들어갈 때 소독약품에 발을 담그고 들어가게 되어 있어요. 외부 씨앗이 유입되는 것을 막기 위해 트랙 입구에 긴 물통을 뒀고, 그 안에 소독약이 있어요. 그것을 무조건 밟고 들어가야 하죠.

김 그런 것들이 우리한테는 익숙하지 않다 보니 "와, 되게 신기하다. 이런 것도 있네?" 하는데, 그쪽 사람들은 당연하게 생각하고 일상생활처럼 해요. 이해도가 다른 거죠.

탁 그리고 뉴질랜드 사람들이 대체적으로 동물을 정말 사랑하는데, 증오하는 동물이 딱 하나 있어요. 포썸Possum이라는 동물인데, 주머니쥐 같은 거거든요. 이 동물이 뉴질랜드에 원래 없었는데, 호주에서 배를 타고 들어와서 천적이 없다 보니 무한대로 증식을 한 거예요. 근데 얘네들이 식물의 잎과 새싹을 먹어버려요. 그래서 포썸을 퇴치하기 위해 뉴질랜드 사람들이 정말 엄청난 노력을 하고 있어요. 우리 같으면 정력제라는 소문을 내면 바로 해결이 될 텐데, 뉴질랜드에서는 아직 그 방법을 모

New Zealand

뉴질랜드의 최고봉 '마운트 쿡'의 캐롤라인 산장으로 향하는 등산로. 태즈먼 빙하를 오른쪽에 끼고 이어지던 길은 이윽고 가파르게 하늘로 향한다.

르시나 봐요. 도로를 가다 보면 로드킬도 엄청 당해 있습니다. 근데 뉴질랜드 사람이라면 다른 동물의 시체를 보면 안타까워하고 그럴 텐데, 포썸은 일부러 막 가서 쳐요. (ㅋㅋ)

김 에이, 그러진 않는다.

탁 진짜 포썸 되게 미워해.

김 사실 전 뉴질랜드에 3개월간 있으면서, 긴 시간이 아니기 때문에 경험하지 못한 것들도 굉장히 많아요. 그중 하나가, 전 살아 있는 포썸을 본 적이 없어요. 끽끽대는 포썸 소리는 들어봤는데 실제로 본 건 죽어 있는 거, 납작해져 있는 것만 하루에 100마리 봤어요.

탁 쥐포. 포썸포.

김 물론 뉴질랜드 사람이라고 전부 동물을 좋아하진 않아요. 우리나라 사람들 비둘기 안 좋아하잖아요? 거기선 갈매기를 싫어합니다. 갈매기는 마치 우리나라의 포악하고 못된 비둘기라고 생각하면 돼요. 굉장히 매너 없고요. 처음에 제가 있던 곳이 황가레이라는 항구도시였는데, 항구이다 보니 갈매기들이 뭍으로도 많이 들어와 있어요. 제가 피자를 먹고 있는데 테이블 위로 올라오는 거예요. 사람을 겁내지도 않아.

편상으로 치면 엄청 안 좋은 편상인데. 범죄형. (ㅁㅁ)

탁 그리고 갈매기 눈이 사백안이야. 흰자위가 다 보이는 그런 눈 있잖아. **전**

김 사기꾼 같은 인상. 참고로 갈매기가 새끼일 때는 눈동자가 까매요. 그래서 이 갈매기가 어린 놈인지 나이 든 놈인지 알아내는 건 눈을 보고 하죠. 아무튼 갈매기가 왔길래 우리나라에서 하던 내로 쫓았어요. 약간 위협적인 태도로 갈매기를 쫓았는데 제지를 당했어요. 동물한테 해

New Zealand

코지하면 안 된다고.

탁 우리로 치면 "비둘기한테 해코지하지 마!" 이런 거네요.

김 "발로 차지 마! 쫓지 마!" 그래서 깜짝 놀랐어요. 아무튼 그 사람들도 갈매기는 좀 싫어합니다. 근데 싫어하면서도 동물은 보호해야 하니까 그 선은 지키더라고요. 낚시할 때도 정말 골치 아파요.

탁 왜요?

김 찌에다 미끼를 달아서 던지면 보통 바다낚시니까 20~30미터는 날아가야 되잖아요. 근데 쭉 날아가면 갈매기가 중간에 그걸 낚아채서 잡아먹고…, 차라리 날아가면 괜찮아요. 근데 갈매기도 거기에 걸려. 그럼 그때부터 연날리기가 되는 거야.

전 물고기를 잡아야 하는데 새 낚시를 하게 되는군요.

탁 뉴질랜드가 정말 낚시 천국이에요. 저는 태어나서 바다낚시를 뉴질랜드에서 처음 해봤거든요? 처음으로 잡은 고기가 1미터짜리 도미였어요. 첫 경험을 뉴질랜드에서 하고 나니까 그 이후로 한국에서 낚는 거는 다 그냥 올챙이야, 올챙이.

김 실제로 뉴질랜드 물고기들이 굉장히 순진해서 낚시하는 게 되게 재미있어요. 낚시는 안 잡히면 재미없잖아요. 생각나는 게 있는데, 뉴질랜드엔 조개도 굉장히 많거든요. 조개를 해변가에서 채취해서 먹을 수도 있는데 그 수가 정해져 있습니다. 예를 들어, 1인당 몇 킬로그램 이상은 채집하면 안 돼요. 그리고 뉴질랜드에서 잡을 수 있는 어패류의 크기를 종류별로 명시해놓은 자가 있어요. 그걸 정부에서 나눠줍니다.

또 재미있는 건, 우리는 굴을 딸 때 대개 겉의 뚜껑만 따서 굴을 먹고 그냥 가잖아요? 뉴질랜드에서는 그러면 불법입니다. 바다에 붙어 있는 껍데기까지 떼어서 처리를 해야 돼요. 왜냐, 굴 껍데기가 붙어 있는 바위에는 다시 굴이 안 붙기 때문에 다음 굴을 위한 자리를 마련해주는 거죠.

탁 근데 그런 걸 다 지킨다는 거지. 너무 당연하게. 너무 자연스럽게.

김 네. 사실 아무도 안 보는데 '나 하나쯤이야' 생각하기 쉽잖아요. 근데 거긴 다 지키는 분위기예요. 그 사람들이 어떤 매커니즘에서 그걸 지키는지는 모르겠어요.

탁 벌금이 어마어마해.

김 그렇기도 하고, 대충 따먹고 가려고 하는데 뒤에서 마오리족이 지키고 있으면 작살나는 거예요. 그런 것들을 지키는 사람들이 원주민들, 마오리족인 거예요. 예를 들어서 몇 센티미터 이하짜리 도미를 잡으면 놔줘야 돼요.

탁 무조건!

김 만약 그걸 먹다가 마오리들한테 걸렸다? (ㅋㅋ) 마오리들한테 맞는… 건 아니고 벌금이 어마어마해요. 마오리 아저씨들 무서워요. 뉴질랜드에서 겨울에 차를 타고 가고 있는데 1킬로미터 정도 앞에서 누가 계속 걸어오고 있는 거야. 점점 가까이 다가오는데, 잠수복 웃장을 깐 마오리 아저씨가 담배를 피면서 걸어오고 있는 거야. '왜 잠수복을 입고 있을까? 왜 웃장을 까고 이 먼 거리를 걸어가고 있을까?' 신기하면서도 눈 마주치기가 무서워서 피했는데, 아저씨가 "키아 오라" 하더라고요.

탁 마오리 말로 '안녕하세요'예요.

김 되게 순박한 아저씨인데, 몸에 막 문신이….

탁 마오리 문신 장난 아니지.

New Zealand

김 요즘이야 타투하는 도구로 문신을 하지만, 옛날에는 갈대를 죽창처럼 만들어서 살을 진짜로 팠대요.

탁 근데 그 문양이 복잡할수록 사회적 신분이 높은 거예요.

김 그 문양은 자기 조상에 관한 이야기이거든요.

마오리족의 미스터리

김 마오리족은 굉장히 독특하고 신비로운 면을 많이 가지고 있는 뉴질랜드의 원주민이죠.

탁 그들 전설에는 11세기에서 13세기에 걸쳐 '하와이키'라는 섬에서 온 걸로 되어 있어요. 하와이는 아니고 타히티Tahiti 근처라는 설이 유력해요. '와카'라고 불리는 카누를 타고 왔어요. 와카는 40명까지도 탈 수 있는 엄청나게 큰 배예요. 아직까지 남아 있는 옛날 와카들을 보면 어마어마합니다. 노가 굉장히 특이해요. 전투용 카누의 노라서 아래쪽이 뾰족해요.

전 아, 그걸로도 싸울 수 있게?

탁 싸울 수도 있고, 이 노는 저을 때 소리가 안 납니다. 밤에 이 와카를 타고 전투용 노를 저어서 은밀히 접근하는 거죠.

김 마오리들은 원래 원주민이 아니에요. 뉴질랜드에는 이전부터 살던 사람들이 있었어요. 근데 마오리들이 와서 그 사람들을 싹쓸이한 거죠. 마오리들은 원래 뉴질랜드에 살고 있는 원주민보다 훨씬 더 기술적으로 발전해 있었고, 무기도 상당히 위협적이었어요. 박물관에 가시면 보실 수 있을 텐데, 무기들이 몽둥이예요.

탁 그리고 옥으로 깎은 곤봉이 있어요.

전 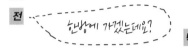 한방에 가겠는데요?

탁 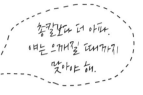 총칼보다 더 아파. 얘는 으깨질 때까지 맞아야 해.

김 전투에 도가 튼 사람들이었거든요. 밤에 몰래 틈 타서 해안가에 있는 마을을 습격하는 거예요. 초토화시키고.

탁 얼굴에 문신이 가득한 사람들이 밤에 불쑥 나타난다고 생각해 봐. 〈나이트메어〉야, 이건.

김 그렇게 해서 뉴질랜드를 평정했는데 기술력이 어느 정도였냐면, 북섬이 하늘에서 보면 가오리처럼 생겼어요. 근데 진짜 신기한 게 이 마오리들이 그 당시에 영토가 어떻게 생겼는지 알고 있었어요. 마오리 전설에 그게 나와요.

탁 '영웅이 큰 카누를 타고 가오리를 잡아서 그 자리에 딱 옭아매 북섬으로 만들었다'라는 전설이 있거든요. 실제로 뉴질랜드 영토를 보시면, 남섬은 카누처럼 생겼고 북섬은 가오리처럼 생겼어요.

김 지금이야 비행기를 타고 하늘로 올라가거나 인공위성을 보면 어떻게 생겼는지 알 수 있지만, 마오리들에게는 문자가 없었거든요. 그런데도 영토가 어떻게 생겼는지 알고 있었다는 걸 보면 어마어마한 항해술을 가지고 있었다는 걸 짐작할 수 있는 거죠. 그리고 참 미스테리한 게, 마오리족이 정확히 어디서 왔는지 아직도 몰라요. 그냥 전설이에요. 말도 되게 단순해요. 발음이 굉장히 쉽고, 사고방식도 굉장히 단순하고요.

탁 근데 '하카'라고 들어보셨어요? 하카가 뭐냐면, 뉴질랜드 럭비팀이 경기를 치르기 전에 행하는 의식 같은 게 있습니다. 쭉 늘어서서 기마

NEW ZEALAND

자세를 취한 다음에 발을 구르고 손뼉을 치면서 소리를 질러요. 웬만한 상대팀은 그걸 보고 싸우기도 전에 벌써 전의를 상실하는 거예요. 이게 마오리들이 전투를 치루기 전에 상대방을 겁주기 위해서 하던 의식이에요. 하카는 전쟁을 위해서만 하던 건 아니고, 모두 함께 늘어서서 정해진 랩 같은 걸 하는 거예요. 이건 환영의 의미를 담을 수도 있고, 위협의 의미를 담을 수도 있어요. 근데 전쟁 전에 전사들이 늘어서서 외치는 하카는 정말 원초적인 공포를 담고 있죠. "너를 잡아먹을 거야. 헤헤헤헤~" 그리고 마지막에 혀를 길게 내빼는 것으로 끝나요. 이게 "너는 오늘 내 밥이다"란 의미예요. 실제로도 식인 풍습이 있었다고 합니다.

김 일종의 세리머니죠.

탁 뉴질랜드 럭비대표팀이 A매치 전 하카 의식을 할 때, 상대방 선수들은 뭔가 대응할 만한 게 없잖아요. 상대방 선수들은 그냥 멍하니 어깨동무하고 괜히 시선 피하고 그래요. 근데 웃긴 건 세계럭비연맹에서 하카를 허가해준 거예요. 그건 공인받은 세리머니이기 때문에, 또한 뉴질랜드 럭비팀은 전통적으로 해왔기 때문에 계속 하는 거예요. 그게 시합의 흥행에 있어서도 도움이 되기 때문이기도 하고요. 하지만 상대팀 입장에서는 굉장히 곤란하죠. 그렇다고 없는 걸 만들어서 하면 더 어색하잖아. 그러니 그냥 보고만 있는 건데, 표정에서 곤혹스러움과 짜증 같은 게 한눈에 보여요.

김 그 곤혹스러워하는 표정을 유튜브에서 찾으면 바로 보실 수 있어요.

탁 근데 또 한 가지 감동적인 게 뭐냐면, 뉴질랜드 럭비팀에는 마오리족도 있고 백인도 있습니다. 백인과 마오리족이 똑같이 옛 마오리 전사들의 표정을 짓고 전투의식을 고양하기 위한 구호를 외치는 거예요.

전 그건 되게 의미 있네요. 한동안 백인들이 마오리족을 몰살하려는 정책도 폈었는데….

탁 네. 그래서 그거 보면 약간 찡해요. 뉴질랜드가 굉장히 희한한 나라인 게, 전 세계에 유례없이 영국 식민 통치자들이 원주민들이랑 계약을 맺었어요.

전 '와이탕기 조약The Treaty of Waitangi'을 맺었죠.

탁 조약 문구 자체는 굉장히 간단해요. '마오리족은 영국 여왕에게 뉴질랜드의 주권을 양도한다. 마오리족은 토지소유를 인정받는다. 그러나 토지를 팔 때는 영국정부를 상대로 팔아야 한다.' 개별적으로는 토지를 팔지 못한다는 거죠. 그리고 '마오리족은 영국 국민과 동등한 권리를 보장받는다'. 이 3개 조항인데, 이것만으로도 다른 식민지들과 비교할 수 없이 희한한 조약인 거죠. 물론 이것의 해석을 놓고 마오리족과 영국군 사이에서 "번역이 잘못 됐다니까!" 하면서 결국엔 전쟁이 한 번 나긴 했었는데, 그 전쟁조차도 잘 봉합이 돼서 지금은 이 정도로 기존의 권리와 그것보다도 더한 특혜, 권익을 인정받고 있죠.

김 정치적인 얘기를 하기에는 잘 알지도 못하고 적당하지 않은 자리이긴 한데, 심지어 역차별이라는 말이 나올 정도로 마오리족의 권위를 굉장히 보호해줘요.

전 과도한 보호를 받죠.

김 아까 말씀드린 대로 해산물 같은 경우는 거의 다 마오리족이 판매권을 가지고 있어요. 그걸 주업으로 삼는 백인 어부들도 마오리족한테 허가를 받아야만 물고기를 잡고 팔 수가 있어요.

탁 지명 같은 것에도 마오리어가 굉장히 많이 남아 있어요.

New Zealand

김 지명뿐 아니라 '키아 오라'라는 말도 마오리 인사인데, 우리나라에선 뉴스를 시작할 때 아나운서가 "안녕하십니까? 9시 뉴스 누구누구입니다" 이렇게 하잖아요? 거기서는 '키아 오라'라는 말을 먼저합니다. "헬로, 에브리원" 이렇게 하는 게 아니라요.

탁 백인 아나운서들도 그래요.

김 물론 모든 말을 마오리어랑 같이 병기하진 않지만, 마오리족이 쓰는 말이나 문화들을 말살시키지 않아요. 그대로 보존합니다.

탁 원래 마오리어로 '뉴질랜드'를 부르는 이름은 '아오테아로아'입니다. '길고 흰 구름'이라는 뜻이에요. 근데 이게 또 전설이 있는데, 마오리족이 뉴질랜드를 처음 발견하고서 "저기 땅이 있습니다!" 했더니 추장 부인이 "어, 저거 구름이야" 그랬대요. 그래서 '아오테아로아' 라고 불렀다고 해요.

세계에서 제일 긴 지명도 뉴질랜드에 있습니다. '타우마타화카탕이항가코아우아우타메아투리케아포카이훼누아키타나타후'라는 언덕이 있습니다. 근데 이게 너무 길어서 심지어 몇 글자 덜어낸 거래요. 뜻이 있습니다. '타마테아라는 큰 무릎을 가진 산을 잘 타는 용사가 여행을 하다가 사랑하는 사람을 위해 피리를 불었던 곳.'

전 굉장하네요.

탁 굉장히 재미있는 지명도 많아요. 북섬에 낚시가 정말 잘 되는 '파이히아Paihia'라는 곳이 있거든요. 근데 여기에 영국군이 와서 마오리를 고용했어요. 그러니까 앞잡이지, 앞잡이. 입지 조건도 좋고 낚시도 잘되고 그러니까 영국군이 여기 지명이 뭐냐고 물어봤어요. 그러니까 이 마오리 사람이 당시 약간 겉멋이 들어서 마오리어 반, 영어 반 했던 거야.

그래서 "아, 파이! 파이 히아!" 했는데, '파이'가 마오리어로 '좋다'이고, '히아'는 '여기'거든요. "여기 좋아" 그런 건데, "파이 히아"라고 말해서 그 지명이 파이히아가 됐습니다. (ㅋㅋ)

뉴질랜드의 불편함에 대해 이 야 기 하 다

탁 뉴질랜드가 가지고 있는 이미지 중 하나가 인구밀도도 낮고, 또 마오리족이 존재하는 것을 볼 때 뉴질랜드 사회 자체가 좀 언밸런스한 부분이 있잖아요. 어떤 부분은 굉장히 잘 되어 있고 또 사회시스템이나 사람들의 양식은 앞서 가지만, 인터넷 느리고 무슨 서비스 하나 청구해도 언제 될지 몰라.

김 심지어 세탁기가 고장나잖아요? "그럼 가져오세요" 그래요. (ㅋㅋ)

탁 네. 그렇다 보니 한편으로는 지내기에 굉장히 심심할 것 같아요. 가게도 일찍 닫을 뿐더러 찾으려고 해도 많이 없고. 그런 부분은 안 느껴 봤어요?

김 저의 경우 서울에서 거의 사십 평생을 지내면서, 전자제품 좋아하는 얼리어답터로 살았어요. 새로운 뭔가가 나오면 궁금해서 못 참아요. 인터넷을 항상 끼고 사는 생활을 하고 있었는데, '자연이 아무리 좋아봤자 하루이틀이겠지. 엄청 심심할 거야' 하고 E-Book부터 시작해서 노트북에도 영화를 가득 채워 갔는데 한 번도 안 봤어요. '갔다가 바로 올 거다'라는 마음 말고 '거기다 모든 걸 그냥 맡기겠다'고 생각하면 그 안에 디테일들이 엄청납니다. 조그만 오솔길을 지나더라도 그냥 지나치는 것

New Zealand

이 아니라 내가 겪어야 될 부분이라고 생각하면, 거기서 자라는 풀 하나가 예사롭지가 않아요. 고사리 같은 경우도 우리나라는 그냥 작은 고사리일 뿐이잖아요. 거긴 고사리 뒤를 뒤집어 보면 은색이에요.

탁 실버펀Silver Fern이라고, 은색 고사리가 뉴질랜드 대표팀의 상징이에요. 거긴 고사리 키가 사람만 한 것도 있어요.

김 또 물고기를 잡으면 먹기 전에 직접 손질도 해야 되고요. 우리나라에선 한 번도 안 해봤던 것들을 거기선 해야 해요.

탁 우리는 너무나 당연한 듯이 그런 걸 해주는 사람들이 있잖아요. 거기서는 A부터 Z까지 당연히 자기가 해야 돼. 근데 뉴질랜드 사람들은 대체로 그런 것들을 재미있어하는 것 같아요. 마치 조미료를 치지 않은 음식에서 맛을 찾는 것처럼, 뉴질랜드 사람들은 자연 속에서 잔잔한 재미를 찾아내는 능력들이 있는 것 같아.

김 저는 다행스럽게도 그곳에서 좋은 인상을 받고 '나랑 잘 맞는 곳이구나' 하고 느꼈지만, 분명히 뉴질랜드가 잘 맞지 않고 '아, 여기 너무 심심해. 술도 안 팔고…'라고 생각하는 사람들도 있겠죠. 거긴 술 파는 곳이 7시면 문을 닫아요.

전 아, 답답해.

탁 지옥이지? (ㅋㅋ)

김 그리고 술 취한 사람한텐 술을 안 팔아요.

탁 말도 안 돼! 그럼 무슨 재미로!　**전** _배고픈 자에게 밥을 주지 않는 잔인한 곳이네요._

김 심지어는 대형할인마트 같은 데서 술을 판 지도 몇 해 안 되었대요. 4~5년 전만 해도 주류전문점에서만 팔았대요. 그리고 담배의 경우 구멍가게 같은 데서도 팔긴 하는데, 겉에서 보이지 않게 만들어놔요. 제가 거기서 샌드위치를 사 먹고 있었는데, 어떤 남자가 들어오더니 주인 아줌마한테 조용히 "담배 하나만…" 하더라고요.

전 마치 마약을 사는 것처럼.

김 그럼 아줌마가 금고문을 열어요. 아이스크림 광고판이 붙은 데서 담배가 나와요. 물론 저는 시골에 있었기 때문에 그랬고 대도시는 또 다르겠죠. 대도시에는 한국 사람들도 굉장히 많아요. 오클랜드에 딱 이틀 있었는데 이틀 동안 만난 한국 사람이 30명 정도. 유학생들도 굉장이 많고요. 뉴질랜드에 다녀오신 분들 얘기를 들어보면 반반인 것 같아요. '좋다. 나랑 잘 맞는다' 혹은 '지루하다. 심심하다. 서비스가 굉장히 불편하다'.

탁 사실 따지고 보면 뉴질랜드에서 안 좋다고 느껴지는 부분도 굉장히 많아요. 인터넷 느린 건 당연하고, 샌드플라이라는 게 있거든요.

김 샌드플라이라는 조그만 파리가 있어요. 파리인데 흡혈을 합니다.

김 모기가 물면 피부가 좀 부어오르고, 그러다가 약 좀 바르거나 세수하면 낫잖아요. 얘는 흉터가 남아요.

탁 얘네한테 물리면, 모기 물릴 때처럼 잠깐 부풀어올랐다 사라지는 게 아니라 땅콩초코바처럼 돼요. 진짜 짜증 나요.

김 피부가 얼룩덜룩해집니다. 근데 재미있는 건, 대도시에는 샌드플라이가 없어요. 얘네가 깨끗한 걸 좋아해서 공기가 조금이라도 탁하면 죽어.

탁 샌드플라이가 좋아하는 건 까만색, 그리고 정말 깨끗한 곳. 그러니까 동양인이 가면 미치는 거야. 까만 머리에, 아저씨들 까만 등산복 많이 입잖아요. 얘네들이 환장하고 달려드는데, 거기다 담배 연기만 훅 불어도 얘네들 다 떨어져 죽어요. 마오리 전설 중에 그런 게 있어요. '인간

New Zealand

들이 자꾸 신의 영역을 침범하니까 신이 이들을 괴롭히려고 정말 좋은 곳, 정말 깨끗한 곳에다가 이 녀석들을 풀어놨다.' 근데 희한한 건 샌드 플라이는 아침에 출근해서 밤 되면 퇴근해. 모기는 보통 밤에 출근하잖아. 얘네는 해 지면 딱 퇴근해.

전 교대하고 가는구나.

탁 "내일 보자! 수고했어!" (ㅋㅋ)

김 무슨 얘기하다가 여기까지 왔죠?

탁 뉴질랜드에서 찾아야 하는 재미, 그리고 나에게 맞는지 안 맞는지에 대해 이야기하다가….

김 아, 그래서 자연과 멀찌감치 떨어져서 '음~ 자연이 좋군' 그러면 오래 못 가요. 그걸 잘 느낄 수도 없고. 일단 자기가 가지고 있는 선입견이나 마음의 짐을 가급적 내려놓고 직접 느껴보셔야 그 디테일들이 얼마나 재미있는지, 얼마나 다이내믹한지 알 수 있어요. 우리나라를 '다이내믹 코리아'라고 하잖아요. 근데 그 다이내믹은 사람들이 만드는 거라고 생각해요. 뉴질랜드의 다이내믹함은 자연에서 느낄 수 있다고 생각합니다.

장어원정대를 꿈 꾸 며

탁 장어 손질하는 법을 익히셨다면서요. 나한테 장어 손질하는 걸 익혔다면서 자랑을 하는 거야. 그래서 "너 거기다 장어집 차리려고 그러냐?" 하니까, 그건 아니고 장어를 잘 다듬는 교민이 되고 싶다는 거예요. 거기 장어가 그렇게 많대. 근데 사람들이 손질할 줄 몰라서 그걸 그냥 바

카와라우 강의 다리에 설치된 세계 최초의 상업적 번지점프대. 처음엔 누군가 뛰어내릴 때마다 지역언론이 '도대체 왜 뛰는가!'에 대한 취재에 나설 정도였지만, 지금은 5분마다 1명씩 (20만원이나 내고) 뛰어내리는 명소가 되었다.

눈을 감고 운전해도 되는 곳, 북섬의 나인티마일 비치. 곱디고운 모래사장이 150킬로 미터 넘게 이어진다. 그렇다고 해도 수륙양용차가 아닌 이상 5분에 한 번 정도는 눈을 떠보는 것이 좋다.

장엄한 리마커블스 산맥, 아름다운 와카티푸 호수. 그리고 세상의 모든 익스트림 스포츠가 모여 있는 곳, 퀸스타운. 적어놓고 보니 짜증 난다. 뭐 이런 곳이 다 있어!

라만 보고 있대요. 잡아도 어떻게 처리도 못 하고 그냥 놔주고…. 그래서 '아, 여기서 내가 장어만 잘 다듬으면 교민사회의 스타가 될 수 있겠구나' 하고 인터넷을 보고 장어 다듬는 법을 독학했답니다.

김 장어가 개울가에 엄청 많이 살아요. 게다가 두께도 엄청나요. 손으로 못 잡아요.

탁 거의 아나콘다네.

김 그렇지. 아나콘다 정도 되는 거지, 그런 놈들은. 아, 놈들이 아니지. 그런 분들은.

탁 '분들은' (ㅋㅋ)

김 너나 나보다 나이가 많아. 60~70년 정도 된 분들이에요.

전 30년 더 채우면 용이 되겠네요? **탁**

지하철 무료로 탈 수 있겠는데?

김 아무튼 그런 장어들이 잡힌대요. 교민들 말씀 들어보니까. 물론 먹기 좋은 사이즈도 있죠. 근데 이걸 손질할 수 있는 사람이 아무도 없다는 거예요.

탁 블루오션이네. 돈 안드는 블루오션.

김 제 주업은 디자이너예요. 그렇다고 교민들한테 정작 캐리커처를 그려주거나 뭔가 어필을 하기도 좀 그렇잖아요. 워낙 저한테 잘해주신 분들이고 해서 '뭔가 보답할 수 있는 길이 없을까?' 고민을 하던 중에, 장어 손질을 할 수 있는 사람이 없다는 거야. 참고로 저는 생선 손질을 해본 적이 한 번도 없어요. 그래서 장어 손질법을 인터넷에서 찾아서 '해보자. 죽기 아니면 까무러치기지 뭐. 내가 죽겠어? 장어가 죽겠지' 그러면서 한국에서 7만 원짜리 칼을 사서 공수받은 다음에 먼저 양해를 구했

New Zealand

죠. "장어 한두 마리는 버릴 것이다." 그런데 어휴, 잘되는 거예요! 처음 잡은 장어는 조금 실수를 했고, 2번째 장어에서 성공을 하고 자신감이 붙어서, 3번째 장어를 좀 큰 걸 잡았어요. 아나콘다를 잡았지. 너무 큰 분들은 아무래도 예의가 아닌 것 같아서 놓아드리고.

탁 지하철 타시는 분들이니까. (ㅋㅋ)

김 근데 왜 장어 얘기가 나온 거야?

탁 사실 지금 김하림 씨가 한 이야기는 뉴질랜드에서의 삶에 힌트를 줄 수 있는 얘기예요. 왜냐면 굉장히 무덤덤하고 밋밋할 것 같은 삶인데, 그 안에서 자기의 태도에 따라 정말 익사이팅한 것들을 만들어낼 수 있는 곳이 뉴질랜드거든요.

김 어떤 사람들은 "그래, 니가 오죽 심심했으면 장어를 잡았겠냐"고 얘기했지만, 저는 심심했다기보단 그게 너무 재미있을 것 같아서 한 거거든요. 한국에 있을 때는 장어를 잡을 기회도 없을 뿐더러 그걸 내가 왜 잡아. 근데 궁해서가 아니라 '아, 이걸 잡아볼 기회가 생겼구나' 하는 생각이 들어서 했던 거고, 결국엔 멀리서 보는 방관자가 아니라 '이게 내 이야기구나, 내가 주인공이 될 수 있는 이야기구나'라는 생각을 했기 때문에 그런 일도 있었던 거죠. 그래서 장어는 앞으로도 계속 손질을 해볼 생각이에요.

'조미료 없음'의 가 치

김 뉴질랜드엔 일본 사람이 특히 적어요. 그 이유가 뭔지 아세요?

일본 사람들이 뉴질랜드로 이민을 간 지는 그렇게 오래되지 않습니다. 1990년대 후반이에요. 왜냐하면 뉴질랜드가 일본 사람들의 이민을 받지 않았어요. 독일 사람도. 제2차 세계대전의 전범국가는 받지 않은 거죠. 되게 희한하죠? 다른 것엔 유하고 쿨하면서 그런 부분은 또 꼬치꼬치 따지고. 저는 영국에 가보지 않아서 잘은 모르겠지만 뉴질랜드가 영국의 후예들이잖아요. 진짜 신사 같아요. 기사도가 살아 있어요. 저희 옆집에 할아버지 부부가 살고 계셨는데 되게 괄괄하신 분이었어요. 그 할아버지한테 되게 혼난 적이 한 번 있어요. 태훈 형님 댁에 어머님이 계시는데, 교회에 다녀오시는 길에 어머님께서 직접 차 문을 열고 내리셨어요. 그걸 할아버지가 본 거지. "너 할머니가 내리는데 젊은 놈이 문 안 열어드리고 뭐하냐!" 그래서 나중에 그분은 어떻게 하시나 봤는데, 부부가 둘 다 굉장히 연로하신 분들이었어요. 주차장에 차를 대시고 할아버지가 운전석에서 내립니다. 그 다음에 할머니한테 가요.

탁 굉장히 오래 걸려서. (ㅋㅋ)

김 그리곤 문을 열어. 그럼 그제서야 할머니가 내려요. '이야, 이런 기사도가!' 얘기를 들어보니, 뉴질랜드에서는 법적으로 통용되는 건 아니지만 권리가 5등급으로 나뉜대요. 가장 보호를 받는 대상은 어린이입니다. 아이들을 굉장히 보호해줘요. 2번째가 장애인입니다. 그리고 3번째가 노인이에요. 4번째는 여성, 그리고 5번째가 동물.

탁 뭐야, 이거! 이런 젠장! 우리 보호를 받지 못하잖아!

김 5가지에 해당되지 않는 존재들이 있을 거 아니에요. 너, 나, 전 작가. 남자면서 젊어. 그러면 이건 뭐…. 그래서 운전을 하다 보면, 우리 나

New Zealand

이대의 남자들이 운전을 제일 젠틀하게 합니다. 할머니들은 언터처블이에요. 좌우 안 살펴. 그냥 바로 꺾어. 그냥 막 서고. 그래서 할머니가 운전하는 차가 앞에 가면 30미터 정도 멀리 떨어져서 운전을 해야 돼요.

전 자동으로 젠틀맨 되겠다.

김 예의에 어긋나는 행동을 하면 굉장히 지탄을 받는다고 해요. 심지어 황가레이라는 작은 도시는 인구가 1만 5,000명도 안 되거든요. 그 동네에서 3개월간 있는 동안 자동차 경적소리를 한 번도 들은 적이 없어요. 뉴질랜드 전부가 그런 건 아니지만 작은 동네, 특히나 오순도순 모여 사는 조용한 동네에서는 예를 거스르는 행동을 굉장히 조심해야겠더라고요.

탁 정말 뉴질랜드 이야기도 끝이 없는데, 김하림 씨가 뉴질랜드에 가서 지금까지는 몰랐던 행복, 그리고 지금까지 몰랐던 '장어를 다듬는 능력'을 깨닫게 된 건, 조미료 없는 사회이기 때문에 가능하지 않았나 싶어요. '조미료 없음'의 가치를 깨닫게 해주는 나라인 것 같습니다. 역으로 얘기하면, 조금 밍밍하고 담백한 데서 스스로 재미를 찾을 수 있다면, 방관자가 아니라 '저 일은 나도 해볼 수 있다'라는 생각을 가지고 재미거리를 좀 더 늘려간다면, 한국에서의 삶도 좀 더 재미있어지지 않을까 하는 생각을 해봅니다.

자연의 일부가 되 어 보 기

탁 정말 힐링이 되는 시간이었던 것 같은데 전 작가는 어땠어요?

전 김하림 씨께서 뉴질랜드에서 지내는 것에 대한 이야기를 해주셨잖아요. 근데 이건 여행에서도 마찬가지예요. 어느 나라, 어느 지역에 가게 된다면 그건 내가 이전까지 살던 곳이랑은 당연히 다른 상황인 거잖아요. 거기에 가서 본인이 얼만큼 받아들이고 어떻게 지내느냐에 따라 여행의 질이 완전히 달라진다는 거죠. 예를 들어서, 이번에 제가 다녀왔던 히말라야는 전기도 떨어지고 물도 먹기 힘든 황량한 오지인데 인터넷이 되긴 해요. 근데 일하고 들어와서 '인터넷을 해야 해' '페북에 올려야 해' '카톡을 해야 해' 이런 생각을 버리지 못한다면 거긴 너무 불편한 오지인 거예요. 근데 아침에 일어나서 7,800미터짜리 산이 빨갛게 해로 물드는 걸, 해가 뜨기 전부터 2시간 동안 그냥 보고만 있는데 하나도 지루하지 않은 거예요. 정말 지구가 돌고 있다는 걸 느낄 수 있었어요. 뉴질랜드도 똑같은 거죠. 천혜의 자연을 만끽할 수 있는 곳에 가서는 내가 그 자연의 일부가 된다는 마음으로 즐기시면 좋을 것 같습니다.

탁 그게 중요하겠네요. 김하림 씨는 앞으로 뉴질랜드에서 또 다른 뭔가를 할 건가요?

김 너무 다양해서 제가 뭘 어떻게 할지 아직은 잘 모르겠어요. 앞으로 스토리가 어떻게 펼쳐질지 모르는 모험서의 딱 두 장 정도 넘긴 상태라서요. 근데 전 작가님이 말씀하셨던 것처럼, 그 일이 '나랑 다른 일'이 아니라 '내가 가야 할 길'이라고 생각을 하니까 모든 게 다 기대가 되고 재미있을 것 같아요. 예를 들어서 저는 장비 같은 걸 되게 좋아하거든요. 요즘 관심을 가지고 있는 건 카누입니다. 그래서 카누를 사서 호수를 다 돌아다녀볼 생각이에요. 뉴질랜드에 호수 많거든요. 얼마나 재미있겠어요. 호수에 그냥 떠 있는 거잖아요. 물도 맑아요. 1급수예요.

탁 호수가 강도 아니고, 고여 있는 물인데도 투명해.

New Zealand

김 수영하다가 그냥 마셔도 돼요. 마셔도 우리나라의 'XX수'보다 훨씬 깨끗할 거야.

탁 심지어 낚시를 물속을 들여다보면서 할 수 있어요.

김 일단은 그걸 현실화해보고 싶고요. 그 다음엔 또 뭔가가 생기겠죠. 그런 게 끊이지 않을 거라는 사실만은 확실해요.

탁 정말 부러운 게, 궁극의 여행을 앞두고 있는 여행자예요.

전 그 설레임은 정말….

탁 정말 부럽고, 또 아무나 할 수 있는 일이 아니기 때문에 더욱 응원하고 싶어요. 그리고 **뉴질랜드라는 나라는 D.I.Y.를 할 수밖에 없게 만드는 나라, 또 D.I.Y.가 삶의 모토가 될 수밖에 없는 나라, 하지만 D.I.Y.를 통해서 많은 즐거움을 깨닫게 해주는 나라가 아닌가 싶어요.** 그런 면에선 김하림 씨가 탁월한 자질을 가지고 있지 않나 싶어요. 그래서 뉴질랜드에서 만들어갈 여러 가지 재미있는 일들이 계속해서 궁금하고, 앞으로 그런 얘기를 또 전해줬으면 하는 생각이 듭니다.

지금까지 '이건 정말 나랑 인연이 없는 일이야' '이건 내가 하기에는 너무나 멀리 있는 일이야'라는 생각이 든 일이 있으셨을 거예요. 그렇더라도 재미있어 보일 때 한번 시도해 보면, 삶의 재미거리가 늘어나면서 내 삶이 좀 더 윤택하고 행복해지지 않을까 하는 생각을 해봅니다. 나라도 마찬가지예요. '이 나라 내가 갈 일이 있겠어?' 해도 그런 나라, 가게 됩니다. 가게 될 수 있어요.

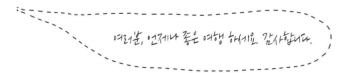

여러분, 언제나 좋은 여행 하세요. 감사합니다.

세계로 가는
여행 뒷담화

탁PD의
여행
수다

1판 1쇄 발행 2014. 8. 14.
1판 2쇄 발행 2014. 9. 27.

지은이 탁재형·전명진

발행인 김강유
책임 편집 조혜영
책임 디자인 형태와내용사이
제작 안해룡, 박상현
제작처 민언프린텍, 정문바인텍, 금성엘엔에스

발행처 김영사
등록 1979년 5월 17일 (제406-2003-036호)
주소 경기도 파주시 문발로 197 (문발동) 우편번호 413-120
전화 마케팅부 031) 955-3100, 편집부 031) 955-3250
팩스 031) 955-3111

값은 뒤표지에 있습니다.
ISBN 978-89-349-6875-7 03810

독자 의견 전화 031) 955-3200
홈페이지 www.gimmyoung.com
이메일 bestbook@gimmyoung.com

좋은 독자가 좋은 책을 만듭니다.
김영사는 독자 여러분의 의견에 항상 귀 기울이고 있습니다.

이 도서의 국립중앙도서관 출판시도서목록(CIP)은 서지정보유통지원시스템홈페이지
(http://seoji.nl.go.kr)와 국가자료공동목록시스템(http://www.nl.go.kr/kolisnet)에서
이용하실 수 있습니다. (CIP제어번호 : CIP2014022340)